THE ENORMOUS RADIO／THE SWIMMER

Translated by Haruki Murakami

巨大なラジオ／泳ぐ人

ジョン・チーヴァー　村上春樹［訳］

SHINCHOSHA

巨大なラジオ／泳ぐ人

目次

ジョン・チーヴァーの世界（まえがき）　村上春樹　9
巨大なラジオ　The Enormous Radio　16
ああ、夢破れし街よ　O City of Broken Dreams　31
サットン・プレイス物語　The Sutton Place Story　57
トーチソング　Torch Song　79
バベルの塔のクランシー　Clancy in the Tower of Babel　102

治癒　The Cure　118
引っ越し日　The Superintendent　133
シェイディー・ヒルの泥棒　The Housebreaker of Shady Hill　154
林檎の中の虫　The Worm in the Apple　181
カントリー・ハズバンド　The Country Husband　188
深紅の引っ越しトラック　The Scarlet Moving Van　223

再会　Reunion　240
愛の幾何学　The Geometry of Love　245
泳ぐ人　The Swimmer　260
林檎の世界　The World of Apples　277
パーシー　Percy　295
四番目の警報　The Fourth Alarm　313

THE ENORMOUS RADIO／THE SWIMMER

装画　＊　CSA Images/Getty Images
装幀　＊　新潮社装幀室

ジョン・チーヴァーの世界（まえがき）

村上春樹

かれこれ三十年以上前から、ジョン・チーヴァーの短編集をいつかまとめて訳してみたいと考えていたのだが、日程的に先に翻訳しなくてはならないテキストがいくつもあったし、「まあ、チーヴァーはそれほど急ぐこともないから」ということで、ついつい後回しにしてきた。「急ぐこともないから」と思うのにはいくつかの理由があった。そのひとつは、チーヴァーの残した数多くの短編小説の大半は、その作風や質がしっかり安定していて、少々時間を置いても浮いたり沈んだりする心配がほとんどないように思えたからだ。つまり「チーヴァーは静かに待っていてくれる」というわけだ。

もうひとつの理由は、「今ここでチーヴァーの短編集の翻訳を出版しても、おそらく手に取る人はそんなにいないのではないか」という一抹の不安があったからだ。フィッツジェラルドやレイモンド・カーヴァーやトルーマン・カポーティの短編小説集なら、それなりの固定ファンがいる。しかしチーヴァーの日本での知名度は残念ながらあまり高くないし、いったいどれほどの読者が、どのような種類の読者が、彼の作品を——洒脱でアイロニーに満ちたチーヴァー世界を——手にとって理解してくれるものか、僕には見当もつかなかった。だからこわごわ様子を窺っていたというところもある。

もうひとつはチーヴァーがとてもたくさんの作品を残していたことにある。どれもそれなりの味わいを持つ短編小説なので、そのうちからどれを選んでどれを捨てるかというのは、かなりむずかしい選択になる。いっそアメリカで出ているクノップフ版『The Stories of John Cheever』に収められた六十一編をすべて訳してしまおうかと思ったこともあったが、それではあまりにも大仕事になるし、それだけを一度にどっと差し出された日本の読者の事情も、ある程度考慮しなくてはならない。

そのようなわけで結局、ずいぶん時間をかけた末に、短編小説を十八編、エッセイ二編を選んだ。一九九二年に川本三郎氏がチーヴァーの短編小説十五編を翻訳し、『橋の上の天使』という題のもとに河出書房新社から刊行しておられる。読みやすい優れた翻訳なので、僕としてはできるだけそちらの収録作と重ならないように、個人的に好きな作品を選ぶことにした（でも不思議なくらい、選択は最初からほとんど重ならなかった）。そちらと読み合わせていただければ、チーヴァーという作家の像がより立体的に、より明瞭に浮かび上がってくるのではないかと思う。ただし「ぼくの弟」という作品だけは（川本氏の本の中では「さよなら、弟」という訳題になっている）、著者の作品経歴の中でどうしても外せないと感じたので、本書にも重ねて収録した。

小説十八編はクノップフ版の収録順序に沿って収録した。基本的には年代順になっているが、順序はそれほど厳密なものではなく、チーヴァーの裁量で多少前後しているようだ。また「ぼくの弟」だけは、思うところあって、年代とは無関係に小説グループのいちばん最後に置かせてもらった。


ジョン・チーヴァーは一九一二年五月にマサチューセッツ州クインシーで生を享《う》けた。チーヴァー家はニュー・イングランドの古い家柄で、もともとは裕福な家庭だったのだが、父親の事業がうまくいかず、一九二七年頃には財産のほとんどをなくしてしまい、そのせいで父親は酒浸りになった。母親が土産物店を開き、それでなんとか生計を立てたが、夫婦仲はこじれた。ジョンは私立名門学校セイヤー・アカデミーに通っていたのだが、様々な事情（貧乏になったこと、学業成績不良であったこと、家庭が混乱したこと）でそれ以上学業を続けることができず、中途退学する。

しかし何が幸いするかわからない。退学後、倉庫でアルバイトをしながら、自分が退学になった経緯を元にした小説を書き上げ、それが文芸批評家マルカム・カウリーの目にとまり、「新しい世代の声」として彼の運営する文芸誌「ニュー・リパブリック」に掲載された。そのようにまだ十代にして、ジョン・チーヴァーの作家としてのキャリアが開始されたわけだ。

一九四〇年代からチーヴァーは雑誌「ニューヨーカー」を本拠地として、短編小説をコンスタントに発表し、都会派の短編小説作家としての地位を築いていく。なんとか筆一本で生活できるようになったわけだが、チーヴァーは常に不満を抱えていた。短編小説を量産しないことには家族を養っていけないことに対して、長編小説の執筆が思うように運ばないことに対して、同時代の作家たち（サリンジャー、メイラー、アーウィン・ショー）がどんどん文名を高めていくのに比べ、自分が文学的に低く評価されていることに対して（チーヴァーは「ニューヨーカー」御用達のお手軽な都会派作家だと見なされていた）。そのような恒常的フラストレーションに加えて、過度の飲酒と、年を追って明確になってくる同性愛的傾向が、彼の魂の平穏を蝕《むしば》んでいった。

しかし一九五〇年代の終わり近くになって、ようやく最初の長編小説『ワップショット家の人びと』が刊行され、好評をもって迎えられ、全米図書賞を受賞した。また一連の短編小説も次第に高い評価を得て、経済的にも安定し、郊外の高級住宅地に念願の自前の家を買うこともできた。また一九六四年に刊行された二作目の長編小説『ワップショット家の醜聞』は前作以上に高い評価を受け、「タイム」誌の表紙を彼の顔が飾るまでになる。しかしそのような成功の甘い香りを嗅いでも、彼はなぜか手放しで幸福にはなれなかったようだ。何かが絶え間なく彼の心を蚕食し続けていた。エゴとの激しいせめぎ合い——それは彼の生来の宿痾《しゅくあ》であったのかもしれない。

三作目の長編小説『ブリット・パーク』（一九六九）が、前二作とは打って変わって批評家たちに酷評され、本も思うように売れなかったこともあり、チーヴァーの酒量はますます増えていった。女優のホープ・ラングと愛人関係になり、おかげで夫婦仲は最悪の状態を迎える。創作意欲も落ち、この時期から彼は、いくつかの例外を除いてもうほとんど短編小説を書かなくなってしまう。

この酒浸りの時期のチーヴァーについては、レイモンド・カーヴァーがとても生き生きとした、しかしすさまじいエッセイを書き残している。カーヴァーとチーヴァーは、どちらも当時アイオワ大学のライターズ・ワークショップに参加しており、毎日のように二人で酔っ払っていた。カーヴァーの描写を信用するなら、彼らは本当に想像を絶するほど酒を飲みまくっていたようだ。もちろんそんなことをしていて身体を壊さないわけがない。一九七三年にチーヴァーはひどい発作に襲われ、あやうく死にかけた。アルコールのおかげで内臓がひどいことになっていたのだ。そこに至ってようやく彼は酒を断ち、以来死ぬまで酒類を一切口にしなかったという。

酒を断ったチーヴァーは一念発起して四作目の長編小説『ファルコナー』を書き上げ、一九七七年に出版した。刑務所を舞台にしたその意欲的な物語は、三週間にわたって「ニューヨーク・タイムズ」のベストセラー・リストの首位に輝き、「ニューズ・ウィーク」誌は「グレート・アメリカン・ノヴェル」という最大級の賛辞を送った。『The Stories of John Cheever』もジョン・アーヴィングの『ガープの世界』を押しのけて、その年のピュリッツァー賞を受賞した。しかしその後間もなく一九八二年六月一八日に、チーヴァーは癌のためにこの世を去った。享年七十だった。

意外といえば意外だが、生前それほど高く評価された彼の長編小説を読む人は、今ではさほど多くないようだ。しかし彼の短編小説集（クノップフ版）は、大きな書店の棚には必ず常備されているし、今でも多くの人々の手に取られ、共感を持って読み続けられている。「軽量級」と評され、あるときには軽侮されていた彼の短編小説群は、半世紀以上を経た現在もしっかりと生き残り、それればかりか時間の経過と共に独自の重みを身につけてきたように僕には感じられるのだが。

最後になるが、翻訳に関しては柴田元幸氏の助力を得た。深く感謝する。

二〇一八年九月

巨大なラジオ／泳ぐ人

巨大なラジオ

The Enormous Radio

チーヴァーの短編小説の代表作を（たとえば）半ダースばかりあげるとしたら、この作品はまずはずすわけにはいかないだろう。著者のキャリアのかなり初期、一九四七年に書かれ、「ニューヨーカー」に掲載された。

ニューヨークの高級アパートメントに住む「中の上」クラスに属する夫婦の話だが、その一見してありきたりの暮らしが、話が進行するにつれて次第にシュール・レアリスティックな奈落に引きずり込まれていく。その様子が実に巧妙に、そして子細に描かれている。チーヴァーは基本的にはリアリスティックな手法をとる作家だが、このようなカフカ的タッチがところどころに、まるで窓の隙間から家内に忍び込む暗い夜気のように、静かに姿を現す。チーヴァーでなくては描けない特別な世界だ。

「ニューヨーカー」一九四七年五月一七日号に掲載。

　ジムとアイリーンのウェストコット夫妻は、大学の同窓会報の統計報告に照らし合わせれば、満足すべき平均収入を得て、充実した活動をおこない、人々の敬意を得ていると目される地点に達した人々だった。二人の小さな子供たちの親であり、結婚して九年になり、サットン・プレイス近くのアパートメント・ハウスの十二階に住んでいる。年に平均して一・三回は芝居を見に行き、いつかはウェストチェスターに引っ越したいという希望を持っていた。アイリーン・ウェストコットは人当たりの良い、どちらかといえば平凡な見かけの女性で、髪は柔らかな茶色、広く秀でた額にはしわひとつ見えない。そして冷ややかな季節になると、ミンクに似せた色に染めたケナガイタチのコートを着た。ジム・ウェストコットのことを実際の歳より若く見えると言う人はいるまいが、少なくとも彼が実際の歳より若々しい気持ちを抱いているらしいと言うことはできそうだ。白髪混じりの髪をとても短くカットし、かつての級友たちがアンドーヴァー（マサチューセッツ州北東部の町。有名な寄宿学校フィリップス・アカデミーがある）で着ていた種類の服を着ていた。その物腰は真摯さ、熱心さ、そして意図されたナイーブさを漂わせていた。ウェストコット夫妻がまわりの友人たちや、クラスメイトたちや、隣人たちと異なっているのは、彼らがシリアスな音楽に対する興味を分かち合っているところだけだった。二人は――このことはほとんど誰にも言わなかったが――ずいぶん多くのコンサートに通っており、とても多くの時間をラジオで音楽を聴いて過ごした。

　彼らの所有するラジオは旧式の機械で、不安定で、予測しがたく、既に修理の限界を超えていた。そして二人ともラジオの構造を――というか自分たちのまわりにあるすべての器具の構造を――理解していなかった。機械の具合が悪くなると、ジムはキャビネットの脇腹を手でどんと叩いた。それでうまくなおることもあった。ある日曜日の午後、シューベルトの弦楽四重奏曲の途中で、音楽が霞んでそのままそっくり消えてしまった。ジムは何度もキャビネットを叩いてみたが、反応はなかった。シューベルトの音楽は二人の前から永遠に失われてしまった。新しいラジオを買おうと、ジムはアイリーンに約束した。そして月曜日に会社から帰宅したとき、ラジオを購入してきたよと彼は言った。どんなラジオだかを教えることを彼は拒み、「届けられたときのお楽しみだよ」と言った。

翌日の午後、ラジオは勝手口に届けられた。メイドと雑用係に手伝ってもらって、アイリーンはそれを木枠から出して居間に運んだ。ユーカリ材でできた大きなキャビネットを一目見て、彼女はその醜悪な外見にショックを受けた。アイリーンは自宅の居間に誇りをもっていた。そこに揃えた家具調度やその色調は、服を選ぶのと同じくらい細心の注意を払って選んだものだった。そして今、そのラジオは彼女の親密な所有物の中にあって、無遠慮な侵入者のように映った。機械のパネルにずらりと並んだ数多くのダイアルやスイッチにはまったく困惑させられた。彼女はパネルを子細に点検してから、壁のコンセントにプラグを差し込み、スイッチを入れた。ダイアルがいかにも毒々しい緑の光に溢れ、遠くの方から微かにピアノ五重奏曲が聞こえた。でも五重奏曲が遠くに聞こえたのはほんの一瞬のことで、それは光のスピードよりも速く彼女にわっと襲いかかり、部屋の中をすさまじく拡大された騒音で満たした。おかげでテーブルの上に置かれた陶器の装飾品が床に落ちてしまったほどだ。彼女はあわてて機械の前に飛んでいって音量を絞った。みっともないユーカリ材のキャビネットの中に潜むその凶暴な力は、アイリーンを不穏な気持ちにさせた。そこにちょうど子供たちが学校から帰ってきて、彼女は二人をセントラル・パークに連れて行った。再びラジオの前に戻れたのは、夕刻近くになってからだった。

メイドが子供たちに夕食を与え、お風呂に入れているときに、アイリーンはラジオのスイッチを入れ、ボリュームを絞って腰を下ろし、よく知っているお気に入りのモーツァルトの五重奏曲に耳を澄ませた。音楽はずいぶんクリアに聞こえた。新しい機械は前のものよりも音の純度が遥かに高い。それは確かだ。なんといっても音色がいちばん重要なものだし、キャビネットはうまくソファの背後に隠せるだろう。しかし彼女がラジオとのあいだに平和を見いだすのとほとんど同時に、邪魔が入り込んできた。導火線が燃えているようなちりちりという雑音が、弦の調べにあわせて聞こえてきたのだ。音楽の向こうにかさこそという音があった。その音は否応なく、不快な海鳴りを思い出させた。そして五重奏曲が進行するにつれ、ほかの雑多な音が次々にそこに加わっていった。あらゆるスイッチとダイアルを試してみたが、雑音を減少させることはできなかった。彼女はわけのわからないまま気落ちして座り込み、なんとかメロディーだけでも辿ろうと努めた。建物のエレベーター・シャフトが居間の壁のすぐそばを通っていて、エレベーターの立てる音が聞こえた。そのせいでこのような雑音が生じるのではないだろうか？エレベーター・ケーブルのかちゃかちゃいう音と、エレベーターのドアの開け閉めの音が、ラジオのスピーカーから再生されてしまうのだ。そしてそのラジオがあらゆる種類の電流に感応しやすいことがわかると、アイリーンはモーツァルトの音楽の中に、様々な音を聞き取れるようになった。電話のベルが鳴っている音や、ダイアルを回す音や、真空掃除機の不満の呻きなどを。より注意深く耳を澄ませば、玄関の呼び鈴や、エレベーターのちんというベルや、電気カミソリや、電動ミキサーの音を聞きわけることもできた。それらの音は、彼女の住居のまわりを囲んでいるあちこちの世帯から拾い上げられ、ラジオのスピーカーに入り込んでくるのだ。不細工で強力な機械、余計な音まで敏感に拾い上げてしまう見当違いの性能の良さ、そんな機械を自分が手なずけられるとはとても思えなかった。だからラジオのスイッチを切って、子供部屋に子供たちの様子を見に行った。

その夜帰宅すると、ジム・ウェストコットは自信たっぷりにラジオの前に行き、コントロール盤を操作した。そしてアイリーンと同じ種類の経験をした。ジムが選んだ放送局では、男の声が話していた。男の声は遠くから聞こえていたと思うと、突然大音量になってアパートメントを激しく震撼させた。ジムはボリュームをまわして声の音量を下げた。その一分か二分後に雑音が入ってきた。電話のベルとか呼び鈴の音とかが聞こえてきた。エレベーターのドアのごりごりという音やら、台所器具のうーんという唸りがそこに加わった。アイリーンが先刻試したときとは、それらの雑音の性格は異なっていた。電気カミソリはひとつ残らずコードを抜かれ、真空掃除機はみんなクローゼットにしまい込まれたらしい。そしてぱちぱちという音は、日が暮れたあとの都市を司るペースの変化を反映していた。彼はつまみボタンをあちこちいじり回したが、ノイズを駆逐することはできなかった。あきらめてラジオのスイッチを切り、アイリーンに言った。明日の朝これを売りつけた店に電話をして、たっぷり文句を言ってやるよと。

翌日の午後、アイリーンが友人との昼食を済ませてアパートメントに戻ると、「業者がやってきてラジオの修理をしていきましたよ」とメイドに教えられた。アイリーンは帽子も取らず、毛皮のコートも脱がず、まっすぐ居間に行ってラジオを試してみた。スピーカーからは録音された「ミズーリ・ワルツ」が流れてきた。それは彼女に、何度も夏を過ごした湖の向こう岸から時折聞こえてきた、古い蓄音機のスクラッチだらけのか細い音楽を思い出させた。そのワルツが終了し、録音状態について何かしらの説明があるはずだと思って、彼女は待った。しかし説明はなかった。しばし沈黙があり、それからそのスクラッチだらけの哀調に満ちた音楽がまた繰り返された。彼女はダイアルを回し、今度は不足なく盛大な音量のコーカサス風音楽が聴こえてきた。土の上をどすんどすんと足が踏みつけ、じゃらじゃらとコイン・ジュエリーが触れあう音まで聞こえた。しかし音楽の背後にはベルがりんりんと鳴る音が聞こえ、混濁した人々の声が聞こえた。そのとき子供たちが学校から帰宅したので、彼女はラジオを消して子供部屋に行った。

その夜、帰宅したジムは疲れていた。彼は風呂に入り、服を着替えた。それから居間でアイリーンと二人になった。ちょうど彼がラジオのスイッチを入れたときに、夕食の支度が整ったとメイドが告げた。だからラジオはつけっぱなしにして、アイリーンと共に食卓に向かった。

ジムは疲れ果てて、会話を交わす元気もない様子だった。夕食にはアイリーンの興味を惹きつけるようなものはなかったので、彼女の注意は食べ物から、蠟燭立てに残った磨き粉へと、そこから隣室の音楽へと移っていった。そして数分間、ショパンのプレリュードに耳を澄ませていたが、そこに突然割り込んできた男の声にびっくりさせられた。「もう勘弁してくれよ、キャシー」とその声は言った。「ぼくが家に帰ったら、君は必ずピアノを弾いているじゃないか。そうしないわけにはいかないのか？」。音楽はぴたりと止まった。「だって今しか弾く時間がないのよ」と女が言った。「昼間はずっと会社で働いている」。「それはこちらも同じさ」と男が言った。彼はアップライト・ピアノについて粗暴な言葉を口にし、ドアをばたんと閉めた。情熱的でメランコリックな音楽が再び始まった。

「あなた、あれを聞いた？」とアイリーンは尋ねた。

「何を？」、彼はデザートを食べていた。

「ラジオよ。音楽がまだかかっているときに、男の人が何かを言ったの――何か汚らしい言葉を」

「お芝居か何かだろう」

「お芝居だとは思わないわ」とアイリーンは言った。

二人は食卓を離れ、居間にコーヒーを持っていった。アイリーンはジムに、どこか別の放送局を探してくれと言った。彼はつまみを回した。「ぼくの靴下どめを見なかったか？」と男が言った。「ボタンをとめてちょうだい」と女が言った。「ぼくの靴下どめを見なかったか？」と男がもう一度言った。「いいからボタンをとめてよ。そのあとであなたの靴下どめを探すから」と女が言った。ジムは別の放送局に移った。「灰皿に林檎の芯を残されると困るんだよ」と男の声が言った。「その匂いがたまらない」

「こいつは奇妙だ」とジムは言った。

「そうよね」とアイリーンは言った。

ジムはまたつまみを回した。「『コロマンデルの岸辺、早どりのカボチャがふくらむところの』」と強い英国訛りのある女の声が言っていた。「『森の奥にヨンギー・ボンギー・ボーが住んでおりました。二脚の古い椅子と、蠟燭が半分と、取っ手のとれた古い水差しがひとつ……』」

「あらまあ！」とアイリーンが叫んだ。「これ、スウィーニーさんのところの乳母よ」

「『彼の財産といえばただそれだけ』」とその英国風の声が続けた。

「それ、もう消してちょうだい」とアイリーンが言った。「私たちの声も向こうに聞こえているかもしれないわ」。ジムはラジオのスイッチを切った。「あれはミス・アームストロング、スウィーニーの乳母よ」とアイリーンは言った。「子供に詩を読んでいるんだわ。彼らは17Bに住んでいる。公園でミス・アームストロングと話をしたことがあるの。だから彼女の声はよく知っている。私たちはほかのおうちの音を拾っているんだわ」

「そんなことあり得ない」と彼は言った。

「ええ、でもあれはとにかくスウィーニーの乳母よ」とアイリーンは熱っぽい声で言った。「私は彼女の声を知っている。聞き違えようはない。ひょっとして、向こうにもこっちの声が聞こえているんじゃないかしら？」

ジムはスイッチを入れた。スウィーニーの乳母のむき出しの訛りが、最初はずっと遠くの方から、それからまるで風に乗って運ばれてくるように、少しずつ近づいて聞こえてきた。「『レディー・ジングリー！　レディー・ジングリー！』」と彼女は言った。「『カボチャのふくらむところに落ち着いて、おいらの嫁さんになってくれませんか？　とヨンギー・ボンギー・ボーが言いました……』」

ジムはラジオの前に行って、スピーカーに向かって大きな声で「ハロー」と言った。

「『一人暮らしはたいへんだ』」と乳母は話し続けた。「『ここの浜はなにしろ荒くて、小石だらけだ。おいらは暮らすのに疲れちまった。もしあんたが嫁さんに来てくれたら、おれの暮らしはずいぶん楽しいものになるんだが……』」

「向こうには聞こえてないみたいね」とアイリーンは言った。「他を試してみて」

ジムは他の放送局に合わせた。そして居間は、今や真っ盛りのカクテル・パーティーの喧噪で満たされた。誰かがピアノを弾いて、「ホイッヘンプーフ・ソング」（イェール大学生の愛唱歌）を歌っていた。ピアノを取り囲む人々の声はどこまでも大きく、幸福そうだった。「もっとサンドイッチを召し上がって」と女性が叫んでいた。甲高い笑い声があり、皿らしきものが床に落ちるがしゃんという音が聞こえた。

「11Eのフラーさんのところに違いないわ」とアイリーンは言った。「今日の午後にカクテル・パーティーを開くって言ってらしたから。酒屋さんで顔を合わせたの。これってすごいわね。他を試してちょうだい。18Cの人たちのところに行けないかしら？」

ウェストコット夫妻はその夜、カナダでの鮭釣りについての独白やら、ブリッジゲームの模様やら、シー・アイランドに二週間滞在したときのホーム・

ムーヴィーに添えられたとおぼしきコメントやら、預金を引き出しすぎたことに関する激しい家庭内口論やらを立ち聞きした。二人は真夜中にラジオを切り、笑いすぎてくたびれたお腹を抱えてベッドに入った。夜中に男の子が水が飲みたいと言い出し、アイリーンは子供部屋に水を持って行った。未明の早い時刻だった。近隣の明かりはすべて消えて、子供部屋の窓からは無人の通りが見えた。彼女は居間に行って、ラジオをつけてみた。微かな咳と、うめき声が聞こえ、それから男の声がした。「大丈夫か、ダーリン？」と彼は尋ねた。「ええ」と女が弱々しい声で言った。「ええ、大丈夫だと思う」、それから彼女は深々と感情を込めて付け加えた。「でもね、わかるでしょ、チャーリー、なんだかもう自分ではなくなっているような気がするのよ。自分が自分であると思えるのは、一週間に十五分か二十分くらいのもの、ということもある。別のお医者にかかろうとは思わない。なぜなら今でも既に、お医者の費用はとんでもない額になっているから。ただね、チャーリー、私はもう自分が自分みたいに思えないっていうだけなの。自分が自分だという気がしないのよ」。彼らは若くないとアイリーンは思った。声の響きから、中年の夫婦だろうと見当をつけた。会話の抑制されたメランコリーと、寝室の窓から吹き込んでくるすきま風が、彼女を身震いさせた。そして彼女はベッドに戻った。

翌日の朝、アイリーンは家族のために朝食を用意した。メイドは十時になるまでは、地下にある自分の部屋から上がってこない。娘の髪を編んでやり、子供たちと夫がエレベーターに乗って出て行くのを戸口に立って見送った。それから居間に行って、ラジオのスイッチを入れた。「学校になんて行きたくない」と子供が金切り声を上げていた。「学校なんて大嫌いだ。学校になんて行かない。学校なんて大嫌いだ」。「学校には行くのよ」と怒った母親が言った。「おまえがあの学校に入るために私たちは八百ドルも払ったのよ。たとえ殺されようと、学校には行ってもらいますからね」。次に聞こえてきたのは「ミズーリ・ワルツ」の擦り切れたレコードだった。アイリーンはコントロール盤を操作して、何軒かの家の朝食の席のプライバシーに侵入した。そしてそこに繰り広げられる消化不良や、性愛や、底なしの虚栄や、信仰心や、絶望の実例を立ち聞きした。アイリーンの人生はおおむね見かけ通りにシンプルで、堅く護られたものだった。だからその朝スピーカーから流れてきたあからさまで、ときには猛々しい言葉は彼女を驚かせ、心を揺さぶった。メイドがやってくる時刻まで、彼女はそれを聞いていた。それから急いでスイッチを切った。このような覗き見があさましい行為だと、自分でもわかっていたからだ。

その日、友だちと一緒に昼食をとる約束をしており、彼女は十二時少しあとに家を出た。エレベーターが彼女の階で停まったとき、その中には数多くの女性たちが乗っていた。アイリーンは女たちの取り澄ました整った顔と、彼女たちの毛皮と、彼女たちの帽子についた布製の造花をじっと見ていた。このうちの誰がシー・アイランドに行ったのだろう、と彼女は思った。このうちの誰が銀行預金を引き出しすぎたのだろう？　エレベーターは十階で停まり、二匹のスカイ・テリアを連れた女性が乗り込んできた。髪は頭上高く結われ、ミンクのケープをまとっていた。そして「ミズーリ・ワルツ」をハミングしていた。

昼食のときにアイリーンはマティーニを二杯飲んだ。そして探るようにじっと友人の顔を見て、この人はどんな秘密を胸の奥に隠しているのかしらと思った。二人は食事のあとで一緒にショッピングに行くことになっていたのだが、アイリーンは用事があるからといってそのまま帰宅した。しばらく一人にしておいてくれとメイドに言い渡し、居間に入ってドアを閉め、ラジオのスイッチを入れた。そして午後のあいだずっと、叔母の話相手をつとめている女性のたどたどしい会話や、ランチョン・パーティーのヒステリカルな結末や、カクテル・パーティーのゲストに関して女主人がメイドに与えている指示に耳を澄ませた。「髪が白くなっていない人に上等のスコッチを出したりしては駄目よ」と女主人は告げていた。「温かいものを差し出す前に、レバーペーストはできるだけ下げておくように。それから五ドル持ちあわせていない？　エレベーター係にチップをあげたいから」

夕刻が近づくにつれて、会話はますますにぎやかになっていった。アイリーンの座っている場所から、イースト・リヴァーの上の開けた空が見えた。空には何百もの数の雲が浮かんでいた。まるで南からの風が冬を粉々に砕いて、北に吹き寄せたみたいに。そして彼女のラジオからは、次々に到着するカクテル・パーティーのゲストや、それぞれの学校や職場から帰宅してくる子供たちやビジネスマンの声が聞こえた。「今朝トイレの床で、かなり大きなダイアモンドを見つけたの」と一人の女が言っていた。「昨夜ミセス・ダンストンがつけていたブレスレットから落ちたんだと思う」。「売るんだな」と男は言った。「マディソン・アヴェニューの宝飾店に持っていって、売ればいい。ミセス・ダンストンは気づきもしないさ。二百ドルばかり入ればありがたいぜ……」「『オレンジとレモン、と聖クレメントの鐘は言います』」とスウィーニーの乳母は歌った。「『半ペンスと四分の一ペンス、と聖マーティンの鐘は言います。わしにはいつ払ってくれるのかね、とオールド・ベイリーの鐘は言います……』」「それは帽子じゃない」と一人の女が叫んでいた。彼女の背後にはカクテル・パーティーの喧噪が聞こえた。「帽子じゃなくて、情事なのよ。それがウォルター・フローレル（四〇年代に人気があった帽子デザイナー）の言ったこと。それは帽子じゃなくて、情事なんだって彼は言ったの」。そしてそれからもっと抑えた声で彼女は付け加えた。「お願いだから、誰かに話しかけてちょうだい、ハニー。誰かに話しかけて。あなたが誰とも話さずにただそこにぼやっと突っ立っているところを彼女に見られたら、私たちはもう招待客のリストには入れてもらえないから。私はこういうパーティーが大好きなの」

その夜、ウェストコット夫妻は夕食のために外出した。ジムが帰宅すると、アイリーンは服を着替えているところだった。彼女は悲しげで、心ここにあらずという風に見えた。彼は妻のために酒をつくってやった。二人は近所に住む友人たちと夕食を共にすることになっており、そこまで歩いて行った。空は広く、光でたっぷりと満たされていた。記憶と欲望をかき立ててくれそうな素晴らしい春の宵で、彼らの両手と顔に触れる空気はどこまでもソフトに感じられた。角に救世軍の楽隊がいて、「イエスは恵み深い」を演奏していた。アイリーンは夫の腕を引いて、しばらくそこに立って音楽を聴いていた。

「みんな、とても素敵な人たちね。そうじゃない？」と彼女は言った。「みんなとても素敵な顔をしている。本当のところ、彼らは私たちの知っている多くの人たちよりもよほど素敵だわ」。彼女は財布から紙幣を一枚抜き出し、歩いて行って、それをタンバリンの中に落とした。夫のところに戻ってきたとき、その顔にはメランコリーの眩しいまでの輝きがあった。夫にとってあまり見覚えのない表情だった。そしてその夜のディナー・パーティーでのアイリーンの振る舞いもまた、彼には奇妙なものに感じられた。礼儀に反して女主人の話を遮り、テーブルの向かいの席に座っている人々をあからさまにまじまじと見つめた。自分の子供たちがそんなことをすれば、彼女はおそらく罰を与えていたはずだ。

パーティーから帰宅するときも、気候はまだ穏やかだった。アイリーンは春の星空を見上げた。「『あの小さな蠟燭は、遥か遠くから私たちに光を投げかけている』」と彼女は声を上げた。「『この穢れた世界にあって、良き行いは光り輝く（シェイクスピア『ヴェニスの商人』第五幕第一場）』」。その夜彼女はジムが眠り込んだのを見届け、居間に行ってラジオのスイッチを入れた。

翌日の夜、ジムは六時頃に帰宅した。メイドのエマが彼を迎えた。彼が既に帽子を取り、コートを脱いでいるとき、アイリーンが玄関に走ってきた。彼女の顔には涙が光り、髪はすっかり乱れていた。「16Cに行ってちょうだい、ジム！」と彼女は金切り声を出した。「コートを脱がないで、そのまま16Cに行って。ミスタ・オズボーンが奥さんをぶっているの。二人は四時からずっと口論をしていたんだけど、今では彼が奥さんを殴っている。行ってそれをやめさせて」

居間のラジオからジムは悲鳴と、罵りの言葉と、どすんという物音を耳にした。「なあ、君はこんなものを聞いている必要はないんだよ」と彼は言った。そして大股に居間に歩いて行って、ラジオのスイッチを切った。「品の良い行いとは言えない」と彼は言った。「窓から人の家をのぞき込むようなものだ。こんなものを聞いている必要はないんだよ。スイッチを切ればいいだけのことだ」

「ああ、とても恐ろしいことだわ。とてもたまらない」とアイリーンはむせび泣きながら言った。「一日これを聞いていて、気持ちがすっかり落ち込んでしまった」

「気持ちが落ち込むのなら、そんなもの聞かなければいいじゃないか。僕がこのラジオを買ったのは、君が愉しんでくれると思ったからだ」と彼は言った。「そのために大枚をはたいたんだ。君がそれで幸福になると思ったからだ。僕は君を幸福にしたかったんだよ」

「お願い、お願い、お願い、お願いだから私を相手に口論を始めないで」と彼女は呻くように言った。そして夫の胸に顔を埋めた。「他の人たちはみんな一日中言い争いをしているの。誰もがお金のことで気を病んでいる。ミセス・ハッチンソンのお母さんはフロリダにいて癌で死にかけている。でも彼らには、彼女をメイヨ・クリニックに入れる金銭的余裕がないの。少なくともミスタ・ハッチンソンは自分たちにはそんなお金の余裕はないと言っている。そしてこの建物に住む一人の女の人は、雑用係と関係を持っている。あのおぞましい雑用係と。胸がむかつくわ。ミセス・メルヴィルは心臓に問題を抱えていて、ミスタ・ヘンドリックスは四月に職を失おうとしていて、奥さんはそのことで夫をさんざんなじっている。そして『ミズーリ・ワルツ』を聴いている娘さんは娼婦なの。誰にでもお金で体を売る娼婦よ。エレベーター係は肺病を病んでいるし、ミスタ・オズボーンは奥さんを殴っている」。彼女はむせび泣き、哀しみに身を震わせた。そして手の付け根のところで頬を流れ落ちる涙を止めた。

「なあ、どうして聞くのをやめないんだ」と彼はうんざりしたように言った。「それほど惨めな気持ちになるのなら、そんなものに耳を貸さなければいいだけのことじゃないか」

「ああ、やめて、やめて、やめて」と彼女は叫んだ。「人生ってあまりにも恐ろしくて、汚らしくて、救いがない。でも私たちはそんな風じゃなかった。そうよね、ダーリン？　違う？　だって私たちはずっとまっとうだったし、節度をもって、互いを愛しながら生きてきたわよね？　そして私たちには二人の子供がいる。美しい二人の子供たちが。私たちの人生は汚れたものじゃなかったわよね、ダーリン？　そうよね？」。彼女は両腕を夫の首に巻き付け、その顔を自分の顔の方に引き寄せた。「私たちは幸福だわ。そうよね、ダーリン？　私たちは幸福よね？」

「もちろん僕らは幸福だ」と彼はくたびれた声で言った。彼の怒りは次第に引いていった。「もちろん僕らは幸福だよ。あのろくでもないラジオは明日にでも、修理させるか引き取らせるかするよ」。彼は妻の柔らかい髪を撫でた。「かわいそうに」と彼は言った。

「私のことを愛してくれているわよね？」と彼女は尋ねた。「私たちはお互いのあら探しもしないし、お金の心配もしないし、隠し事もしていないわよね？」

「もちろんさ、ダーリン」と彼は言った。


翌朝、男がやって来てラジオを修理していった。アイリーンは用心深くスイッチを入れたが、カリフォルニア・ワインのコマーシャルと、それからベートーヴェンの第九交響曲（シラーの「歓喜の歌」付き）のレコード演奏が流れてきたのを耳にして、幸福な気持ちになった。一日中ラジオをつけっぱなしにしていたが、不適切な音声はスピーカーからひとつとして流れてこなかった。

ジムが帰宅したときには、『スペイン組曲』が流れていた。「何も問題はないかい？」と彼は尋ねた。顔色が良くないみたい、と彼女は思った。二人はカクテルを飲み、それから『イル・トロヴァトーレ』の「鍛冶屋の合唱」にあわせて食堂に移った。そのあとにドビュッシーの『海』が続いた。

「今日ラジオの支払いを済ませたよ」とジムは言った。「四百ドルもした。君にもせいぜい愉しんでもらいたいものだ」

「ええ、もちろん愉しませてもらうわ」とアイリーンは言った。

「四百ドルというのは、僕にとっては分不相応な出費なんだ」と彼は続けた。「何か君の楽しみになるようなものを買ってあげたかった。しかし今年はもうそんな贅沢はできない。君はまだ洋服屋の支払いも済ませていないみたいじゃないか。請求書が化粧台に置いてあった」。彼はまっすぐ妻の目を見ていた。「どうしてもう支払いを済ませたなんて僕に言ったんだ？　なんでそんな嘘をついたんだ？」

「あなたを心配させたくなかったからよ、ジム」と彼女は言った。そして水を一口飲んだ。「そのお金は月々の私のお小遣いから支払えるわ。先月は椅子カヴァーを買わなくちゃならなかったし、パーティーも開いたし」

「僕が渡す金の使い途にもっと慎重になってもらわなくちゃな、アイリーン」と彼は言った。「今年僕らが手にする金は、昨年ほど多くはないということをわかってほしい。今日ミッチェルといささか面白くない話をした。人々はもうあまりものを買わなくなったんだ。僕らは必死になって新製品の売り込みをしているが、効果が出るまでには長い時間がかかる。ねえ、僕はもう若くはなれないんだよ。もう三十七歳になった。来年には髪はきっと白くなってしまうだろう。かつて望んでいたようなことは、結局のところ達成できなかった。そしてものごとが大きく好転するとはまず思えない」

「わかったわ、ディア」と彼女は言った。

「僕らはこれから生活を切り詰めていかなくちゃならない」とジムは言った。「子供たちのことも考えなくてはならない。正直なところ金のことがとても心配なんだ。将来にまったく確信が持てない。みんな持てないでいるんだ。もし僕の身に何かがあれば、保険がおりる。でも昨今、それくらいの金じゃたいしたことはできない。君や子供たちに快適な暮らしをさせるために、これまでずいぶん必死に働いてきた」と彼は苦々しい口調で言った。「僕のすべてのエネルギーが、すべての若さが、毛皮のコートやら、ラジオやら、椅子カヴァーなんかに消えていくのを見るのはたまらない――」

「お願い、やめて、ジム」と彼女は言った、「お願い、みんなに聞こえるわ」

「誰に聞こえるんだ？　エマには聞こえないぜ」

「ラジオよ」

「ああ、もううんざりだ！」と彼は叫んだ。「君の不安症にはもううんざりしたよ。ラジオに僕らの話を聞くことなんてできない。誰にも聞こえやしない。それにもし聞こえたとして、それがどうしたっていうんだ？　誰がそんなことを気にする？」

　アイリーンは立ち上がって、居間に行った。ジムは戸口に立って、そこからアイリーンに向かって怒鳴った。「どうしてそんなに急に聖女ぶるんだ？　たった一晩のうちに汚れのない身にでもなったのか？　君は遺言の検認が行われる前に、お母さんの宝石を盗んだじゃないか。本当は君の妹に与えられることになっていたのに、君はそれを売った金を、びた一文彼女には渡さなかった。彼女は金を必要としていたというのに。君はグレース・ハウランドの人生を惨めなものにしてしまったし、それに堕胎医のところに行ったとき、君の信仰心と道徳心はどこにかくれていたんだ？　君がどれくらい冷静な顔をしていたか、とても忘れることはできない。君はバッグに荷物を詰めて、赤ん坊を殺すために家を出ていった。まるでナッソー（バハマの首都）にでも出かけるみたいにな。もし君が思慮をわきまえているなら、たとえ少しでも思慮というものを――」

　アイリーンは、貶められ、情けない気持ちになりながら、少しのあいだおぞましいラジオのキャビネットの前に立っていた。しかしその音楽と声を消してしまう前に、スイッチの上にしばらく手を置いていた。機械が何か親切な言葉を自分にかけてくれないかと思って。スウィーニーの乳母の声が聞こえてこないかと思って。ジムは相変わらず戸口のところから、彼女に向かって怒鳴り続けていた。ラジオの声は滑らかで、あくまで無機的だった。「東京で早朝に大きな鉄道事故があり、二十九人の死者が出ました」とスピーカーは語っていた。「バッファロー近郊の、目の見えない子供たちを扱うカソリック病院で、今日未明に火事がありましたが、尼さんたちによって消し止められました。気温は四十七度（摂氏約八度）、湿度は八十九パーセントです」

ああ、夢破れし街よ

O City of Broken Dreams

中西部の田舎町からニューヨークに出てきた、純朴な戯曲家志望の男と、その家族。基本的にはコメディー仕立ての話なのだが、ものごとは次第にとんでもない方向に枝葉を延ばしていって、やがては地獄巡りのような不穏な様相を帯びてくる。この家族はこれからいったいどのような運命をたどるのだろう？

僕も昔、ニューヨークでエージェントと出版社をあちこちまわったことがある。ここまでドラマチックではなかったものの、いくつかの奇妙な体験もした。ニューヨークというのはかなり特別な場所なんだなと、そのときにあらためて思ったものだ。

イノセンス対大都会——という単純な図式では収まりきらない、不思議な不安感が全体に漂っている。

「ニューヨーカー」一九四八年一月二四日号に掲載。

シカゴ発の列車がオールバニーを過ぎて、ニューヨークに向かう渓谷へと下り始めたとき、マロイ一家は——それまでに彼らは既に幾多の興奮の段階を通過してきたのだが——自分たちの呼吸が速まっていくのを感じた。まるで客車の中の空気が足りなくなったみたいに。彼らは背中をまっすぐ伸ばし、頭を起こし、不運な潜水艦の乗組員よろしくはあはあと酸素を探し求めた。娘のミルドレッド・ローズは実に羨ましいやり方で、その興奮から身を引いた。眠りに落ちたのだ。エヴァーツ・マロイは今にも棚からスーツケースを下ろそうかという勢いだったが、奥さんのアリスは時刻表をチェックして、それにはまだ早すぎると言った。彼女は窓の外の雄大なハドソン川をじっと眺めていた。

「なぜあの川はアメリカの外皮《ラインド》って呼ばれているのかしら？」と彼女は夫に尋ねた。

「ライン（ハドソン川は、ヨーロッパのライン川に例えられ「アメリカのライン川」と呼ばれていた）だよ」とエヴァーツは言った。「ラインドじゃなくて」

「あら」

　彼らはその前日、インディアナ州ウェントワースの自宅をあとにしてきた。そしてその旅行に、また行き先の素晴らしさに胸を躍らせつつも、二人とも折に触れては、ガスの栓はちゃんと閉めてきただろうか、納屋の裏でゴミを燃した火はすっかり消えているだろうかとか、そんなあれこれに思いを巡らせていた。彼らは、土曜日の夜のタイムズ・スクエアで時折見かける人々のような服装をしていた。つまり、ここぞというときのためにとっておいた衣服に身を包んでいるのだ。彼の軽い靴がクローゼットの奥から引っ張り出されたのはおそらく、父親の葬儀だか弟の結婚式だか以来のことだろう。彼女がその新しい手袋を——十年前のクリスマスに贈られた手袋を——はめるのは初めてのことだ。彼の変色したカラー・ピン、彼のイニシャルの入ったタイ・クリップ（メッキされたチェーンがついている）、お洒落なソックス、胸ポケットに収められたレーヨンのハンカチーフ、襟に飾られた羽毛製のカーネーション、それらはすべて彼の箪笥のいちばん上の抽斗に長年にわたって、いつかきっと人生が自分をウェントワースの町から召喚する日がやってくるに違いないという確信のもとに用意されていたものだった。

　アリス・マロイはもつれた黒髪で、彼女のことを自分で思っている以上に愛している夫でさえ、彼女の痩せた顔を見ていると時折、雨の日の共同住宅の戸口を思い浮かべることがあった。というのは彼女の顔つきは面長で虚ろで、光量が乏しかったからだ。それは貧者が味わう穏やかな恍惚と悲惨への出入り口だった。エヴァーツ・マロイはとても細身だった。彼はバスの運転手として働いており、いくらか猫背だった。彼らの子供は親指を口にくわえて眠っていた。娘の髪は黒く、その汚れた顔は母親と同じように痩せていた。列車ががたんと乱暴に揺れて目が覚めると、彼女は親指を音を立ててぎゅっと吸い、やがてまた眠りに落ちていった。なにしろまだ五歳だったので、彼女は両親のようにたくさんの服飾品をため込むことはできなかったが、それでも白い毛皮のコートを身にまとっていた。それに合った帽子とマフは、幾世代も前に失われてしまっていたし、コートの毛皮は傷んで擦り切れていた。しかし子供は眠りながらその毛皮を手でさすっていた。まるでそれが「大丈夫だよ、何も心配することはないからね」と言い聞かせてくれる刮目すべき資産であるかのように。

オールバニーを過ぎてから切符を集めに来た車掌は、マロイ一家を目にとめた。彼らの見かけの何かが彼を不安な気持ちにさせたからだ。車両を引き返してくるとき、彼は一家のシートの前で立ち止まって話しかけた。最初はミルドレッド・ローズについて、それから彼らの行き先について。

「あなたがたは初めてニューヨークに行かれるのですか？」

「そうですよ」とエヴァーツは言った。

「観光ですか？」

「そうじゃなくて」とアリスが言った。「仕事の関係なんです」

「仕事を探しに行かれるので？」と車掌は尋ねた。

「そうじゃありません」とアリスは言った。「あなたが話してよ、エヴァーツ」

「いや、それは実のところ仕事ってわけでもなくてね」とエヴァーツは言った。「つまり、私は仕事を探してるわけじゃないってことです。仕事なら既にひとつ持っていますから」。彼の態度はフレンドリーで気取りがなく、自らの置かれた事情を熱心に語った。というのは、そういう説明を求めてきた相手はこの車掌が初めてだったからだ。「私は軍隊に入っていたんです。で、軍隊を除隊になり、故郷の町に帰ってきて、またバスの運転手の仕事を始めました。夜間バスの運転手なんですが、その仕事はあまり好きじゃなかった。ずっと胃痛を抱えていたし、夜中に運転していると目もいたむんです。それで、昼の空いている時間に芝居を書き始めました。さて、七号線のウェントワースの近くに――そこが私たちの住んでいるところなんですが――ママ・フィネッリっていう女性がいまして、ガソリン・スタンドと蛇の飼育所を所有しているんですが、彼女はなにしろ口が悪くてちょっと忘れがたいばあさんなんです。で、そのばあさんのことを芝居に書こうと思ったわけです。とにかく辛辣で忘れがたいことをいろいろ口にする人なんですよ。それで、私が第一幕を書き終えたとき、ちょうどプロデューサーのトレイシー・マーチソンがニューヨークからやってきました。婦人クラブで演劇界の抱える諸問題についての講演をおこなうためだったんです。で、アリスがその講演を聴きにいきまして、そこで彼が愚痴を口にしたときにですね、つまりマーチソンが若い劇作家が不足していると愚痴ったときにですね、彼女は手をあげて、マーチソンに向かって言ったんです。うちの夫は若い劇作家なのですが、彼の書いたお芝居を読んでみてもらえませんかって。そうだよな、アリス?」

「そうよ」とアリスは言った。

「で、彼はなんとかそれをうまく避けようとした」とエヴァーツは言った。「マーチソンはなんとか話をはぐらかそうとしました。でもアリスは彼を捕まえて離しませんでした。というのはそこにいた全員がそれを耳にしていたからです。そして彼が講演を終えたとき、彼女はまっすぐ演台に行って、彼にその戯曲を手渡しました。妻はそれをバッグの中に入れて持っていたんです。それから妻は、彼と一緒に彼の泊まっていたホテルまで行って、彼がその戯曲をちゃんと読んでしまうまで、そのそばにずっとついて座っていたんです。戯曲といっても第一幕だけなんですがね。なにしろそこまでしか書いてなかったから。それでですね、彼はその芝居の中に、奥さんのマッジ・ビーティーにぴったりの役を一目で見いだしたわけですよ。マッジ・ビーティーのことはあなたもきっとご存じですよね。彼がそこでどうしたかはおわかりでしょう？　彼はその場で三十五ドルの小切手を書き、これであなたとご主人と一緒にニューヨークにいらしてくださいってアリスに言ったんですよ！　それで我々は預金を全部おろして、言うなれば背水の陣を敷いてここにいるわけです」

「そいつはきっと大したお金になるのでしょうね」と車掌は言い、マロイ家の幸運を願って立ち去った。

エヴァーツはポキプシーで棚からスーツケースを下ろしたがった。そしてハーモンでも。しかしそのたびにアリスは時刻表をチェックして彼を押しとどめた。二人のどちらもこれまでニューヨークを目にしたことはなかった。だから彼らは列車がその都市に近づいていく光景を貪欲に見守っていた。ウェントワースはなにしろ気が滅入るような町だったから、その午後の彼らの目にはマンハッタンのスラムでさえ目映い場所に見えたのだ。列車がパーク・アヴェニューの地下の暗闇の中に入ったとき、アリスは自分が巨人の創造物にまわりを囲まれているような気がして、ミルドレッド・ローズを起こし、震える指で子供のボンネットの紐を結んだ。


マロイ一家が列車を降りたとき、アリスは駅の奥の方の敷石が霜が降りたみたいにきらきらと光っているのに気がついた。そして、ひょっとしてコンクリートに砕いたダイアモンドが混ぜてあるのかしらと思った。彼女はエヴァーツに道を訊いてはいけないと申しつけた。「私たちがお上りさんだとわかったら、身ぐるみ剝がれてしまいますからね」と小声で言った。彼らは、交通の騒音とクラクションを目当てにして（まるでそれが生そのものの招きであるみたいに）、大理石でできた待合室をふらふらと抜けていった。アリスはそれまでにニューヨークの地図をしっかり頭に刻み込んでいた。だから駅を出たとき、どちらに向かえばいいか彼女にはわかっていた。彼らは四十二丁目の通りを五番街に向けて歩いた。すれ違う人々の顔はみんな目的に満ち、怠りがなかった。誰もが、偉大な産業の運命を追求している人々の一員であるかのように見えた。エヴァーツはそれほどたくさんの美しい女性を、それほどたくさんの若々しい顔を目にしたことはなかった。それらは容易い征服を約束していた。時は冬の午後で、街は明るく澄み渡り、そこに菫色の陰がかかっていた。ウェントワース近郊の野原に降る光みたいだ。

　彼らの宿泊先であるホテル・メントーンは六番街を西に入った脇の通りにあった。薄暗い建物で、部屋にはいやな匂いがこもっていた。食事はまずく、ロビーの天井はヴァチカンの礼拝堂顔負けに金箔とゲッソ（白色顔料）でしこたま装飾されていた。そこは老人たちに人気のあるホテルで、あまり素性のよろしくない人々を引き寄せた。マロイ一家がそのホテルを宿泊先に選んだのは、ホテル・メントーンが西部のすべての鉄道駅の掲示板に広告を出していたからだった。彼らの前にも、事情を知らない数多くの人々が同じようにそこに宿泊していた。そして彼らの心優しさと謙虚さが、損なわれた威光やけちくさい悪徳の醸し出す雰囲気を打ち負かし、ホテル内の出入り自由なすべての場所に、冬の午後の田舎の飼料店を思い出させる控えめな香りを残していた。ベルボーイが彼らを部屋に案内した。ボーイが行ってしまうとすぐにアリスは風呂を点検し、窓のカーテンを開いた。窓は煉瓦の壁に面していた。しかし窓を押し開けると、通りの交通の音を耳にすることができた。そしてそれは駅で耳にしたときと同じように、生命そのものの発する抗しがたい、巨大な声のように聞こえた。

　その日の午後、マロイ一家はブロードウェイ・オートマット（自動販売式のカフェ）に行った。彼らはコーヒーが注がれる魔法の蛇口に、自動的にすっと開くガラスのドアに歓喜の声をあげた。「明日は私はベークト・ビーンズを食べるわ」とアリスは叫んだ。「次の日はチキン・パイ、その次の日にはフィッシュ・ケーキにする」。夕食を食べ終えると、一家は通りに出た。ミルドレッド・ローズは両親の真ん中を、二人のたこのできた手を握って歩いた。あたりは暗くなり始めていて、ブロードウェイの明かりは彼らの唱えていたシンプルな祈りにそっくり答えてくれた。頭上高くきらきらと光る大きな広告板には、血まみれのヒーローや、犯罪を犯した恋人たちや、モンスターたちや、武装した悪漢たちの姿が浮かびあがっていた。映画のタイトルや、ソフトドリンク、レストランや煙草なんかの名前がくねくねした光の字で描かれていた。遠くの方、ハドソン川の彼方には容赦のない冬の残光を見ることができた。東側の高いビルには明かりが灯り、燃えあがっているみたいに見えた。それらの黒々としたかたちの上に火が降りかかっているかのようだった。空気は音楽で満ち、あたりは真昼よりもまだ明るかった。彼らは何時間もかけてその人混みの中をあてもなく歩いた。

ミルドレッド・ローズが疲れて泣きだしたので、両親はようやくホテルに彼女を連れて帰ることにした。アリスが娘の服を脱がせかけたところで、誰かがドアをそっとノックした。

「入って」とエヴァーツが声をかけた。

戸口にベルボーイが立っていた。姿格好は少年のようだったが、顔色は良くなく、そこにはしっかりと皺が刻まれていた。「何かご用はないかと思いまして」と彼は言った。「ジンジャーエールとかアイス・ウォーターとか、お入り用じゃありませんか？」

「いいえ、けっこうよ、今のところ」とアリスは言った。「でもご丁寧にありがとう」

「あなた方はニューヨークは初めてですか？」とボーイは尋ねた。彼は部屋の中に入ってドアを閉め、椅子の肘掛けに腰を下ろした。

「そうだよ」とエヴァーツは言った。「僕らはウェントワースから――インディアナ州だけど――来たんだ。昨日の九時十五分の列車でサウスベンドまで行き、乗り換えてシカゴに行った。昨日の夕食はシカゴでとった」

「私はチキン・パイを食べました」とアリスは言った。「おいしかったわ」。彼女はナイトガウンをミルドレッド・ローズの頭からかぶせるように着せた。

「そこからニューヨークに来たんだ」とエヴァーツが言った。

「ここで何をなさるんでしょう？」とボーイが訊いた。「結婚記念日とか？」、彼は簞笥の上にある煙草の箱から勝手に一本をとって、椅子にきちんと座り直した。

「いや、そうじゃないんだ」とエヴァーツは言った。「僕らはうまく一山あててね」

「宝船が入港してきたわけ」とアリスが言った。

「コンテストとか、その手のものですか？」とボーイが尋ねた。

「いや、違うよ」とエヴァーツが言った。

「話してあげなさいよ、エヴァーツ」とアリスが言った。

「そうですよ」とボーイが言った。「話してくださいな、エヴァーツ」

「うん、つまりね」とエヴァーツは言った。「話はこんな具合に始まるんだ」。彼はベッドに腰掛け、煙草に火をつけた。「だからね、僕は軍隊にいたんだよ。で、軍を除隊になってウェントワースに帰ってきた……」、彼は車掌に聞かせたのと同じ話をボーイ相手に繰り返した。

「わあ、そいつはなんてったってすごいラッキーな話だね！」、エヴァーツが話を終えたとき、ボーイはそう叫んだ。「トレイシー・マーチソン！　マッジ・ビーティー！　なんてったってマジにすごいや」。彼はみすぼらしい家具の置かれた部屋を眺めた。アリスはミルドレッド・ローズをソファに寝かせる支度をしていた。エヴァーツはベッドに腰掛けて足をぶらぶらさせていた。「おたくが今必要としているのはね、優秀なエージェントですよ」とボーイは言った。彼は紙に名前と住所を書き、それをエヴァーツに手渡した。「ハウザー・エージェンシーは世界でもっとも大きな代理店です」と彼は言った。「そしてチャーリー・リーヴィットはハウザー・エージェンシーの中でもいちばんのやり手です。なんでも遠慮なくチャーリーに相談するといい。誰に紹介されたんだと訊かれたら、ビッツィーから聞いたって言っといてくださいな」、彼はドアの方に行きかけた。「おやすみなさい、ラッキーなみなさん」と彼は言った。「おやすみなさい。良い夢を見てくださいね。良い夢を」

マロイ夫妻は勤勉な世代の申し子とでもいうべき熱心な働き者であり、翌日の朝は六時半に目を覚ました。彼らは顔や耳をごしごしとこすって洗い、石鹸で歯を磨いた。七時になるとみんなでオートマットに出かけた。エヴァーツは前夜眠ることができなかった。通りの交通の音がうるさすぎたのだ。明け方に窓辺に腰掛けて少しだけ眠った。口は煙草の吸いすぎでからからになっていたし、睡眠不足のために神経質になっていた。ニューヨークの街がまだ眠りこけているのを目にして彼らはびっくりしてしまった。文字通りショックを受けた。三人で朝食をとり、ホテルに戻った。エヴァーツはトレイシー・マーチソンに電話をかけてみたが、誰も出なかった。

このあとも彼のオフィスに何度も電話をかけた。十時になって、若い女性がようやく電話に出た。「ミス・マーチソンは三時にあなたにお会いになります」と彼女は言った。そして電話を切った。待つ以外にするべきこともなかったので、エヴァーツは妻と娘を連れて五番街まで行き、店のウィンドウをしげしげと眺めた。そして十一時にラジオ・シティー・ミュージック・ホールが開くと、中に入った。

それは実に喜ばしい選択だった。彼らはラウンジや洗面所を一時間ばかりうろついてあれこれ見物し、それから席に着いた。舞台のショーのあいだにオーケストラ・ピットから巨大なサモワールが上がってきて、その中からコサックの衣装を身につけた四十人の男たちが現れ、「黒い瞳」を歌うのを目にして、アリスとミルドレッド・ローズは歓喜の声を上げた。舞台のショーはその壮麗さの裏にシンプルでおなじみの知性を隠しているように思えた。あたかも何マイルもの長さの金色のカーテンを揺らせるすきま風が、まっすぐインディアナから吹き寄せてきたみたいに。その公演はアリスとミルドレッド・ローズの頭を喜びでぼんやりさせてしまったので、メントーンまでの帰り道、歩道の消火栓にぶつかったりしないように、エヴァーツは彼女たちを導いてまっすぐ歩かせなくてはならなかった。ホテルに戻ったとき、時刻は三時十五分前だった。エヴァーツは妻と娘にさよならのキスをして、急いでマーチソンのもとに向かった。

彼は道に迷った。約束の時刻に遅れるのではないかと不安になり、走り出した。途中で二人の警官に道を尋ね、なんとかそのオフィス・ビルに辿り着くことができた。

マーチソンのオフィスの玄関の部屋は粗末な造りだった。わざと粗末にしてあるのだろうとエヴァーツは思いたかった。しかし決して貧相ではなかった。というのはそこには見栄えの良いたくさんの男女がいて、ミスタ・マーチソンに会う順番を待っていたからだ。腰を下ろしているものは一人もおらず、まるでそこで延々と待たされていることを楽しんでいるかのように、みんなで盛んにお喋りをしていた。受付の女性がエヴァーツを奥の部屋に通した。そのオフィスもやはり混んでいたが、雰囲気はせかせかして、とげのあるものだった。まるでまわりを敵に包囲されているみたいに。マーチソンはそこにいて、エヴァーツを熱烈に歓迎した。「契約書をここに用意してある」と彼は言った。そしてエヴァーツにペンを渡し、一束の契約書を彼の方に押し出した。「それから急いで、マッジに会ってほしいんだ」、エヴァーツが契約書にサインし終えると、マーチソンはすぐにそう言った。彼はエヴァーツを見て、その襟から羽毛製のカーネーションをむしり取り、ゴミ箱に捨てた。「急いで、急いで、急いで」と彼は言った。「彼女はパーク・アヴェニューの四〇〇番地にいる。君にすごくすごく会いたがっている。そこで君を待っているんだ。今夜また会おう。マッジが何か予定をしているはずだ。でもとにかく急いでな」

　エヴァーツは急いで廊下に出て、せわしなくエレベーターのボタンを押した。ビルの外に出ると彼はまた道に迷い、「毛皮地域《ファー・ディストリクト》」（七番街の三十丁目あたり。毛皮店が多い）に紛れ込んでしまった。警官が彼にメントーンまでの道筋を教えてくれた。アリスとミルドレッド・ローズがロビーで彼を待っていた。何があったかを彼は二人に話した。「僕は今からマッジ・ビーティーに会いにいかなくてはならない」と彼は言った。「急いでいるんだ！」。ボーイのビッツィーがこの会話を聞きつけた。彼は運んでいた鞄を下に落とし、会話に仲間入りして、どうやってパーク・アヴェニューまで行けばいいかをエヴァーツに教えた。エヴァーツはアリスとミルドレッド・ローズにもう一度キスをした。二人は、ドアに向かって走っていくエヴァーツに手を振った。

　エヴァーツはこれまでに映画で何度もパーク・アヴェニューを見てきたから、その横幅の大きさと、いかにもがらんとした外観を、ほとんど見慣れたものとして目にすることができた。彼はエレベーターでマーチソン夫妻のアパートメントまで上がり、メイドに案内されて瀟洒な居間に足を踏み入れた。暖炉の火が燃え、マントルピースには花が飾られていた。マッジ・ビーティーが部屋に入ってきたときには、思わず跳び上がりそうになった。彼女は細身で生き生きとして輝かしく、そのかすれて秀でた声を聞くと、エヴァーツは自分が丸裸にされたような気がした。「あなたのお芝居を読みましたよ」と彼女は言った。「とっても素晴らしかったわ。ほんとに

ほんとに素晴らしい」。彼女はふわりふわりと部屋を歩き回った。まっすぐ彼に向かって話しかけるかと思えば、肩越しに振り返るように話しかけた。彼女は最初に受けた印象ほど若くはなかった。窓際の光を受けるとほとんど萎れたみたいにも見えた。「でも第二幕では私の出番をより増やしてくださらなくちゃね」と彼女は言った。「もっともっともっと大きな役にしていかなくては」

「いかようにも、あなたのご希望に合わせるようにいたしますよ、ミス・ビーティー」とエヴァーツは言った。

彼女は座って、美しい手を重ね合わせた。彼女の足がとても大きなことをエヴァーツは目にとめた。彼女の向こう臑はとても華奢だったので、そのぶん足がひどく大きく見えるのだ。「私たち、あなたのお芝居がとても気に入っているのよ、エヴァーツ」と彼女は言った。「気に入っているし、それを手に入れたいし、それを必要としているの。どれくらい私たちがそれを必要としているかおわかりかしら？私たちは負債を抱えているのよ、エヴァーツ、すごくたくさんの負債を」。彼女は胸に片手を置き、囁きかけるような声で言った。「私たち、百九十六万と五千ドルばかり負債を抱えているわけ」。彼女はその声に再び明るい光を溢れさせた。「でも私は、あなたが素敵なお芝居を書く邪魔をしているみたいね」と彼女は言った。「あなたがお仕事をする邪魔をしている。あなたはおうちに戻って書いて書いて、書きまくらなくちゃ。そして今夜の九時以降なら何時でもかまわないから、あなたと奥様にうちにお越しいただきたいの。私たちのそれはそれは素敵なお友だちの何人かに会っていただきたいから」

エヴァーツはメントーンまでの道筋をドアマンに尋ねたが、聞き違えをしたために再び道に迷ってしまった。イーストサイドをしばらく歩き回ったあとで警官を見つけて道を訊き、ようやくホテルに帰り着いた。彼が戻ったのはずいぶん遅くなったので、ミルドレッド・ローズはお腹を減らして泣いていた。三人は身繕いをして、オートマットに食事に出かけ、そのあと九時近くまでブロードウェイを行きつ戻りつ散歩した。それからホテルに戻った。アリスはイブニング・ドレスを着て、彼女とエヴァーツはミルドレッド・ローズにおやすみのキスをした。ロビーで二人はビッツィーを見かけ、これからどこに行くかを教えた。ミルドレッド・ローズには気を配るようにすると彼は約束してくれた。

　マーチソンの家まで歩いたが、その距離はエヴァーツが記憶していたよりも長かった。アリスの着ていたコートは薄く、そのアパートメントに着いたときには、彼女は寒さのために蒼白になっていた。エレベーターを降りると遠くの方から、誰かがピアノを弾き、女性がそれに合わせて歌っている声が聞こえた。「キスはただのキスに過ぎず、ため息はただのため息に過ぎず……（「時の流れるままに」の歌詞）」。メイドが二人のコートを預かり、奥のドアでミスタ・マーチソンが二人を出迎えた。アリスはドレスの前に下がっているしゃくやくの造花の位置を直し、二人は中に入っていった。

　部屋は混み合って、照明は暗く、歌い手は歌い終えようとしていた。獣の皮革の匂いと化粧水の匂いが空中にきつく漂っていた。ミスタ・マーチソンは戸口の近くにいた一組のカップルにマロイ夫妻を紹介し、そのまま行ってしまった。そのカップルはマロイ夫妻にはすぐに背を向けてしまった。エヴァーツは場になじめず、おとなしくしていたが、アリスはすっかり興奮しており、ピアノのまわりにいる人々の素性を小声で推測し始めた。彼らは映画スターだと彼女は踏んでおり、それは間違っていなかった。

　歌い手は歌い終えてピアノから離れ、どこかに行ってしまった。ささやかな拍手が起こり、そのあと意味あいを含んだ沈黙があった。ミスタ・マーチソンが他の女性に歌ってくれないかと頼んだ。「あの人のあとで歌うのはいやよ」とその女性は言った。その成り行きを前にして、何はともあれ人々は会話を中断した。ミスタ・マーチソンはなおも何人かの人々に余興を所望したが、全員に断られた。「ミセス・マロイが何か歌ってくださるのではないかな」と彼は苦々しげに言った。

「いいですとも」とアリスは言った。そして部屋の真ん中に歩み出た。彼女は位置を定め、重ねた両手を胸の上の方に置き、歌い出した。

　アリスの母親は彼女に、いついかなるときでもホストに歌ってくれないかと頼まれたら、お断わりしてはいけないと教えていた。そしてアリスは母親の言いつけを、どんなことであれしっかりまもった。子供の頃、彼女はミセス・バックマン（ウェントワース在住の高齢の寡婦）から歌唱の指導を受けていた。小学校の集会でも歌ったし、ハイスクールの集会でも歌った。休日のファミリーの集まりでも、夕方になると必ず出番が巡ってきた。誰かに歌ってくれないかと頼まれると、いつもの定位置であるストーブの近くの固いソファから立ち上がり、あるいは洗い物を中断してキッチンからやってきて、ミセス・バックマンに教わった歌を歌ったものだ。

　その夜の誘いはあまりにも出し抜けだったので、エヴァーツはすっかり虚を突かれ、妻を制止できなかった。彼はマーチソンの声に苦々しいものを聞き取っていたし、普通であれば彼女を引き留めているところだった。しかしいったん彼女が歌い出すと、彼はもう気に病むのをやめた。彼女の音程はしっかり保たれ、その姿はゆるぎなく立派なものだった。そしてアリスは行儀作法を重んじる心に従って、そこにいる人々のために歌った。困惑の段階が過ぎ去ると、マーチソンの客たちが彼女の音楽に対して払っている敬意と関心を、エヴァーツは感じ取ることができた。彼らの多くはウェントワースとさして変わらない小さな田舎町の出身者だった。みんな素朴な心を持った人々であり、アリスの臆しない声から醸し出されたシンプルな調べは、彼らに自らの出所を思い出させた。小声で話したり、微笑んだりするものはいなかった。多くの人は頭を垂れて、一人の女性がハンカチーフでそっと目頭を押さえるのを彼は目にした。アリスは勝利を収めたのだとエヴァーツは思った。それから歌が「アニー・ローリー」であることに気がついた。

　その昔、ミセス・バックマンが彼女に歌唱を指導したとき、彼女はその曲の最後にちょっとした工夫を加えることを教えた。それは子供時代にも少女時代にもハイスクールの上級生のときにも、成功を収めた。しかしウェントワースの古くさい居間にあってさえ、その貧困と調理の容赦なき匂いの中にあってさえ、それは彼女の家族をだんだん疲れさせ、不安な気持ちにさせるようになった。彼女が教えられたのは、歌の最後の一節「わたしは身を横たえ、死んでいこう」というところで、床にばたりと突っ伏すというものだった。もう若くはなくなったから、それほど勢いよく倒れ込まないようにしてはいたものの、彼女は今でもやはり床に身を伏せた。そして妻の真剣な顔を見て、今夜も彼女は「倒れ伏せ」をやるつもりなのだとエヴァーツにはわかった。妻のところに行って彼女を抱きしめ、耳元で「ホテルが火事になった」とか「ミルドレッド・ローズが病気になった」とか囁こうかとも思った。しかし結局何もせずに、彼はただ背中を向けた。

アリスは短く息を吸い込み、最後の一節にとりかかった。エヴァーツは盛大に汗をかき始め、おかげで塩が目にしみた。「わたしは身を横たえ、死んでいこう」と彼女が歌うのが耳に入った。そして彼女の体が床を打つ、どすんという大きな音が聞こえた。切羽詰まった叫びのような笑い声が聞こえた。煙草にむせた咳が聞こえ、あまりに激しく笑いすぎて真珠のネックレスをはじけさせてしまった女性の呪詛の言葉が聞こえた。マーチソン家の招待客たちは正気をなくしてしまったようだった。人々は笑いすぎて涙を流し、身を震わせ、身体を折り、互いの背を叩き合っていた。そして気の触れた人のようにただくるくると輪を描いて歩いていた。エヴァーツが正面に顔を向けたとき、アリスは床に座りこんでいた。彼はそこに行って妻を立たせた。「おいで、ダーリン」と彼は言った。「さあ、おいで」。そして妻の身体を抱いて玄関へと向かった。

「みんなは私の歌を気に入らなかったの？」と彼女は尋ねた。そして泣き始めた。

「そんなことどうでもいいんだ、ダーリン」とエヴァーツは言った。「そんなことはどうでもいい。ほんとにどうでもいいんだよ」。彼らはコートを受け取って、寒さの中をホテル・メントーンまで歩いて戻った。

ビッツィーが彼らの部屋の前の廊下で待ち受けていた。彼はパーティーの模様を、その一部始終を知りたがった。エヴァーツはアリスを部屋に入れ、ボーイと二人だけで話をした。パーティーの模様を詳しく語りたい気分ではなかった。「マーチソン夫妻とこれ以上関わりたいとは思わないな」と彼は言った。「新しいプロデューサーを見つけた方がよさそうだ」

「そうそう、その意気だ」とビッツィーは言った。

「そうこなくっちゃね。でもまず最初に、ハウザー・エージェンシーに行って、チャーリー・リーヴィットに会ってみてくださいな」

「わかったよ」とエヴァーツは言った。「わかった。チャーリー・リーヴィットに会いに行こう」

　アリスは泣きながら眠ってしまった。エヴァーツはその夜も眠れなくて、窓際の椅子に腰掛けていた。夜明け前に少しうとうとしたが、それも短い時間だった。七時になると彼は一家を率いてオートマットに出かけた。

　朝食のあと、ビッツィーがマロイ家の部屋にやって来た。彼はとても興奮していた。安新聞のひとつで、あるコラムニストがエヴァーツのニューヨーク来訪を報じていた。政府閣僚の一人とバルカンの某国の王様についても、同じ記事の文中で触れられていた。ほどなく電話のベルが鳴り始めた。最初の男はエヴァーツに、中古のミンクのコートを売りつけようとした。それから弁護士と洗濯屋が電話をかけてきた。婦人服の仕立屋と託児所といくつかのエージェンシーからの電話があった。素敵なアパートメントをみつけてあげますという男もいた。それらのしつこい勧誘をエヴァーツはすべて断った。しかし電話を切る前に、彼はすべての相手に対していちおうの釈明をしなくてはならなかった。ビッツィーがその日のお昼にチャーリー・リーヴィットと会う約束を、エヴァーツのためにとりつけてくれた。その時刻になると彼はアリスとミルドレッド・ローズにキスをし、通りに出て行った。

　ハウザー・エージェンシーはラジオ・シティーの中のひとつの建物に入っていた。今ではおれは仕事の用件で、この畏敬すべき戸口を他のみんなと同じように当たり前の顔をして通り抜けることができるのだと、エヴァーツは自らに語りかけた。ハウザーの事務所は二十六階にあった。エレベーターが上昇を始めるまで、彼は行く先の階を告げなかった。「もう遅いんです」とエレベーター係は言った。「乗ったときに行く先の階を言ってもらわなくちゃ」。エレベーターに乗り合わせた人たちには、彼が新参者だということが丸わかりになり、エヴァーツは赤面した。彼は六十階で降りて、それから二十六階まで引き返した。彼が降りるとき、エレベーター係が冷笑を浮かべた。

長い廊下の突き当たりに、ブロンズ色の一対のドアがあった。それは双頭の鷲で繋がれていた。エヴァーツはその王者のごとき鳥の翼を回して、天井の高い壮大な玄関口に足を踏み入れた。壁のパネルには虫の食ったくぼみがついており、腐食して白くなっていた。遠くの小さなガラス窓の奥に、イヤフォンをつけた一人の女性が見えた。その女性のところに行って用件を伝えると、座って待つようにと言われた。彼は革のソファに腰を下ろし、煙草に火をつけた。玄関の豪華さは彼に深い感銘を与えたが、やがて彼はそのソファが埃をかぶっていることに気づいた。テーブルも、そこに載っている雑誌もランプも、鋳物でつくられたロダンの「接吻」もみんな同じだった。その広大な部屋に置かれているものすべてが埃をかぶっていた。また同時に彼は、その部屋に垂れ込める奇妙なまでの沈黙に気づいた。どんなオフィスでも通常聞こえるような類の物音がそこにはまったくないのだ。その沈黙の中、ずっと遠方の地表から、スケートリンクで流される録音された音楽が立ち上ってきた。カリヨンが奏でる「世界よ祝え！　主は来ませり！」だった。机の上に並べられている雑誌はすべて五年も前のものだった。

少ししてから受付の女性が廊下の突き当たりの両開きのドアを指さし、エヴァーツはおずおずとそちらに向かった。ドアの奥にある部屋は、これまで彼がいた部屋よりも小さかったが、より薄暗く、より豊かで、より威圧的だった。そして遠くからはまだスケートリンクの音楽が聞こえていた。男が一人、骨董品のデスクの奥に座っていた。エヴァーツの顔を見ると、男はすぐに立ち上がった。「ようこそ、エヴァーツ。ようこそ、ハウザー・エージェンシーに」と彼は叫んだ。「あなたはホットな作品を持っておられるという話を聞きました。そしてビッツィーの話によれば、トレイシー・マーチソンとの関係はもう終了したとか。あなたの戯曲はもちろんまだ読んでいないが、もしトレイシーがそれを欲しがっているのであれば、私もそれが欲しい。そしてまたサム・ファーレーだってね。私はあなたのためにプロデューサーを用意したし、スターもいるし、劇場もある。そしてプリ・プロダクションの契約だって用意してある。四十万ドルが上限の、十万ドル契約だよ。さあ、腰掛けて、腰掛けて」

リーヴィット氏は何かを食べているか、それとも歯に何か問題を抱えているみたいに見えた。すべてのセンテンスの終わりに、彼はグルメのように音を立てて、考え込むように唇をぐいと動かしたからだ。何かを食べていたのかもしれない。というのは、彼の口のまわりにはパン屑のようなものがついていたから。それとも歯に問題があったのかもしれない。というのは、その面談のあいだずっと口から音が洩《も》れていたから。リーヴィット氏はたくさんの金《きん》を身につけていた。指輪をいくつかはめ、金の名前入りブレスレットをつけ、金のブレスレット型の腕時計をはめ、宝石のついた重そうな金製のシガレット・ケースを持ち歩いていた。しかしケースは空っぽだったので、二人で話をしながら、エヴァーツの方が彼に煙草を供給しなくてはならなかった。

「さて、あなたにご自分のホテルまで戻っていただきたいのです、エヴァーツ」とリーヴィット氏は叫んだ。「そしてゆっくりと寛いでもらいたい。このチャーリー・リーヴィットがあなたの作品をしっかりお守りしよう。何ひとつ心配などしないと、私に約束してもらいたい。マーチソンとのあいだに契約を結んだことは承知しています。その契約がまったく無効であることを私は宣言するつもりだし、私の弁護士もまたその契約がまったく無効であることを宣言するだろう。そしてもしマーチソンがそれに異議を唱えるようであれば、我々は彼を法廷に引っ張り出すし、判事にその契約がまったく無効であると宣言させる。しかしながら、先に進む前に」と彼は声を和らげながら言った。「これらの書類に、サインしていただかなくてはならない。私をあなたの代理人に任ずるという書類です」。彼は何枚かの書類と、金の万年筆をエヴァーツに押しつけた。「その書類にただサインしてくれればいいんです」と彼は悲しげに言った。「そうすればあなたは四十万ドルを手にできる。まったくあなた方、作家ときたら！」と彼は大きな声を上げた。「作家たちはなんと恵まれていることか！」

　エヴァーツが書類にサインし終えるや否や、リーヴィット氏の態度は一変し、また怒鳴り始めた。「私が君のために用意したプロデューサーはサム・ファーレーだ。スターはスーザン・ヒューイット。サム・ファーレーはトム・ファーレーの弟。彼はクラリッサ・ダグラスと結婚していて、ジョージ・ハウランドの叔父にあたる。パット・レヴィーとは義理の兄弟で、ミッチ・カベイビアンとハウィー・ブラウンは母方の親戚筋だ。彼の母親はロッティー・メイズだよ。なにしろとても緊密なファミリーでね、こぢんまりとしてはいるが偉大なチームを組んでいる。君の芝居がウィルミントンで幕開きするとき、サム・ファーレーとトム・ファーレーとクラリッサ・ダグラスとジョージ・ハウランドとパット・レヴィーとミッチ・カベイビアンとハウィー・ブラウンはみんなそこにいるよ。君の芝居の第三幕を書いているそのホテルに。君の芝居がボルティモアに移動するとき、サム・ファーレーとトム・ファーレーとクラリッサ・ダグラスとジョージ・ハウランドとパット・レヴィーとミッチ・カベイビアンとハウィー・ブラウンも芝居と一緒に移動する。そして君の芝居が、よりハイクラスな陣容でブロードウェイで幕開けするとき、その劇場の最前席で誰が君のために、大声で声援を送っていると思うね？」とリーヴィット氏はそこで声をぐっと抑え、最後にはしゃがれた囁き声になった。「サム・ファーレーとトム・ファーレーとクラリッサ・ダグラスとジョージ・ハウランドとパット・レヴィーとミッチ・カベイビアンとハウィー・ブラウンだよ」

「というところで、君にはホテルに戻って寛いでもらいたい」、彼は咳払いをしたあとでそう叫んだ。「明日電話をかけよう。そして君に、サム・ファーレーとスーザン・ヒューイットにいつ会えるかを教える。そして私は今すぐハリウッドに電話をかけ、マックス・レイバーンと話をする。そして四十万ドルが上限の十万ドル契約を結ぶように持っていく。それよりびた一文まけない」、彼はエヴァーツの背中をとんとんと叩き、優しく戸口まで導いていった。「楽しみなさい、エヴァーツ」と彼は言った。

エヴァーツは廊下を歩いて戻りながら、受付の女性がサンドイッチを食べているのを目にとめた。彼女は彼を手招きした。

「ビュイックの新車が当たるくじに乗らない？」と彼女は囁いた。「一口十セントなんだけど」

「いや、けっこうです」とエヴァーツは言った。

「新鮮な卵はどう？」と彼女は尋ねた。「毎朝ニュージャージーから、私が自分で持ってくるのよ」

「いや、それもちょっと」とエヴァーツは言った。

エヴァーツは人混みをかき分けるようにしてメントーンに戻った。そこではアリスとミルドレッド・ローズとビッツィーが彼を待ち受けていた。リーヴィットとの面談の様子を彼はみんなに話して聞かせた。「もし四十万ドル手に入ったら」と彼は言った。「いくらかをママ・フィネッリに送らなくちゃな」。アリスはお金を必要としている他のたくさんのウェントワース住民の名前をあげた。お祝いだからということで、一家はその夜いつものオートマットではなく、とあるスパゲティー・ハウスで夕食をとった。夕食のあとはラジオ・シティー・ミュージック・ホールに行った。その夜もまたエヴァーツは眠ることができなかった。

ウェントワースにあっては、アリスはファミリーの中でいちばん実際的な役割を果たす人間として知られていた。この点に関しては数多くの笑い話があった。

アリスは財政を引き締め、へそくりをこしらえた。そしてもしアリスがいなかったら、エヴァーツは頭をどこかに置き忘れてくるだろうとよく言われたものだ。翌日になって、彼女のその実務的な気質が、この何日かのあいだ戯曲執筆の仕事をまったくしていないことを、夫に思い出させた。彼女はそのような状況に上手に対処した。「あなたは部屋に残って書き物をしているといいわ」と彼女は言った。「ミルドレッド・ローズと私は二人で五番街をぶらぶら歩いているから、あなたはそのあいだ一人でいられる」

彼は仕事をしようと試みた。しかし電話のベルがすぐに鳴り出し、宝石のセールスマンやら、演劇関係の弁護士やら、洗濯サービスやらへの対応にひっきりなしに追われることになった。十一時頃に受話器をとると、聞き覚えのある怒りの声が聞こえた。マーチソンだった。「私が君をウェントワースからここまで連れてきたのだぞ」と彼は怒鳴った。「そして君をここまで有名にしてやった。ところが聞くところによれば、君は私との契約を破り、サム・ファーレーに寝返ったそうじゃないか。私は君をこてんぱんにのして、破滅させて、訴えてやる。私は――」、エヴァーツはそこで電話を切った。一分後に電話のベルが鳴ったが、受話器をとらなかった。彼はアリスに書き置きを残し、帽子をかぶり、五番街をハウザーのオフィスまで歩いた。

両開きの扉の双頭の鷲を回転させ、豪壮な玄関に足を踏み入れると、その朝彼が目にしたのは、リーヴィット氏がシャツ姿で床を掃いている姿だった。「ああ、お早う」とリーヴィットは言った。「これはいわゆる作業療法というやつだよ」。彼は箒とちり取りをビロードのカーテンの陰に隠した。「さあ、中に入って。中に入って」と彼は言って、上衣の袖に腕を通し、エヴァーツを奥のオフィスに連れて行った。「今日の午後、君はサム・ファーレーとスーザン・ヒューイットに会うことになっている。君はこのニューヨークでもいちばん幸運な人の一人だよ。サム・ファーレーに会ったことのない人だっているんだ。一生のあいだにただの一度も、彼の機知あふれた言葉を耳にしたことさえなく、そのユニークな人柄の発する力を感じたこともない人たちがね。更にスーザン・ヒューイットに関していえば……」、彼はそこでしばし言葉に詰まった。約束の時刻は三時だと彼は言った。「君はサム・ファーレーの素敵な屋敷で、彼らと会うことになっている」と彼は言った。そしてその住所をエヴァーツに教えた。

エヴァーツはマーチソンとのあいだで交わされた会話の模様を伝えようとしたが、リーヴィットはそれを遮った。「ひとつ君にお願いがある」と彼は怒鳴った。「気楽に構えていてくれ。それは無理なお願いだろうか？　サム・ファーレーと話をして、スーザン・ヒューイットに会って、彼女が役に向いているかどうかを判断してもらいたい。それは無理なお願いだろうか？　とにかく楽しい時を送りなさい。映画を見るか、動物園に行くか、何でも好きなことをするんだ。そして三時になったらファーレーの家に行くんだよ」。彼はエヴァーツの背中をとんとんと叩き、戸口の方へと彼を押していった。

エヴァーツはアリスとミルドレッド・ローズと共にメントーンで昼食をとった。頭痛がした。昼食のあとで彼らは五番街を行き来した。そして三時近くになると、アリスとミルドレッド・ローズは彼と一緒にサム・ファーレーの家まで歩いて行った。それは印象深い建物だった。正面は粗い石造りで、まるでスペインの監獄みたいに見えた。彼はミルドレッド・ローズとアリスに別れのキスをして、それからベルを押した。執事がドアを開けた。縞柄のズボンをはいていたので、彼が執事だとわかった。執事はエヴァーツを二階にある客間まで案内した。

「ミスタ・ファーレーにお目にかかることになっているのですが」とエヴァーツは言った。

「知っています」と執事は言った。「あなたはエヴァーツ・マロイですね。予約をとっておられる。しかしながら彼はその約束を守ることができません。百六十四丁目で行われているもぐりのクラップゲームに夢中になっていて、明日まではここに戻らないからです。でもスーザン・ヒューイットは来ます。ですから彼女に会うことはできます。ああ、ここでどんなことが行われているか、あなたにそれがわかったなら！」、彼はそこでぐっと声を落とし、その顔をエヴァーツの顔に寄せた。「この壁にしゃべることができたなら！　私たちがハリウッドから戻って以来、この家に暖房が入ったことは一日としてありません。そして六月二十一日から今日に至るまで、私は給料というものをびた一文もらってはおりません。それはまあいいとして、あの馬鹿やろうは汚れたバスタブの水を抜くということすら覚えようとはしないのです。汚れたお湯をそのままにしておく。お湯はそのままどろどろになってしまう。そんなあれこれに加えて更にこれでもかと、昨日皿洗いをしているときに指を切っちまった」。執事の人差し指には汚い包帯が巻かれていた。彼はその血まみれのガーゼを急いで一枚一枚剝がしていった。「ほら、見て」と彼は傷口をエヴァーツの前に差し出した。「骨までざっくりと深く切っちまった。昨日は骨まで見えていたんですよ。なにしろ血だらけだった。いたるところに血がかかっていた。きれいにするのに半時間はかかった。まったくもう、感染しなかったのが奇跡みたいなものだ」、彼はその奇跡に対して首を何度か振った。「あのネズミ女が来たら、二階に上げます」。そして執事は血だらけの包帯を尻尾のように背後に引きずりながら、ふらふらと部屋から出て行った。

　エヴァーツの目は疲労のために熱く燃え上がっていた。とても疲れていたので、何かに頭をもたせかけたらそのまま眠りに落ちていたはずだ。玄関のベルが鳴るのが聞こえ、執事がスーザン・ヒューイットを出迎える声が聞こえた。彼女は客間まで勢いよく階段を駆け上がってきた。

　彼女は若く、まるで学校からそのまま自宅に帰ってきたという様子で部屋に入ってきた。いかにも身軽で、顔の造作は繊細でとても小ぶりで、金髪はブラシで簡単に梳かれただけで、その本来の流れのままに黒ずみ始めていた。松材に入った木目みたいに、茶色の筋がそこに柔らかく走っていた。「お会いできて何よりだわ、エヴァーツ」と彼女は言った。「あなたのお芝居はとても素敵だったとお伝えしたくて」。いったいどうやって彼女に自分の戯曲を読むことができたのか、エヴァーツにはさっぱりわからなかったが、彼女の美貌に打たれて頭がすっかり混乱し、心配することも口をきくこともできなかった。口の中はからからになっていた。それはこの何日かの突拍子もない成り行きのせいだったかもしれないし、睡眠不足のせいだったかもしれない。そのへんは本人にもわからないが、とにかく彼はまるで恋に落ちたような気分になっていた。

「あなたは僕がかつて知っていた女性を思い起こさせる」と彼は言った。「彼女はサウスベンド郊外のランチ・ワゴン（車両形式の軽食堂）で働いていた。あなたはサウスベンド郊外のランチ・ワゴンで働いていたことはありませんよね？」

「ないわ」と彼女は言った。

「あなたが僕に思い出させるのはそのことだけじゃないんです」と彼は言った。「僕が言いたいのは夜のドライブのことなんだ。僕は以前、夜番のバス運転手をしていました。あなたが僕に思い起こさせるのはそのときのことです。つまり星とか、踏切とか、フェンスに沿って並んだ牛たち。そしてランチ・カウンター（カウンター式の軽食堂）にいる娘たち。彼女たちはいつだってみんな素敵に見えた。でもあなたはランチ・カウンターで働いたことはありませんよね？」

「ないわ」と彼女は言った。

「僕の芝居はあなたに差し上げましょう」と彼は言った。「つまり、あなたはあの芝居の役にぴったりだと思うんです。サム・ファーレーはあの芝居を持って行ってかまわない。何もかも」

「ありがとう、エヴァーツ」と彼女は言った。

「ひとつお願いがあるのですが」と彼は言った。

「え？」

「こんなことを言うと馬鹿みたいにみえるだろうな」と彼は言った。そして立ち上がり、部屋の中をぐるぐる歩き回った。「でもここには誰もいないし、誰にもわかりはしない。こんなことを口にしたくはないんだけど」

「何がしたいの？」

「僕にあなたを持ち上げさせてもらえないだろうか？」と彼は言った。「ただあなたを持ち上げるだけ。あなたがどれくらい軽いかを確かめたいんです」

「いいわよ」と彼女は言った。「コートは脱いだ方がいいかしら？」

「ええ、ええ、ええ」と彼は言った。「コートは脱いで」

彼女は立ち上がり、コートをはらりとソファの上に落とした。

「かまいませんか？」と彼は言った。

「いいわよ」

彼は娘の脇の下に手を入れ、床からひょいと持ち上げ、それから優しく下ろした。「ああ、なんて軽いんだ！」と彼は叫んだ。「あなたは本当に軽くて、か細い身体をしている。スーツケースほどの重さもない。ねえ、僕はあなたを抱えていくことができる。どこにでも好きなところに運んでいける。ニューヨークの端から端まで抱えていくこともできる」。彼は帽子とコートを手に取り、その家から走り出た。

ホテル・メントーンに帰り着いたとき、エヴァーツは疲労困憊し、頭がぼやけていた。ビッツィーはアリスとミルドレッド・ローズと一緒に部屋にいた。彼はママ・フィネッリについて質問をし続けていた。彼女はどこに住んでいて、電話番号は何番か、彼はそれを知りたがった。エヴァーツはそのボーイにもううんざりして、部屋から出て行ってくれと言った。そしてベッドに横になり、アリスとミルドレッド・ローズが彼にあれこれ質問している途中で眠り込んでしまった。一時間後に目を覚ましたとき、身体はずいぶんすっきりしていた。彼らはオートマットに行き、それからラジオ・シティー・ミュージック・ホールに行った。そして翌朝にエヴァーツが書き物ができるように、早い時刻に眠りに就いた。でも彼はやはり眠ることができなかった。

朝食のあと、アリスとミルドレッド・ローズは彼を一人にするために部屋を出た。そして彼は仕事にかかった。しかし仕事はできなかった。とはいえ、その日仕事の邪魔をしたのはかかってくる電話ではなかった。彼の戯曲執筆を阻んでいる原因は深いものだった。彼は煙草を吸い、煉瓦の壁を睨みながら黙考した末にやっとそれに思い当たった。彼はスーザン・ヒューイットに恋をしていたのだ。それはあるいは執筆の良い刺激になったとしてもおかしくないかもしれないが、彼は創作の意欲をインディアナに置いてきてしまっていた。目を閉じて、ママ・フィネッリの強烈で野放図な声を思い起こそうとしたが、その一語を聞き取ろうとするたびに、それは通りから聞こえてくる喧噪の中に消えていった。

もし彼の記憶を解き放つものが何かあったなら——列車の汽笛、沈黙のひととき、大きな納屋の匂い——発想を得ることができたかもしれない。彼は部屋を歩き回り、煙草を吸い、窓のすすけたカーテンの匂いを嗅ぎ、トイレットペーパーを丸めて耳栓にした。しかしホテル・メントーンにいながらインディアナを思い出す方策は見つからなかった。彼はその日ずっと机のそばにいた。昼食はとらなかった。妻と娘がラジオ・シティー・ミュージック・ホールから帰ってきたとき（二人はそこで午後をずっと過ごしていたのだ）、ちょっと散歩をしてくると彼は言った。ああ、カラスのうるさい鳴き声でも聞こえたらなあ、と彼はホテルをあとにしながら思った。

彼は頭をしっかり高く上げて、五番街を大股で歩いた。まるで音の混乱の中に、彼を導いてくれそうな声を聞き取ろうとするかのように。彼は早足でラジオ・シティーの方に歩いて行った。そして遠くの方からスケートリンクの音楽が聞こえてくるのを耳にした。何かが彼の足を止めた。そして煙草に火をつけた。誰かが彼の名前を呼んでいるのが聞こえた。「こりゃたまげたねえ、エヴァーッ」と一人の女が叫んだ。それはママ・フィネッリのしゃがれたあけすけな声だった。強い願望のせいで、きっとおれの頭がおかしくなってしまったんだと彼は思った。しかし振り返ると、乾いた水たまりのそばのベンチに彼女が腰掛けている姿が見えた。「こりゃたまげたねえ（あの立派な大鹿をごらんよ、というのが原文）、エヴァーッ」、彼女はそう言って、両手を大鹿の角のように広げて頭の上にあげた。ウェントワースでは彼女はみんなにそうやって挨拶をするのだ。

「こりゃたまげたねえ、ママ・フィネッリ」とエヴァーツは叫んだ。彼はそこに走って行って、彼女の隣に腰掛けた。「ああ、ママ・フィネッリ、あんたに会えてすごく嬉しいよ」と彼は言った。「信じてくれないだろうけど、今日はずっと一日あんたのことばかり考えていたんだ。あんたと話ができたらなあと、一日ずっと願っていたんだ」。彼は横を向いて、彼女の狐のような顔立ちと、うっすら髭のはえた顔に見とれていた。「どうやってニューヨークまで来たんだね、ママ・フィネッリ？」

「空飛びマシーンに乗って来たのさ」と彼女は大きな声で言った。「今日空飛びマシーンに乗ってやって来たんだ。サンドイッチをお食べよ」、彼女は紙袋に入ったサンドイッチを食べていた。

「いや、けっこうだよ」と彼は言った。「ニューヨークについてどう思う？」と彼は尋ねた。「あの高いビルディングのことはどう思うね？」

「さあ、どうだろう。わからんね」と彼女は言ったが、わからないはずがないと彼には見て取れたし、彼女の口が何かきつい一言を吐くであろうことも見て取れた。「こんなものがひとつしかなくてよかったよ。二つもあったら授粉して身ごもっちまうかもしれんものね！」、彼女は声を上げて大笑いして、自分の脚をぱしぱしと叩いた。

「ニューヨークで何をしているんだい、ママ・フィネッリ？　どうしてここに来たりしたんだね？」

「そうさね」と彼女は言った。「トレイシー・マーチソンという名前の男が長距離電話をかけてきてね、ニューヨークに出てこいと言ったのさ。あんたを名誉毀損で訴えるためにね。彼が言うには、あんたはあたしのことを芝居に書いたから、あたしはあんたを名誉毀損で訴えて、たくさんのお金をもぎとることができて、それを二人でしっかり山分けしようってことだった。そうすればあたしはもうガソリン・スタンドを経営する必要もなくなる。それで彼は電信で空飛びマシーンに乗るお金を送ってきて、あたしはここにやってきて彼と話をして、それであんたを訴えることにしたのさ。お金は六対四で分ける。それがあたしがやろうとしていることさ」と彼女は言った。

その夜遅く、マロイ一家はグランド・セントラル駅の大理石の待合所に戻った。エヴァーツはシカゴ行きの列車を探した。シカゴ行きの列車を見つけると切符を買い求め、二等車両に乗り込んだ。その夜は雨が降っていたが、暗い濡れた敷石は、駅の奥の方でも輝いてはいなかった。でもアリスはまだ、そこにはダイアモンドの粉が混じっていると信じていた。そして彼女はそのあとも人にずっとその話を聞かせることになる。彼らは上手に旅行する要領を既に呑み込んでおり、いくつかの座席を素速く抜け目なく確保した。列車が出発すると、アリスは座席の通路を隔てた隣に、気軽に話のできる夫婦を見つけて仲良くなった。彼らは赤ん坊と共にロサンジェルスまで旅していた。女性の弟がそこに住んでいて、その土地の気候の素晴らしさと、そこにある豊富なチャンスについて熱心に彼女に手紙を書いてきた。「ロサンジェルスに行きましょうよ」とアリスはエヴァーツに言った。「私たちにはまだ少しお金が残っているし、シカゴで列車の切符を買うことができる。ハリウッドで芝居を売ればいいのよ。そこなら、ママ・フィネッツリの名前を耳にしたことのある人なんて誰もいないもの」

それはシカゴに着いてから決めようとエヴァーツは言った。彼は疲れていたので、すぐに眠ってしまった。ミルドレッド・ローズは親指を口に入れていた。そして間もなく彼女もアリスも眠りに落ちた。ミルドレッド・ローズはコートの擦り切れた毛皮をごしごしとこすり、その毛皮は少女に「大丈夫だよ、なにも心配することはないから」と告げていた。

マロイ一家はシカゴで列車を降りて、そのままウェントワースに戻ったかもしれない。彼らの町への帰還を想像するのはさして困難ではない。きっと友人たちや親戚に温かく迎えられたことだろう。しかし彼らの語る話は、なかなかみんなに信じてもらえなかったかもしれない。あるいは彼らはシカゴで西行きの列車に乗り換えたかもしれない。そしてその光景を想像することは、実のところ更に容易い。彼らはラウンジ・カーでトランプ遊びをし、駅の食堂でチーズ・サンドイッチを食べ、そんな具合にカンザスを過ぎ、ネブラスカを過ぎ、山脈を越え、そして西の沿岸へと向かったことだろう。

サットン・プレイス物語

The Sutton Place Story

　これもまたニューヨークの高級アパートメントに住む、「中の上」クラスの家庭の物語。若い夫婦に小さな女の子と、通いの乳母がいる。どんな仕事に就いているかはわからないが、生活は裕福そうだ。このような人々は子供がもっと大きくなると、郊外の一軒家に越していくわけだが、しかし夫婦はまだ若いので、都会暮らしの気楽さを好み、夜は社交に忙しい。よくあるケースだが、そこに一人の若い女性が絡んでくることで、事態は綻びを見せ始める。

　登場するすべての人物が、それぞれに多かれ少なかれ、何かしら足りないところを抱えていて、その「足りなさ」がじわじわと物語を前に押し出していくように見える。細部の書き込みの緻密さにはいつもながら感心させられる。

「ニューヨーカー」一九四六年六月二九日号に掲載。

　日曜日の朝、デボラ・テニソンは子供部屋で、父親からの合図が送られてくるのを待っていた。もう両親の寝室に入っていいという合図だ。合図が送られてきたのは、ずいぶんあとになってからだった。というのは両親は昨夜遅くまで、ミネアポリスからやってきた仕事関係の友人の相手をしていたからだ。そして二人ともかなり酒を飲んだ。それでも合図が送られてきたとき、デボラは歓喜の叫び声をあげて、暗い廊下をたどたどしい足取りで駆けていった。父親は彼女を抱いて、おはようのキスをした。それからデボラはベッドの、母親が横になっている方に行った。「こんちは、ごきげんよう、マイ・ラブ」と母親は言った。「ルビーはあなたに朝ご飯を食べさせてくれたかしら？　しっかり朝ご飯は食べた？」

「外は素敵なお天気よ」とデボラは言った。「ぴかぴかのお天気」

「かわいそうなお母さんに優しくしてあげなさい」とロバートは言った。「お母さんはひどい二日酔いなんだから」

「お母さんはひどい二日酔い」とデボラは繰り返した。そして母親の頬を軽くとんとんと叩いた。

　デボラはまだ三歳にもなっていない。彼女は美しい娘で、金や銀の色をたたえた素敵な髪を豊かに持っていた。都会育ちの子供だったから、カクテルや二日酔いのことも知っていた。両親はどちらも仕事を持っていたので、二人にいちばんよく会えるのは、夜の早い時刻におやすみのキスをするために彼らのところに連れて行かれるときだった。キャサリンとロバートのテニソン夫妻はだいたい友人たちと酒を飲んでおり、デボラはそこでお客にスモーク・サーモンの皿を勧めてまわることを許された。そしてカクテルというものは、大人の世界を回転させる軸であると自然に考えるようになった。彼女は砂場でマティーニをこしらえ、そのお絵かき帳に描かれたカップやゴブレットやグラスはオールド・ファッションド（バーボン・ウィスキーをベースにしたカクテル）で満たされているのだと考えた。

　その朝、朝食ができるのを待つあいだ、テニソン夫妻は「タイムズ」紙を読んでいた。デボラは別綴じのニュースの別セクションを床に広げ、手の込んだ幻想に耽り始めた。両親はそういう姿をしょっちゅう目にしていたので、とくに気にもとめなかった。

彼女は新聞広告の中からファッションや宝石を選んで　それらを身にまとったつもりになった。彼女の趣味は成金趣味で品性に欠けるとキャサリンは考えていた。しかし彼女のモノローグには明瞭さと無垢さが込められていたので、それは明るい夏の朝の素晴らしい一部のように思えた。「おくつをはいて」とデボラは言って、靴を履く真似をした。「ミンクのコートを着て」と彼女は言った。

「ミンクのコートはちょっと暑すぎるんじゃないかしら、ディア」とキャサリンは言った。「ミンクのショールくらいにしておいたら？」

ミンクのショールを巻いて」とデボラは言った。

そのときコックがオレンジ・ジュースとコーヒーを持って寝室に入ってきた。そして「ミセス・ハーレーが見えています」と告げた。ロバートとキャサリンはデボラにさよならのキスをし、公園に行って楽しく遊んでらっしゃいと言った。

テニソン家は住み込みの乳母を雇えるほど広くはなかったので、ミセス・ハーレーは毎朝やってきて、昼の間デボラの世話をした。ミセス・ハーレーは未亡人だった。夫が亡くなるまでは、不足ない満ち足りた生活を送っていたのだが、夫は財産をまったく残さずに死んだので、彼女は乳母の仕事に就くことを余儀なくされた。子供は大好きだし、自分でも子供を持ちたいとずっと思っていたのですと彼女は言ったが、それは本当ではなかった。子供には退屈させられたし、いらいらさせられた。彼女は無学ではあるが親切な女で、それはデボラを階下に連れて行くときに、いろんな苦々しい思いを超えて、彼女の顔にはっきり見て取れた。エレベーター係とドアマンには、故国から継がれた祝福の言葉を常にたっぷりとかけた。素敵な朝ね、そうじゃないこと？神々のための朝というところね。

ミセス・ハーレーとデボラは川の縁にある小さな公園に歩いて行った。女の子の美しさは眩しく、年老いた女は黒い服に身を包んでいた。二人は手を繋いで歩いた。まるで冬と春とをなごやかに象徴化したみたいに。多くの人が二人に朝の挨拶をした。「そんな可愛らしいお子さんをどこで手に入れたんですか？」と誰かが尋ねた。ミセス・ハーレーはそのような賛辞を喜んで受けた。デボラを誇りに思うこともあった。しかし四ヶ月にわたって彼女の世話をしているうちに、その少女と年老いた女は、見かけほどシンプルではない関係を結ぶようになっていった。

他の人のいないところで、二人はよく言い争いをした。二人は大人どうしのように言い争った。お互いの弱みを衝こうと、意地悪く智恵をしぼって。子供は決してミセス・ハーレーについての苦情を口にしなかった。彼女はうわべを繕うということの良くない意味での大事さを既にしっかり理解しているかのようだった。昼間自分がどんなことをしているか、デボラはあまり語ろうとはしなかった。自分がどこにいて何をしたか、誰にも教えなかった。ミセス・ハーレーは子供のそういう性格をあてにしていいと見て取り、そこで少女と年老いた女は多くの秘密を分かち合うようになった。

冬も後半になって日が暗くなり、寒さが厳しくなると、ミセス・ハーレーはときどき午後に子供を連れて映画館に入った。五時までは家に戻らないように申しつけられていたからだ。デボラは暗い劇場の中で乳母の隣に座り、文句ひとつ口にせず、泣いたりすることもなかった。時折首を伸ばしてスクリーンを見ることもあったが、たいていはただそこに静かに座って、声と音楽に耳を澄ませていた。二つ目の秘密は――ミセス・ハーレーの見解によればこちらは遥かに罪深くないものだが――日曜日の朝に(そしてまた時々は平日の午後にも)行われたことだった。ミセス・ハーレーはテニソン夫妻のある友人のところに、少女を預けていったのだ。相手はルネ・ホールという名の女性で、そこには何の不都合もないとミセス・ハーレーは考えていた。そのことはテニソン夫妻には黙っていたが、彼らはむしろ知らない方がいいとミセス・ハーレーは考えていた。日曜日にルネがデボラを預かっているあいだ、ミセス・ハーレーは十一時のミサに参列した。そして年老いた女性が神の家に入って死者に祈りを捧げることに、まずい点は何ひとつなかった。疑いの余地なく。

その日、ミセス・ハーレーは公園のベンチに座っていた。太陽は熱く、彼女の年老いた脚に心地よくあたっていた。空気はすっきりと澄んでいて、川の眺めはいつもとは違って見えた。石を投げたら、ウェルフェア島まで届きそうだった。そして光のトリックのせいで、ダウンタウンのいくつかの橋は、ずっと市の中心近くにあるように見えた。ボートが川を行き来していて、それが水を切るようにして進んでいくと、そのあとには湿っぽくきりっとした匂いが残された。まるで鋤で掘り起こされたばかりの地面のような匂いだ。公園にはもう一組の乳母と子供がいるだけだった。ミセス・ハーレーはデボラに砂場に行って遊ぶように言った。そのときデボラは死んだ鳩を見つけた。「はとさんが寝ている」とデボラは言った。そして身を屈めてその羽に触ろうとした。

「その汚い鳥は死んでいるのよ。触るんじゃありません！」とミセス・ハーレーは叫んだ。

「かわいいはとさんは眠っているのよ」とデボラは言った。彼女の顔は急に陰りを見せ、涙が目に溢れた。身体の前で両手を重ね、頭を垂れて立っていた。それはミセス・ハーレーが悲しみを表明するときの姿勢の、コミカルな模倣だったが、その声と顔に含まれた哀しみは、真実、心からのものだった。

「その汚い鳥から離れなさい！」とミセス・ハーレーは叫んだ。そして彼女は腰を上げ、死んだ鳥を脇に蹴飛ばした。「砂場に行って遊びなさい」と彼女はデボラに言った。「いったいどうしたって言うの。あんたの部屋にある人形の乳母車は二十五ドルはしたはずだよ。それなのに死んだ鳥と遊びたがるんだからね。あっちに行って川をごらんよ。ボートをごらんよ。でも柵に上るんじゃないよ。向こう側に落っこちちゃうから。そして川の強い流れに飲まれたら、もう一巻の終わりだからね」。デボラは言われたとおり川の方に歩いて行った。「私をごらんなさいな」とミセス・ハーレーはもう一人の乳母に向かって言った。「もう六十になろうという女が、四十年にわたって自分の持ち家で気持ちよく暮らしてきたというのに、日曜日の朝に年寄りの浮浪者みたいに公園のベンチに座っている。子供の両親は十階にある寝室で、昨夜の酔いを抜こうとすやすや眠っているというのにね」。もう一人の乳母は育ちの良いスコットランド人の女性で、ミセス・ハーレーには興味を示さなかった。ミセス・ハーレーはサットン・プレイスから公園に向けて下りてくる階段に注意を向け、ルネ・ホールの姿を求めた。彼らの間では一ヶ月ばかり前からその取り決めがなされていた。

ルネ・ホールがミセス・ハーレーと少女に出会ったのはテニソン家においてだった。その冬のあいだ彼女はよくそこに、カクテル・パーティーの客として招かれていた。彼女はキャサリンの仕事上の友だちに連れられてそこに行った。彼女は明るくて愛想が良く、キャサリンは彼女の着ている服に感心した。彼女はすぐ近くに住んでいて、ぎりぎりの招待にも嫌な顔をしなかったし、たいていの男たちは彼女に好感を持った。テニソン夫妻は彼女についてほとんど何も知らなかった。魅力に富んだゲストであり、ラジオで何か役をしているという以外は。

ルネが最初にテニソン家を訪れた夜、デボラがそこに連れられてきて、みんなにおやすみの挨拶をした。女優と、あまりかまわれることのない子供は、ソファに二人並んで座った。そして二人のあいだには奇妙な心の交流が生まれた。ルネは子供に自分の宝石と毛皮で遊ばせてやった。ルネはデボラに親切だった。というのは人生のその時期、彼女自身が親切さを求めていたからだった。

彼女はおおよそ三十五歳、羽目をはずすのが好きで、物腰は柔らかだった。彼女は今自分が送っている人生は何かもっと素晴らしいもの、最終的なもの、あるいはむしろ型どおりのものへの序曲みたいなものだと考えることを好んだ。それは来シーズンだか、その次のシーズンだかに始まるはずのものだった。とはいえ、そういう希望を維持し続けるのが次第に困難になりつつあることは、彼女にもわかっていた。酒を飲んでいないときにはいつも自分が疲れているように感じることに、彼女は気づいた。どうしても元気が湧いてこないのだ。酒を飲んでいないときには気持ちが落ち込み、気持ちが落ち込むとヘッド・ウェイターや美容師と口論をし、自分のことをじろじろと見たとレストランで人々を糾弾し、自分の借金の肩代わりをしてくれた男たちの何人かと言い争いをした。彼女は自分の気性が不安定であることを承知していたし、それを巧みに隠せる程度には頭が働いた。とりわけテニソン夫妻のような気楽な友人たちの目からは。

ルネはその翌週にも彼らの家にやってきた。そしてデボラは彼女の声を聞くと、ミセス・ハーレーの手から逃れて、廊下を駆けてやってきた。子供が自分に夢中になることで、ルネも興奮した。二人はまた一緒に座った。ルネは毛皮を繋いだコートを着て、布製の薔薇を重ねた帽子をかぶっていた。そしてデボラは彼女のことを世界でいちばん美しい女性だと思っていた。

その後、ルネはしばしばテニソン家を訪れるようになった。そして彼女がテニソン夫妻やらそのゲストやらに会いに来るのではなく、ただ子供に会うために来るのだというのは、仲間内の定番ジョークになった。ルネはずっと自分の子供を欲しがっていた。彼女の心残りは今では、デボラの晴れやかな顔に集約されていた。そして彼女はその子供に対する独占欲を感じ始めており、彼女は高価な衣服や玩具をデボラに送り始めた。「この子、歯医者さんに行ったことはあるかしら？」と彼女はキャサリンに尋ねた。「お医者さんは確かな人なの？　幼稚園に入れた方がいいんじゃないかしら？」。ある夜、彼女は間違いを犯した。親子で一緒にいる時間が少なすぎて、そのせいで両親から与えられるべき安心感がデボラに不足しているのではないかと示唆したのだ。「この子は自分の名義で八千ドルの銀行預金を持っているのよ」とキャサリンは言った。彼女はそのことで気を悪くした。ルネはデボラに手の込んだプレゼントを送り続けた。デボラはすべての人形と自分の愉しみに、ルネの名前を冠した。そして夜にベッドに寝かせつけられたあとで、ルネの名前を叫ぶことが何度もあった。もう子供をルネとは会わない方がいいだろうとロバートとキャサリンは考えた。そして彼女を家に呼ぶことをやめた。「結局のところ」とキャサリンは言った。「あの人にはどことなく芳しくないところがあったのよ」。ルネは電話をかけてきて、彼らを二度ばかり家に招待した。カクテルの集まりに。申し訳ないけど行けそうにないわとキャサリンは返事をした。二人とも風邪をひいているものでと。

ルネにはキャサリンが嘘をついていることがわかったし、テニソン家のことはもう忘れてしまおうと心を決めた。デボラに会えないのは寂しかったが、もしその週の終わりにあることが起こらなかったら、彼女はもう二度とその少女には会うことなく終わったことだろう。ある夜、彼女はつまらないパーティーを早めに切り上げて一人で帰宅していた。かかってきた電話を逃がしたくなかったので、彼女は電話応答サービスを頼んでいた。そのサービスによれば、ミセス・ウォルトンという方から電話があり、番号を残していったということだった。

ウォルトン、ウォルトン、ウォルトン、とルネは思いを巡らせた。そして以前ウォルトンという名前の恋人がいたことを思い出した。八年から十年くらい前のことだ。彼の母親と夕食を一度共にしたことがある。母親はクリーブランドから街を訪れていたのだ。その夜のことがありありと思い出せた。ウォルトンは酒を飲み過ぎて、母親はルネを脇に連れ出し、あなたならきっと息子に良い影響を与えられると言った。あの子にお酒をやめさせて、もっと足繁く教会に通わせることはできないかしら？　でもルネの記憶しているところでは、最後には飲酒に関してウォルトンと彼女は口論になり、それ以来彼と会うことをやめてしまった。彼は病気になったか、酒で身を持ち崩したか、あるいは結婚することになったのだろう。彼がいくつなのか、彼女は知らなかった。というのは三〇年代は彼女の記憶の中でぐしゃぐしゃになっていて、その十年間の始まりと終わりとの違いを見きわめることもできなかったからだ。


彼女はその番号を回した。そこはウェストサイドのホテルだった。電話に出たミセス・ウォルトンの声は小さく、しゃがれて年老いていた。「ビリーは亡くなったのよ、ルネ」と彼女は言った。そしてしくしく泣きだした。「あなたが電話をくれて嬉しいわ。明日埋葬されるの。葬儀に来てくださらないかしら？　とても寂しくて」

翌日ルネは黒いドレスを着てタクシーを拾い、葬儀場まで行った。ドアを開けるや否や、彼女は手袋をはめたいかにも追従的な案内係の両手に迎えられた。彼女がこれまでに味わったこともないほど深く、落ち着き払った哀悼を込めて慰めてくれそうな様子だった。エレベーターが彼女をチャペルに運んでくれた。電気オルガンが「ああ、何と美しい朝！」を演奏しているのを耳にしたとき、ミセス・ウォルトンに会う前に腰を下ろして力を身につけなくちゃと彼女は思った。そしてミセス・ウォルトンがチャペルの開いた入り口に立っているのを目にした。二人の女性は抱擁を交わし、それからルネはミセス・ウォルトンの妹のミセス・ヘンラインに紹介された。そこにいるのは彼女たちだけだった。部屋のいちばん奥の、僅かなグラジオラスの花の下に、彼女の死んだ恋人が横たえられていた。「この子はほんとうにひとりぼっちだったのよ、ルネ」とミセス・ウォルトンが言った。「どこまでも孤独だった。そして家具付きの貸部屋で、たった一人で死んでいった」。ミセス・ウォルトンは泣き始めた。ミセス・ヘンラインも泣いた。牧師が入ってきて葬儀がおこなわれた。ルネはひざまずいて「主の祈り」を思い出そうとしたが、「……天になるごとく、地にもなさせたまえ」というところまでしか辿れなかった。ルネは泣き出した。でもそれはその男のことを懐かしく思い出したからではない。彼女はもう長いあいだその男を思い出したこともなかった。そして彼が時折ベッドまで朝食を運んできてくれたことや、彼が自分のシャツのボタンを縫い付けていたことを思い起こすまでに、ずいぶん努力が必要だった。彼女が泣いたのは自分のためだった。自分もまた夜のあいだに死んでいくのではないかと恐れたから泣いたのだ。自分がこの世界でまったくのひとりぼっちであり、自分のこのでたらめで空虚な生活は何かの序曲なんかではなくただの終局であり、その先に見えるのは粗くて無骨な形の棺でしかなかった。

三人の女性は、馬鹿丁寧な案内係に助けられるようにしてチャペルをあとにした。そしてエレベーターに乗った。自分は約束があるので、墓地までは行けないとルネは言った。彼女の両手は恐怖のために震えていた。彼女はミセス・ウォルトンに別れのキスをして、タクシーでサットン・プレイスまで戻った。そしてデボラとミセス・ハーレーがいるはずの小さな公園まで歩いて行った。

デボラが先にルネを見つけた。彼女はルネの名前を呼び、そちらに駆けていった。もがくようにして階段を一歩で一段上がっていった。ルネは彼女を抱き上げた。「可愛いルネ」と少女は言った。「可愛い、可愛いルネ」。ルネと少女はベンチに並んで腰を下ろした。その隣にはミセス・ハーレーがいた。「もし買い物とかそういう用事があるなら」とルネは言った。「二、三時間、この子の面倒はみてあげられるわ」

「さあ、そんなことをしていいものかどうか」とミセス・ハーレーは言った。

「私と一緒ならぜんぜん大丈夫よ」とルネは言った。

「この子を私のアパートメントに連れて行きます。テニソン夫妻がそのことを知る必要はありませんし、あなたはそこに五時に迎えに来ればいいわ。

「じゃあ、そうさせてもらいましょうか」とミセス・ハーレーは言った。そのようにしてミセス・ハーレーは、毎週数時間の自由な時間を手に入れる取り決めを結ぶことになったのだ。

その日曜日、ルネが十時半になってもまだ姿を見せなかったので、もう今日は来ないのだということがミセス・ハーレーにはわかった。彼女はそれでがっかりした。というのはその朝は教会に行くつもりでいたからだ。彼女はラテン語と鐘のことを思い、跪いた姿勢から立ち上がるときにいつも感じる、あの神聖化されたような浄化されたような、高揚した感覚のことを思った。そしてルネがまだベッドの中で眠っているのだろうと思うと腹が立った。ルネがだらしないというだけで、私はお祈りに行けないのだ。朝も遅くなるとたくさんの子供たちが公園にやってきた。そして彼女はデボラの黄色いコートを人混みの中に探し求めた。

暖かい太陽がその少女を興奮させ、同じくらいの歳の子供たちと一緒に彼女は駆け回っていた。子供たちはスキップしたり歌ったりしながら、砂場の周りをまわっていた。その動きにはツバメと同様、目的というものがなかった。デボラは他の子供たちのあとをなんとかついていこうとしたが、彼女の筋肉の動きはまだ衝動的なものだったので、力及ばず地面にすてんと転んでしまうこともあった。ミセス・ハーレーは彼女を呼び、デボラは従順にその年老いた女のもとに走ってやってきた。そして彼女の脚にもたれかかって、何匹かのライオンと少年たちについての話を語り始めた。ミセス・ハーレーはデボラに、ルネに会いに行きたいかと尋ねた。「ルネのところに行って、一緒にいたい」と少女は答えた。ミセス・ハーレーは彼女の手をとり、公園から出る階段を上って、ルネの住んでいるアパートメントまで歩いた。ミセス・ハーレーは館内電話で階上を呼び出し、少し間があってからルネが電話に出た。その声は眠そうだった。もしミセス・ハーレーが上まで子供を連れてきてくれたら、一時間くらいは喜んで面倒をみると彼女は言った。ミセス・ハーレーは十五階までデボラを連れて上がり、そこでさよならを言った。ルネは羽根で縁を飾ったネグリジェを着ていた。彼女のアパートメントは暗かった。

ルネはドアを閉め、両腕で少女を抱き上げた。デボラの肌と髪は柔らかく、良い匂いがした。ルネは彼女にキスし、くすぐり、首筋に息を吹きかけた。子供が大笑いしてほとんど窒息してしまいそうになるまで。それからルネはブラインドを開け、部屋の中に明かりをいくらか入れた。部屋の中は散らかって、空気はもわっとしていた。ウィスキー・グラスがいくつかあり、灰皿はどれも溢れてこぼれ、変色した銀のボウルの中で薔薇が何本かしおれていた。

ルネにはランチの約束があり、彼女はそのことをデボラに説明した。「私はプラザ・ホテルでランチを取ることになっているの」と彼女は言った。「お風呂に入って、着がえなくちゃ。そのあいだいい子にしててね」。彼女はデボラに宝石箱を与え、バスタブに湯を張った。デボラは静かに化粧テーブルの前に座り、ネックレスやブローチで自分の身をたっぷりと飾っていた。ルネが身体を拭いているときにドアベルが鳴った。彼女は化粧着をまとって居間に行った。デボラがあとをついてきた。男が一人そこにいた。

「オールバニーまで車で行くんだが」と彼はルネに言った。「簡単に荷物をまとめて、僕と一緒に来ないか？　水曜日にはここに送り届けるからさ」

「そうしたいところだけどね、ダーリン」とルネは言った。「それはちょっと無理みたい。ヘレン・フォスとお昼を一緒にすることになっているの。私に仕事を回してくれるかもしれないって言うから」

「昼飯なんてキャンセルしちまいなよ」と男は言った。「いいじゃないか」

「それはできないわ、ダーリン」とルネは言った。

「水曜日に会いましょう」

「その子は誰なんだ？」と男は尋ねた。

「テニソンさんのうちの子供よ。乳母が教会に行っているあいだ、私が預かっているの」。男はルネを熱烈に抱いて、キスをした。そして水曜日の夜に会う約束をしたあとで立ち去った。

「あれはお金持ちの身勝手おじさん」とルネは少女に言った。

「私にもお友だちはいるわ。名前はマーサっていうの」と少女は言った。

「ええ、そうよね。あなたにはマーサっていう名前のお友だちがいるのよね」とルネは言った。そして彼女は子供がしかめっ面をして、目に涙を溜めていることに気づいた。「どうしたの、ダーリン？」と彼女は尋ねた。「いったいどうしたのよ？　ほらほら、ソファに座って、ラジオを聴きましょう。私は顔を整えてこなくては」。彼女は寝室に入って化粧をし、髪をとかした。

数分後に再びドアベルが鳴った。今回はミセス・ハーレーだった。「教会は楽しかった？」とルネは尋ねた。「デボラにコートを着せましょう」。彼女はコートと帽子を探した。それはさっき置いたところにはなかった。そして居間には少女の姿はなかった。彼女の心臓は早鐘を打ち始めた。寝室に行ってみた。「教会に行くと気持ちがすがすがしくなるんです」と言うミセス・ハーレーの声が聞こえた。窓のことを考えると恐怖で背筋が凍った。寝室の窓は開いていたからだ。彼女は窓の外を見下ろした。十五階下に見えるのは舗道と、天蓋型のひさしと、角のところで口笛を吹いてタクシーを止めているドアマンと、プードルを散歩させている金髪女性だけだ。ルネは居間に駆け戻った。

「デボラはどこですか？」とミセス・ハーレーは尋ねた。

「私は着替えをしていたの」とルネは言った。「一分前まではここにいたのよ。こっそり外に出て行ったのね。自分でドアは開けられたはずだから」

「あの子がいなくなったっていうの！」とミセス・ハーレーは叫んだ。

「お願いだから興奮しないで」とルネは言った。「そんなに遠くまで行ってるはずはない。そして下に降りるにはエレベーターに乗るしかない」。彼女はキッチンのドアを開けて、業務用のエレベーターのベルを押した。そこには見るからに危なっかしい業務用階段もついていた。階段は鉄とコンクリートとでできていて、汚らしい灰色に塗られ、十五階下の地上までまっすぐすとんと降りていた。彼女は階段に耳を澄ませたが、聞こえるのはじゅうじゅうという調理をする物音と、ずっと下の方で誰かが歌っている声だけだった。

「わたしは神様の軍隊の兵士
わたしは神様の
軍隊の……」

業務用のエレベーターは臭いゴミでいっぱいだった。「うちの部屋に小さな女の子が一人いたの」とルネはエレベーターを下から運転してきた男に言った「でもどこかに消えてしまった。探してくださらない？」。それから彼女は正面廊下に走っていって　住居者用のエレベーターのボタンを押した。「それでしたら、ええ」と男は言った。「小さな女の子を下に降ろしましたよ。十分ほど前に。黄色いコートを着ていました」。ルネは彼の息がウィスキー臭いことに気がついた。彼女はミセス・ハーレーに声をかけた。それから自分の部屋に煙草を取りに戻った。「ここに一人で残っているつもりはありません」とミセス・ハーレーは言った。ルネは彼女を押し込むように椅子に座らせた。そしてドアを閉め、エレベーターで下に降りた。「一人で下に降りるなんてちょっと変だなとは思ったんです」とエレベーター係は言った。「ロビーで誰かに会うことになっているのかなと思いました」。彼が話すと、ウィスキーの匂いがまた漂ってきた。「あなた、飲んでいたわね」とルネは言った。「もし飲んでいなかったら、こんなことにはならなかったのよ。あの年頃の子供が一人で行動しちゃいけないというくらいはわかっているはずよ。仕事中にお酒を飲むなんて許されることじゃない」

エレベーターが地上に着くと、彼は乱暴にそれを停止させ、ドアをがしゃんと叩きつけるように開けた。ルネはロビーに飛び出して行った。そこにある鏡や、電気式キャンドルや、ドアマンの汚れたアスコット・タイが彼女をむかむかさせた。「はい」とドアマンは言った。「小さな女の子が外に出て行くのを見たと思います。とくに注意は払いませんでした。ちょうど表に出てタクシーをつかまえようとしていたもので」。ルネは通りに駆けだしていった。子供の姿はなかった。川の見える方へと走っていった。どうしようもないほど自分が無力に感じられた。まるで、十五年間住み続けてきたこの街での自分の居場所を失ってしまったみたいに。通りは車で混み合っていた。彼女は通りの角に立ち、両手を口もとにあてて叫んだ。「デボラ！　デボラ！」

　テニソン夫妻はその午後、外出する予定で、電話のベルが鳴ったとき、ちょうど着替えをしているところだった。ロバートが電話に出た。キャサリンはルネの声を耳にした。「……ええ、それが大変なことだとはわかっているわ、ボブ。ええ、私はそんなことをするべきではなかった」

「つまり、ミセス・ハーレーはあなたのところに子供を置いていったと？」

「ええ、ええ、それが間違ったことだとわかっている。このへん一帯を探し回ってみたわ。ミセス・ハーレーはここにいます。彼女を呼びましょうか？」

「ノー」

「警察に連絡を入れましょうか？」

「ノー」とロバートは言った。「私が警察に連絡する。どんな服を着ていたか教えてくれないか？」。ルネとの話を終えると、ロバートは警察に電話をかけた。「ここで待っています」と彼は言った。「できるだけ早く来てもらえますか」

　キャサリンは浴室の戸口に立っていた。彼女はロバートのところに行って、彼は妻を両腕で抱いた。彼は妻をしっかりと抱きしめ、彼女は泣き出した。それから彼女は夫の腕から離れて、ベッドに腰掛けた。彼は開いた窓のところに行った。通りを見下ろすと、屋根に「コンフォート・カーペット・カンパニー」と書かれたトラックが見えた。隣のブロックにはテニスコートが何面かあって、人々がテニスをプレイしていた。テニスコートのまわりはイボタノキの垣根になっており、一人の老女がナイフを使って枝を何本か切り取っていた。彼女は丸い帽子をかぶり、しっかりした冬のコートを着込んでいた。足首まで届くようなコートだ。女がイボタノキを盗もうとしていることに彼は気がついた。彼女は素速くこそこそと仕事をし、始終後ろを振り返って誰かに見られていないか確かめた。緑の枝をかなりの分量切り取ると、それを袋に詰め込み、急ぎ足で通りを去っていった。

　ドアベルが鳴った。巡査部長と私服警官がそこにいた。二人は帽子を取った。「こういう出来事はご婦人がたにはおつらいはずです」と巡査部長が言った。「さて、もう一度事実を聞かせていただけますか、テニソンさん。我々は既に配下の者に捜索にかからせています。一人でエレベーターに乗って下に降りたということですね。それが一時間ばかり前のことだ」。彼はすべての事実をロバートと一緒にもう一度確認した。「お気持ちを乱すのは本意ではありませんが」と彼は言った。「誰か娘さんを誘拐しそうな人物の心当たりはありませんか？　いちおうあらゆる可能性をあたってみなくてはなりませんから」

「ええ、あります」とキャサリンが突然しっかりとした声で言った。彼女は立ち上がって、部屋の中を歩いて行き来した。「筋は通らないかもしれませんが、少なくとも一考の価値はあると思います。娘は誘拐されたのかもしれません。その女を私は今週この近辺で二度見かけました。そしてその女に後をつけられているような気がしました。そのときにはとくに気にはしなかったのですが。それからその女は私にあの手紙を書いてきたんです。ああ、もっとちゃんと順序立てて説明しなくては。つまりですね、ミセス・ハーレーをデボラの乳母として雇う前に、私たちはミセス・エマーソンという女性を雇っていたんです。私はデボラのことで彼女と口論をしました。そしてその口論の途中、彼女はこう言ったんです——ああ、ダーリン、あなたにはそのことは黙っていた。あなたに心配をかけたくなかったし、それほど大したことだとは思わなかったからよ。しかし言い合いをしているときに、彼女は私にこう言ったのよ。あの子はいつかあなたの手から奪いとられるでしょうって。私はそのことを忘れてしまおうとしました。というのは彼女はエキセントリックな人だと思ったからです。この街はその手の一風変わった女性たちで満ちています。そしてこの一週間のあいだに、私はこの近くで二度ばかり彼女を見かけました。そして彼女につけられているような気配を感じました。彼女はホテル・プリンセスに住んでいます。ウェストサイドにあるホテルです。少なくとも前はそこに住んでいました」

「行ってみよう」とロバートは言った。「車をとってくる」

「私がお送りしますよ、テニソンさん」と巡査部長が言った。

「君も来るかい？」とロバートがキャサリンに尋ね

た。

「ノー、ダーリン」とキャサリンは言った。「私は行きません」

ロバートは帽子をかぶり、巡査部長と一緒に出て行った。エレベーター係がロバートに話しかけた。「とてもお気の毒です、テニソンさん」と彼は言った。「ここにいる私たちはみんなあの子のことが大好きでした。女房に電話をして、女房はすぐに聖ヨハネ教会に行って、娘さんのためにお灯明をそなえてきました」

建物の前には警察の車が停まっており、ロバートと巡査部長はそれに乗り込んで西に向かった。ロバートはそのあいだずっと車の両側を交互に眺め続けていたが、それは死んだ子供のイメージから目を逸らせるためだった。彼はその事故を、安全運転のポスターに描かれているお決まり構図を通して思い浮かべた。どれもむき出しの色を使って描かれた稚拙な絵だ。タクシーのフェンダーから、ぐったりとした身体を持ち上げて運んでいる見知らぬ人の姿を彼は思い浮かべた。恐怖など何ひとつ知らぬ愛らしい顔に浮かんだ驚きと恐怖の表情を、彼は目にした。鳴り響く警笛、きいっと鋭くうなるブレーキを彼は耳にした。坂道の上を乗りこえてやってくる一台の車を彼は目にした。彼はそれらのイメージの向こうにある眩しい通りに目を向けようと、身体的な努力をかさねた。

暑い一日になっていた。素速く流れるいくつかの低い雲が、その影を都市に届かせていた。ブロックからブロックへと敏速に移ろっていく暗がりを、彼は目にできた。通りは混み合っていた。彼はその都市を、生命を脅かすものという観点からのみ見ていた。ひとつひとつのマンホールの蓋が、工事で掘られた穴が、階段のステップが、まるで写真のネガの反転効果のように、太陽の輝きを呑み込んでいた。セントラル・パークの人混みや緑が、彼の目には冒瀆的なものに映った。ホテル・プリンセスはウェストサイドの七十丁目より北の、うらぶれた通りにあった。ロビーの空気は悪臭をはなっており、フロント係は警官の姿を目にすると落ち着かない顔をした。彼はミセス・エマーソンの部屋の鍵があることを確認し、彼女は在宅ですと言った。お部屋には電話はありません、直接お上がり下さい。

彼らは老人が操作する、メッキされた鉄の檻のエレベーターで上がった。ノックすると、お入りくださいとミセス・エマーソンが言った。ロバートはその女をよくは知らなかった。子供部屋の戸口に立って、おやすみを言わせるためにデボラを送り出す姿しか目にしたことがない。記憶によれば、彼女は英国人だった。その声はいつも心配げで、洗練されていた。「ああ、ミスタ・テニソン」、彼が誰かを思い出して彼女はそう言った。巡査部長が前置き抜きで、今朝はどこにいましたかと質問した。

「なんでもありません、ミセス・エマーソン」とロバートは言った。彼女がヒステリカルになり、口を固く閉ざしてしまうのではないかと、彼は案じたのだ。「今朝、デボラがいなくなってしまったのです。それで何かご存じではないかと思いまして。あなたはうちの妻に手紙を書いたとか」

「デボラがいなくなった？　それはとてもお気の毒です」と彼女は言った。それは自分がレディーであると自認している女性の、小さく細やかな声音だった。「ええ、そうです、もちろん、私はミセス・テニソンに手紙を差し上げました。私は夢を見たのです。よほどしっかり気をつけないと、あなた方はデボラを失うことになるという夢を。つまり、それが私の職業なのです。夢を解釈することが。仕事を辞めるときに、私は奥様に申し上げました。デボラには特別に注意を払わなくてはならないと。結局のところ、デボラはあの恐ろしい新星、冥王星のもとに生まれたのです。あの星が発見されたとき、一九三八年に私はリヴィエラにおりました。何か恐ろしいことが持ち上がると、私たちにはわかっていました。

「私はあの子をとても愛していましたし、奥様と意見が合わなかったことを残念に思っています」と彼女は続けた。「あの子は火の人種《ファイア・ピープル》の一人です。ボイラーの種火のようなものです。彼女の手相をずいぶん子細に見ました。言うまでもなく私たちは二人きりで長い時間置いておかれましたから。彼女は長い生命線を持ち、優れたバランスの感覚を持ち、良い頭脳を持っています。無分別な徴《しるし》も見えますが、それがどうなるかはご両親次第でしょう。深い水が見えました。そこには何かしら大きな危険があり、大きな災厄がありました。だから私はミセス・テニソンに手紙を書いたのです。料金を請求することなく」

「あなたとミセス・テニソンは何が原因で口論になったのでしょう?」と巡査部長が尋ねた。

「我々は時間を無駄に費やしている」とロバートは言った。「こんなことをしている暇はない。戻ろう」。彼は立ち上がって部屋を出て行った。巡査部長はそのあとを追った。家に戻るまでにずいぶん時間がかかった。日曜日のせいで人出が多く、人々はどんどん通りを横切って、交差点ごとに車は待たされた。私服警官が家の前で待っていた。「部屋に戻って奥さんの様子を見られた方がいい」と彼はロバートに言った。ドアマンもエレベーター係も彼に向かって何も言わなかった。彼は自分のアパートメントに足を踏み入れ、キャサリンの名前を呼んだ。彼女は寝室の窓際に座っていた。膝の上には黒い本が載っていた。それが聖書であることを彼は見て取った。二人の友だちが酔っ払って、ホテルの部屋から盗み出したギデオン聖書だ。何かを調べるために一度か二度、その聖書を開いたことがあった。開いた窓の向こうに川が見えた。川幅は広く、光があたって眩しい平原のように見える。部屋の中はしんと静まりかえっていた。

「ミセス・エマーソンはどうだった?」とキャサリンは尋ねた。

「間違いだった。彼女があの子を傷つけるかもしれないなんて、考えること自体が間違いだった」

「ルネがまた電話をかけてきた。彼女がミセス・ハーレーをうちに送っていったの。デボラが見つかったら、自分のところにも連絡をもらいたいと言っていた。もう二度とルネの顔は見たくない」

「当然だ」

「もしデボラの身に何かがあったら」とキャサリンは言った。「私は自分を許すことができないと思う。自分のことが絶対に許せない。自分たちがあの子を生贄《いけにえ》にしてしまったみたいに感じることになるわ。アブラハムのところを読んでいたの」。彼女は聖書を開いて読み始めた。「『そして神は言った。汝の息子を、汝の愛する一人息子のイサクを連れ、モリアの地に行きなさい。そして私が汝に教える山の頂で、彼を焼いた生け贄として捧げるのだ。アブラハムは早朝に起きて、驢馬に鞍を載せ、二人の若者と、息子のイサクを連れだした。そして焼いた生け贄をつくるための薪を割った。それから立ち上がり、神が行けと命じた場所に向かった』」。彼女は本を閉じた。「私が恐れているのは、頭がおかしくなるんじゃないかということ。私はずっとここの住所と電話番号を頭の中で繰り返しているの。それって、何の意味もないことよね？」

ロバートは彼女の額に手を触れ、髪を撫でた。彼女の黒い髪は片方の脇で分けられ、子供のようにシンプルにブラシされただけだった。

「私、このまま気が狂ってしまうんじゃないかしら？」とキャサリンは言った。「あなたが行ってしまったあと、私一人きりになって、まず最初にどんな衝動に襲われたと思う？　ナイフを持ち出して鋭いナイフを手にして、クローゼットに行って、自分の服をずたずたにしてしまいたいと思った。服をみんなむちゃくちゃに切り裂いてしまいたいと思ったの。どれも上等な高価な服だからよ。そんなことをしたいと思うなんて、私どうかしているわよね？でも私はもちろん頭がおかしくなったわけじゃない。しっかり正気よ。

「私には死んだ弟がいるの。彼の名前はチャールズ。チャールズ・ジュニアよ。彼はお父さんの名前を継いだわけ。でも二歳半のときに何かの病気で死んでしまった。デボラとだいたい同じくらいの歳ね。言うまでもなくそれは父と母にとってはつらい体験だった。でもそれだって、これほどひどくはない。私たちの両親にとっての子供たちより、私たちにとっての子供たちの方が、ずっと大きな意味を持っているのよ。それが私がずっと考えていたこと。思うんだけど、それはきっと私たちが両親たちほど信仰深くないからよね。こんな生き方をしているから私たちはそのぶん傷つきやすくなるのよ。私は自分が罪で穢れているように感じる。自分が腐った母親で、腐った妻のように思える。そしてこれはまさにそれに対する罰なんだと。私は自分が立てた誓いや、自分が結んだ約束を片端から破ってきた。私は素敵な約束を片端から台無しにしてきた。小さな女の子だった頃、新月のたびに、初雪の降るたびに、何か約束をしたものよ。私は良きものをみんな台無しにしてきた。これって、なんだかもうあの子を失ってしまったみたいな言い方ね。でも私たちはまだあの子を失ったわけじゃない。彼らはあの子をきっと見つけてくれる。お巡りさんはそう言っていた。必ず見つけるって」

「もちろん見つかるさ」とロバートは言った。

　部屋は暗くなってきた。低い雲が都市に手を触れていた。建物や窓に雨が吹き付ける音が聞こえた。

「あの子はどこか雨の中に横たわっているんだわ！」とキャサリンが叫んだ。そして椅子の中で身を捻り、両手で顔を覆った。「あの子は雨の中で横たわっているのよ」

「きっと見つけてくれるさ」とロバートは言った。

「他の子供たちだってよく迷子になる。そういう話を『タイムズ』で何度も読んだ。この手の出来事って、子供を持つ親なら誰しも体験することなんだ。姉の小さな娘は階段から落ちた。そして頭蓋骨に損傷を負った。彼女が生きていけるとは誰も思わなかった」

「それって他人の身に起こることなのよ。そうじゃない？」とキャサリンは言った。そして振り向いて夫の顔を見た。雨が突然あがった。雨が空中に残した匂いは強烈だった。まるでアンモニアが通りにこぼれたみたいだ。雨雲が明るい川面を暗く染めるのをロバートは見た。「つまりね、この世界には実にいろんな病気があり、事故がある」とキャサリンは言った。「そして私たちはずっと幸運だった。ねえ、デボラはお昼ご飯を食べていないのよ。きっとすごくお腹を空《す》かせているはずだわ。朝ご飯のあと、何も口にしていないんだもの」

「そうだね」

「ダーリン、外に出てきたら」とキャサリンは言った。「ここにじっとしているよりは気が楽でしょう」

「君はどうするんだ？」

「私は居間の掃除をする。昨夜窓を開け放しにしていたせいで、何もかもに煤がかかっている。あなたは外に出てきて。私は大丈夫だから」。彼女はそう言って微笑んだ。その顔は泣いたおかげでむくんでいた。「あなたは外に出てきて。その方が楽だと思うから。私は部屋の掃除をしている」

ロバートは再び下に降りた。警察の車はまだ建物の前に駐車していた。一人の警官がロバートの方にやって来て、二人はそこでしばらく話をした。「私はこの辺をもう一度探してまわってみます」と警官は言った。「よければ一緒にいかがですか?」。そうさせてもらえればとロバートは言った。警官が懐中電灯を所持しているのを彼は目にとめた。

そのアパートメント・ハウスの近くに、廃墟になったビール醸造所があった。禁酒法時代に放棄された建物だ。歩道は近所の犬のたまり場になっていて、その汚物があたりに散らかっていた。近隣にある自動車修理工場の地下室の窓は割れていて、警官はその窓枠の中を懐中電灯の光で照らした。汚れた麦わらと、一枚の黄色い紙を目にしたとき、ロバートははっとした。それはデボラの着ていたコートの色だったからだ。彼は何も言わず、二人はそのまま歩き続けた。遠くの方から都市の午後の騒音が耳に届いた。

醸造所の近くには何軒かのアパートが並んでいた。みすぼらしい建物で、ドアの上には「お帰りなさい、ジェリー」と粗雑な字で書かれた札が出ていた。地下に通じる急な階段の、鉄のゲートが開いたままになっていた。警官が懐中電灯で階段の下の方を照らした。階段は壊れていた。下には何もなかった。

隣の家のポーチの階段には年老いた女が一人座っていた。二人が地下を調べているのを、彼女は胡散臭そうに眺めていた。「ジミーはそんなところにはいないよ」と彼女は甲高い声で叫んだ。「あんたは——あんたは——」。誰かががしゃんと窓を開けて、黙りやがれと言った。彼女が酔っ払っていることがロバートにはわかった。警官はその女にはまったく注意を払わなかった。彼はあくまで淡々と、ひとつひとつの建物の地下を点検していった。それから二人は角を曲がった。アパートメント・ハウスの正面と並ぶように、そこには何軒かの店があった。そこには階段もなく、地下勝手口もなかった。

ロバートはサイレンの音を耳にして、歩を止め、警官の歩も止めさせた。一台のパトカーが角を曲がってやってきて、二人が立っている縁石の前で停まった。「乗ってください、テニソンさん」と運転していた警官が言った。「娘さんが見つかりました。署に保護しています」。彼はサイレンを鳴らしながら、あたりの車をかき分けるようにして、東に向けて進んだ。「三番街で見つけたんです」と警官は言った。「アンティーク・ショップの前に座って、パンを食べていました。きっと誰かにパンをもらったのでしょう。だからお腹は空かせていません」

　警察署で娘は父親を待っていた。彼は娘の身体に両手を置き、その前に膝をついた。そして笑い始めた。両目が熱く燃えていた。「今までいったいどこにいたんだい、デボラ？　誰にパンをもらったんだ？　どこにいたんだい？　どこにいたんだよ？」

「女の人がパンをくれたの」と彼女は言った。「マーサを捜さなくっちゃ」

「どんな女の人がパンをくれたんだい、デボラ？　いったいどこにいたんだ？　マーサって誰なんだ？　いったいどこにいたんだよ？」。彼にはわかっていた。彼女は絶対にそれを教えてくれないだろうし、自分はそれを永遠に知らないままに終るだろうということが。そして彼はその手のひらに、彼女の心臓の強い鼓動を感じ取ることができた。それでも彼は尋ね続けた。「どこにいたんだ？　誰にパンをもらったんだ？　マーサって誰なんだ？」と。

トーチソング　Torch Song

トーチソングというのは主に一九三〇年代前後に流行した、片思いや失恋の気持ちを切なくしっとりと歌った流行歌のこと。この奇妙な物語の背景には、一貫してそんな音楽が流れている。あくまで物憂く、そしてどことなく不気味に。

出だしはいかにも都会風の、洒落た独身男女の物語のように見えるのだが、話が進むにつれ、状況は次第に不吉な色彩を帯びてくる。そして最後には……。このへんのじわじわとした「滑り落ちかた」の的確な描写に、その恐怖の微妙きわまりない小説的匂わせ方に、都会派小説家としてのチーヴァーの本領が見られる。結末のツイストもきいており、雑誌「ニューヨーカー」にはまさにぴったりの作風だ。

人がだんだん輝きを失い、ひとつ下の世界に零落していくこと――それはチーヴァー自身が常日頃抱えていた怯えのようにも見受けられる。

「ニューヨーカー」一九四七年一〇月四日号に掲載。

ジョーン・ハリスとニューヨークで知り合って二、三年が経った頃から、ジャック・ローリーは彼女のことを「未亡人」として考えるようになった。いつも黒い服を着ていたし、彼女のアパートメントには常に、まるでついさっき葬儀屋が部屋を出て行ったばかりというような奇妙に動揺した趣が感じられたからだ。このような印象は彼の側の悪意から派生したものではない。というのは彼はジョーンに好意を持っていたから。二人はオハイオの同じ街の出身で、同じように三〇年代の半ばにニューヨークにやってきた。年齢もだいたい同じで、その都市に来た最初の夏、二人は仕事のあとよく「ブレヴォート」だか「チャールズ」だかで待ち合わせ、一緒にマティーニを飲んだものだった。それから「ラファイエット」に行って食事をし、そこでチェッカー・ゲームをした。

街に落ち着くと、ジョーンはモデル学校に通い始めたが、写真うつりがひどく悪いことが判明し、六週間にわたって頭の上に本を載せて歩く練習をさせられたあと、「ロンシャンズ」で接客係の仕事に就いた。その夏の終わりまで、彼女は帽子掛けの前に立ち、強烈なピンク色の照明と、傷心の弦楽奏をたっぷり身に浴びた。そして黒髪を揺らせ、黒いスカートを揺らせながら、新来の客を迎えるために歩み出ていった。当時の彼女は素敵な声音の大柄の美人だった。そして彼女の顔や、その全体的な存在はいつも、まわりのもの――それがたとえ何であれ――に対する穏やかで健康的な愉しみによって活気づけられているように見えた。彼女は無邪気に、矯正不能なまでに人づきあいが良くて、もし誰かから電話がかかってきて、これから飲みに行こうよと誘われたら、それがたとえ午前三時であったとしても即刻ベッドを出て、服を着替えて出てくるような女性だった（ジャックはしばしばそれを実行した）。その秋に彼女はあるデパートで新入幹部社員のような職に就いた。そして二人が顔を合わせることは次第に少なくなり、やがてはまったく会わない時期がしばらく続いた。ジャックはパーティーで知り合った女の子と一緒に暮らすようになり、ジョーンはどうしているだろうと考えるようなこともなくなってしまった。

ジャックの恋人はペンシルヴェニアに何人か友だ

ちがいたので、ニューヨークに来て二年目の春から夏にかけて、週末になると彼女と共にしばしばその街を訪れた。このようなすべて――グリニッジ・ヴィレッジのアパートメントでの共同生活、自由な男女関係、田舎の住まいに向かう金曜日の夜行列車――はまさにニューヨークの生活として前々から思い描いていたものだったから、彼はこの上なく幸福だった。ある日曜日の夜、彼はガールフレンドと一緒にリーハイ鉄道に乗ってニューヨークに戻った。それはニュージャージーの地表をのろのろと横切る鉄道のひとつで、何百人という数の人々をニューヨークに連れ戻す。人々はみんな大がかりで骨の折れるピクニックの被害者のように見えた。顔はしっかりと日焼けし、筋肉はくたくただ。ジャックとガールフレンドは他の大半の乗客たちと同じように、抱えきれないほどの野菜と花を手にしていた。列車がマンハッタンのペンシルヴェニア駅に着いたとき、二人はまわりの人々と一緒にプラットフォームをエスカレーターに向かって歩いた。ある簡易食堂の大きく明るい窓の前を通り過ぎたとき、ジャックはふとそちらに顔を向けて、ジョーンの顔を目にした。彼女を見かけたのは感謝祭だかクリスマス以来だった。どちらだったか思い出せないが。

ジョーンと一緒にいる男はどう見ても酔いつぶれていた。彼の頭はテーブルの上に置かれた両腕の中にあり、肘の脇にはハイボールのグラスが倒れていた。ジョーンは彼の肩を優しく揺すり、何かを話しかけていた。彼女はどことなく困っているようであり、どことなくそれを面白がっているようでもあった。ウェイターたちは他のテーブルをすべて片付け終え、ジョーンのまわりに集まって、彼女が連れの男を蘇生させるのを待っていた。故郷の町の芝生と樹木を思い出させる娘が、そんな苦境に陥っているところを目にして心は痛んだものの、彼にしてやれることは何もなかった。ジョーンはその男の肩を揺すり続けていた。そしてジャックは人混みに背中を押されるように次の窓からその次の窓へと進み、おぞましい匂いのする調理場の前を通り過ぎ、そのままエスカレーターへと運ばれていった。

その夏の終わり近く、彼は再びジョーンを目にした。ヴィレッジのレストランで夕食をとっているときだ。彼は新しいガールフレンドと一緒だった。南部出身の娘だ。その年、ニューヨークにはたくさんの南部出身の娘がいた。場所が便利だったので、ジャックと娘はふらふらとそのレストランに入ったのだが、料理はひどい代物だったし、店内はキャンドルの灯で照らされていた。食事を半分ばかり済ませたところで、ジョーンが部屋の向こう側にいるのをジャックは認めた。食事を終えたとき、彼はそちらへ行ってジョーンに挨拶をした。彼女は片眼鏡をかけた長身の男と一緒だった。彼は立ち上がって深々と堅苦しいお辞儀をし、ジャックに向かって「私どもはあなたにお目にかかれてまことに光栄です」と言った。そして「ちょっと失礼いたします」と言って、洗面所に行った。「彼は伯爵なの。スウェーデンの伯爵」とジョーンは言った。「ラジオに出ているわ。金曜日の午後の四時十五分に。それってすごくない?」。彼女は伯爵もそのお粗末なレストランも、ずいぶん気に入っているようだった。

翌年の冬のあいだにジャックは、ヴィレッジから東三十丁目のあたりにあるアパートメントに引っ越した。ある冷ややかな朝、会社に向かう途中パーク・アヴェニューを横切っているとき、彼は人混みの中に、以前ジョーンのアパートメントで何度か会ったことのある女性を目にとめた。彼は彼女に語りかけ、ジョーンはどうしているかと尋ねた。「話は聞いてないのね?」と彼女は言った。そして浮かない顔をした。「あなたに話しておいた方がいいかもしれない。あなたが助けになってくれるかもしれない」。彼女とジャックはマディソン・アヴェニューのドラッグストアで朝食を取り、彼女はその話を誰かに打ち明けて心の負担を軽くした。

伯爵は「フィヨルドの歌」、あるいはそれに似たタイトルの番組を持っていて、そこでスウェーデンの民謡を歌っていた。みんなは彼のことを偽物だろうと疑っていたが、ジョーンはそんなことはまるで気にしなかった。彼はパーティーで彼女に出会い、その感じやすい部分を嗅ぎ当て、翌日の夜にはもうジョーンのアパートメントに転がり込んでいた。一週間ほどして彼は背中の痛みを訴え、モルヒネが少し必要だと言った。それからは常にモルヒネを必要とするようになった。モルヒネが手に入らないと暴力的になり、彼女を虐待した。ジョーンは麻薬を売る医師や薬剤師たちと取り引きをするようになり、彼らがもうクスリを流してくれなくなると、街のいちばんすさんだ場所まで足を運んだ。彼女の友人たちはいつかの朝、排水溝に突っ込まれた彼女の死体が見つかるのではないかと案じていた。彼女は妊娠し　堕胎した。伯爵は彼女を捨てて、タイムズ・スクエアあたりの安宿に移ってしまった。しかしその頃には彼女は相手のどうしようもなさにとても心を惹かれ、彼が自分なしで死んでいくことを案じた。だからあとを追って彼と同じ部屋に暮らし、彼のために麻薬を買い続けた。男は再び彼女を捨て、ジョーンはそこで一週間彼の帰りを待った。それからあきらめてヴィレッジの自分の住まいに、友人たちのもとに戻ってきた。

オハイオからやってきた無垢な娘が、暴力的な麻薬中毒患者と生活を共にし、犯罪者たちと取り引きするなんて、考えただけでジャックは衝撃を受けた。会社に着くとすぐにジョーンに電話をかけ、その日夕食を共にすることにした。場所は「チャールズ」だ。バーに入ってきたとき、彼女は前と同じように元気そうで落ち着いて見えた。声は甘く、それは彼に楡の木や、芝生や、ポーチの天井から吊されて夏の風にちりんちりんと鳴るガラス細工を思い出させた。彼女は伯爵の話をした。彼のことを思いやりを込めて語り、そこに苦々しい響きは聞き取れなかった。彼女の声や気質には、単純な思いやりや喜び以上のものは何ひとつ表現できないのだとでもいうように。彼女の歩き方は――彼女は彼の前を歩いてテーブルに向かったのだが――いかにも軽やかで優雅だった。彼女はたっぷり夕食をとり、仕事について熱意を込めて語った。二人はそのあと映画を観に行って、彼女の住まいの前で別れた。

その冬、ジャックは一人の娘と出会い、彼女と結婚することに決めた。婚約は一月に発表され、七月に結婚式を挙げることになった。春になって彼は、ジョーンのうちで催されるカクテル・パーティーへの招待状を、会社の郵便受けに受け取った。それは土曜日で、その日彼のフィアンセはマサチューセッツの両親を訪れることになっていた。当日になり、他に何も面白そうなことを思いつかなかったので、バスに乗ってヴィレッジに行った。ジョーンは前と同じアパートメントに住んでいた。エレベーターのない建物だ。玄関のメールボックスの上にあるベルを押すと、がしゃんとドアが解錠される素っ気ない音がそれに答えた。ジョーンの住まいは三階にあった。メールボックスのスロットには彼女の名刺が差してあった。彼女の名前の上には「ヒュー・バスコム」という名前が手書きでつけ加えられていた。

ジャックはカーペット敷きの階段を三階まで上がった。ジョーンのアパートメントに着いたとき、彼女は黒いドレスに身を包み、開いた戸口の脇に立っていた。挨拶を交わしたあと、彼女はジャックの腕を取って部屋の奥に案内した。「ヒューに紹介するわ、ジャック」と彼女は言った。

ヒューは赤ら顔で、淡いブルーの目の、大きな男だった。物腰はとても丁寧で、両方の目は酒で充血していた。ジャックは彼としばらく話をしてから、マントルピースの脇に立っている知り合いと話をするためにそちらに移った。そこで彼は初めて、ジョーンのアパートメントが乱雑をきわめていることに気づいた。本はちゃんと書棚に収められていたし、家具も悪くはなかった。しかしどういうわけか、全体がまるでおかしいのだ。いろんな品物はろくに注意も払われずに、ただ適当に場当たりにそのへんに置かれているみたいだった。またそのとき初めて、最近そこで誰かが死んだみたいだという印象を彼は持った。

ジャックは部屋の中を歩き回って、ここにいる十人か十一人のゲストはみんな他のパーティーでも見かけた覚えがあるなと思った。凝った帽子をかぶった女性重役がいた。ロースヴェルト大統領の物真似のうまい男がいた。彼らの書いた戯曲がリハーサル中の陰気な夫婦がいた。スペイン内戦の戦局を聴くためにラジオをずっとつけている新聞記者がいた。ジャックはマティーニを飲みながら、凝った帽子をかぶった女性と話をした。窓の外の裏庭に目をやると、ニワウルシの木が何本か見えた。遠くハドソン川の崖の向こうの方から、炸裂する雷鳴が聞こえてきた。

ヒュー・バスコムはひどく酔っ払っていた。彼は酒をこぼし始めた。飲酒は彼にとっては一種の陽気な殺戮であり、その流血や混乱を彼は楽しんでいた。ウィスキーを瓶からこぼした。酒をシャツにこぼし、それから他人のグラスをひっくり返した。パーティーは決して静かではなかったが、それでもヒューのしゃがれた声は他の人々の声を圧するようになっていた。片隅に座って、あまり器量の良くない女性にカメラの技術を説明していた写真家に、彼は攻撃を仕掛けた。「そんなところに座り込んで、自分の靴を眺めていたいのなら、何のためにパーティーなんかに来たんだよ」とヒューは怒鳴った。「何のために来たんだよ？　なんで家でおとなしくしてないんだ？」

どう応えればいいのか、写真家は言葉を失っていた。彼はなにも自分の靴を眺めていたわけではなかったから。ジョーンがそっとヒューのそばに寄った。「お願いだから喧嘩はよして、ダーリン」と彼女は言った。「少なくとも今日だけは」

「黙れ」と彼は言った。「おれのことは放っておいてくれ」。他人の会話に首を突っ込むな」。彼はバランスを失い、なんとか体勢を立て直そうとして、ライト・スタンドをひっくり返した。

「ああ、ジョーン、あなたの素敵なスタンドが」と一人の女性がため息をついた。

「スタンドがなんだ！」とヒューは吠えた。そして両腕を宙に突き出し、まるで自分を棍棒で打つように、頭のまわりでぐるぐる振り回した。「スタンドやら、グラスやら、シガレット・ボックスやら、皿やら、何もかもうんざりだ。とことん辟易した。みんなで山の中に行って、狩りをしたり釣りをしたり、男らしく生きようじゃないか、まったくの話」

人々は、まるで部屋の中に雨でも降り出したみたいに、あちこちに散っていった。そしてまた実際の話、外では雨が降り出していた。アップタウンまで車に乗せていってあげましょうと誰かがジャックに申し出てくれて、彼はその機会に飛びついた。ジョーンは戸口に立って、ぞろぞろと逃げ出していく友人たちに別れの挨拶をしていた。彼女の声はソフトさをまだ保っていたし、その物腰は、災厄を目の前にしながら堅忍不抜な平静さの新たな源泉を呼び起こせるキリスト教徒のご婦人たちとは違って、どこまでも率直なものに見えた。彼女は自分の背後にいる激高した酔っ払いのことなど、目に入らないみたいに見えた。その男はどすどすと歩き回り、絨毯にグラスの破片をこすり込みながら、逃げ遅れた客の一人に向かって自分がいかにして三週間、食料もなしで山の中で生き延びたか、長広舌をふるっていたのだが。

七月にジャックはダクスベリー（マサチューセッツ州ボストンの南東部にある町）の果樹園で挙式し、新妻と共にウェスト・チョップ（同州マーサズ・ヴィニャード島にある海辺の観光地）で数週間を過ごした。ニューヨークに戻ったとき、彼らのアパートメントは祝いの品で足の踏み場もなかった。その中にはジョーンからの贈り物、一ダースのアフター・ディナーのコーヒーカップもあった。彼の新妻はお礼の手紙を書いたが、二人はそれ以上のことは何もしなかった。

夏の終わり頃にジョーンはジャックの会社に電話をかけてきた。そして奥さんを連れて遊びに来ないかと誘った。翌週のある夜を候補にあげた。彼はずっと連絡を怠っていたことを後ろめたく思っていたので、その招待を受けた。それを聞いて、彼の妻は怒った。彼女は相応の見返りが期待できる社交生活を好む上昇志向の女性で、気が進まないまま彼と一緒にジョーンの住むヴィレッジのアパートメントに出かけた。

メールボックスの彼女の名前の上には、フランツ・デンゼルという名前が書き加えられていた。ジャックと妻が階段を上っていくと、開いた戸口の横にジョーンが待っていた。アパートメントの中に入って、二人は一群の人々の仲間入りをしたが、彼らは少なくともジャックの目には、自分とは何ひとつ関わりを持たない人々のように見えた。

フランツ・デンゼルは中年のドイツ人で、その顔は苦々しさだか病だかのためにやつれていた。彼はジャックと彼の妻をとても念入りな、如才のない丁重さで迎えた。それは、自分たちは早く来すぎたか、あるいは遅く来すぎたとゲストに感じさせることを意図した丁重さだった。彼はジャックに、それまで自分が座っていた席に腰掛けるようにと、鋭い口調で主張した。そして自分はラジエーターに腰掛けた。他に五人のドイツ人がその部屋に腰を下ろしてコーヒーを飲んでいた。片隅には別のアメリカ人のカップルがいたが、彼らは居心地悪そうに見えた。ジョーンはジャックと妻に、ホイップ・クリームの入ったコーヒーの小さなカップを渡した。「このカップはフランツのお母さんのものだったの」と彼女は言った。「素敵だと思わない？　ナチの手から逃げ出したとき、彼はこれくらいしかドイツから持ち出せなかったの」

フランツは振り向いて、ジャックに言った。「アメリカの教育制度について、何か意見をお聞かせ願えませんでしょうか。あなたがお見えになったとき、我々はそのことについて論議をしていたのです」

ジャックが口を開く前に、ドイツ人の客の一人が彼らはアメリカの教育システムを攻撃し始めた。他のドイツ人たちもその攻撃に加わり、そこから始まって、彼らはアメリカでの生活で印象に残ったすべての俗悪さを並べ立て、アメリカとドイツの文化全般を対照的なものとして比較した。彼らはお互いに向かって熱烈な口調で尋ねた。アメリカのどこに「ミトローパ」（当時のドイツを代表する食堂車運営会社）の食堂車みたいなものがあるだろうか？　シュヴァルツヴァルトや、ミュンヘンの絵画や、バイロイトの音楽みたいなものがあるだろうか？　フランツと彼の友人たちはやがてドイツ語で話し始めた。ジャックも彼の妻も、またジョーンもドイツ語を解さなかった。そしてもう一組のアメリカ人のカップルも、紹介されて以来そのあとはまったく口を開かなかった。ジョーンはみんなのカップにコーヒーを注ぎ足しながら、幸福そうに部屋の中を歩き回っていた。まるで外国語の調べが、その夜を彼女にとって素敵なものにしてくれていると言わんばかりに。

ジャックは五杯のコーヒーを飲んだ。ひどく居心地が悪かった。ドイツ人たちが彼らのドイツのジョークに大笑いしているあいだに、ジョーンはキッチンに行った。彼女が何か酒を持って戻ってきてくれるといいのだがと、彼は思った。でも戻ってきたとき、彼女が手にしていたのは、アイスクリームとマルベリーが載ったトレイだった。

「これは素敵じゃないか」とフランツは英語に戻って言った。

ジョーンはコーヒーカップを集め、それをキッチンに持って行こうとしたが、そのときフランツが彼女を止めた。

「カップがひとつ、縁がかけて*いない*か？」

「そんなことないわ、ダーリン」とジョーンは言った。「メイドにはこのカップは決して触らせないから。私が自分の手で洗っているのよ」

「じゃあ、これはなんだい？」と彼はひとつのカップの縁を指さしながら言った。

「そのカップは前からかけていたのよ、ダーリン。あなたが荷ほどきしたときから既にかけていた。あなたもそれには気づいていたはずよ」

「この国にこいつが届いたときには、すべて疵一つなかった」と彼は言った。

ジョーンはキッチンに行って、彼はそのあとを追った。

ジャックはドイツ人たちと会話しようと努めた。キッチンから殴打する音と、悲鳴が聞こえた。フランツが戻ってきて、マルベリーをむしゃむしゃと食べ出した。ジョーンが自分のアイスクリームの皿を手に戻ってきた。彼女の声は穏やかだった。彼女の涙は——もし彼女が泣いていたとすればだが——あっという間に乾いてしまっていた。まるで子供の涙のように。ジャックと妻はアイスクリームを食べ終えると、なんとかそこから退散した。その消耗に終わった動揺させられる一夜は、ジャックの妻を激怒させたし、自分がジョーンに会うことはもう二度とあるまいとジャックは思った。

秋の初めに、ジャックの妻は妊娠した。そして彼女は妊娠している女性が持ちうるすべての特権をひとつ残らず手にした。長い昼寝をし、真夜中に桃の缶詰を食べ、発育し始めた腎臓について語った。そして奥さんが妊娠中の夫婦としか会わなくなり、彼女とジャックの開くパーティーは控えめなものになった。五月に男の子が誕生し、ジャックは誇らしく思い、幸福を感じた。産後の回復期のあとでジャックと妻が出向いた最初のパーティーは、オハイオ時代に彼が知っていたある一家の娘の結婚式だった。

結婚式はセント・ジェームズ教会でおこなわれ、そのあと「リヴァー・クラブ」で盛大な披露宴があった。ハンガリー人のような格好をしたオーケストラが入り、シャンパンとスコッチ・ウィスキーが大量に振る舞われた。夕方近く、薄暗い廊下を歩いているとき、ジャックはジョーンの声を耳にした。「腕が折れてしまう。お願い、やめて、ダーリン」と彼女は言っていた。「お願い、ダーリン」。彼女は一人の男に壁に押しつけられていた。男は彼女の腕をねじ上げているようだった。二人はジャックの姿を目にするや否や、もみ合いをやめた。三人ともひどくばつの悪い思いをした。ジョーンの顔は涙で濡れていたが、その奥からなんとかジャックに向けて笑顔を見せようと努めた。彼は「やあ」と言って、そのまま立ち止まらずに歩き過ぎた。戻ってきたとき、彼女と男は既に姿を消していた。

ジャックの子供が二歳になる前に、彼の妻は赤ん坊と一緒に飛行機でネヴァダに向かった。離婚するためだ。ジャックは彼女にアパートメントとすべての家具を与え、自分はグランド・セントラル駅近くのホテルに移った。彼の妻はしかるべき手順を踏んで裁判所命令を手に入れ、その経緯は新聞で報じられた。その数日後にジョーンからジャックに電話があった。

「離婚のことを聞いて、とてもお気の毒に思うわ、ジャック」と彼女は言った。「すごく素敵なお嬢さんに思えたんだけど。でもそのことで電話をしたわけじゃないの。私はあなたの助けを必要としているの。よかったら、今日の夕方六時頃にうちに来ていただけないかしら。電話で話せるような用件じゃないので」

彼はやむなくその日の夕方にヴィレッジまで足を運び、階段を上がった。彼女のアパートメントは混乱状態にあった。絵やカーテンは壁から外され、本はすべて箱に詰められていた。「引っ越すのかい、ジョーン？」と彼は尋ねた。

「そのことであなたと話がしたかったのよ、ジャック。その前にとにかく一杯やりましょう」。彼女はオールド・ファッションドをふたつこしらえた。「私はここから追い出されちゃうのよ、ジャック」と彼女は言った。「私がふしだらな女だからということで、追い出されるわけ。下の階に住んでいる夫婦が――とても素敵なご夫婦だと私はずっと思っていたんだけど――このアパートメントを扱っている不動産業者に、私のことを飲んだくれだとか、娼婦だとか、そのほかあらゆるひどいことを申し立てたの。とんでもないことだと思わない？　で、その不動産業者は、それまで私にずいぶん良くしてくれていたから、彼らの言うことをそのまま信じるなんて思わなかった。でも彼は私のリース契約を破棄しちゃったの。そしてもし私がごねたりしたら、この件を職場に報告するからと言って脅した。私は仕事を失いたくなかった。そしてその感じの良い不動産業者は、もう私とは一切口をきこうともしないの。そのオフィスに行くと、受付の女は私のことを、ふしだらな女でも見るみたいな嫌な目で睨むの。もちろんここにはたくさんの男がやって来たし、うるさくすることもあった。でも毎晩十時前にベッドに入るってわけにもいかないでしょう。で、おそらくこのアパートメントを扱っている業者は、この近隣の他の業者に、私のことを酒飲みでふしだらな女だという噂を広めたんでしょうね。誰ももう私に物件を紹介しようとはしなかった。一人の男の人に話を持って行ったとき彼は——とても素敵な年配の男性に見えたんだけど——私にとても上品とは言えない申し出をした。そんなの、とんでもないことだと思わない？　私は木曜日にはここを出なくてはならないんだけど、このままでは文字通り路頭に迷ってしまう」

　業者と近隣住民から受けたひどい仕打ちについて語る彼女は、いつもながらに清純で無垢に見えた。ジャックは彼女の語りの中に憤りや、苦々しさを聞き取ろうと注意深く努めたが、そんなものは聞き取れなかった。切羽詰まった響きさえなかった。彼はあるトーチソングを思い出した。そのやるせない、哀れを感じさせるバラードのひとつを。それは彼や彼女のためではなく、もう少し年上の男女に向けてマリオン・ハリス（一九二〇年代に人気のあった白人女性歌手）によって歌われたものだった。ジョーンは自らの置かれた苦境について、唄を歌っているみたいだった。

「彼らは私の人生を惨めなものにした」と彼女は静かな声で続けた。「私が十時過ぎにラジオをかけると、彼らはあくる朝不動産業者に電話をかけて、うちで乱交パーティーが行われていたみたいなことを言うの。ある夜フィリップが——フィリップのことは知らないわよね。彼は英国空軍に入っていて、英国に戻っていったんだけど——ある夜、フィリップが他の人たちとここにいるとき、彼らは警察を呼んだの。警官たちはドアを蹴破って入ってきて、私に向かってまるで私が節度を知らない女であるみたいな話し方をして、それから寝室をのぞき込んだ。真夜中を過ぎて、ここに男の人がいるとわかったら、私に電話をかけてきて、おぞましいことを口にするの。もちろん家具を倉庫に入れて、ホテル暮らしをすることはできると思う。私のような信用ある女性を小テルは受け容れてくれるはずよ。でもひょっとしてあなたがどこかのアパートメントをご存じなんじゃないかと思ったわけ。つまり――」

この大柄な素敵な娘が近隣の人々に迫害されているのだと思うと、ジャックは腹が立った。何とかしてあげようと彼は言った。夕食を一緒にしないかと誘ったが、忙しいからと言って彼女は断った。

他にするべきことも思いつかなかったので、ジャックは泊まっているホテルまで、北に向けて歩くことにした。暑い夜で、空は分厚く曇っていた。マディソン・スクエアあたりの、ブロードウェイから一本入った暗い通りで、パレードが行われているのが見えた。近隣のビルはみんな真っ暗だった。あまりに暗かったので、街灯のそばに行くまで、行進する人々が掲げているプラカードがよく見えなかったくらいだ。プラカードの文字は合衆国が戦争に参加することを強く求めていた。人々はいくつかのグループに分かれており、それぞれのグループが枢軸国に蹂躙されている一国を代表していた。人々は彼の見ている前、音楽もなく鳴り物もなく、ただ彼ら自身の足が粗い丸敷石を踏む音に合わせて、黙々とブロードウェイを北に向けて行進していった。その軍隊を構成している人々の大半は高齢の男女だった――ポーランド人、ノルウェイ人、デンマーク人、ユダヤ人、中国人。彼のような急ぎの用のない人間が数人、歩道に並んで立っていた。行進する人々は、まるで戦時捕虜のように自らの内に閉じこもりつつ、見物人のあいだを進んでいった。彼らの中には子供たちもいた。子供たちは国の衣装に身を包んでいた。子供たちはニュース映画撮影のためにその格好で、市長に贈り物のパッケージをひとつ手渡してきたのだ。パッケージの中にはお茶や、請願書や、抗議文、憲法文書や、小切手や、ペアの切符が入っていた。彼らは倉庫街の暗闇の中をグリーリー広場に向けて、虐げられ打ち壊された人々のようにとぼとぼと歩いていた。

翌朝、ジョーンのためにアパートメントを見つけるという問題を、ジャックは自分の秘書に任せた。彼女は不動産業者に片端から電話をかけて午後までに、西二十丁目より南のあたりに二つばかり入居可能なアパートメントを見つけた。翌日、ジョーンが電話をかけてきて、そのうちのひとつに決めたとジャックに言った。そして彼に感謝をした。

翌年の夏まで、ジャックはジョーンに会わなかった。それは日曜日の夜だった。彼はワシントン・スクエアのアパートメントで催されたカクテル・パーティーをあとにして、五番街を数ブロック歩き、それからバスに乗ろうと思った。「ブレヴォート」の前を通り過ぎるときに、ジョーンが彼に声をかけてきた。彼女は男と一緒に歩道に出されたテーブルに座っていた。彼女はいかにも涼しげですがすがしく、男はとてもまともななりをしていた。男の名前は、じきにわかったことだが、ピート・ブリストルだった。彼は一緒にテーブルに座ってお祝いをしないかとジャックを誘った。その週末にドイツ軍のロシア侵攻が始まっており、ジョーンとピートはロシアが戦争において立場を変えたことを祝してシャンパンで乾杯していたのだ。三人はあたりが暗くなるまでシャンパンを飲んだ。彼らは夕食を共にし、食事をしながらまたシャンパンを飲んだ。そのあとも彼らは更にシャンパンを飲み、それから「ラファイエット」に行き、そのほか二三軒の店をはしごした。ジョーンは物腰こそ穏やかだが、いついかなるときも疲れというものを知らなかった。彼女は夜が終わってしまうのを目にすることを嫌った。そんなわけでジャックが自分のアパートメントによろめくようにしてたどり着いたときには、時計は既に午前三時をまわっていた。翌朝目を覚ますと、ふらふらして吐き気がした。前日の夜の最後の一時間くらいのあいだに何があったのか、どうしても思い出せなかった。スーツはよれよれで、帽子はなくなっていた。出社したのは十一時になってからだった。ジョーンからもう一度電話があったということだった。そしてほどなくもう一度電話がかかってきた。彼女の声は普段と同じように滑らかだった。あなたに会う必要があるのと彼女は言った。二人は五十丁目あたりのシーフード・レストランで昼食を共にすることにした。

彼女が颯爽と姿を現したとき、彼はバーに立って待っていた。一晩飲みまくった跡形など、彼女の様子からはまったくうかがえなかった。彼女は宝石を売ろうとしており、そのアドバイスを彼に求めてきたのだ。彼女の祖母が少しばかり宝石を遺産としてのこしてくれた。それを売ってお金に換えたいのだが、どこに売りに行けばいいのかがわからない。彼女はいくつかの指輪とブレスレットをハンドバッグから取り出し、ジャックに見せた。宝石のことは僕にはまるでわからない、とジャックは言った。でも君にいくらかお金を貸してあげることはできる。

「ああ、あなたからお金を借りることなんてできないわ、ジャック」と彼女は言った。「あのね、私がお金を必要としているのは、ピートのためなの。私は彼を助けてあげたいのよ。彼は自分の広告代理店を立ち上げようとしているんだけど、そのためにはずいぶん多額の資金を集めなくちゃならないのよ」。それを聞いてジャックは、どうしても自分からお金を借りてもらいたいと彼女に強要することまではしなかった。そして昼食をとっているあいだ、その会社設立計画が話題にのぼることは二度となかった。

次にジョーンの話を聞いたのは、二人が友だちづきあいをしている若い医師の口からだった。「最近ジョーンに会いましたか?」とある夜、医師は夕食を共にしたときジャックに尋ねた。会っていないと彼は言った。「ぼくは先週、彼女の『健康診断』をしましたよ」と医師は言った。「彼女は普通の生身の人間ならとっくに死んでいるような事態を、無事にくぐり抜けてきました。彼女がどれほどひどいものをくぐり抜けてきたか、あなたにはきっと想像もつかないと思いますよ。それなのに彼女はいまだに、健全で健康な体質を保持する女性であり続けている。いちばん最近の男のことを知ってますか? 彼女は宝石を売り払って、彼の事業なるものを援助してやったんです。でもその金を手にするや否や、そいつは彼女を棄てて、別の若い女のもとに走った。その女性は車を一台持っていました。コンバーティブルをね」

ジャックは一九四二年の春に軍に召集された。フォート・ディックスに一ヶ月近く留め置かれ、そのあいだ許可がおりれば、いつも夜にはニューヨークに戻っていた。そういう夜に、彼は自分が執行猶予を受けているようなひどく鋭利な感覚を持ったものだった。そしてその感覚は、トレントンからやってくる列車の中で、女性たちがしばしばページのよれた「ライフ」誌やら、半分しか残っていないキャンディーの箱やらを彼に押しつけてくるという事実によって、更に高まった。まるで彼が身にまとっている褐色の衣服が、見まごうことなき経帷子《きょうかたびら》でもあるかのように。ある夜、彼はペンシルヴェニア駅からジョーンに電話をかけた。「うちにいらっしゃいよ、ジャック」と彼女は言った。「うちにいらっしゃい。ラルフに会ってもらいたいの」

彼女は西二十丁目のあたりに住んでいた。彼が彼女のために見つけてやった物件だが、近隣は貧しい地区だった。彼女の家の前には屑入れがいくつか置かれ、老女が一人その中から廃棄物やゴミを拾い上げて、乳母車に詰め込んでいた。ジョーンのアパートメントがある建物はみすぼらしかったが、アパートメント自体はどこかで見たことがあるようなものだった。家具は前と同じものだったし、ジョーンは相変わらず大柄で気楽な女性だった。「電話をしてくれて嬉しいわ」と彼女は言った。「あなたに会えてほんとによかった。今飲み物をつくるわね。一人で飲んでいたところなの。もうすぐラルフが顔を見せると思う。夕食に連れて行ってくれると言っていたから」。ジャックはカヴァノーの店まで一緒に行こうと誘ったが、彼女はすれ違いでラルフがここに来るかもしれないからと言って、それを断った。「もし九時まで待って彼が来なかったら、サンドイッチでもつくって食べるわ。それほどおなかがすいているわけでもないから」

ジャックは軍隊の話をした。彼女は働いている店の話をした。彼女はずっと同じ職場で働いていた——もう何年になるだろう？　わからない。彼女がデスクの前に座っているところを目にしたことはなかったし、彼女がどんなことをしているのか、想像もできなかった。「ラルフがいなくてほんとに悪かったわね」と彼女は言った。「きっと彼のことが気に入ったと思うんだけど。彼は若くないのよ。心臓を専門とするお医者で、ヴィオラを弾くのが好きなの」。夏の空が暗くなってきたので、彼女は明かりをいくつかつけた。「リヴァーサイド・ドライブにぞっとするような奥さんと、感謝の念を持たない四人の子供たちがいるのよ。彼は——」

空襲警報のサイレンが彼女の話を遮った。いかにももの悲しい、苦痛の中から飛び出してきたような音だった。まるでその都市のすべての悲惨さと優柔不断に、ひとつの声が賦与されたかのようだ。ずっと遠くのいくつかの地域でもサイレンが鳴り出し、暗い夜空はそれらの騒音で満ちた。「明かりを消さなくちゃならなくなる前に、飲み物のお代わりをつくるわね」とジョーンは言って、彼のグラスを手に取った。お代わりの酒を持ってくると、彼女は明かりを消した。二人は窓際に行った。そしてまるで雷雨を見物する子供たちのように並んで、真っ暗になっていく都市を眺めた。あたりの明かりは一つだけを残してみんな消えていた。空襲監視員たちが通りで笛を吹き鳴らし始めていた。どこか遠くの中庭から怒りのしゃがれ声が上がった。「明かりを消してよ　このファシスト！」と一人の女が金切り声で叫んだ。「明かりを消しなさい、このナチのファシストのドイツ野郎！　明かりを消して。明かりを消して」。そして最後の一つの明かりが消えた。二人は窓際を離れ、真っ暗になった部屋に腰を下ろした。

　暗闇の中でジョーンは去って行った恋人たちについて語った。彼女が語る話から、彼らがみんな苦境に陥っていたことをジャックは知った。自称伯爵のニルスは亡くなった。酔っ払いのヒュー・バスコムは商船隊の船員となったが、北大西洋で行方不明になった、ドイツ人のフランツは、ナチがワルシャワを爆撃した夜に毒をあおった。「私たちはラジオのニュースを聞いていたの」とジョーンは言った。「それから彼は自分のホテルの部屋に戻り、毒を飲んだ。メイドが翌朝、浴室で死んでいる彼を見つけた」。広告代理店を立ち上げようとしていた男について質問すると、ジョーンは最初、彼のことを忘れたように見えた。「ああ、ピートのことね」と彼女は一拍置いて言った。「あの人、いつだって身体の具合が良くなかったわ。サラナク（ニューヨーク北部の町。結核患者のための保養地として有名）に行くことになっていたんだけど、彼はそれを延ばし延ばしにしていて——」、彼女はそこで話をやめ、階段から聞こえてくる足音に耳を澄ませた。それがラルフであればいいのにと思っているのだろうとジャックは推測した。しかしそれが誰であったにせよ、足音は踊り場のところで向きを変えて、そのままいちばん上の階まで上がっていった。「ラルフが来てくれるといいんだけど」と彼女はため息をつきながら言った。「彼に是非会ってほしいのよ」。一緒に外に出ないかともう一度誘ってみたが、彼女はそれを断った。空襲警報解除のサイレンが鳴ったとき、彼はそこを辞去した。

　ジャックはフォート・ディックスからカロライナ

にある歩兵訓練キャンプに送られた。そしてそこからジョージアに駐屯する陸軍歩兵師団に配属された。ジョージアに三ヶ月いたが、そのあいだにオーガスタの下宿屋としては古株の家の娘と結婚した。一年かそこらあとで、彼は普通客車に乗って大陸を横断し、仰々しくこう思った。おれが最後に見る、おれが愛したこの国の光景は、バーストウ（カリフォルニア州南東部、モハベ砂漠の中の町）みたいな砂漠の町になるかもしれない。最後に聴く音は、ベイブリッジを渡る路面電車のベルの音になるかもしれない。彼は太平洋に送られ、二十ヶ月後に傷ひとつ負わず、見たところさしたる変化もなく合衆国に戻ってきた。休暇がおりると、彼はすぐさまオーガスタに向かった。南方の島から持ち帰った記念品を妻に贈り、彼女とその家族全員と激しく言い争いをし、妻がアーカンソーで略式離婚手続きを行える手配をしたあと、彼はニューヨークへと向かった。

　数ヶ月後、東部の宿営地にいるときに、ジャックは除隊通知を受けた。彼はしばらく骨休めをしてから、一九四二年の時点で就いていた職に戻った。戦争で一時中断されたのとほぼ同じ地点から人生を再開したという感じだ。ほどなくすべてが以前と同じに見え、以前と同じに感じられるようになった。昔の友人のほぼ全員と顔を合わせた。知人の中で戦争で命を落としたのは二人だけだった。ジョーンには連絡をしなかったが、ある冬の午後、市を横断するバスの中で彼女に出会った。

　彼女の潑剌とした顔、黒い衣服、そのソフトな声音は一瞬にして、二人が三年か四年前に最後に会ってから何かが変化し、何かが持ち上がったという感覚を――もしそんな感覚を彼が持つことがあったとすればだが――吹き払った。うちのカクテル・パーティーにいらっしゃいよと誘われ、次の土曜日の夜に彼は彼女のアパートメントに出かけた。彼女の部屋とそのゲストは、彼女がニューヨークに出てきて間もない頃によく開いていたパーティーのことを彼に思い出させた。凝った帽子をかぶった女性がいて、年配の医師がいて、バルカン半島情勢のニュースを聴くためにラジオの前から離れようとしない男がいた。そのうちの誰がジョーンのお相手なのだろうとジャックは様子をうかがい、袖から引っ張り出したハンカチーフで、口を押さえて咳をしている英国人だろうと目星をつけたが、その推測は間違っていなかった。「スティーブンって聡明だと思わない?」とジョーンは少しあと、二人だけで部屋の隅にいるときに彼に尋ねた。「彼は世界中の誰よりも、ポリネシア人についての知識を持っているの」

ジャックは以前の職に復帰しただけではなく、もらう給料も以前のままだった。生活費は倍増していたし、二人の別れた妻に慰謝料も支払わなくてはならなかったから、彼は銀行預金を切り崩さなくてはならなかった。より多くの給料を約束してくれるところに職を替えたが、それも長く続かず、気がつくと失業していた。でもまったく心配はしなかった。銀行にはまだ貯金があったし、それに友人たちは簡単に金を用立ててくれた。彼のそのような無頓着さは、無気力や失望がもたらしたものではなく、むしろ過剰な希望の所産だった。彼はまだ自分がオハイオからニューヨークに最近やって来たばかりという心持ちでいた。自分がまだ若く、人生最良の部分はまだ先に控えているという幻想から逃げることができないようだった。心配ない、まだまだ先は長いのだ。彼はその頃ホテル暮らしを続けており、五日ごとにホテルを替えていた。

春になって彼は、セントラル・パークの西側の環境の良くない地域の家具付きアパートに移った。金にも不自由するようになった。なんとしても仕事を見つける必要があると思い始めた頃に、身体を壊してしまった。最初のうちそれは悪性の風邪のように思えた。しかしどうしても回復せず、高熱に襲われ、咳をすると血が混じるようになった。熱のせいで一日のほとんど頭がぼんやりしていたが、それでも時折なんとか外に出てカフェテリアで食事をとった。友だちは誰も彼の現在の居場所を知らないはずだったし、それは彼にとってありがたいことだった。ジョーンのことはとくに考えもしなかった。

ある朝遅く、家主の女性と廊下で話をしている彼女の声が聞こえた。ややあって、彼女がドアをノックした。彼はズボンに、汚れたパジャマの上だけという格好で、ベッドに横になっていた。ノックには答えなかった。彼女はもう一度ノックをして、部屋に入ってきた。「あなたのことをいたるところ探し回ったのよ、ジャック」と彼女は言った。穏やかな声音だった。「あなたがこんなところにいるとわかったとき、あなたは破産したか病気になったのに違いないと思った。破産していたときのために、銀行に寄ってお金をいくらか出してきた。スコッチも少し持ってきたわ。少しくらいお酒を飲んでも害はないでしょう。一杯やる?」

ジョーンは黒い服を着ていた。彼女の声は低く、澄んでいた。彼女はベッドの脇の椅子に腰を下ろした。まるで毎日ここに来て彼の看病をしているみたいな感じで。彼女の容貌は衰えたみたいだと彼は思ったが、それでも顔にはまだ皺はほとんど見えなかった。身体は前よりがっしりしていた。太っていると言ってもいいほどだ。手には黒いコットンの手袋をはめていた。彼女はグラスを二個持ってきて、そこにスコッチを注いだ。彼はそのウィスキーをごくごくと飲んだ。「昨夜は三時まで床に就けなかったの」と彼女は言った。一昔前は彼女の声は彼に、優しい悲哀の歌を思い起こさせたのだが、今ではおそらくは彼が病んでいるせいなのだろうが、彼女の温厚さは、彼女がまとっている喪服は、その相手を窺うような優雅さは、彼を不穏な気持ちにさせた。「そういう夜だったのよ」と彼女は言った。「みんなでお芝居を観に行ったの。そしてそのあと誰か男の人がうちに来ないかと私たちを誘ったの。誰だかは知らない。よくある家だった。変なところなのよ。食肉植物がいくつか置いてあって、中国の嗅ぎ煙草入れのコレクションがあった。どうして人は中国の嗅ぎ煙草入れなんて集めるのかしら? 私たちみんなでランプ・シェードに自分の名前をサインしたことを覚えているけど、それ以外のことはよく思い出せない」

ジャックはベッドの上に起き上がろうとした。あたかも自分を防御する必要があるというように。しかしまた枕の上に倒れ込んだ。「どうやって僕の居場所を見つけたんだ、ジョーン?」と彼は言った。

「簡単なことよ」と彼女は言った。「あのホテルに電話をかけたの。あなたが泊まっていたホテルに。そしてあなたの住所を教えてもらった。私の秘書が電話番号を調べた。もう少し飲んだら?」

「だって君はこれまで、僕の家になんて一度も来なかったじゃないか。一度だって」と彼は言った。

「どうして今になって来るんだ?」

「どうして私がここに来たのか?」と彼女は言った。

「まったく、なんていう質問かしら！　あなたとはこの三十年来の友だちじゃない。あなたはこのニューヨークで、私にとっていちばん古い友だちよ。ヴィレッジで雪に閉じ込められて、朝までずっと起きていて、朝食にウィスキーサワーを飲んだ夜のことを覚えている？　あれが十二年前のことだなんて、とても思えないな。それからあの夜のこと——」

「こんなところにいる僕の姿を君に見られたくないんだよ」と彼は真剣な口調で言った。彼は自分の顔に手をやり、髭の伸び具合を確かめた。

「そしてローズヴェルトの物真似をやったたくさんの人々」と彼女は続けた。まるで彼の言ったことが聞こえなかったみたいに、まるで耳がすっかり悪くなりたみたいに。「そしてスタテン・アイランドのあの店。ヘンリーが車を持っていたとき、よくあそこにみんなで夕ご飯を食べにいったわね。気の毒なヘンリー。彼はコネチカットに家を買ってね、ある週末に一人でそこに行ったの。そして火のついた煙草を消さないまま眠ってしまい、家も納屋もそっくり焼けてしまった。エセルは子供たちを連れてカリフォルニアに移った」。彼女はスコッチのお代わりをグラスに注ぎ、彼に手渡した。煙草に火をつけ、それを彼の唇のあいだにはさんだ。その仕草の親密さが——自分が死にかけているように見えるばかりか、彼女が自分の愛人であるかのように見える——ジャックの心を乱した。

「具合が良くなり次第、ちゃんとしたホテルに移るよ」と彼は言った。「そのときに連絡する。来てくれてありがとう」

「あら、この部屋を恥じることはないわ、ジャック」と彼女は言った。「部屋がどうこうなんて私はちっとも気にしないもの。自分がどこにいるかなんて、私にとってはどうでもいいことなの。スタンリーはチェルシーのうす汚い部屋に住んでいた。少なくとも他の人たちはそこがうす汚いと言っていた。私は気がつかなかったけどね。食べ物を彼のところに持っていくと、鼠たちがそれを食べちゃったものよ。だから彼は食べ物を天井からぶら下げなくちゃならなかった。電灯についた鎖からね」

「具合が良くなり次第、連絡する」とジャックは言った。「一人になったらすぐに寝られると思う。僕はたくさん眠る必要があるみたいなんだ」

「あなたは本当に具合が悪いのよ、ダーリン」と彼女は言った。「熱があるに違いない」。彼女はベッドの端に腰掛け、彼の額に手を当てた。

「あの英国人とはどうなったんだ、ジョーン?」と彼は尋ねた。「まだつきあっているのかい?」

「どの英国人?」と彼女は尋ねた。

「わかるだろう。君の家で会った英国人だよ。いつも袖の中にハンカチーフを忍ばせていた。しょっちゅう咳をしていた。誰だかわかるはずだ」

「あなたはきっと、誰か別の人と間違えている」と彼女は言った。「戦争のとき以来、私は自分の家に英国人を入れたことはないもの。もちろんうちに来た人を全部覚えているわけじゃないけれど」。彼女は振り向いて彼の片手をとり、指を絡めた。

「彼は死んだんだろう。違うか?」とジャックは言った。「あの英国人は死んだんだ」、彼はベッドから彼女を押してどかせた。そして身を起こした。「出て行ってくれ」と彼は言った。

「あなたは病気なのよ、ダーリン」と彼女は言った。「一人きりにしてはおけないわ」

「出て行ってくれ」と彼はもう一度言った。しかし彼女は動かなかったので、彼は叫んだ。「君はなんていうおぞましい女なんだ。そんな風に至る所、病や死を嗅ぎつけることができるなんて」

「かわいそうなダーリン」

「死んでいく人間を見ていると、自分が若返ったように感じるのか?」と彼は叫んだ。「そんな下劣な色欲が君を若く保たせているのか? だからいつもそんなカラスみたいな格好をしているのか? 僕が何を言おうと君は傷ついたりしない。それはよくわかっている。他の男たちはこれまで、あらゆる種類のうす汚い行為、腐った行為、堕落した、野蛮なあさましい行為をなしてきたんだろう。しかし今回に限り君は間違えた。僕にはまだその準備はできていない。僕の人生はまだ終わっちゃいない。僕の人生は始まったばかりだ。僕の行く手には素晴らしい歳月が待っている。素晴らしい、素晴らしい、素晴らしい歳月が控えているんだ。それが終わったら、そのときが来たら、君に連絡をしよう。そのときには、昔からの友人として君に連絡をして、君にその汚らわしい喜びを与えてやろう。どんなものかは知らないが、死に行くものを目の前にして君が感じる喜びをね。しかしそのときがやってくるまでは、君と君のその不格好な身体を僕に見せないでほしい」

彼女は自分の酒を飲み終え、腕時計に目をやった。「オフィスに顔を出さなくちゃならないの」と彼女は言った。「またあとで会いましょう。今晩また来るわ。そのときには具合がもっと良くなっているはずよ、かわいそうなダーリン」。彼女は部屋の外に出てドアを閉めた。階段を下りる彼女の軽い足音が聞こえた。

ジャックはウィスキーの瓶の中身を流しに捨て、服を着替えた。そして汚れた衣服をバッグに詰めた。身体が震え、病と恐怖のために泣いていた。窓の外には青い空が見えた。恐怖に震える彼にとって、空がかくも青くあるなんて、雪を思わせる純白の雲がそこに浮かんでいるなんて、そして子供たちの鋭い叫び声が歩道から聞こえてくるなんて、まったく奇跡のように思えた。「お山の大将おれ一人！　お山の大将おれ一人！　お山の大将おれ一人！」。彼は灰皿の中にある切った爪や、煙草の吸い殻を便器に捨てて流した。シャツで床をきれいに拭いた。その夜に穢れた眼光鋭い死の化身が、彼を求めてそこにやってきたとき、彼の生命の、彼の肉体の痕跡が残されていないように。

バベルの塔のクランシー

Clancy in the Tower of Babel

　チーヴァーの小説にしてはかなり珍しいことだが、あまり教養のないワーキング・クラスの男が主人公に据えられている。彼はマンハッタンの高級アパートメントでエレベーター係を勤めている。誠実で正直な、人の良い人物なのだが、もともと田舎育ちなので、いささかお節介なところがある。物語はこの善意の人物と、4Aに住む物静かでハンサムな謎の中年男の関わりを軸に進行していく。非都会性と都会性とのぶつかり合い。ここではまた、その生涯を通してチーヴァーを悩ませ続けた彼自身の同性愛的傾向が――これもまた珍しいことなのだが――物語の中心的テーマとして取り上げられている。それを罰されるべき罪悪としてとらえるものがおり、あくまで自然な求めとしてとらえるものがいる。その二つの対立する人格は、チーヴァーその人の中に存在した二つの対立する想念でもあるのだろう。

「ニューヨーカー」一九五一年三月二四日号に掲載。

ジェームズとノーラのクランシー夫妻は、ニューカースルの小さな村の外れにある農場の出身だった。ニューカースルはリメリックの近くにある。彼らはアイルランドで貧乏暮らしをしていたし、新しい国に移住してきても、暮らしぶりにさして向上は見られなかったが、それでも彼らは清潔を好む、節度をわきまえた人々だった。彼らの持っていた家付き農場は不足なく整備されていたし、長年にわたって同じ家族がそこで暮らしてきた。そしてクランシーの一家は伝統の美質を尊んでいた。シンプルな田舎風の暮らし方があまりに深く体に染みこんでしまっていたので、新世界にやって来て二十年にもなるというのに、彼らの暮らしぶりには変化はほとんど見受けられなかった。ノーラはまるで家庭菜園に野菜を取りに行くみたいに、麦わらのバスケットを小脇に抱えてマーケットに出かけ、クランシーのにこやかな顔には素朴な暮らしぶりがそのまま反映されていた。二人には子供が一人だけいた。二人はその息子のジョンに、彼らの平和で満ち足りた世界観を引き継がせることに成功していた。彼らは市街地の半ブロックほどの広さの土地からほとんど外に出ることはなく、床に膝をついて「アヴェ・マリア、恵みに満ちた方」とお祈りを捧げ、土曜日の夜になると台所で交代で風呂に入るという生活を送っていた。

クランシーはまだ身体壮健だった四十代の頃、工場の階段から落ちて腰の骨を折った。そして一年近く職に就いていなかった。そのあいだ補償金は受け取っていたものの、その額はそれまで得ていた給料には及ばないものだったので、一家は借金を抱え、生活の窮乏に苦しんだ。クランシーは回復したものの、足をひきずって歩くようになり、そのせいで新しい仕事を探すのは簡単ではなかった。彼は毎日のように教会に通い、結局そこの司祭が彼のために口を利いて、仕事を見つけてきてくれた。イーストサイドのある大きなアパートメント・ハウスで、エレベーターを運転する仕事だった。クランシーの礼儀正しさと、彼の清潔で人好きのする顔だちは居住者たちの気に入られ、そこで受け取る給料とチップは、彼が一家の借金を返済し、妻と息子を養っていくのに十分なものだった。

そのアパートメント・ハウスは、ジェームズとノーラが結婚以来ずっと暮らしてきた貧しい地区の住居からそれほど離れていないところにあったが、経済の面から見て、あるいはモラルの面から見て、そこはまったく異なった人種の住む地域だった。最初のうちクランシーはそこに住む人々を、まるで砂糖でつくられた人間でも見るような目で見ていた。女性たちの身にまとうコートや宝石類は、クランシーが一生かけて懸命に働いて稼ぐ金額よりも高価なものだった。夕方に帰宅すると彼はまるで帰還した旅行者のように、自分がその日目にしたものについてノーラに語るのだった。プードル犬や、カクテル・パーティーや、子供たちとその乳母たちが彼の関心を引いた。あそこはまるでバベルの塔のようだよと彼はノーラに言った。

どの居住者が何階に住んでいるのか、誰と誰が夫婦なのか、その子供がどの両親に属しているのか、使用人たち（彼らは裏手のエレベーターを使用したが）がどこの家庭で働いているのか、そんなことをすべて覚え込むまでにしばらく時間がかかったが、最後にはなんとか頭に入ったし、すべてを呑み込めたことを嬉しく思った。彼の特質のひとつは情熱的なまでの忠誠心であり、彼はしばしばその建物のことを、学校だか同業組合のことを語るかのように、気概や理想を共有するコミュニティーを語るかのように語った。「ああ、私はこの建物の評判を落とすような真似はぜったいにしませんよ」と彼はよく口にしたものだった。彼の態度は敬意に満ちたものだったが、ユーモアのセンスを欠いているわけではなかった。11Aの居住者が燕尾服をドライクリーニングに出したときは、クランシーはそれを着て裏の廊下を意気揚々と行進したものだ。居住者の大半に対してクランシーは限りのない慈愛の視線を注いでいたが、中にはごく少数の例外もあった。酔っ払っては妻を殴る男が一人いた。がに股で歩く大男で、クランシーから見ればまったくの鈍物であり、この建物にはふさわしくない人物だった。また11Bにはきれいな娘が住んでいて、夜になると性格の弱そうな男と外出した。性格が弱いとクランシーが思ったのは、男の顎が真ん中で割れていたためだ。クランシーはそれについて娘に注意を与えたが、娘はその忠告を尊重したようには見えなかった。しかし中でも彼がいちばん気になっていたのはロワントゥリー氏だった。

ロワントゥリー氏は独身で、4Aに住んでいた。クランシーが勤め始めた頃、彼はヨーロッパに滞在しており、冬になるまでニューヨークには戻ってこなかった。ロワントゥリー氏を最初に目にしたとき、ずいぶん感じの良い人物だとクランシーは思った。髪は白髪になりかけており、長い船旅で疲れ果てているように見えた。彼が元気を取り戻し、都会生活に再び馴染んでいくのをクランシーは心待ちにしていた。友人やら親戚の人々が彼に電話をかけたり、手紙を書いたりするようになり、この建物のほとんどの住民がそうしているように、パーティーに招かれたりパーティーに招いたりする生活を送るようになることを。

その頃にはクランシーも、彼の乗客たちが砂糖でつくられているのではないことがわかってきた。彼らだってみんな友人やら、恋人やら、犬やら小鳥やら、借金やら遺産やら、信託預金やら仕事やらによって、この世界に複雑に結びつけられているのだ。そして彼はロワントゥリー氏が生活の実情を明らかにしていくのを待っていた。でも何も起こらなかった。ロワントゥリー氏は朝の十時に仕事に出かけ、六時に帰宅した。誰かを連れてくるようなこともなかった。一ヶ月が過ぎたが、彼の住まいを訪れる人間は一人もいなかった。夜に外出することも時々あったが、戻ってくるのは常に一人だった。ひょっとして角にある映画館で、ずっと友だちのいない時間を過ごしていたとしてもおかしくない。その人物に友人がいないことは、次第にクランシーを驚かせ、それから苛立たせ、落ち着かない気持ちにさせた。ある夜、彼が遅番を勤めているときにロワントゥリー氏が一人で外出しようとした。クランシーは階と階のあいだでエレベーターを停めた。

「お食事にお出かけですか、ロワントゥリーさん？」と彼は尋ねた。

「そうだよ」

「あのですね、ロワントゥリーさん、もしこのあたりで食事をなさるのでしたら」とクランシーは言った。「語るに足るレストランといえば、『ビルズ・クラム・バー』くらいのものです。私はこのあたりに二十年住んでおりまして、いろんな店ができては消えていくのを目にしてきました。他の店はどれも小洒落た照明と立派な値段を誇っていますが、『ビルズ・クラム・バー』以外にはまともなものを食べさせる店なんて一軒もありません」

「ありがとう、クランシー」とロワントゥリー氏は言った。「記憶に留めておこう」

「それでですね、ロワントゥリーさん」とクランシーは言った。「私はあまりいろんなことを詮索したくはないんですが、あなたがどのようなお仕事をしておられるのか、よかったら聞かせて頂けませんか？」

「私は三番街で店を経営しているんだ」とロワントゥリー氏は言った。「いつか訪ねてきてくれ」

「是非うかがいたいものですね」とクランシーは言った。「しかしそれはそれとして、ロワントゥリーさん、もっとお友だちと食事を共にされてもいいのではありませんか。いつもお一人ではなく」。自分が他人の私生活に余計な口出しをしていることは、クランシーにもよくわかっていたが、相手が救いの手を必要としているのかもしれないという思いに駆られ、なおも続けた。「あなたのような風采の上がる方なら、きっとお友だちにも恵まれているはずですよ」と彼は言った。「そういう方々と夕食を一緒になされればいいのに」

「私は友だちと夕食を共にしようとしているんだよ。クランシー」とロワントゥリー氏は言った。

　これを聞いてクランシーは少し心が軽くなった。そしてそれからしばらくの間、その人物のことをあまり考えなくなった。聖パトリック・デー（三月十七日、アイルランドの祝日）は仕事が休みだったので、彼はパレードに参加することができた。パレードが解散して歩いて家に帰るときに、ロワントゥリー氏の店に寄ってみようと思いついた。ロワントゥリー氏は自分の店がどこのブロックにあるかをクランシーに教えていた。店はすぐに見つかった。それが大きな店であることを知ってクランシーは嬉しくなった。店の戸口は二つあり、それらは大きなガラスのウィンドウによって隔てられていた。クランシーはウィンドウから中をのぞいて、ロワントゥリー氏が顧客の相手をするのに忙しいのではないかと確かめてみた。しかし店内に客は一人もいなかった。店に入る前に、クランシーはウィンドウの中の品物を一通り眺めてみた。それが服飾店でもなく、デリカテッセンでもないことを知って、クランシーは少しがっかりした。そこはどちらかというと博物館のように見えた。グラスや燭台があり、椅子やテーブルがあり、どれもみんな古風なものだった。彼はドアを開けた。ドアにつけられたベルが鳴り、見上げると古風なベルが紐で結びつけられているのが見えた。ロワントゥリー氏が衝立の背後から現れ、クランシーをにこやかに迎えた。

クランシーはその場所が気に入らなかった。彼には ロワントゥリー氏は時間を無駄にしているように感じられた。人の一日のエネルギーがこんなところで費やされているのだと思うと、胸が痛んだ。狭い通路を辿り、テーブルやデスクや、甕《かめ》や彫刻の前を通り過ぎ、店の中へと導かれ、いくつかのセクションへと枝分かれしていく。これほど多くのがらくたを目にしたのは、クランシーにとって初めてのことだった。そこにあるすべてのものがただ一つの国でこしらえられたものだとは思えなかったから、これらけきっと世界中あちこちから買い集められてきたに違いないと、クランシーは推測した。これらすべてを集めて、三番街にある薄暗い店に持ち込むというのは、時間の間違った使い方としかクランシーには思えなかった。しかし彼の心を乱したのは、そこにある混乱や消耗ばかりではない。それは彼が満たされぬ想いの象徴に囲まれているという感覚であり、すべての陶器でできた若者たちや娘たちの示しているる愛がほろ苦いものを含んでいるという感覚だった。彼がこれまでその幸福な人生をほとんどずっと何もない部屋で送ってきて、善良さと醜さとが彼の中で結びつけられていたという事情が、そこにはあったかもしれない。

彼はロワントゥリー氏の気に障りそうなことは一切口にしないように注意した。「あなたを手助けしてくれる人は、この店にいないのですか？」と彼は尋ねた。

「ああ、いるよ」とロワントゥリー氏は答えた。「ミス・ジェームズがだいたいここにいてくれる。彼女と私は共同経営者なんだ」

なるほどそういうことか、とクランシーは思った。ミス・ジェームズ。夜になってでかける先はそこなんだ。しかしそれならどうして、ミス・ジェームズは彼と結婚しないのだろう？　彼は既に結婚しているということなのだろうか？　彼は何かしら恐ろしい人生の不幸を背負っているのかもしれない。奥さんの気が狂ったとか、子供たちを取り上げられてしまったとか。

「ミス・ジェームズの写真はお持ちですか？」とクランシーは尋ねた。

「いや」とロワントゥリー氏は言った。

「あなたのお店を拝見できてなによりでした。ありがとうございます」とクランシーは言った。足をのばしただけの甲斐はあったとクランシーは思った。その薄暗い店から、彼はミス・ジェームズのくっきりとした姿を手にすることができたのだから。悪くない名前だ。アイルランド系の名前。そして今では、夜にロワントゥリー氏が外出するたびに、クランシーは彼に尋ねるようになった。ミス・ジェームズはお元気ですか、と。


　クランシーの息子のジョンは、ハイスクールの最上級生で、バスケットボール・チームの主将であり、生徒会の重要人物だった。そしてその春、民主主義に関するエッセイを書いて、あるシカゴの製造会社が主催したコンテストに応募していた。多数の応募があったが、その中からジョンのエッセイは選外佳作に選ばれ、飛行機でシカゴに招待されることになった。一週間の滞在費はすべて支給される。その幸運に少年はもちろん大喜びしたし、母親もそれは同じだった。しかしその賞を受けたのは息子よりは、クランシー本人であるみたいだった。彼は勤務先の建物の居住者全員にその報を伝え、シカゴはどんなところですか、飛行機で旅するのは安全なのでしょうかと質問した。彼は真夜中に目覚め、眠りに就いているその素晴らしい少年の姿を見るために、ジョンの部屋に行ったものだ。この子の頭は知識でいっぱいになっているとクランシーは思った。彼の心は優しく、強い。精霊の不滅性と地上の愛とを混同させるのが罪であることは、クランシーにもわかっていたが、それでもジョンは自分の血肉を分けた存在であり、その若者の顔はフットワークと賢さを付け加えられた彼自身の顔であり、そしてもし自分が死んでも、いくつかの習慣や嗜好はこの若者の中で生き続けるのだと思うと、死ぬことはまったく苦痛ではなくなった。

　ある土曜日の午後遅く、ジョンの乗った飛行機はシカゴに向けて飛び立った。彼は教会に行って告解をし、それからさよならを言うために父親の勤務する建物を訪れた。クランシーは少年をできる限り長くロビーに留めて、通りかかった居住者全員に彼を紹介した。やがて少年が出発する時刻になると、ドアマンがエレベーターの操縦を代わってくれた。クランシーはジョンを送って通りの角まで歩いた。よく晴れた受難節《レント》の午後で、空には雲ひとつなかった。少年はいちばん良い服に身を包み、とても立派に見えた。角のところで二人は握手をし、クランシーは足を引きずりながら建物に戻った。エレベーターの行き来は少なかったので、彼は玄関のドアのところに立ち、歩道を行く人々の姿を眺めていた。多くの人々は上等な服を着込み、楽しみを求めて繰り出していた。クランシーは彼ら全員に背後から祝福を送った。通りのいちばん向こうの端に、彼はロワントゥリー氏の頭と肩を認めた。彼は一人の若い男と一緒だった。クランシーは彼らを待って、ドアを開けた。

「やめ、クランシー」とロワントゥリー氏は言った。「これは私の友人のボビーだ。彼はここで暮らすことになる」

クランシーは不満げにうなった。その若者は実は若者ではなかった。彼は髪を短くし、カナリア・イエローのセーターの上にパッド入りのコートを着ていたが、年齢はロワントゥリー氏と同じくらいいくっていた。クランシーともそれほど違わないようだ。まっとうな人間なら、しかるべき時期が来たら喜んで手放すであろう、若さの発する特色と雰囲気のすべてが、その男の中にはまだいかがわしく保持されていた。彼は妖しく目を輝かせ、香水の匂いを漂わせていた。そしてその男がドアを通り抜けるとき、ロワントゥリー氏はまるで美しい若い娘に対するように優しく彼の腕をとった。自分が目にしているのが何を意味するかを見て取ると、クランシーは自分の立場を鮮明にした。彼はドアの脇に留まった。ロワントゥリー氏とその友人はロビーを横切ってエレベーターに乗った。そして手を伸ばしてベルを鳴らした。

「あなたがたを私のエレベーターに乗せることはできません！」とクランシーはロビー越しに怒鳴った。

「ここに来るんだ、クランシー」とロワントゥリー氏は言った。

「こいつを私のエレベーターに乗せるわけにはいきません」とクランシーは言った。

「そんなことをしたら、お前をクビにしてやるぞ」とロワントゥリー氏は言った。

「知ったことじゃない」とクランシーは言った。「あなたがたを私のエレベーターに乗せるわけにはいきません」

「来るんだ、クランシー」とロワントゥリー氏は言った。クランシーは返事をしなかった。ロワントゥリー氏は指をベルの上に置いて、それを押し続けた。クランシーは動かなかった。ロワントゥリー氏とその友人が話しているのが聞こえた。その少しあとに、二人が階段を上っていく足音が聞こえた。ロワントゥリー氏のためにこれまであれこれ気をもんだり、彼がミス・ジェームズと二人でセントラル・パークを散歩している光景をしばしば想像したりしたというのに、まるで悪質な詐欺で金を騙し取られたようなものではないか。彼は傷つき、苦々しい気持ちになった。ボビーがこの建物の中にいると思っただけで、いたたまれずに胸が痛くなった。そしてまるで自分のシンプルな人生観に対して戦いを挑まれているみたいに感じた。その日いちにち、彼はみんなに対してぶっきらぼうな態度をとった。子供たちに対してさえきつい口調で話をした。彼が制服から着替えるために地下室に行ったとき、管理者のクーリッジ氏が彼を自分のオフィスに呼んだ。

「ロワントゥリーがさっきまでずっと、あんたを解雇するように求めていた」と彼は言った。「あんたは彼をエレベーターで上に運ぶことを拒否したのだと。私はあんたを解雇したりはしないよ。しっかり仕事をする、まともな人物だからね。しかしひとつ警告しておくが、あの男は金持ちの有力者をたくさん知っている。もしあんたが口を慎しまないようなら、彼があんたを叩き出すのはそれほどむずかしいことじゃない」。クーリッジ氏は彼が裏廊下のゴミ入れの中から救い出したたくさんの宝物に囲まれていた。壊れたライト・スタンドや、割れた花瓶や、車輪が三つしかない乳母車なんかに。

「しかし彼は――」とクランシーは言いかけた。

「それはあんたの口出しすることじゃないんだよ、ジム」とクーリッジ氏は言った。「彼はヨーロッパから戻って以来、ずいぶんおとなしくしていた。あんたはきちんと仕事をする確かな男だよ、クランシー。だから解雇したくはない。しかし覚えておいてもらいたいのだが、あんたはここのボスじゃないんだ」

翌日は枝の主日（復活祭直前の日曜日で、キリストが受難を前にエルサレムに入った日）で、神のご加護により、クランシーはロワントゥリー氏の姿を見かけなかった。月曜日には彼は、ソドムの市で暮らさねばならぬことの苦々しさを、ゴルゴタの丘で終わるそれら一連の行事の始まりに際して常に感じる、深くあまねき哀しみに結びつけることになった。それは気の滅入る一日だった。空には雲がかかり、街はずっと薄暗かった。時折雨が降った。クランシーはロワントゥリー氏を十時に下におろした。彼は一言も口を利かず、難詰するような目をその人物に向けた。正午の前後には、ご婦人たちが昼食をとるために外出していった。ロワントゥリー氏の友人ボビーもその頃に外出した。

二時半にご婦人たちの一人が、ジンの匂いをさせながら昼食から戻ってきた。そしていささか奇妙な態度をとった。彼女はエレベーターに乗ると、壁に顔を向けて立った。だからクランシーには彼女の顔が見えなかった。彼はもし誰かが顔を隠したいと思っていれば、わざわざ覗き込んで見るような種類の人間ではなかった。だからそのことは彼を腹立たしい気持ちにさせた。彼はエレベーターを停めた。「こちらを向いて」と彼は言った。「こちらを向いて。あまりに恥ずかしいことじゃありませんか。三人の大きなお子さんをもつ立派な婦人が、泣き虫の女の子みたいに壁にじっと顔を向けているなんて」。彼女は振り向いた。彼女は何かがあって泣いていた。クランシーはエレベーターを始動させた。「あなたは断食をするべきです」と彼はつぶやくように言った。「受難節のあいだ、煙草を断ち、肉を断つといい。それはあなたに考えるべきことを与えてくれるでしょう」。彼女はエレベーターを降りた。そして彼はベルが押された一階に向かった。そこにはロワントゥリー氏がいた。クランシーは彼を上に運んだ。そのあとミセス・デポールを九階まで運んだ。感じの良い女性だ。クランシーは彼女に息子のジョンがシカゴに行った話をした。下に向かうときにクランシーはガスの匂いを嗅いだ。

貧しい共同住宅で人生を送ってきた人にとって、ガスは冬の匂いであり、病気と困窮と死の匂いだ。クランシーはロワントゥリー氏の住居のある階に上った。たしかにここだ。彼は合い鍵を使ってそのドアを開け、すさまじい匂いの中に足を踏み入れた。中は真っ暗だった。キッチンから、ガス栓が開かれているシュウっという音が聞こえた。ドアが閉まらないようにそこに雑巾をはさみ、玄関ホールの窓を開けた。そして頭を外に突き出して、新鮮な空気を吸った。それから爆発で自分も吹き飛ばされることを恐れつつ、呪詛の言葉を吐き、祈りを口にし、有毒な空気を吸い込んで盲目になるのを防ごうとするかのように目を半ば閉じ、キッチンに向かって突進していったが、ドアの枠に思い切りぶつかって、痛みのために身体の感覚がなくなってしまった。でもなんとかキッチンに転がり込み、ガス栓を閉め、ドアと窓を開け放った。ロワントゥリー氏は両膝をついて、頭をオーブンの中に突っ込んでいた。彼は身体を起こした。彼は泣いていた。「ボビーが行ってしまったんだよ、クランシー」と彼は言った。「ボビーが行ってしまった」

クランシーの胃はでんぐり返っていた。胃袋がぱっくり開いて、苦い唾でいっぱいになった。「なんてことを！」と彼は叫んだ。「なんてことを！」、彼はよろめく足で住戸の外に出た。体中がぶるぶる震えていた。エレベーターで下に降り、ドアマンを大声で呼んで事の次第を告げた。

ドアマンがエレベーターを引き受け、クランシーはロッカールームに行って、そこで座り込んだ。どれくらいの時間そうしていたのか、自分でもわからない。でもやがてドアマンがやってきて、またガスの臭いがするんだがと言った。クランシーは再びロワントゥリー氏のアパートメントに足を運んだ。ドアは閉められていた。彼はそのドアを開け、玄関ホールに立ち、ガス栓が開いている音を耳にした。「そのろくでもない頭をオーブンから出しなさい、ロワントゥリーさん！」と彼は叫んだ。彼はキッチンに足を踏み入れ、ガスを止めた。ロワントゥリー氏は床に座り込んでいた。「もう二度とやらないよ、クランシー」と彼は言った。「約束する。約束する」

クランシーは下に降りてクーリッジ氏をつかまえ、二人で地下室に行って、ロワントゥリー氏の部屋のガスを止めた。そしてもう一度上がっていった。ドアは閉まっていた。ドアを開けると、またガスの出ている音が聞こえた。彼は男の頭をオーブンから力尽くで抜き出した。「そんなことをしても時間の無駄ですよ、ロワントゥリーさん！」と彼は叫んだ。「この部屋のガスはもう止めてあります！　そんなことしても時間の無駄だ」。ロワントゥリー氏はもつれる足で立ち上がり、よろよろとキッチンから出て行った。彼がアパートメントの中を走り抜け、ドアを次々にばたんばたんと閉める音を聞いた。クランシーはそのあとを追いかけ、バスルームにいるのを見つけた。瓶の中の錠剤をじかに口に放り込んでいるところだった。クランシーは彼の手から瓶を叩き落とし、相手をノックアウトした。それからロワントゥリー氏の電話で警察分署に通報し、警官と医師と司祭がやってくるのを待った。

五時になるとクランシーは歩いて家に戻った。空は真っ暗で、雨には煤と灰が混じっていた。ソドムだ、と彼は思った。この街には寛大さを受ける価値はなく、また矯正の余地もない。そして空から落ちてくる雨と灰を見上げつつ、自分の同胞に彼は深い絶望を覚えた。人々は慈悲を受ける根拠を失い、周りには自己破壊と罪業に向かう動きしか見当たらない。彼はアイルランドと「神の国」のシンプルな生活を懐かしく思った。しかし自分もまた、悪臭に満ちたガスに汚染されてしまったのだと感じないわけにはいかなかった。

彼はその日に起こった出来事をノーラに語り、彼女は夫を慰めた。ジョンから便りはなかった。夜にクーリッジ氏から電話がかかってきた。ロワントゥリー氏に関することだった。

「精神病院に収容されたんですか？」とクランシーは尋ねた。

「そうじゃない」とクーリッジ氏は言った。「彼の友人が戻ってきて、二人で外出している。でも彼はまたあんたを解雇してやると息巻いていた。元気になったらすぐにでも、あんたを解雇するように手を回してやると。私はあんたをクビにしたくはない。しかし気をつけた方がいい。相当に気をつけた方がいいぞ」。クランシーには理解できない成り行きだった。そして気分が悪くなった。彼はクーリッジ氏に、組合から代わりの人間を一日か二日仕事に寄越すように手配してほしいと言った。そしてベッドに入った。

翌日の朝、クランシーはベッドから出られなかった。具合はより悪くなっていた。身体が冷たくなっていた。ノーラは料理用レンジの火をつけたが、彼は心臓と骨まで凍りついたみたいにぶるぶる震えていた。膝を折って胸につけ、毛布を身体にぐるぐる巻き付けていたが、それでもちっとも温かくならなかった。ノーラはとうとう医者を呼んだ。アイルランドのリメリック出身の医者だった。医者がやってきたのは十時を過ぎてからだった。クランシーは入院させなくてはならないと彼は言った。医者は入院の手続きをするためにそこを離れ、ノーラはクランシーのいちばん上等の服を一揃い出してきて、それを彼に着せた。彼のズボン下にはまだ値段札がついており、シャツにはピンがついていた。結局のところその新品の下着も、しみひとつないシャツも、誰も目にすることはなかった。病院では彼らは彼のベッドの周りにカーテンを巡らせ、持ってきた一張羅をノーラに返した。それから彼はベッドに横たわり、ノーラは夫にキスをして帰宅した。

彼はしばらくのあいだ呻いたりうなったりしていたが、やがて熱が出てきて、そのまま眠ってしまった。それから数日のあいだ、彼は自分がどこにいるのかわからなかったし、そんなことを気にする余裕もなかった。彼はほとんどの時間、眠っていた。ジョンがシカゴから帰ってきて、病院に見舞いに来て、旅行の話を聞かせてくれたせいで、少し元気が出てきた。ノーラは毎日病院にやってきた。そして、クランシーが入院してから二週間ほど経ったとき、彼女はドアマンのフランク・クインを伴ってやってきた。フランクはクランシーに細長いマニラ封筒を差し出した。クランシーは、これはいったいなんだいとぶっきらぼうに尋ねながら、その封筒を開けた。封筒の中には紙幣がぎっしりと入っていた。

「居住者のみんなからだよ、クランシー」とフランクは言った。

「しかし、なんでこんなことをするんだね?」とクランシーは言った。彼は呆然としているようだった。彼の目は潤んで、金額を確かめることもできなかった。「どうしてこんなことをしてくれるんだね?」

と彼は弱々しい声で言った。「どうしてわざわざこんな気遣いをしてくれるんだね？　私はただのエレベーター係じゃないか」

「二百ドル近くあるよ」とフランクは言った。

「誰か金を集める役を務めたんだい？」とクランシーは尋ねた。「あんたかい、フランク？」

「居住者の一人だよ」とフランクは言った。

「ミセス・デポールだろう」とクランシーは言った。「きっとミセス・デポールだと思うな」

「居住者の一人さ」とフランクは言った。

「あんただったのか、フランク？」とクランシーは温かい声で言った。「あんたが声をかけて金を集めてくれたんだろう」

「ロワントゥリーさんだよ」とフランクは哀しげに言った。そして頭を垂れた。

「あなた、そのお金を返すつもりじゃないでしょうね、ジム？」とノーラが言った。

「おれはそれほど馬鹿じゃない」とクランシーは叫んだ。「道で一ドルを拾ったら、それをまっすぐ警察に持って行くような真似はしないさ」

「なあジム、彼以外の誰にもそれだけの金を集めることはできなかっただろうな」とフランクは言った。「彼は一階一階歩いて回ったんだ。目に涙を浮かべていたということだよ」

　クランシーの頭に情景が浮かんだ。彼は祭壇の前に据えられた自分の、蓋を開けられた棺から教会を見ていた。教会の堂守は僅かな数のワセリン色をした明かりしかともしていなかった。というのは弔問客はほんの数人しかいなかったからだ。彼らはみんなクランシーと同じ船でリメリックからアメリカにやってきた、年老いた貧しい人々だった。若い司祭の声が、微かな鐘の音と混じり合って聞こえた。それから教会のずっと後方に、彼はロワントゥリー氏とボビーの姿を目にした。二人は大泣きをしていた。ノーラよりも激しく泣いていた。二人の肩が上下するのが見えた。彼らのため息を聞くこともできた。

「私が死ぬと彼は思っているのかな、フランク？」とクランシーは尋ねた。

「ああ、ジム、彼はそう思っているよ」

「あの男は私が死ぬと思っているんだ」とクランシーは腹立たしげに言った。「くだらないめそめそ屋め。まだ死んだりするものか！　あいつになんて悲しんでもらいたくもないね。こんなところは出て行ってやる」。彼はベッドから出た。ノーラとフランクはなんとか彼をベッドに戻そうとしたが、無駄だった。フランクは走って看護婦を呼びに行った。看護婦はクランシーに指を突きつけ、ベッドに戻るように命じた。しかし彼は既にズボンをはいていて、靴紐を結ぼうとしていた。彼女はもう一人の看護婦を連れてきて、二人の若い女性は彼をなんとか押さえつけようとした。しかしクランシーは簡単に二人を振り払った。最初の看護婦が医師を呼びに行った。看護婦が連れてきた医師は若くて、クランシーよりずっと小柄だった。彼はクランシーに帰宅してもかまわないと言った。ノーラとフランクは彼をタクシーで家まで連れて帰った。住居に着くとすぐに彼はクーリッジ氏に電話をかけ、明日の朝から仕事に戻るからと告げた。自分の家の匂いや明かりに囲まれると、彼は目に見えて元気になった。ノーラはおいしい夕食をつくり、彼はそれを台所でしっかり食べた。

食事の後、彼はシャツ姿で窓際に座った。そして仕事に復帰することを考えた。顎の割れた男のことを考え、妻を殴る男のことを考え、ロワントゥリー氏とボビーのことを考えた。どうして人は化け物のような相手と恋に落ちたりするのだろう？　どうして人は自らの命を絶とうとしたりするのだろう？　どうして人は一人の男を解雇させるべく画策し、そのあとで目に涙を浮かべて彼のために募金を集めたりするのだろう？　そしておそらくその一週間後には、再び彼を解雇させようと努めているだろうに。クランシーは見舞金を返すつもりはなかったし、ロワントゥリー氏に感謝するつもりもなかった。しかしその倒錯者に対してどのような判断を下せばいいのか、彼は決めかねていた。ロワントゥリー氏と顔を合わせたときに口にする言葉を、彼はあれこれ思い巡らせた。「言わせていただければですね、ロワントゥリーさん」と彼は言うだろう。「この次自殺したくなったら、ロープか銃を選びなさい。それからまた、ロワントゥリーさん」と彼は言うだろう。「あなたは一度良いお医者に行って、頭をしっかり診てもらった方がいいですよ」

吹く春の風は南から、街では排水溝の臭いがする風だった。クランシーの窓からは物干しロープの連なりと、何本かのニワウルシと、ゴミ捨て場として使われている裏庭と、いくつかの住居のむき出しの背面が見えた。明かりのついている窓があり、明かりのついていない窓があった。その左右均衡のありようと、その情景のリアリティーがクランシーを勇気づけた。まるでそれが彼の中にある何か善きものにぴたりと合致したみたいに。彼と同じ心を持ったものが、そのような家を建てたのだ。ノーラが彼にビールのグラスを持ってきて、窓際に座った。彼は妻の腰に腕を回した。暑かったので、彼女はスリップ姿だった。髪はピンでしっかり押さえつけてあった。彼女はクランシーの目には今でもとびっきりきれいな女に見えた。しかしよその人の目にはそのスリップがあちこちでほころびており、その身体が曲がって重くなっていることが見てとれるかもしれない——クランシーはそう思った。ジョンの写真が壁にかかっていた。その息子の顔に浮かんでいる強さと知性に彼は心を打たれた。しかしよその人が見れば、彼のかけた眼鏡と顔色の悪さが目にとまるかもしれない——彼はそう思った。そしてそれからノーラとジョンのことを考え、この自分が現世の愛について知ることといえば、そのような半ば盲目のものでしかないのだと思い、ロワントゥリー氏には何も言わないでおこうと心を決めた。二人はただ黙してすれ違うことだろう。

治癒

The Cure

典型的な郊外の高級住宅地に住む、典型的な「中の上」クラスの白人一家。安定した収入、美しい妻、かわいい三人の子供たち、同質的で裕福な隣人たち。曇りひとつない幸福な家庭であるべきところだが、夫婦仲はこじれ、妻は子供たちを連れてさっさと家を出て行ってしまった。大きな家に夫一人が取り残され、ぽつんと淋しく暮らしている。これからどうすればいいのか、彼自身にもよくわからない。自らを治癒しながら時間をうまくやり過ごし、状況が変化を見せるのをただじっと待つしかない。

そのような「待ち受け状態」の中で何かが起こり始める。予想もしなかったような何かが。それは彼の治癒を助けるものなのか、あるいは妨げるものなのか？　明るく健康的であるべき高級郊外住宅地を徘徊する、正体不明の「夜の魂」。それはいったいどこからやってくるのだろう？

「ニューヨーカー」一九五二年七月五日号に掲載。

それは夏に起こった。ニューヨークでも、我々が住んでいる郊外住宅地でも、ひどく暑かったことを記憶している。私と妻は言い争いをし、レイチェルは子供たちを連れて、ステーション・ワゴンで家を出ていってしまった。「覗き屋」はまだ姿を見せなかった。というか、家族が去って二週間ばかり経過するまで、私はその存在に気づかなかった。しかし妻の出奔と彼の登場は、どこかで繋がりを持っているようだった。レイチェルの出奔は最終的なものに思えた。彼女はそれ以前に二度、私のもとを去っていた。二度目のとき、我々は離婚をした。離婚してから、もう一度結婚しなおしたのだ。彼女が去って行くのを目にするたびに、「これは幸福から遠くかけ離れたことだ」と私は感じた。しかしそうすることによって私は自尊心と神経を設定しなおすことができた。それが痛々しい真実を受け入れることの代価であると私には思えた。先にも述べたように、それは夏の出来事だった。そして何はともあれ、彼女が喧嘩別れをするのにその季節を選んでくれたことを、私はありがたく思った。おかげで我々はどちらも、今すぐに自分たちの別居に法的な形態をとる必要もなさそうだった。我々はなにしろ——途中でしばしの中断はあったものの——十三年間にわたって生活を共にしてきたのだ。うちには三人の子供たちがいたし、財政状況も混み入っていた。彼女の方も私と同じように、九月か十月までとりあえず状況の推移を待とうと、様子見の構えでいたのだと思う。

別居に至ったのが夏だったことは、私にはありがたかった。というのは、夏は私の仕事にとって最も苛酷な時期だったし、夜になるとだいたいはくたくたに疲れ果てて、何か他のことを考える余裕などなくなってしまうからだ。また私にとって夏は、一人暮らしをするには一年を通じていちばん容易い季節だということを、経験的に知っていたからだ。また離婚調停みたいなことになれば、おそらく家はレイチェルのものになるだろう。私はその家を気に入っていたし、そこで自分が暮らすのもこれでもう最後なのだという感慨があった。家庭崩壊を示すいくつかのささやかな兆候が見られた。まず最初に犬が行方不明になり、それから猫がいなくなった。またある夜帰宅すると、メイドのモーリーンが泥酔していた。彼女の話によれば、占領軍兵士としてドイツに駐屯中の彼女の夫が、どこかの女と恋に落ちたということだった。彼女は泣いていた。そして床に膝をついていた。夏の夜に、妻と子供たちが不自然なかたちで不在の家の中で、我々が二人だけでそんなことをしている光景は、どう見ても常軌を逸したものだ。そしてそのような逸脱は、人の決意を破壊しかねないものであることが私にはわかっていた。私は彼女にコーヒーを飲ませ、二週間ぶんの給与を与え、家まで車で送り届けた。おやすみを言ったときには、彼女は既に酔いから覚め、正気を取り戻したみたいだった。いっときのあの逸脱はきっと頭から追い出せるだろうと私は思った。そのあと私は単純なスケジュールを設定した。そのスケジュールに沿ってなんとか秋まではやっていけるだろう。

　ロマンティックで肉欲的で壊滅的な結婚から、自らを治癒しなくてはならないと私は心を決めた。治癒に取り組むあらゆる種類の中毒者と同じく、いささかやりすぎではないかと思えるほど用心深くならねばならない。電話には出ないと決めた。レイチェルはそのうちに自分の行いを悔やむ可能性があることが、私にはわかっていたからだ。その頃にはもう、我々をもう一度復縁させるであろうものごとの形状とサイズがいかなるものか、私にはわかっていた。五日間雨が降り続く、子供の一人がたまたま熱を出す、何か哀しいニュースを伝える手紙を受け取る――その程度のことが起こったら、彼女はすぐさまここに電話をかけて来かねない。そして私としては、「また夫婦のよりを戻そうか」というような気持ちをかきたてられたくなかった。なにしろあれほど惨めな日々だったのだ。最初の一ヶ月は治癒期間のようなものだと私は思った。そしてそのことを念頭に置いてスケジュールを設定した。朝は八時十分の列車に乗って都市《まち》に行く。そして六時半の列車で帰宅する。夏の淡い夕暮れに、無人の家に戻るのは避けるべきだというくらいは、私にもわかっていた。だから私は車を運転し、駅の駐車場から直接「オルフェオ」という悪くないレストランに行く。店にはたいてい誰か話し相手がいた。そこで二杯ほどマティーニを飲み、ステーキを食べる。そのあと「ストーニーブルック・ドライブイン・シアター」まで車を運転して行って、二本立ての映画を見る。これらは――マティーニとステーキと映画――いうなれば知覚麻痺を引き起こすことを意図したものであり、それはうまくいった。会社で会う人間以外の誰とも、私は顔を合わせたくなかった。

しかし私はもともと空っぽのベッドでうまく眠れないたちだ。ほどなく不眠に悩まされるようになった。映画から帰宅すると、すぐに眠りに就いた。しかし一時間ほどで目が覚めた。なんとかその不眠にうまく対処しようと私は努めた。もし雨が降っていれば 雨音や雷の音に耳を澄ませ、もし雨が降っていなければ、ターンパイクを走るトラックの遠い騒音に耳を澄ませた。その音は私に不況時代を思い出させた。その時代、私は道路を移動する日々をしばらく送っていたのだ。トラックは鶏やら缶詰食品やら粉末洗剤やら家具やらを積んで、勢いよくターンパイクをやってきた。その音は私に暗闇を思わせた。暗闇とヘッドライトを。またおそらくは若さを。というのは、それは心地良い響きとして感じられたからだ。雨の音や、車の音や、その他の何か音が気を紛らせてくれて、それでまたうまく眠りに就けることもあった。しかしある夜、それらはまったく催眠効果を発揮してくれなかった。だから午前三時に、私は階下に降りて本を読むことにした。

私は居間の明かりをつけ、レイチェルの本棚を探した。そして林語堂《リンユータン》という名前の作家の本を選び、ライト・スタンドの下にあるソファに腰を下ろした。うちの居間は居心地が良い。本はなかなか面白そうだった。私の住んでいる地域では、ほとんど誰も玄関のドアに鍵をかけたりはしない。そして夏の夜、通りはどこまでも静まりかえっている。このあたりには飼い慣らされた動物しかいないし、声が耳に届く夜の鳥といえば、遠くの鉄道線路のそばにいるフクロウくらいだ。だからあたりはとにかく静かだった。バーストウ家の犬が短く吠える声が聞こえた。まるで悪夢に起こされたみたいに。やがてその声がやんだ。すべてが再び静まりかえった。それからとても近いところで足音と咳が聞こえた。

身体の肉がはっと硬化した。そういう感触はわかってもらえるだろうか？ 自分が誰かに見られているという感覚があった。それでも私は本から顔を上げなかった。本能とか、その手のものは確かに存在しているかもしれないが、私はそんなものをあまりあてにしたくない。とはいえ、本からまったく目は上げなかったにもかかわらず、自分が誰かに見られているというばかりか、居間の端にあるピクチャー・ウィンドウから見られているということまで、私にはわかった。誰だかは知らないが、その人物の意図は私を見ることにあり、私のプライバシーを侵害することにあった。明るいライト・スタンドの下で暗闇に囲まれ、自分がいかにも無防備に感じられた。私はページを繰り、本を読み続けているふりをした。それから恐怖が、窓の外にいる愚か者に対するよりも更に深い恐怖が私を捉えた。それは、外から聞こえた足音や咳、また自分が見られているという感覚は、ただの想像の産物ではないかという怖れだった。私は目を上げた。

　私はしっかり彼を見た。彼は私に自分を見せるつもりでいた。男はにやりと笑っていた。私は明かりを消したが、外は暗すぎたし、目は眩しい読書灯の明かりに慣れてしまっていたから、ガラスの向こう側にある姿かたちを見定めることはできなかった。私は廊下に飛び出し、玄関ドアの脇の壁つき灯のスイッチを入れた（その灯はたいして明るくはないが、それでも芝生を横切っていく人影を目にするには十分なはずだった）。しかし窓の前に戻ったとき、芝生は無人だった。そしてさっき男が立っていた場所には誰もいなかった。彼が身を隠せる場所はいくらでもあった。庭を抜ける通路《ウォーク》の下にははしどいの大きな繁みがあり、そこに男一人が身を隠すことは可能だった。そしてライラックと楓の木があった。古い日本刀を持ちだして男を追跡するようなつもりは、私には毛頭なかった。私は壁つき灯を消し、暗闇の中に立って、あれはいったい誰だったのだろうと考えた。

　私はいわゆる「ナイト・ピープル《夜に徘徊する妖しげな人々》」と関わりを持ったことは一度もない。しかしそういう連中が存在していることは承知している。きっと鉄道線路の近くに固まって建ったバラックに住む、頭のネジが緩んだじいさんか何かだろう。そしておそらくはすべての物事に愉しげな、あるいは少なくとも穏やかな相貌《そうぼう》を与えようという私の決意、あるいは必要性のなせるわざなのだろうが、私はその老人の姿を同情を込めて思い描こうとさえした。彼はぼけた年寄りで、自分の住まいを夜中に離れ、犬やら警官やらに怯えながら、見知らぬ地域をふらふらと徘徊せずにいられない。そしてその結果、得るところといえば、林語堂を読んでいる男やら、病気の子供に薬を与えている奥さんやら、冷蔵庫からチリコンカン（挽き肉と豆の料理）を出して食べている誰かの姿を眺めるという程度のことだ。暗い階段を上がっていくときに雷鳴が聞こえた。そしてあっという間に、夏の雨があたり一帯を水浸しにした。哀れな徘徊者と、嵐の中を自宅まで歩いて帰る長い道のりのことを私は思った。

　そのときには時刻は既に四時を回っていた。私は暗闇の中に横になり、雨の音を聞いていた。そして早朝の列車が通過していく音を耳にした。バッファローやシカゴから、あるいはもっと西部からやってきた列車だ。オールバニーを過ぎ、夜が明ける頃には河沿いを南下していく。それらの列車のほとんどに、私は一度か二度は乗って旅したことがあった。暗闇の中に横になりながら、プルマン車両のひやりとした空気のことを私は考える。寝間着の匂いやら、食堂車の水の味やら、クリーブランドやシカゴで一日を終えて、ニューヨークで翌日を開始するのがどういう気持ちのするものかについて思いを馳せる。とりわけその地から二年ばかり遠ざかっていたあとであれば。そしてとりわけその季節が夏であれば。私は暗闇の中に横になって、雨中を進む暗い車両を想像する。朝食のためにセットされたテーブルを、その匂いを想像する。

　翌日はひどく眠かった。それでもなんとか仕事はこなし、帰りの列車でうとうと眠り込んだ。そのまま家に帰れば眠ってしまえたかもしれない。しかし危険はおかしたくなかったので、いつもどおり「オルフェオ」で夕食をとり、映画を見に行った。映画はひどい内容の二本立てだった。映画のおかげで頭がぼんやりしてきて、ベッドに入るとすぐに眠ってしまった。でもそれから電話の音で目が覚めた。時刻は午前二時だった。電話が鳴り止むまでずっと私はベッドの中にいた。おかげですっかり目が覚めてしまって、どんな夜の音に――風の音や車の音に――耳を澄ませても、もうとても眠れないだろうとわかっていた。だから階下に行った。あの覗き屋がまた戻ってくるだろうとは思わなかったが、それでも読書灯は真っ暗な近隣の中であまりに目立ちすぎたので、玄関の壁つき灯をつけた。そして林語堂の本を手に、もう一度ソファに腰を下ろした。バーストウ家の犬が吠えたとき、私は本を置いてピクチャー・ウィンドウに目をやった。覗き屋がそこにいないことを確かめるために。あるいはもし来るのなら、こちらが先に彼の姿を目にするために。

　何も見えなかった。何ひとつ見えなかった。しかし数分後にまた、身体の肉がきゅっと固くなるあの嫌な感触があった。自分が間違いなく誰かに見られているという感触だ。私は再び本を手に取ったが、それは本を読むためではなく、「おまえが戻ってきたところで、こちらは気にもしていないぞ」という姿勢を見せつけるためだった。もちろんその部屋には他にもたくさん窓がある。そして私は、男が今夜はどの窓を選んで中を覗いているのだろうと、しばし頭を巡らせた。そしてそれがどの窓かを知った。彼が私の背後にいる、私を背中から見ているという事実が、私を怯えさせ激高させた。私はライト・スタンドを消さずに椅子から勢いよく立ち上がり、ピアノの上の細長い窓に男の顔を認めた。「消え失せろ！」と私は叫んだ。「彼女は行ってしまった！　レイチェルはもういない！　ここには見るべきものなんてないんだ！　私にかまうな！」。そして窓に駆け寄ったが、男は既に姿を消していた。それから、私は自分が空っぽの家の中で声を限りに叫んでいることに気づいて、頭がおかしくなりつつあるのではないかという不安に駆られた。ひょっとして自分が窓の外に見たのは幻想かもしれないという疑念が、再び頭をもたげた。私は懐中電灯を手に外に出た。

　細長い窓の下には花壇があった。私はそれを懐中電灯で照らしてみた。そして彼が確かにそこにいたことを知った。間違いない。いくつかの足跡が土の上に残され、何本かの花が踏みつけられていた。その足跡を、花壇から芝生の端まで辿った。そしてそこで男もののエナメル革の室内履きの片方を発見した。室内履きは少しひび割れ、すり減っていた。誰か老人が履いていたものかもしれないと私は思った。どう見てもそれは使用人が履くものではない。あの覗き屋はこの近所に住む誰かだろうと私は推測した。私はその室内履きを垣根越しに、バーストウ家の堆肥の山がある方に放り投げた。そして家の中に戻り、明かりを消して二階に上がった。

　翌日、警察に電話をしようかと一度か二度考えた。

しかしそこまでの決心がつかなかった。その夜「オルフェオ」のバーに立ち、ステーキが焼け上がるのを待ちながら、それについてもう一度考えた。その状況は表面だけを見れば馬鹿馬鹿しいものだった。それはよくわかっている。しかし窓に男の顔を再び見ることの恐怖は生々しいものだったし、考えれば考えるほどその生々しさは深まっていった。そして自分がどうしてそんなものに耐えなくてはならないのか、私にはわからなかった。それも現在のように、自分の生活全体を洗い直そうと懸命に試みているときにだ。外はだんだん暗くなってきた。私は公衆電話から警察に電話をかけた。駅で時々交通整理をしているスタンリー・マディソンが電話に出た。不審な徘徊者がいることを報告したいと言うと、「ほう」と彼は言った。レイチェルは今、家にいるのかと彼は尋ねた。そして一九一六年にこの村が開設して以来、そういう苦情が持ち込まれたという記録はないと教えてくれた。彼の声には、我々全員がこの近隣に対して当然ながら抱いているプライドが感じられた。私は自分を不利な立場に置いてしまうことを覚悟していたのだが、スタンリーはあたかも私が意図的に、近隣の不動産価値に被害を与えようとしているかのような話し方をした。人員五人の警察では人手が足りないのだと彼は続けた。給与も低すぎるし、過重労働になっている。だからもしお宅の回りを警戒してほしいのであれば、環境向上住民委員会の次回のミーティングで、警察組織をもっと強化するように意見を出していただきたい。彼はできるだけ冷淡な印象を与えないように、レイチェルと子供たちは元気にしているかと会話の最後に尋ねた。しかし電話ボックスから出るとき、自分は過ちを犯したと私は感じた。

その夜、激しい雷雨が映画の途中で襲ってきた。雨は朝まで降り続いた。雨が覗き屋を家に留めたのだろう、その姿は見えなかったし、音も聞こえなかったから。しかし翌日の夜に男はまた戻ってきた。彼がやってくる音が聞こえたのは午前三時くらいで、一時間ばかりそこにいた。しかし私は本から目を上げなかった。こう推論したからだ。この男は煩わしくはあるが、おそらく害はあるまい。そしてもし彼が誰であるかがわかれば、あるいは名前だけでも判明すれば、私をいらつかせる彼の能力も失われ、私は治癒のためのスケジュールを平和裏に回復することができるだろう。いったい誰なのだろうと首をひねりつつ、私は二階に上がった。その男が近所に住んでいるということには、かなりの確信を持っていた。私の友人なり隣人なりが夏のあいだ、ちょっと頭のおかしい親戚の老人を泊めているのではあるまいかとも考えた。自分の知っている人々の名前を頭の中に並べてみた。彼らにはエキセントリックな叔父さんやお祖父さんがいないだろうか？　もし自分がその見知らぬ男を夜から、暗闇から、切り離すことができたら、おそらくすべてはうまくいくはずだ。

朝になって、私は駅を歩いていた。プラットフォームの人混みを抜けながら、覗き屋かもしれない見知らぬ人物をそこに見出そうとしていた。ぼんやりとしか見えなかったものの、それでもその顔は見分けられるはずだ。それからまさにその人物を目にした。実にあっけないくらい簡単に。彼はみんなと同じように八時十分の列車をプラットフォームで待っていた。しかし彼は「見知らぬ人物」ではなかった。

彼はハーバート・マーストンだった。ブレンホロウ・ロードにある大きな黄色い家に住んでいる。もし私の心に何か疑念があったとしても、それは私が彼を見つけたときに相手が見せた素振りによって解消されていたはずだ。彼は怯えて、いかにも後ろめたそうに見えたのだ。私は彼に話しかけようとプラットフォームを横切っていった。「あなたが夜中にうちを覗き見してもちっともかまいませんよ、マーストンさん」と私は言うつもりだった。彼を恥じ入らせるに足るくらい大きな声で。「しかしうちの妻の大事にしている花を踏みにじるのはやめていただきたい」。でもそうはしなかった。というのは彼は一人ではなかったからだ。その隣には奥さんと娘がいた。私は彼らの背後を通り抜け、待合室の角に立って一家を眺めた。

マーストン氏の外見には、あるいは私が自分のところにやって来ないとわかったときの彼の様子には、特別変わったところはなかった。背丈は普通よりも少しばかり高く、白髪で、顔は骨張っている。きっと若い頃はハンサムだったのだろう。やましい心は麻痺やら顔面痙攣やら、その他の症状によって露呈するものだという通念は簡単に消えないものだが、その朝にそれらしき徴候を求めて彼の顔を探ったとき、そんなことをしても所詮無駄なのだと私はあらためて悟った。彼はなごやかでゆとりのある、品の良い顔だちをしていた。チャッキー・ユーイング（現在求職中だ）やラリー・スペンサー（ポリオの息子がいる）や、プラットフォームで列車を待っている一団の他の人々にもまったく劣るところはない。それから私は彼の娘のリディアを見た。リディアは近隣ではいちばん美しい娘の一人だ。一度か二度、列車で一緒に乗り合わせたことがある。彼女がボランティアで赤十字の秘書をやっていることを私は知っていた。彼女はその朝はブルーのドレスを着て、両腕をむき出しにしていた。とても生き生きとして、綺麗で感じよく見えたので、私としては彼女を恥ずかしい目にあわせたり、傷つけたりする気持ちにはとてもなれなかった。それから私はミセス・マーストンを見た。そしてもし何かしらの徴候が顔に出るとすれば、それは彼女の顔に出てくるのだということも知った。夫の不品行がどうして彼女を苦しませなくてはならないのか、そこまではわからなかったが、とても暑い日だったのだが、ミセス・マーストンは茶色のスーツを着て、擦り切れた毛皮の襟巻きをつけていた。彼女の顔は血色が悪く、あまり見栄えはしなかったが、それでも朝の列車を待ち受けているそのときでさえ、何ひとつ寄せつけるものかという鉄壁の微笑みがそこに浮かんでいた。それはずいぶん昔には、暴力的な（あるいは更に言えば有害な）情熱にふさわしいと思えたに違いない顔だった。しかし私が思うに、長い歳月にわたる祈りと節制のおかげで、暴力に向かう傾向は排除され、口もとと目もとに何本かの醜い皺だけが痕跡として残された。そしてミセス・マーストンはその報償として、確固として悪臭を放つ、いやな感じの愛想の良さを賦与されたのだ。夫がバスローブ姿で暗い裏庭をうろつき回っているあいだ、彼女は祈り続けているに違いないと私は思った。その覗き屋が誰なのか私は知りたいと思っていた。しかしそれが誰だかわかっても、ちっとも気は晴れなかった。髪が白くなりかけた男と、美しい娘と、その奥さんが一緒に立っている光景は、私の気持ちをもっと落ち込ませた。

その夜、私は都市《まち》にとどまってカクテル・パーティーに出ることにした。パーティーは高層ホテルにあるアパートメントで開かれた。ずいぶん高いところにあるアパートメントだ。着くと私はすぐにテラスに出た。夕食に誘い出せる誰かを探すためだ。私が求めていたのは新しい靴を履いた綺麗な娘だったが、綺麗な娘たちはみんな海辺に行ってしまったようだった。白髪の女性がいて、フロッピーハットをかぶった女がいて、そして何度か顔を合わせたことのある女優のグレース・ハリスがいた。グレース・ハリスは美女だが、盛りは過ぎている。もともと私たちにはお互いあまり話すべきことはなかった。しかしその夜、彼女は私にいやに温かく微笑みかけた。それはとても温かいが、同時にとても哀しげな微笑みだった。だからまず私の頭に浮かんだのは、レイチェルが家を出て行ったことを、彼女はきっと知っているのだろうということだった。私は彼女に微笑みでこたえ、それからバーに行った。そこでハリー・パーセルに出会った。私は何杯か酒を飲み、彼と話をした。二度ばかり部屋を見回したが、その度にグレース・ハリスと眼が合い、そのたびに彼女はそのどこまでも哀しげな微笑みを私に向けた。いったいどういうことなのだろうと私は首をひねった。たぶん私のことを他の誰かと間違えているのだろう。私の知るところ、すみれ色の瞳を持った、年齢が定かではない美女たちの多くは、ほとんど目が見えない。部屋の向こう端のことなんて何も見えていないはずだ。時刻は遅かったが、私の時間の使い方に文句をつけるような人間はどこにもいない。だから私は飲み続けた。やがてハリーが洗面所に行った。私がバーに一人で立っていたのはせいぜい二分ほどだったが、それだけ時間があれば十分だった。グレース・ハリスは部屋の向こう端に何人かの人々と共にいたのだが、こちらにやってきた。彼女は私の隣に来て、その雪のように白い手を私の腕に置いた。「可哀《プア》想な坊《ボーイ》や」と彼女は呟くように言った。「可哀想な坊や」

私は坊《ボーイ》やでもなかったし、可哀《プア》想でもなかった。そして彼女に早くよそに行ってしまってもらいたかった。彼女は賢そうな顔つきをしているが、その夜、私はそこに強い哀しみと強い悪意の力を感じた。「あなたの首のまわりにロープが見える」と彼女は哀しげに言った。そして彼女は私の上着の袖口から手を放し、部屋から出て行った。たぶんそのまま引き上げたのだろう。というのはそのあと、彼女の姿を見かけなかったから。ハリーが戻ってきたが、私はそこで起こったことを彼には言わなかった。そして自分でもそのことはなるべく考えないように努めた。私はそのパーティーに長居をしすぎた。そして遅い列車で家に帰った。

風呂に入り、パジャマに着替え、ベッドに横になったことを覚えている。目を閉じるとすぐに、私の前にロープが浮かんだ。そこには絞首縄の結び目がついていた。グレース・ハリスが何を言おうとしていたのか、私にはずっとわかっていた。彼女は私が首つり自殺するだろうと予見していたのだ。ロープは私の意識の中にゆっくりと下りてくるみたいだった。私は目を開き、翌朝にやらなくてはならない仕事のことを考えた。しかしもう一度目を閉じると、一瞬の暗闇があり、そこにロープがするすると下りてきた。まるで梁から送り出されるみたいに。そしてその空間でゆらゆらと揺れた。私は目を開き、会社のことをもっと考えた。しかしいったん目を閉じるとそこにはロープがあり、まだゆらゆらと揺れ続けていた。その夜、私が目を閉じて眠ろうとするたびに、眠りは盲目の苦悶を背負い込んだように感じられた。目に見える世界が消滅すると、そのロープが我が物顔に暗闇を占拠することを阻止するものはどこにもなくなった。私はベッドを出て階下に降り、林語堂の本を開いた。その本を数分も読まないうちに、マーストン氏が花壇に入ってくる音が聞こえた。彼がいったい何を見ようと待ち受けていたのかを、私はついに知り得たようだった。私は寒気を感じた。灯りを消して立ち上がった。窓の外は真っ暗で、彼の姿を目にすることはできなかった。この家の中にロープはあっただろうか？　地下室の息子の手漕ぎボートにもやい綱があったことをやがて思い出した。私は地下室に下りた。平底の小さな舟は木挽き台に載せられ、中には長いもやい綱が置かれていた。人が首を吊るには十分な長さだ。私は台所から包丁をとってきて、そのロープを舟から叩き切った。それから新聞紙を集めて持ってきて、焼却炉に放り込んで通風口を開き、ロープを燃やした。それから二階に行ってベッドに入った。これでもう安全だという気がした。

そんなにぐっすり眠れたのが何日ぶりだったのか、私には思い出せなかった。しかし朝に目が覚めたとき、どうにも妙な気分がした。窓の外の空はきれいに晴れ上がっていたが、私の気持ちはうまく晴れなかった。空や光や、その他あらゆるものが、とても長い距離をはさんで眺めているみたいにぼんやり遠くに見えた。またマーストンの一家と顔を合わせるかもしれないと思うと、胸が不快感でいっぱいになり、私は八時十分の列車はやめて、もっと遅い列車に乗ることにした。ロープのイメージが頭の隅にこびりついていて、通勤列車の中で一度か二度私はそれを思い浮かべた。朝はなんとかやり過ごしたが、昼になって会社を出るとき、今日はもう戻らないからと私は秘書に告げた。ネイサン・シェイと大学クラブで昼食をとる約束があった。早い目に行って、バーでマティーニを飲んでいた。私の隣に年配の紳士がいて、自分がいかに習慣を守って規則的な生活を送っているかについて、友だちに説明していた。私はその人物の頭にポップコーンのボウルを被せてやりたいという強い衝動に襲われた。しかし我慢をしてただ酒を飲み、バーテンダーの腕時計をじっと見ていた。それは白いクレムドメントの瓶の、細長いネックにかけてあった。シェイがやってくると、彼と共に更に二杯を飲んだ。ジンのおかげで麻痺状態になったまま、私は昼食の席を乗り切った。

我々はパーク・アヴェニューで別れた。そこでマティーニの麻酔が切れて、私は再びロープを目にするようになった。時刻は二時で、気持ちよく晴れた午後だったが、私には何もかも暗く見えた。コーン・エクスチェンジ銀行に行って、五百ドルぶんの小切手を現金化し、それからブルックス・ブラザーズに行って、ネクタイを何本かと箱入りの葉巻を買った。そのあと二階に行ってスーツを見た。店内には数人の客しかいなかったが、その中にひとりの娘だか若い女性だかがいることを私は目に留めた。彼女には連れはいないようだった。きっと夫のために必要な服を買いそろえているのだろうと私は推測した。髪は金髪で、肌はまるで薄紙のように白かった。ずいぶん暑い日だったが、彼女はとても涼しげに見えた。ライだかグレニッチだか（どちらもニューヨークの近郊にある高級住宅地）から列車に乗ってやってくるあいだにも、家で風呂に入ってさっぱりとした見かけを、そのまま失わなかったらしい。彼女の腕と脚は美しかったが、顔立ちは実際的でひょうきんで、いかにも主婦らしく見えるといってもいいくらいだった。そしてそのような実質的な気配が、彼女の腕と脚の美しさをより強調しているみたいに見えた。彼女はエレベーターの前に行ってベルを押した。私もそこに行って、彼女の隣に立った。我々は一緒に下に降り、店からマディソン・アヴェニューに出た。歩道は混んでいて、私は彼女に並ぶようにして歩いた。彼女は一度ちらりとこちらを見た。そして私があとをつけていることを知った。しかし彼女は簡単に誰かに助けを求めたりしない女性であるという確信が、私にはあった。彼女は角に立って、信号が変わるのを待っていた。私も彼女の隣で待った。私は自分が彼女に、優しい優しい優しい声でこう語りかけようとするのを抑制するだけで精一杯だった。「奥さん、あなたの足首を握らせていただけませんか？　私が求めているのはただそれだけです、奥さん。そうすれば私の命は救われるのです」と。彼女はもうこちらを向こうとはしなかったが、怯えていることはわかった。彼女は通りを横切り、私はその横にずっとくっついていた。そのあいだずっと、私の頭の中には懇願の声が響いていた。「あなたの足首をどうか握らせてください。そうすれば私の命は救われます。足首を握らせてもらえるだけでいいんです。その代価は喜んで支払わせていただきます」。私は財布を取り出し、紙幣を何枚か抜き出した。そのとき誰かが背後から私の名前を呼んだ。それは我々の会社にときどき出入りしている広告会社のセールスマンの、元気いっぱいの声だった。私は財布をポケットに戻し、通りを横断し、人混みの中に姿を消そうとした。

　パーク・アヴェニューまで歩き、更にレキシントンまで行って、とある映画館に入った。饐えた匂いのする冷房装置の冷ややかな風が、私の頭上から吹きつけてきた。シカゴやもっと西部から早朝、河沿いを進んでいく、そして私がその通過音をいつも耳にしているプルマン車両内の空気のようだ。ロビーは空っぽで、まるでどこかの宮殿か、あるいはローマ時代のバシリカに足を踏み入れたような気がした。私は二階に通じる狭い階段を上がっていったが、やがて唐突に様子が変わり、きらびやかさからすっかり切り離されてしまった。踊り場は汚れ、壁は剝き出しだ。その階段はバルコニー席に通じていたのだ。そして暗闇の中で私はそこの席に座り、私を救うことができるものなどもう何ひとつないのだと思った。新しい靴を履いたきれいな娘が私の前を横切るようなことは、もう起こらないのだ。

列車に乗って帰宅したが、「オルフェオ」に食事に行って、そのあと長い時間じっと座って映画を見たりするには疲れすぎていた。私は駅から車を運転して直接家に帰り、車をガレージに入れた。電話のベルが鳴っているのがそこから聞こえた。そのベルが鳴り止むまで、私は庭で待っていた。居間に足を踏み入れるとすぐに、壁の汚い手形に気がついた。子供たちがここを出て行く前につけていったものだ。それは床のすぐ近くにあって、私はそこにキスするために屈み込まなければならなかった。

それから長い時間、居間に腰を下ろしていた。いつの間にか眠り込んで、目が覚めたときはすでに遅い時刻になっていた。まわりの家々の明かりはもう消えていた。私は灯りをつけた。覗き屋は今ごろ室内履きを履き、バスローブに身を包んでいるだろう、と私は思った。そしてあちこちの裏庭菜園へと徘徊を始めるのだ。ミセス・マーストンは床に膝をついて祈っていることだろう。私は林語堂を手に腰を下ろし、それを読み始めた。バーストウ家の犬が吠える声が聞こえた。そのとき電話のベルが鳴り出した。「ああ、ダーリン！」、レイチェルの声を耳にしたとき、私はそう叫んだ。「ああ、ダーリン！ ああ、ダーリン！」。彼女は泣いていた。彼女はシール・ハーバー（メイン州南東部の海岸の町。避暑地として有名）にいた。一週間も雨が降り続いており、トビーは百四度（摂氏約四十度）の熱を出していた。「今からここを出る」と私は言った。「一晩運転するよ。朝にはそちらに着く。ああ、ダーリン！」

それだけのことだった。それでおしまい。私は荷物をバッグに詰め、冷蔵庫のスイッチを切り、一晩じゅう車を運転した。それ以来我々は幸福に暮らしている。私の知る限り、マーストン氏はもう暗闇の中、我々の家の外には立っていない。ただ私は彼の姿はしょっちゅう見かける。駅のプラットフォームで、あるいはカントリー・クラブで。娘のリディアは来月結婚する。そして顔色の良くない奥さんは少し前に、優れた奉仕活動をおこなったことで、全国的な慈善協会のひとつから表彰を受けた。ここでは誰もがうまくやっている。

引っ越し日

The Superintendent

これも「バベルの塔のクランシー」と同じく、マンハッタンの高級アパートメントで働くブルーカラー労働者を主人公にした物語。今回は管理人だ。

原題になっている「スーパーインテンダント」とはアパートメント・ハウスなどの管理人のことだが、日本におけるマンションの管理人とは立場が少し異なり、一般的により強い差配の権限と、高い地位を与えられている。大きな建物ではジャニター、ハンディーマン（用務員、雑用係）やポーター（清掃係）などがその下についている。ここではとりあえず「管理者」という訳語をあてた。高級アパートメントに住む方もいろいろと大変だが、その世話をする方もけっこう大変だ。ひとつの大きな建物を舞台にした話なので、様々な人々が次々に登場するが、チーヴァーの人間観察の鋭さと、その描写の的確さに注目していただきたい。

「ニューヨーカー」一九五三年三月二九日号に掲載。

朝の六時にアラームが鳴り出した。その音は一階にあるアパートメント——建物の管理者《スーパーインテンダント》として勤務するチェスター・クーリッジに、給与の一環として与えられているアパートメントだ——ではほんの微かにしか聞こえなかった。しかしそれでもぱっと目が覚めた。というのは彼は建物の諸機械が叩き出す騒音を、絶えず意識にとめながら眠っていたからだ。まるでそれが彼の安らぎにじかに結びつけられたものであるかのように。暗闇の中で素速く服を着て、ロビーを裏階段まで走り抜けたが、しぼんだバラの花とカーネーションでいっぱいになった桃の籠に道を阻まれた。それを足で蹴ってどかせ、鉄の階段を地下まで軽く走り降りた。そしてカタコンべの通路みたいに見える、塗料の剝げかけた煉瓦壁の廊下を抜けていった。揚水ポンプのある部屋に近づくにつれて、ベルの音は次第に大きくなっていった。その警報が意味するのは、屋上にあるタンクの水がなくなりかけており、そこに水を供給するためのメカニズムが作動していないということだ。ポンプ室でチェスターは補助ポンプを始動させた。

地下はしんとしていた。遠くにある裏のエレベーター・シャフトから、エレベーターが一階ごとに止まって移動していく音が聞こえた。牛乳瓶がかちゃかちゃと触れ合う音がそれに続いた。補助ポンプがタンクを一杯にするまでに一時間はかかるだろう。雑用係の男は寝かせておいて、計器の針は自分で確かめることにしようとチェスターは思った。彼はまた上階に戻り、妻が朝食の支度をしているあいだ、髭を剃り、顔を洗った。その日は「引っ越し日」だった。食卓に着く前に彼は晴雨計の針が下がっているのを見た。窓の外に顔を出し、十八階ぶん上を見上げると、空はどんより暗く曇っていた。チェスターとしては、引っ越し日はできることなら乾燥した上天気であってほしかった。過去においては、十月一日が引っ越し日であれば、その日が晴天である可能性はかなり高かった。ところが今では事情が悪い方に傾いてしまい、雪や雨が降る中で人々は引っ越しをする羽目になった。ベストウィック家（9E）が出て行って、ニーガス家（1A）が上階に越してくる。それだけだ。チェスターが最初のコーヒーを飲んでいるあいだ、妻はベストウィック家のことを話していた。その一家が去って行くことが、彼女に思い出やら心配やらをもたらしていた。チェスターは妻の質問には答えなかった。彼女の方もまた、そんな朝早くから夫の返事がかえってくるとは期待していなかった。彼女はただ自分の声の響きを確かめるかのように、自らに向かってとりとめなく語りかけているだけだった。

ミセス・クーリッジは二十年前に、夫と共にマサチューセッツからここにやってきた。移転は彼女が望んだことだった。病気がちで子供がいなかったこともあり、彼女としてはニューベッドフォードにいるよりは、大都会に出た方が幸福になれると判断したのだ。東五十丁目あたりの管理者のアパートメントに居を定め、彼女はすっかり満足した。映画や店をまわることで一日を潰せたし、ペルシャの国王を目撃することもできた。都会生活の中で唯一困ることといえば、その生来の親切さを発揮する機会を制限されることくらいだった。

「気の毒なミセス・ベストウィック」と彼女は言った。「ああ、なんて気の毒なの！　あのご夫婦は、自分たちの落ち着き先が決まるまで、子供たちをおばあさんのところに預けるんだって、あなたは言ってたわよね。何かしてあげられたらいいんだけれど。もしこれがニューベッドフォードであれば、私たちは彼女を夕食に呼ぶか、それとも夕食をバスケットに詰めて持って行ってあげることもできるんだけど。それでね、あの人たちを見ているとニューベッドフォードの人たちのことを思い出すの。フェンナー家の人たちよ。二人の姉妹だったわね。あの人たち、へイゼルナッツくらい大きなダイアモンドを持っていた。ミセス・ベストウィックと同じように。なのに家の中に電気も引かれてなくて、ジョージアナ・バトラーのところに、よくお風呂に入れてもらいに行っていたわ」

チェスターは妻の方を見なかったが、彼女がそこにいるだけで心温かく、安らいだ気持ちになれた。というのは彼女が並外れた女性だと彼は信じ切っていたからだ。彼女の料理には天与の才が感じられ、家事全般に関しても達人の域に達していると彼は考えていた。記憶力だって素晴らしい。そして目に映る世界をそのまま受容していく彼女の能力は、神業としか呼び得ないものだ。その日、朝食にジョニーケーキ（トウモロコシのパン）が作られ、チェスターは畏敬の念に近い賞賛をもってそれを食べた。彼にははっきりわかっていた。この世界でこれほどうまいジョニーケーキを作れるものは他にはいないし、その朝マンハッタンであえてそれに挑戦しようとするものなど一人としていないはずだと。

朝食を終えると彼は葉巻に火をつけ、椅子に座ったままベストウィック家について思いを巡らせた。チェスターはそれまで多くの人々の生き方を通してそのアパートメント・ビルディングを見てきたが、そこにまた新たなものが加わろうとしているようだった。彼は一九四三年以来、そこの居住者を二つのグループに分けていた。「パーマネント（恒常的居住者）」と「シーリング（頭上に余裕のない居住者）」である。建物を運営する会社に家賃の値上げが認可されたとき、これで「シーリング」がずいぶん引っこ抜かれることになるだろうなと彼は思った。ベストウィック家はそういう状況下で退出を余儀なくされた最初の家族だった。そして妻に劣らず、彼らが去って行くのを彼は残念に思った。夫のベストウィックはダウンタウンで働いていた。奥さんのベストウィックは誠実な市民で、赤十字と小児麻痺救済募金運動とガールスカウト活動の、この建物における代表を務めていた。ミスタ・ベストウィックがどれほどの収入を得ていたかはわからないが、それはこの近辺に居住するに十分な額ではなかった。酒屋もそのことは知っていた。肉屋も知っていた。ドアマンも窓拭き人も知っていた。月賦販売会社も、コーン・エクスチェンジ銀行も、一年前からそのことを知っていた。近所でいちばん最後までその事実に直面するのを避けていたのは、ベストウィック家の人々だった。ミスタ・ベストウィックはてっぺんが高くなったフェルト帽をかぶり、胴回りをゆったりとカットしたスーツコートに、ぴったりとしたズボンをはき、白いレインコートを着て、かなりきつそうな英国製の靴を履き、毎朝八時、がにまた気味に歩いて出勤していった。かつてのベストウィック家は今よりも金回りが良かった。ミセス・ベストウィックのツイードのスーツが擦り切れていたとしても、ミセス・クーリッジが目に留めたように、彼女のダイアモンドはヘイゼルナッツほどの大きさがあった。ベストウィック家には二人の娘がいたが、一家がチェスターに迷惑をかけたことは一度もなかった。

一カ月ほど前の午後遅く、ミセス・ベストウィックがチェスターに電話をかけてきて、部屋まで来てもらえまいかと言った。いいえ、緊急の用件ではないのですが、と彼女は朗らかな声で言った。でももし差し支えなければ、少しお話があるものですから。いつもどおり。彼女はチェスターをとても上品に迎え入れた。ほっそりとした体つきの女性だ。胸の立派なわりに、いささかほっそりしすぎているかもしれない。動作には気品があった。その午後、彼は居間に通された。そこには年長の女性がソファに腰掛けていた。「こちらは私の母親のミセス・ダブルデイです、チェスター」とミセス・ベストウィックは言った。「お母さん、こちらはこの建物の管理者のチェスター・クーリッジさん」。初めまして、よろしく、とミセス・ダブルデイは言って、チェスターは勧められるままそこに腰を下ろした。別の部屋から、ベストウィック家の年上の娘が歌う声が聞こえてきた。「チェイピンと上がって／スペンスと下って」と彼女は歌っていた。「ミス・ヒューイットを／裏庭の塀に引っかける」

チェスターはこの建物のすべての居間を見知っていた。そして彼の基準からすれば、ベストウィック家の居間は他のどれに劣らず、感じの良い居間だった。この建物のすべての住戸は基本的に醜く不便だというのが、彼の抱いている感想だった。偉そうな顔をした居住者がロビーを歩いて抜けているのを見ながら、彼はときどき思ったものだった。この人たちは実にいろんな点で不足を抱えまくった人種だなと。広さに不足し、明かりに不足し、静けさに不足し、休息も不足し、プライバシーの環境も劣悪だ。男の住まいを城に変えるためのすべてが不足しているのだ。これらの欠乏を克服するために彼らが払っている苦心のほどを彼はよく承知していた。たとえば調理の匂いを外に排出するための換気扇。六部屋のアパートメントは一軒家とは違う。その端っこで玉葱を調理したら、向こう端にまでその匂いは入り込んでいくだろう。しかし彼らはみんな台所の排気装置を備えており、それを動かし続けている。まるで排気装置さえあれば、アパートメントの空気が森の中の一軒家みたいにすがすがしくなるといわんばかりに。すべての居間は彼の目から見れば、天井が高すぎるし、狭すぎるし、うるさすぎるし、暗すぎる。そして女たちが自分たちの時間と金をどれだけふんだんに、疲れも知らず家具店で費やしているか、チェスターはよく知っていた。新しい敷物や、新しいエンドテーブルのセットや、新しい一対のライト・スタンドがその居間をいつしか、彼らの思い描く揺らぎない安らぎの場に変えてくれるのではないかと思い巡らせながら。ミセス・ベストウィックは大抵のところよりは上手にそのへんをこなしているとチェスターは思った。あるいは彼がその部屋を気に入ったのは、ミセス・ベストウィックに対して好意を抱いていたからかもしれない。

「あなたは新しいお家賃のことをご存じかしら、チェスター？」とミセス・ベストウィックは尋ねた。

「私は家賃や賃貸契約のことはまったく知らんのです」とチェスターは嘘をついた。「そういうことはすべて会社の方でやっておりますので」

「私たちのお家賃が値上げになったのです」とミセス・ベストウィックは言った。「でも私たちはそこまで高いお家賃を払いたくはありません。それで、この建物の中にもっと安く借りられるアパートメントの空きがないものか、あなたならご存じじゃないかと思ったのですが」

「お気の毒ですが、ミセス・ベストウィック」とチェスターは言った。「そういうものはひとつもありません」

「そうですか」とミセス・ベストウィックは言った。

　彼女には何か心づもりがあるみたいだなと彼は思った。おそらくは彼が口を利いて、うまく会社を説得してくれることを求めているのだろう。ベストウィック家は古くからここにいるとても優良なテナントだから、今まで通りの家賃で住まわせてあげるべきじゃないかと。しかしどうやら彼女としては、彼の助力を求めるような恥ずかしい立場には身を置きたくないようだった。そして彼は相手の気持ちを考えて、今ある状況をどうにかできる力は自分にはないのだというようなことは、あえて口にしなかった。

「この建物はたしか、マーシャル・ケイヴィス一族によって経営されているのでしたね？」とミセス・ダブルデイが尋ねた。

「そうです」とチェスターは言った。

「私はケイヴィス夫人とはファーミントン大学（メイン州にある）で一緒でした」とミセス・ダブルデイは娘に向

かって言った。「私が彼女と話をすれば、何か役に立てるかしら？」

「ケイヴィス夫人はあまりこちらに顔をお出しにはならないようです」とチェスターは言った。「私はここで十五年勤めておりますが、ご夫妻のお顔を拝見したことは一度もありません」

「でも彼らがここを経営しているのでしょう？」とミセス・ダブルデイはチェスターに尋ねた。

「マーシャル・ケイヴィス・コーポレーションが経営しております」とチェスターは言った。

「モード・ケイヴィスはベントン・タウラーと婚約していたわ」とミセス・ダブルデイは言った。

「私の見ますところ、ご一族はここことは個人的にあまり関わっておられないようです」とチェスターは言った。「詳しいことはわかりませんが、私が耳にしたところによれば、みなさんはそもそもニューヨークには住んでおられないとか」

「どうもありがとう、チェスター」とミセス・ベストウィックが言った。「私はただ、ひょっとして空き部屋があるんじゃないかと思ったのよ」

再び警報が鳴り出したが、それは屋上のタンクが一杯になったという知らせだった。チェスターはロビーを急いで抜けて、鉄の階段を降りてポンプのスイッチを切った。その頃には雑用係のスタンリーはもう起きて、自室の中を動き回っていた。チェスターは彼に、ポンプをコントロールする屋上のフロート・スイッチがどうやら壊れているみたいだから、計器に気を配っておいてくれと言った。地下室での一日が始まった。牛乳と新聞はもう届いていた。清掃係のディレイニーが裏廊下のゴミ缶を集めた。通いのコックやメイドが勤めに出てきた。チェスターは彼らが、従業員用のエレベーター係のフェラーリと挨拶を交わす声を耳にした。彼らの「おはよう」という明瞭な声を耳にして、礼節の水準は階上のロビーよりは地下室の方が一段高く保たれているという彼の思いは再確認された。

九時少し前に、チェスターは会社に電話を入れた。聴き慣れない声の秘書が電話を受けた。「貯水タンクのフロート・スイッチがいかれてるんだ」と彼は言った。「それで我々は今のところ予備ポンプを手動で動かしている。修理班に朝のうちにここに来てくれるように言ってほしい」

「修理班は今別の建物に行っています」と聴き慣れない声の秘書は言った。「四時までは帰ってこないことになっています」

「あのな、いいか、これは緊急事態なんだよ！」とチェスターは声を荒らげた。「この建物には二百以上のバスルームがある。ここはパーク・アヴェニューのビルと同じくらい重要な建物なんだ。もしこのビルのバスルームの水が出なくなったら、あんたがここに来て、みんなの苦情を引き受けてくれ。今日は引っ越し日だから、私も助手も忙しくて、ずっと予備ポンプの横について様子を見ているわけにはいかんのだよ」。彼の顔は紅潮し、声は地下室に響き渡った。電話を切ったとき、気分があまりよくなかった。葉巻は口もと近くまで短くなっていた。それからフェラーリが悪いニュースをひとつ持って入ってきた。「ベストウィックさんの引っ越しが少々遅れそうだよ。彼らは小さな業者にペラムまでの引っ越しを依頼したんだが、そのトラックがゆうべのうちに故障しちまった。ボストンから南に向かう荷物を積んだままね」

フェラーリはチェスターを従業員用エレベーターで9Eに連れて行った。最近ベストウィック家が雇った、上等とは言い難いパートタイムのメイドが、裏のドアに告知を画鋲で留めていた。「関係者各位」とそこには活字体で書かれていた。「私はナンバー籤をやりませんし、やったこともありませんし、やるつもりもありません」。チェスターはその告知をゴミ缶に放り込み、ドアベルを押した。ミセス・ベストウィックがドアを開けた。彼女はコーヒーをたっぷり入れた、かけたカップを片手に持っていたが、その手が細かく震えていることにチェスターは気づいた。「引っ越し業者のトラックのことは本当に申し訳なく思っているわ、チェスター」と彼女は言った。「どうすればいいのか、私にも見当がつかないの。準備はすべて整っているんだけど」、彼女はそう言って、台所をほとんど塞いでいる数多くの段ボール箱を示した。そしてチェスターを導いて廊下から居間へと行った。壁も窓も床もすべて剝き出しの状態になっていた。「すっかり支度はできているのよ」と彼女は繰り返した。「主人はペラムにいて、私たちが来るのを待っている。娘たちは母のところに預けたし」

「引っ越し業者についてはひとこと相談してもらえるとよかったのですが」とチェスターは言った。「何も業者から口利き料をもらっているわけじゃありません。しかし私が紹介するのはしっかりした信頼できる業者ですし、料金だってあなたが依頼なさったところとそれほど変わりはないはずです。多くの人は費用を節約しようと値段の安い業者に頼むんですが、結局は余分にお金がかかることになります。1Aのミセス・ニーガスは、今朝のうちに荷物をこちらに運び込みたいと言っておられます」

ミセス・ベストウィックは返事をしなかった。

「ああ、あなたがいなくなるととても淋しくなりますよ、ミセス・ベストウィック」とチェスターは言った。ちょっと厳しいことを言いすぎたかもしれないと思いながら。「心からそう思います。あなたにも、ご主人にも、娘さんたちにも会えなくなるのかと思うと。あなた方は実に素晴らしいテナントでした。ここに八年間住んでおられたが、私の記憶では、あなた方の誰も一度として私のところに苦情を持ち込まれなかった。しかし様々な事情が変わりつつあるのです、ミセス・ベストウィック。何かが持ち上がっているのです。生活費がどんどん上がっています。ええ、以前はここの居住者の大半はとくに裕福でもなければ、貧乏でもありませんでした。それはよく覚えています。しかし今じゃここに住んでいるのはお金持ちばかりになってしまいました。そして、ああ、人々がどんなに苦情を持ち込むことか。ミセス・ベストウィック、きっとあなたには信じられないでしょうね。一昨日は7Fに住む離婚した女性が私のところに苦情の電話をかけてきたんですが、それがどんな苦情だったと思います？　アパートメントのトイレの便座が小さすぎるって言うんですよ」

ミセス・ベストウィックはチェスターのジョークにも笑わなかった。微笑みはしたものの、彼女の心はよそにあった。

「じゃあ下に行って、ニーガスさんに引っ越しは少し遅れるようだと伝えてきます」とチェスターは言った。

ミセス・ベストウィックのあとに移ることになっているミセス・ニーガスは、ピアノのレッスンを受けていた。彼女のアパートメントの入り口はロビーの脇にあったので、午後に彼女が音階練習をしている音が聞こえたものだ。ピアノは彼女にとって難しい楽器のようで、まだ数少ない小曲しかマスターしていなかった。ピアノ・レッスンは最近になってミセス・ニーガスが始めたことだ。彼女がここに越してきたのは戦争中のことだが、当時の名前はメアリ・トムズだった。そして彼女はミセス・ラッサーとミセス・ドブリーと一緒にそこで暮らしていた。チェスターの見るところ、ミセス・ラッサーとミセス・ドブリーはあまり身持ちの良くない女性たちだった。そこにメアリ・トムズが加わったものだから、チェスターは彼女のことを案じたものだ。というのは彼女はとても若く、とても美人だったから。しかし彼の心配は杞憂に終わった――奔放な生活は彼女を暗い気持ちにもさせなかったし、荒ませもしなかった。ここに入居してきたときの彼女は、普通の布地のコートを着た貧しい娘だったのだが、その年の終わり頃にはもう他の誰よりも数多くの毛皮のコートを所有していた。そして幸せで仕方ないという様子だった。ニーガス氏が彼女を訪れるようになったのは二年目の冬のことだ。彼は最初何かの偶然でそこを訪れたのだろうとチェスターは推測した。そしてその訪問は彼の人生を大きく変えてしまった。タフな見かけの中年男で、チェスターがその人物をしっかり記憶に留めたのは、ロビーを横切って1Aまで行くとき彼が常にコートの襟で鼻を隠し、帽子のつばを目のあたりまで下ろしていたからだった。

ニーガス氏がメアリ・トムズの住まいを足繁く訪れるようになるとすぐに、彼女は他のすべてのお友だちを排除していった。そのうちの一人であるフランス人の海軍士官は少しばかり問題を起こしたが、ドアマンと警官が二人がかりで彼を外に追い出した。ニーガス氏はミセス・ラッサーとミセス・ドブリーにお引き取りを願った。そのことでメアリ・トムズに非はない。彼女は二人が同じビルの別のアパートメントに移れるように精一杯がんばったのだが、ニーガス氏は一歩も引かなかった。そして二人の年上の女性たちはトランクに荷物を詰め、西五十八丁目にあるアパートメントに越していった。二人がいなくなると室内装飾家が呼ばれ、室内を大改装した。その後にグランド・ピアノが運び込まれ、プードルがやってきて、ブック・オブ・ザ・マンスの会員権が加わり、気むずかしいアイルランド人のメイドが雇われた。その年の冬にメアリ・トムズとニーガス氏はマイアミに行って、そこで結婚式を挙げた。しかし結婚したあとでもまだ、ニーガス氏はロビーをこそこそ隠れるように歩いて横切ったものだ。後ろめたいことでもしているように。そして今、ニーガス夫妻は一切合切を9Eに運び込もうとしていた。チェスターとしては別にどちらでもよかったのだが、それが最終的な引っ越しだとは思えなかった。ミセス・ニーガスは移動の途上にある人なのだ。9Eに一年か二年住んだあと、彼女はきっと更に上階のペントハウスに越したがるだろうとチェスターは踏んでいた。またそこからおそらくはより高級な、五番街アップタウンの建物へと移っていくことだろう。

その朝にチェスターがドアベルを押したとき、ミセス・ニーガスが彼を中に導き入れた。彼女は相変わらず絵のように美しかった。「ハイ、チェット」と彼女は言った。「入ってちょうだい。十一時までは引っ越しを始めないでくれって、あなたは言ってたと思うけど」

「それが、少し遅れが出るかもしれないんです」とチェスターは言った。「そこの奥さんが頼んだ引っ越しのトラックがまだ来ないみたいで」

「私はここの荷物を上まであげなくちゃならないのよ、チェット」

「もし彼女の頼んだ業者が来ないようであれば、マックスとディレイニーに言って、あちらの荷物を下までおろさせます」

「ハイ、チェット」とニーガス氏が言った。

「あなたのズボンのお尻のところに何かついているわ、ハニー」とミセス・ニーガスが言った。

「僕のズボンには何もついてないよ」とニーガス氏は言った。

「それでもちゃんとついているのよ」とミセス・ニーガスは言った。

「ズボンに染みがついているもの」

「いいかい」とニーガス氏は言った。「このズボンはドライクリーニングから返ってきたばかりなんだぜ」

「あのね、もしあなたが朝食にママレードを食べたとしたら」とミセス・ニーガスは言った。「あなたはその上に腰を下ろしちゃったかもしれない。それともズボンにママレードをこぼしちゃったかもしれない」

「ママレードなんて食べてないよ」と彼は言った。

「じゃあ、バターかしら」と彼女は言った。「いずれにせよ、すごく目立つんだから」

「あとで電話を入れます」とチェスターは言った。

「あちらさんの荷物をなんとか出してもらってね、チェット」とミセス・ニーガスは言った。「そうしたら十ドル進呈するわ。だってあのアパートメントは、昨夜の十二時から正式にはこちらのものなのよ。自分の荷物をあそこに入れたいの」、それから彼女は夫の方を向いて、ナプキンでズボンをごしごしこすり始めた。チェスターはそこから退出した。

　地下にあるチェスターのオフィスでは電話が鳴っていた。彼が受話器をとると、メイドの声が「5Aのトイレの水が溢れています」と彼に告げた。彼がオフィスにいるあいだに、電話のベルは断続的に鳴り続けた。メイドやテナントから寄せられた機器の故障に関する苦情を何件か、彼は書き留めた。窓が開かない、ドアがつっかえる、水道栓が漏る、水がはけないといった苦情だった。チェスターは道具箱を持って自分で修理にまわった。ほとんどのテナントは礼儀正しく、気持ち良く彼に接したが、7Fの離婚女だけは彼をダイニング・ルームに招き入れ、ぶっきらぼうに言った。

「あんたは用務員なの?」と彼女は尋ねた。

「私は管理者です」とチェスターは言った。「雑用係が手一杯なものですから」

「裏廊下についてあんたに話があるんだけど」と彼女は言った。「この建物は清潔さにそうとう問題があるんじゃないの。うちのメイドは台所でゴキブリを何匹か見たって言ってたわ。ゴキブリなんてこれまで目にしたことがなかったのに」

「ここは清潔なビルディングです」とチェスターは言った。「ニューヨークで最も清潔なビルのひとつです。ディレイニーは二日に一度は裏廊下を拭き掃除していますし、ペンキだって暇をみつけて塗り替えています。もし何かの加減で手がすくことがあったら、うちの地下室に降りてみてください。地下室だって、ロビーと同じくらい清潔に保たれていますよ」

「地下室のことなんて言ってやしないわ」と彼女は

言った。「私は裏廊下の話をしているのよ」

頭に血が上る前にチェスターはそこを離れ、オフィスに向かった。修理班がやってきて、スタンリーと一緒に屋上に上っていると、フェラーリが教えてくれた。彼らはまず自分のところに来るべきだったとチェスターは思った。何といっても彼は管理者なのであり、この施設にかかわる全責任を背負っているのだ。管轄区域でどんな作業が行われるか、前もって知らされないと困る。彼はペントハウスFに行って、そこの裏廊下から階段で屋上に上がった。北風がテレビ・アンテナのあいだで鋭い音を立て、屋上テラスにはまだ雪が少し残っていた。ポーチの家具には防水シートが被せられていた。テラスの壁のひとつには大きな麦わら帽が掛けられたまま凍りついていた。チェスターは貯水タンクに行って、つなぎの作業服を着た二人の男が鉄製の梯子の上でスイッチを修理しているのを目にした。スタンリーは梯子の何段か下のところに立ち、彼らに道具を手渡ししていた。チェスターは鉄製の梯子を上り、男たちにアドバイスを与えた。彼らは丁重に彼の言うことを聞いていたが、彼が梯子を降りていくときに、修理班の一人がスタンリーに向かってこう言う声を耳にした。「あれは誰？　用務員か？」

その日、気持ちを傷つけられたのは二度目だった。チェスターは屋上の端に行って、街の風景を見おろした。右手には川があった。一隻の船が川を下ってくるのが見えた。潮に乗って進んでいく貨物船だ。曇天の中、その甲板と舷窓には明々と灯がともっていた。船はきっと海に出て行くのだろう。しかしそこにともった灯と、見受けられる静けさは、チェスターに草原に建つ農家の持つ温かみと落ち着きを思わせた。それが潮に乗ってやってくる様子は、まるで航海する農家のようだ。自分の管轄する領域に比べたら、船なんぞ取るに足らないものだとチェスターは思った。彼の足もとには何千という動脈が蒸気で脈打っている。何百という数のトイレがあり、何マイルにもわたる長さの配水管が巡らされている。乗客名簿に記載された名前は百を超える。そのうちの誰かが今現在、自殺することを、あるいは盗みや放火を働くことを、何か騒ぎを起こすことを思いなしているかもしれない。まことに巨大な責任だし、それに比べれば貨物船を海まで運ぶ船長の責任なんてまあ気楽なものだよと、憐れみを込めてチェスターは思った。

地下に戻ると、ミセス・ニーガスから電話がかかってきた。ミセス・ベストウィックはもう部屋を出たかという問い合わせだった。こちらから電話をかけなおしますと彼は言って電話を切った。ミセス・ニーガスの十ドルのことを思うと、ミセス・ベストウィックのお尻に火をつけてやりたいくらいだったが、彼としてはこれ以上彼女の気苦労を増やしたくはなかった。また彼女がこれまでどれほど優良なテナントだったかを思い出して、いくぶん後ろめたい気持ちになった。暗く曇った空、気の毒なミセス・ベストウィック、彼のことを用務員と呼んだ人々、そんなあれこれはチェスターに、何か気分を盛り上げてくれるものが必要だと思わせた。だから靴を磨きにいくことにした。

靴磨きパーラーはその朝はまだしんとして客の姿はなかった。そして靴磨きのブロンコは沈んだ顔つきで、チェスターの靴の上に屈み込んだ。「あたしは六十二歳になるがね、チェスター」と彼は言った。「あたしの心は汚れている。それはあたしが一日中靴を相手にしているからだとあんたは思うかね？それともずっと磨きクリームの匂いを嗅いでいるせいだろうか？」。彼はチェスターの靴を布で拭いてから、粗いブラシで磨きクリームを塗り込んだ。「うちのかみさんはそう考えているんだ」とブロンコは言った。「それはあたしが一日中靴を相手にしているせいだと、かみさんは言う。あたしが考えることといえば」とブロンコは哀しげに言う。「愛、愛、愛、それればかりだ。おぞましいことだよ。新聞で若いカップルが夕食をとっている写真を目にする。よくわからんが、きっと清潔な心を持った感じの良い若い人々なんだろう。しかしあたしはべつの考えを抱いてしまう。一人のご婦人が自分の靴にヒールをつけてもらいにやってくる。『イエス、マダム。ノー、マダム。明日までには仕上げておきます』とあたしは彼女に言う。しかしそのときあたしの心をよぎる思いは、あんたにはとても聞かせられないようなものだ。しかしそれがもし一日中靴を相手にしているせいだとしたら、あたしにいったいどうしようがあるね？　このあたしにできる仕事といえばこれくらいだからね。あんたのような仕事をしていると、大工にも、ペンキ屋にも、政治家にも、子守り女にもならなくちゃならん。ああ、なんたって大変な仕事だよな、チェスター！　窓が開かない、ヒューズが飛んだ。上がってきて修理してくれと言われる。ここの奥さんがドアを開ける。彼女は独りぼっちだ。そしてナイトガウンを着ている。彼女は――」。ブロンコはそこで口を閉ざし、ごしごしと力を込めて布で靴を拭く。

　チェスターがビルに戻ったとき、ミセス・ベストウィックの引っ越しトラックはまだ到着していなかった。直接９Ｅに上がって裏のドアのベルを押したが、返事はなかった。物音ひとつ聞こえない。何度も何度もベルを鳴らし、それから合い鍵を使ってドアを開けた。まさにそのときミセス・ベストウィックが台所に姿を見せた。「ベルが聞こえなかったの」と彼女は言った。「トラックが来ないことで気が動転していて、ベルが聞こえなかったのよ。別の部屋にいたものだから」。そして台所のテーブルの前に腰を下ろした。顔は真っ青で、心労が滲み出ていた。

「元気をお出しなさい、ミセス・ベストウィック」とチェスターは言った。「ペラムでの生活もきっと気に入りますよ。たしかペラムに行かれるのでしたよね？　緑も多いし、鳥だってたくさんいます。お子さんたちも肉付きがよくなります。素敵なおうちが持てますよ」

「そこは小さなうちなのよ、チェスター」とミセス・ベストウィックは言った。

「清掃係たちに言って、あなたの荷物を外に運び出させ、裏の通りに置きます」とチェスターは言った。「大丈夫、ここに置いてあるのと同じくらい安全です。もし雨が降ったら、きちんと覆いをして、濡れないようにします。私がちゃんと責任を持って見ていますから、あなたは一足先にペラムに向かわれたらいかがですか、ミセス・ベストウィック？」と彼は言った。「荷物は私がすべて仕切ります。列車に乗ってペラムに行ってらっしゃい」

「ありがとう、チェスター。でも待つことにします」とミセス・ベストウィックは言った。

　どこかで工場のサイレンが正午を告げた。チェスターは下に降りて、ロビーの様子を見た。絨毯も床もきれいで、狩猟の複製画を収めたガラスも輝いていた。キャノピーの下にしばらく立って、真鍮の仕切り柱が磨かれ、ゴムのドアマットがブラシで洗われ、キャノピーがしっかりとして、他のいくつかの建物のそれのように、冬の嵐に痛めつけられていないことを確認した。そこに立っていると、誰かが彼にエレガントな声で「おはようございます」と言った。「おはようございます、ミセス・ウォーズワース」と彼は言ったが、相手がミセス・ウォーズワースの年嵩のメイド、ケイティー・シェイであることにすぐに気づいた。これは起こり得る間違いだった。というのはケイティーの帽子とコートはミセス・ウォーズワースのお下がりであり、また彼女はミセス・ウォーズワースの香水の瓶の残りを身に振りかけていたからだ。薄暗い光の下では、その老女は彼女の雇い主の幽霊みたいに見えた。

それから引っ越しトラックが車道の端に停まった。ミセス・ベストウィックの頼んだ引っ越しトラックだ。それでチェスターは少し元気が出てきた。食欲を取り戻し、昼食を取りに家に戻った。

ミセス・クーリッジは夫と一緒にテーブルには着かなかった。彼女は紫色のドレスを着ていたので、きっとこれから映画に行くつもりなのだろうとチェスターは思った。

「あの7Fの女が、私のことを用務員かと尋ねたんだ」とチェスターは言った。

「そんなことをいちいち気に病むものじゃないわよ、チェスター」とミセス・クーリッジは言った。「あなたが心に抱え込んでいるすべての事柄を思うとね、チェスター、あなたがやらなくちゃならないすべての事柄を思うと、この世界で私が知っているほとんど誰よりも、あなたはより多くのことをしなくちゃならないみたいに見える。だって、このビルが真夜中に火事になったとき、ホースがどこにあるかここで知っている人といえば、あなたとスタンリーだけよね。エレベーターの機械があり、電気があり、ガスがあり、暖房装置がある。この前の冬にどれくらいの量の石油を暖房装置が消費したって言ってたっけ、チェスター？」

「十万ガロン以上だ」とチェスターは言った。

「考えてもみてよ」とミセス・クーリッジは言った。

チェスターが下に降りたとき、引っ越し作業は順調に進んでいた。ミセス・ベストウィックはまだアパーメントにいますよと引っ越し業者は言った。彼は葉巻に火をつけ、デスクの前に座った。誰かが歌っている声が聞こえた。「歩いている夢を見たことがあるかい？」（一九三三年のヒット曲。ビング・クロスビーなどの歌で有名）。その歌には笑い声と手を叩く音が伴っていた。それは地下室の向こう端から聞こえてくるようだった。チェスターはその声を辿って暗い廊下を進み、洗濯室まで行った。洗濯室は明るい照明のついた部屋で、ガス乾燥機の匂いがする。アイロン台の上にバナナの皮と、サンドイッチの包装紙が散らばっていた。そして六人いる洗濯女たちの誰も仕事をしていなかった。部屋の真ん中では一人の女が、洗濯のために持ち込まれた誰かのネグリジェを着て、もう一人の女とワルツを踊っていた。相手の女はテーブルクロスを身に纏っていた。他の女たちは手を叩き、声を上げて笑っていた。チェスターがその無礼講に口を出そうか出すまいか迷っているときに、またオフィスの電話のベルが鳴った。ミセス・ニーガスだった。「あの女を部屋から追い出してちょうだい、チェスター」と彼女は言った。「ゆうべの真夜中から、アパートメントは正式にはもう私のものなのよ。今、上がっていきますからね」

　チェスターはミセス・ニーガスに、ロビーで自分を待ってくれるように頼んだ。彼女はサングラスに丈の短い毛皮のコートという格好で、そこにいた。二人は一緒に９Ｅに上がり、ミセス・ベストウィックの玄関のベルを押した。チェスターは二人を紹介した。しかしミセス・ニーガスはそんな紹介はそっちのけで、業者が玄関を横切って運んでいくひとつの家具に目を留めた。

「あれは素敵な家具ね」と彼女は言った。

「それはどうも」とミセス・ベストウィックは言った。

「売ってくださるおつもりは？」とミセス・ニーガスは言った。

「それはできかねると思います」とミセス・ベストウィックは言った。「こんなにあとを散らかしたまま、ここを出て行くようなことになって、申し訳ありません」と彼女は続けた。「誰かを入れて掃除させるような時間の余裕がなくなってしまったもので」

「あら、そんなこと気にしないで」とミセス・ニーガスは言った。「どっちにしても、壁はそっくり塗り替えるし、装飾は全部やりなおすつもりだから。私はただ自分のものをここに入れたいだけ」

「もうペラムの方においでになったらいかがですか、ミセス・ベストウィック？」とチェスターは言った。

「引っ越しトラックも来ましたし、荷物の積み残しがないように私がちゃんと見届けますから」

「ええ、すぐに発ちますとも、チェスター」とミセス・ベストウィックは言った。

「その宝石って、とっても素敵」とミセス・ニーガスはミセス・ベストウィックの指輪を見て言った。

「それはどうも」とミセス・ベストウィックは言った。

「さあ、私と一緒に下に降りましょう、ミセス・ベストウィック」とチェスターは言った。「タクシーを呼びます。荷物はすべてトラックに積み込まれたことを私が確認します」

ミセス・ベストウィックは帽子をかぶり、コートを着た。「アパートメントに関して何かあなたに申し送ることがあったはずなんですが」と彼女はミセス・ニーガスに言った。「何ひとつ思い出せないみたい。でもお会いできて何よりでした。私たちがこのアパートメントでの暮らしを楽しんだのと同じくらい、あなたに楽しんでいただけるといいのですが」。チェスターがドアを開け、彼女は先に廊下に出た。「ちょっと待ってくれる、チェスター」と彼女が言った。「ちょっとだけ待ってくださいな」。彼女が泣き出すのではないかとチェスターは案じた。しかし彼女はハンドバッグを開けて、丁寧に中身をあらためただけだった。

チェスターにはわかっていた。そのとき彼女を不幸な気持ちにさせていたのは、長く住み慣れた住居を離れて馴れない場に移っていくことのつらさばかりではなく、自分のしゃべり方や見かけや、着古したスーツやダイアモンドの指輪が、まだ相手の敬意を僅かなりとも受けられる場所をあとにすることのつらさだった。ある階級を離れ、ひとつ下の階級へと降りていくことのつらさだった。そして重ねてつらいのは、それが終わりの見えない移動であることだった。ペラムのどこかで彼女は、ファーミングデールだかなんだかを卒業した隣人に出会うことだろう。ヘイゼルナッツみたいに大きなダイアモンドの指輪をつけ、穴だらけの手袋をつけている友人にも出会うことだろう。

玄関で彼女はエレベーター係とドアマンに別れを告げた。チェスターはそのあとをついて外に出ながら、キャノピーの下で彼女は自分にさよならを言うのだろうと思っていた。そこでまた、彼女がどれほど理想的なテナントであったか褒め称えるつもりだった。ところが彼女は彼にさっと背を向け、何も言わずに足早に通りの角に向かって行った。そのように無視されたことに彼は驚き、また傷つきもした。しかし彼が憮然としてその後ろ姿を見ていると、彼女は急に振り向いて、歩いてこちらに戻ってきた。

「ああ、あなたにさよならを言うのを忘れていたわ、チェスター」と彼女は言った。「さよなら、ありがとう。そして奥様にはあなたからさよならを言っておいてね。奥様にくれぐれもよろしくね」。そして彼女は行ってしまった。

「あら、お天気はなんとか持ち直していきそうじゃない」と数分後にドアから出てきたケイティー・シェーが言った。彼女は穀物がいっぱい入った紙袋を手にしていた。ケイティーが通りを横切るや否や、クイーンズボロ橋に巣を作っている鳩たちがその姿を認めた。しかし彼女は鳩たちを見ようと顔を上げもしなかった。百羽くらいの鳩がねぐらを飛び立ち、風に運ばれるようなかっこうで空にほどけたような輪を描いた。彼女は彼らの激しい羽ばたきが過ぎていくのを頭上に聞き、その影が路上の水たまりを暗く染めるのを目にした。しかし鳥たちにはまったく気がつかないように見えた。その足取りは穏やかでしっかりしていた。しつこく何かをせがむ子供たちを連れた子守のように。そして鳩たちが歩道に舞い降りて、足もとに群がっても、彼女は彼らを待たせ続けた。それから黄色い穀物を撒き始めた。まず最初に群れの外れにいる老いたものや傷ついているものに。そしてそれ以外のものたちに。

一人の労働者が角のところでバスから降りてきて、鳥の群れと老女に目を留めた。彼は弁当箱を開けて、昼食の残り滓を歩道の上に落とした。ケイティーはすぐに彼のそばに行った。「鳥に勝手に餌をやらないで」と彼女はきつい声で言った。「鳥に餌をやってほしくないのよ。ねえ、あたしはあそこの建物に住んでいて、鳥たちにずっと目を配っていられるの。そして鳥たちに必要なものは与えるようにしている。新鮮な穀物を一日二回あげている。冬場にはトウモロコシを。一ヶ月に餌代だけで九ドルもかかるのよ。必要なものはあたしが与えているんだから、他人に勝手に餌を与えたりしないでもらいたいわけ」。彼女はそう言いながら、男の捨てた食事の残り滓を足で蹴って溝に落とした。「あたしは鳥たちの水を一日に二度取り替えるのよ。冬にはそれが凍りついていないことをちゃんと確認する。それでとにかくね、あたしは他人が鳥たちに餌をやっているのを目にしたくないの。わかってくれたかしら」。彼女は労働者に背を向け、袋の中にある餌の残りを撒いた。変わった女だ、とチェスターは思った。中国語と同じくらい調子っぱずれだ。しかし果たしてどちらがより奇妙なのだろう？　鳥たちに餌をやり続ける彼女か、それともそれをぼおっと眺めている自分の方か？

　ケイティーが空模様について言っていたことは真実だった。雲が流れ始め、空に光があることにチェスターは気づいた。日が長くなりつつあるのだ。光はそこで足止めを食っているように見えた。チェスターはそれを見定めようとキャノピーの下から出た。両手を後ろで組み、遠くの空をじっと見上げた。子供の頃、雲のことを形を変えた神の都市だと考えるようにしなさいと言われたものだった。そして低いところにある雲は、今でも彼の心に幼い頃の好奇心をかき立てた。そこには聖人やら預言者やらが住んでいて、目を凝らせばそれが見えるかもしれないと思ったものだ。しかし彼が信心深い子供時代から保持していたのは、典礼的思考習慣だけではなかった。その一日は何かしらの意味を帯びることにしくじっており、そして空はその明瞭な説明を約束してくれているように見えた。

　なぜそれはしくじったのか？　なぜそこには報いがなかったのか？　なぜブロンコも、ベストウィック家も、ニーガス夫妻も、７Ｆの離婚女も、ケイティー・シェイも、見知らぬ労働者も、何ひとつ生み出さなかったのだろう？　それはベストウィック家とニーガス夫妻とチェスターとブロンコが、お互いを助け合えなかったせいだろうか。あるいは年老いたメイドが、鳥たちに餌を与える役を見知らぬ男にわけを教えてやらなかったせいだろうか。ただそれだけのことなのか？　チェスターはそう尋ね、青い空を見上げた。そこに蒸気で回答が書かれているのではないかというように。しかし空が彼に教えるのは、それは冬の終わりの長い一日だったし、もう時刻も遅いから中に入った方がいいということだけだった。

シェイディー・ヒルの泥棒

The Housebreaker of Shady Hill

原題の Housebreaker は正確に日本語に訳すと「金品を盗むことを目的として他人の家に違法に侵入する人」となる。手早く「押し込み強盗」という言葉が当てはめられることが多いが、少しニュアンスが違ってくるので、あえて「泥棒」というゆるい総称を使った。あるいは「忍び込み盗人」という方が近いかもしれないが。

シェイディー・ヒルはチーヴァーの作品にときどき登場する高級郊外住宅地の名前。もちろん架空の町である。しかしこういう住宅地は全米にたくさんあって、だいたいがそのまま交換可能なくらい人工的な町なので、名前なんてどうでもいいといえばどうでもいいようなものだ。美しく、平和で、そして均質的な場所だ。しかしそんなシェイディー・ヒルにだって、「忍び込み」をしなくてはならないところまで経済的に追い詰められた人も（たまには）出てくる。さて、どうなることか。

「ニューヨーカー」一九五六年四月一四日号に掲載。

ぼくの名前はジョニー・ヘイク。年齢は三十六歳、ソックスだけになったときの身長が五フィート十インチ、服を脱いだときの体重が百四十二ポンド、そしてぼくは今現在、言うなれば素っ裸で暗闇に向かってしゃべっている。ぼくはセント・リージス・ホテルで身ごもられ、長老派病院で生を受け、サットン・プレイスで育ち、聖バーソロミュー教会で洗礼と堅信式を終え、ニッカーボッカー・グレイズ（放課後に少年たちを訓練するクラブ）で鍛えられ、セントラル・パークでフットボールや野球をして遊び、イーストサイドにあるアパートメント・ハウスの日よけの枠で懸垂を覚え、ウォルドーフ・ホテルの盛大な舞踏会のひとつで知り合った女性（クリスティーナ・ルイス）を妻に迎えた。四年間を海軍で過ごしたあと、四人の子供を授かり、今はシェイディー・ヒルという郊外住宅地に暮らしている。庭付きの立派な家で、バーベキューのための屋外設備もある。夏の夜には子供たちとそこに座り、クリスティーナがステーキに塩を振るために前屈みになったときに、ドレスの中の胸をのぞき込んだり、あるいはただ空の明かりをじっと眺めたりしながら、ぼくは他のもっと向こう見ずで危険な試みをしているときと同じくらいのスリルを感じる。そしてそれこそが人生の苦痛と甘美さというものだろうと思うのだ。

戦争が終わるとすぐに、ぼくはパラブレンデウム（ビニールラップを意味するチーヴァーの造語）を製造する会社に就職した。そしてそれを一生の仕事にすることになりそうだった。会社は家父長制ワンマン経営だった。トップに立つご老体は、何かを始めろと人に命じておきながら、その舌の根も乾かぬうちに他のことをしろと言い出したりするような人物だ。またすべての分野に――ジャージーの製造工場やらとナッシュヴィルの処理施設やらに――口出しをして、うたた寝しているあいだに自分がその会社全体を動かしていたようなつもりになっている。ぼくはできるだけうまく、ご老体とは関わり合いにならないように努めた。そして彼と同席するときには、自分は彼の手によって粘土から形造られ、生命の炎を授けられたのだというようなへりくだった態度をとっていた。彼は一種の専制君主であり、自分のために表向きの顔を代行してくれる人物を必要としていた。そしてそれがギル・バックナムの役目だった。彼はご老体の右腕であり、代弁者であり、宥め役だった。そして彼はあらゆる取引に人間味を添えることができた。人間味というものが、その老人にはまったく欠けていたから。しかし彼は会社を休むようになった。最初は一日か二日、それから二週間、そしてもっと長く。再び出社したとき、彼は胃痛だか眼精疲労だかを訴えたが、誰の目にも酔っ払っているだけとしか見えなかった。これはさして不思議なことではなかった。深酒は、会社の仕事として彼がこなさなくてはならないことのひとつだったからだ。老人は一年間それを我慢した。それからある朝ぼくのオフィスにやってきて、バックナムの自宅まで行って、おまえはもうクビだとやつに伝えてこいとぼくに命じた。

これはどう考えても道義にもとる、汚いやり方だ。取締役会長を解雇する通達を、雑用係の少年に持って行かせるようなものだ。バックナムはぼくの上司であり、ずっと年上の人であり、いつだってぼくに気前よく酒を振る舞ってくれる人なのだ。しかしそれがいつものご老体のやり方だった。言われたとおりにしないわけにはいかない。ぼくはバックナムのアパートメントに電話をかけた。ミセス・バックナムが出て、午後になればギルに会えるわと言った。ぼくは一人で昼食をとり、会社で三時までうろうろと時間をつぶした。それからミッドタウンにある会社を出て、東七十丁目あたりにあるバックナムのアパートメントまで延々と歩いた。秋の初めで、ワールド・シリーズがおこなわれているところだった。そして雷雨が街に近づいていた。バックナムの住まいに着いたとき、砲声のような音が聞こえ、雨の匂いがした。ミセス・バックナムはぼくを中に入れてくれたが、この一年間の心労が彼女の顔にはっきりうかがえた。急いで分厚く塗られた白粉で隠されてはいたものの。ぼくはそれほどやつれた目を見たことがなかった。そして彼女は大きな花のついた、昔風のよくあるガーデン・パーティー・ドレスを着ていた（彼らには大学在学中の子供が三人いた。そして雇い人が一人は必要なスクーナー船も所有している。他にもあれこれ費用がかさむはずだ）。ギルは床に就いていて、ミセス・バックナムはぼくを寝室に案内してくれた。嵐は今まさに襲いかかろうとしていた。そしてすべてはまるで夜明けにも似た穏やかな半暗闇の中にあり、ぼくらはそこで眠って夢見ているべきなのだという気がしたほどだった。お互いに悪いニュースを伝え合ったりはせずに。

ギルは上機嫌で愛想良く、あくまで気さくに目下の者に接していた。会いに来てくれてとても嬉しいよと彼は言った。この前バミューダに行ったときにぼくの子供たちのためにお土産をいっぱい買ったのだが、それを送るのを忘れていたと言った。「悪いが、あれを持ってきてくれないか、ダーリン」と彼は奥さんに言った。「どこに置いたか覚えているだろう?」。奥さんは五つか六つの大きな、いかにも高価そうな包みを持って部屋に戻ってきた。そしてそれをぼくの膝の上に置いた。

ぼくは子供たちのことを思うとだいたいにおいて明るい気持ちになるし、子供たちにプレゼントをするのは好きだ。ぼくは心遣いを嬉しく思った。でもそれはもちろん策略だ。おそらくは奥さんの思いつきだろう。この一年、自分たちの世界を虚しく崩壊させないために、彼女があれこれ巡らせた策のひとつに違いない(それらは見たところ包装しなおされていたし、家に持って帰って開けてみると、中に入っていたのは、ギルの娘たちが大学に持って行かなかった古いカシミアのセーターとか、汚れたスエットバンドのついたスコットランド帽子だとか、そんなものだった。でもそれはバックナム家の置かれている苦境に対するぼくの同情心を高めただけだ)。ぼくの子供たちへの贈り物を膝に置かれ、体内のすべての関節から同情の念をわき出させていると、ぼくは彼の首に斧を振るうことができなくなった。ぼくらはワールド・シリーズのことを話し、会社のちょっとした出来事について話した。そして雨風が激しくなってくると、ぼくは奥さんを手伝ってアパートメントの窓を閉めてまわった。それからそこを辞去し、早い時刻の列車に乗って、嵐の中を帰宅した。

その五日後にギル・バックナムは永遠に酒を断ち、会社に復帰した。そして再び老人の右腕として返り咲いた。そのような次第でぼくは、ご老体の次なる餌食の最有力候補の一人となった。もしぼくがロシア・バレエ団の踊り手になるとか、宝飾品を細工するとか、靴合わせ踊りのダンサーの絵を簞笥に描いたり、ハマグリの殻に風景画を描くとかして、プロヴィンスタウンみたいな潮の引いた浜辺に住むことを運命づけられていたとしても、あのパラブレンデウムを製造する会社にいた一群の男女くらいけったいな人々にお目にかかることはまずなかったはずだ。そしてぼくは独り立ちすることに決めた。

母がいつも言っていた。持ちきれないほどお金があるときには、決してお金の話をしてはいけないと。そしてぼくはまた、お金のほとんどないときにもお金の話をなかなかする気になれなかった。だからそのあとの六ヶ月のあいだにどんなことが起こったか、詳しく述べることはできない。ぼくは自分の事務所を借りた。事務所と言っても机がひとつ、電話が一台入る程度の狭い囲いだ。そしてせっせと手紙を書いたが、返事はほとんど来なかった。電話は接続していないも同然だった。借金をしなくてはならない局面を迎えても、頼るべき相手はいなかった。ぼくの母はクリスティーナを憎んでいたし、だいいち母にはそこまでの金銭的な余裕はなかったと思う。子供の頃だって、ぼくのためにオーバーコートだとかチーズ・サンドイッチを買うときには、彼女はいつだって「これは預金を崩して買っているのよ」と口にしたものだ。ぼくには多くの友人がいたが、もし自分の命がそれにかかっているとしても、一杯やろうと彼らを誘って、そこで五百ドルを貸してくれと頼むことなんてぼくにはまずできない――そしてぼくはそれよりもっと多くの金を必要としていたのだ。そして何よりまずかったのは、自分が置かれたそういう苦境を、妻には一切語ってこなかったということだ。

ある夜、近所のウォーバートン家の夕食に出かけるべく服を着替えているとき、ぼくはそのことについて考えていた。クリスティーナは化粧台の前に座ってイヤリングをつけていた。彼女は女盛りを迎えている美しい女性だ。そして経済観念のなさといったらとびっきりだった。彼女の首はとても優雅で、胸はドレスの服地の中で輝かしく盛り上がっていた。そして彼女が自分の姿の中に、慎み深く健康的な喜びを見て取っている様子を目にしていると、実は我が家は破産の際にあるなんてとても言い出せなかった。妻はぼくの人生を甘美なものにしてくれたし、彼女を見ていると、ぼくの身内にある澄んだエネルギーの源泉がリフレッシュされ、その部屋も、壁に掛かった絵も、窓の外に見える月も、すべてが鮮やかで愉しみに溢れたものになるようだった。真実を打ちあければ彼女は泣くだろうし、化粧は崩れるだろうし、ウォーバートン家の夕食はすっかり台無しになり、彼女は客用寝室で寝ることになるだろう。彼女の美しさや、彼女がぼくの五感に作用する力には、ぼくらの貯金が借り越しになっているという事実に劣らないだけの真実が込められていた。

　ウォーバートン家は裕福だが、人づきあいはよくない。他人のことなどどうでもいいみたいだ。奥さんは年老いたネズミみたいで、ご主人はもし同級生だったらまず好意なんて持てそうにない男だ。肌は荒れて、声はしゃがれ、頭の中にあるのはただひとつ——色欲だけだ。ウォーバートン夫妻は休む暇なく金を使いまくっており、彼らと話すことといえばそれくらいのものだ。彼らの家の玄関ホールの床は、昔リッツ・ホテルで使われていた白と黒の大理石でできていたし、シー・アイランドにある二人の別荘《カバナ》は冬用に改装されている最中だ。ダヴォス（スイス東部のリゾート地）に飛行機で飛んでそこで十日間を過ごす予定だし、一頭の乗用馬を購入し、自宅に新たな棟を増築しているところでもある。ぼくらはその夜少し遅れていった。メザーヴ夫妻とチェズニー夫妻は既にそこにいたが、カール・ウォーバートンはまだ帰宅していなかった。シーラは心配そうだった。「カールは駅まで、ひどくさびれたところを歩いて通り抜けなくちゃならないの」と彼女は言った。「そしていつも何千ドルもの現金を持ち歩いている。だから心配でしょうがないの、いつか襲われるんじゃないかって……」。やがてカールが帰ってきて、女性も交えた全員の前で卑猥な話を披露した。そして我々は夕食の席に着いた。それはみんながシャワーを浴び、いちばん上等な服を着て出かけ、年老いた料理人が夜明け前からマッシュルームの表面を剝いたり、蟹の肉を甲羅からほじくり出したりという類の集まりだった。できることならぼくはその集まりを楽しみたかった。それがまさに望むところだったのだが、その夜のぼくの心はどこまでも重かった。それはぼくに、子供時代に母親に脅したりすかされたりしながら無理に連れて行かれた、誰かのうんざりする誕生パーティーを思い出させた。集まりがお開きになったのは十一時半頃で、それから我々は帰宅した。ぼくは一人で庭に出て、カール・ウォーバートンにもらった葉巻の残りを吸った。それは木曜日の夜で、ぼくの振り出した小切手は火曜日までは不渡りになることはなかった。しかし早急に手を打つ必要があった。二階に行くとクリスティーナは既に眠っていた。ぼくも眠りに就いたが、三時頃に目が覚めてしまった。

　ぼくは夢を見ていた。パラブレンデウムのラップでパンをくるんでいる夢だ。全国誌の見開きページに「あなたのブレッド・ボックスに彩りを！」という文句が躍っていた。ページには美しい色に包まれたパンが溢れていた――ターコイズ色のパン、ルビー色のパン、エメラルド色のパン。眠りの中では、それは素晴らしいアイデアに思えた。それはぼくの気持ちを明るくしてくれたが、目が覚めて自分のいるのが暗い寝室だとわかると気が滅入った。そして悲しみを胸に感じつつ、自分の人生のすべての綻びについて思いを巡らせたが、それは年老いた母親に関連したものごとへとつながっていった。彼女は一人でクリーブランドのホテルで暮らしている。ぼくは母が服を着替え、ホテルの食堂に夕食をとりにいくところを目にした。ぼくの想像の中で、彼女はずいぶん哀れっぽく見えた。見知らぬ人たちのあいだで一人ぼっちでいるのだ。それでも彼女が顔をこちらに向けたとき、食べものに食いつくための丈夫な歯がまだ歯茎にしっかり残っていることが見て取れた。

　彼女はぼくに大学教育を受けさせ、ぼくが美しい景勝の地で休暇を過ごせるように算段し、ぼくの野心に火をつけたが（といっても大したものではないが）、ぼくの結婚には強く反対した。そしてそれ以来ぼくらは緊張関係にある。うちに来て一緒に暮らさないかと何度も声をかけたが、そのたびに彼女は誘いを拒絶した。それも決まって後味のよくない断り方だった。ぼくは花を送りプレゼントを送り、毎週のように手紙を書いたが、そのような気遣いも、ぼくらの結婚は彼女にとってもぼくにとっても厄災でしかないという彼女の確信を強化させただけみたいだ。そしてぼくは母のエプロンの紐を思った。というのはぼくが子供の頃、母のエプロンの紐は大西洋から太平洋まで届きそうに思えたからだ。それはまさに蒸気の尻尾となり、天国の太鼓をくるりと囲んでいるみたいだった。でも今ではぼくは彼女のことを、反抗心や不安感抜きで考えられるようになった。「ぼくが感じているのは、ぼくらの払ってきたかくも多くの努力が、明瞭な感情をほとんど得ることもなく潰えてしまったことに対する哀しみだけだった」ぼくらはあらゆる恨みがましい思いをかき立てることなくして、お茶一杯も共にできないような関係になってしまったのだ。ぼくはなんとかそれを修復し、母との関係を一からやり直したいと切望していた。ぼくの教育にかかったコストのせいで歪んだ感情がどんどん膨らんでいったりしない、より率直で人間的な背景を持つ関係を。ぼくはそれを最初から再び、どこかの心の平和郷《アルカディア》において行いたかった。そしてどちらも行動を改め、そうすることでぼくが午前三時に罪悪感に苛まれずに母のことを考えられるように、彼女が老齢の身で孤独に捨て置かれたりしないで済むようにしたかったのだ。

　ぼくはクリスティーナの方に少し身を寄せ、彼女の温かみを感じられる領域に入った。すると急にすべてが優しく心愉しく感じられるようになった。しかし彼女は眠りの中でぼくから離れていった。それからぼくは咳をした。もう一度咳をした。大きな音の咳だった。そして咳を止められなくなってしまった。それでぼくはベッドを出て、暗い浴室に行ってグラスで水を飲んだ。浴室の窓から庭を見下ろした。少し風が吹いていた。風の方角が変化しつつあるようだ。夜明けの風のような音がした。あたりはにわか雨が混じったような音で満たされていた。それはぼくの顔に心地良く感じられた。便器の後ろに煙草が何本か置いてあったので、ぼくは眠りに戻るためにそれを一服することにした。でも煙を吸い込んだとたん、肺に痛みを感じた。そしてぼくは突然確信を持った。ぼくは気管支癌で死にかけているのだと。

　ぼくはこれまであらゆる種類の愚かしいメランコリーを経験してきた。目にしたこともない土地に対してホームシックを感じたり、なれそうもないものに強く憧れたりもしたが、そんな感情も死の予感に比べたら実に些細なものだ。ぼくは吸い殻を便器に捨て（シュッ）、背筋を伸ばしたが、胸の痛みは鋭さを増しただけだった。既に崩壊が始まっているのだとぼくは確信した。ぼくにはぼくのことを温かく思ってくれるであろう友人たちがいた。それはわかっている。そしてクリスティーナと子供たちはきっと、今は亡きぼくのことを愛情を込めて覚えていてくれるだろう。でもそこでぼくはまた金のことを考えた。そしてウォーバートン夫妻のことを、不渡りになるであろう小切手が刻々と手形交換所に近づいていることを。金の問題が愛をどんどん押しのけていくようだった。ぼくはそれまで何人かの女性を強く求めたことがあった。実際、頭がおかしくなりそうなくらいに。しかしその夜にぼくが金を切望した思いに比べたら、女性に対する思い焦がれなんて実にちゃちなものに見えた。ぼくは寝室のクローゼットに行って、履き古したブルーのスニーカーをはき、ズボンをはき、暗い色合いのセーターを着た。それから階下に降りて、家の外に出た。月は既に沈み、空には少しの星しか見えなかった。しかし樹木や植え込みの上の空は、仄かな明かりに満ちていた。ぼくはそれからトレンホームズ家の庭を回り込み、足音を忍ばせて草の上を横切り、芝生を踏んでウォーバートン家へと向かった。開いた窓から何か聞こえないかと耳を澄ませたが、聞こえたのは時計のこつこつという音だけだった。ぼくは正面の階段を上がり、網戸を開け、昔のリッツ・ホテルからもってきた大理石の床を横切った。窓から差し込む鈍い夜の明かりの中で、家は貝のように見えた。自らを巻き込もうとする形をとった巻き貝のように。

　犬の鑑札のかたかたという音が聞こえた。シーラが飼っている年老いたコッカースパニエルが廊下をとことことやってきた。耳の後ろを掻いてやると、犬はまたどこかにある自分の寝床に戻っていって、くんくんと鳴いてから再び眠りに落ちた。ぼくはウォーバートン家の間取りを、自分の家のそれと同じくらいよく知っていた。階段にはカーペットが敷いてあったが、音がしないことを確かめるために、まず最初の段に足をそっと置いてみた。それから階段を上っていった。どの部屋のドアも開けっ放しになっていた。カールとシーラの寝室（ぼくは大きなカクテル・パーティーのときにはしばしばその部屋にコートを置いた）からは二人の深い寝息が聞こえた。ぼくは少しのあいだ戸口に立って様子をうかがった。薄暗がりの中でベッドが見えた。上着とズボンが椅子の背にかかっていた。ぼくは素早い動きで部屋の中に足を踏み入れ、上着の内ポケットから分厚い札入れを抜き取った。そして階段に引き返そうとした。

感情の乱れがぼくの動作を荒っぽくしたかもしれない。というのはシーラが目を覚ましたからだ。「何か音がしなかった、ダーリン?」。「風だよ」と夫はもごもごと言った。そして二人は再び静かになった。ぼくは安全な廊下に出た。というか、ぼくは自分以外のすべてから安全だった。ぼくはそこでまさに神経の崩壊をきたしてしまいそうだった。口の中はからからに乾き、心臓の潤滑液は枯渇してしまったみたいだ。そしてぼくの両脚をまっすぐ立たせている何かしらの体液は、どこかに失われようとしていた。壁にもたれないことには、まともに前に進めなかった。手すりにしがみつくようにしてよろよろと階段を降り、もつれる足でその家から出た。

我が家の真っ暗なキッチンに戻り、グラスに三杯か四杯水を飲んだ。カールの財布の中を改めなくてはと思いつくまでに、半時間かもっと長く流し台の前に立っていたように思う。ぼくは地下室の階段を降り、ドアを閉めてから中の明かりをつけた。九百ドルと少し超える額の金が入っていた。ぼくは明かりを消し、真っ暗なキッチンに戻った。ああ、ぼくは知らなかった。人がこれほど惨めになり得るものか。心がこれほど多くの小部屋を開き、そこを恥辱の念でしっかり満たせるものかを。鱒が群れる渓流とか、そういった若き日の無垢な愉しみはどこに消えてしまったのだ? 騒がしい水の流れの、濡れた革のような匂い。叩きつける雨の後のきりっとした森の香り、あるいはホルスタイン牛の吐息のような、草いきれの匂いが混じった解禁日《オープニング・デー》の夏のそよ風——頭がくらくらしてくる。そしてその頃には小川はもう鱒で、その水面下の宝物でふくれあがっている(あるいはぼくは真っ暗なキッチンでそのように想像する)。ぼくは泣いていた。

シェイディー・ヒルは前にも述べたように郊外住宅地であり、都市計画者たちや冒険家たちや叙情詩人たちからは声高な批判を浴びている。しかしもしあなたが都市で働きつつ子供たちを育てていくとしたら、ここより暮らしやすい土地をぼくは思いつくことができない。ぼくの隣人たちはみんな裕福だ。それは確かだ。しかしここでぼくが裕福だというとき、意味するのは「時間の余裕がある」ということだ。そして彼らはその時間を賢く用いる。世界中を旅行し、良い音楽を聴き、空港で何か本を買うとしたらトゥキディデスを選ぶ。ときにはトマス・アクイナスを選ぶ。防空壕をつくるように促がされながらも、彼らは樹木を植え、薔薇を植える。彼らの庭は明るく美しい。もしぼくがその翌朝、浴室の窓から目にしたのがどこかの大都市の悪臭漂う荒廃した光景であったとしたら、昨夜の自分の行為を思い起こすショックは、そこまで凄まじいものにはならなかったかもしれない。しかし太陽の光は微塵も変化することのないまま、ぼくの世界では良心の底がすっぽり抜けてしまったのだ。ぼくはこそこそと服を着替え――闇の子供が明るい家族の声を耳にしたいと思うだろうか――早朝の列車に乗った。ぼくのギャバジンのスーツは清潔さと清廉さを表しているはずだったが、でもぼくは足音を風の立てる音と間違われるような見下げ果てた人間だった。新聞を見ると、ブロンクスでは三万ドルの強奪事件があった。ホワイト・プレーンズでは、奥さんがパーティーから帰宅すると毛皮のコートと宝石が紛失していた。ブルックリンの倉庫からは六万ドルに相当する医薬品が盗まれた。自分がやったことがありふれた行為であることを発見して、ぼくはほっとした。でもそれはほんの少しだけであり、短い時間のことだった。そしてぼくは今一度、自分はありふれたそのへんの泥棒でありペテン師であるという認識に直面させられた。ぼくは宗教という名のつくすべての宗教の教義を踏みにじる、大それたことをしでかした人間なのだ。金を盗んだわけだが、話はそれだけに留まらない。ぼくは友人の家に無断で忍び込み、コミュニティーをひとつに結びつけている、あらゆる記されざる法律を破ったのだ。ぼくの良心は食肉鳥の鋭いくちばしとなってぼくを苛み、ぼくの左目はぴくぴく引きつり始めた。ぼくは再び全面的神経崩壊の瀬戸際に立たされたようだった。列車がニューヨークに到着するとその足で銀行に行った。銀行を出てすぐにタクシーにぶつかりそうになった。でもそのときにぼくが心配したのは自分の骨のことではなく、ぼくのポケットからカール・ウォーバートンの財布が発見されるかもしれないことだった。誰も見ていないと思われるときに、ぼくはその財布をズボンで拭い（指紋がみつからないように）、ゴミ箱に棄てた。

コーヒーを飲めば少しは気分が良くなるかもしれないと思い、レストランに入った。そして見知らぬ人とテーブルに同席した。汚れた紙ナプキンと半分水の入ったグラスがテーブルに残されたままになっていた。そして同席者の側には、その前にそこに座っていた客の置いた三十五セントのチップがあった。ぼくはメニューを見ていたが、目の端で、同席した男がそのチップをポケットに収めるのを見た。なんて卑しいやつだ！　ぼくは席を立って、そのレストランを出た。

　自分の仕切り部屋に入り、コートと帽子を壁に掛け、机の前に腰を下ろし、上着の袖口からシャツのカフスを出し、ため息をつき、あたりをぐるりと見回した。さあ、これから挑戦と決断に満ちた一日が始まろうとしていると言わんばかりに。明かりはつけなかった。少したって隣のオフィスに人がやってきた。その隣人が咳払いをし、ひとつ咳をし、マッチを擦り、それからやおら一日の業務に元気よく挑みかかる様子をぼくは耳にした。

　仕切りはぺらぺらと頼りないものだった。ベニヤ板と曇りガラスでできているし、音は見事に筒抜けになっている。ぼくはウォーバートン家でやったのと同じくらいこっそりとポケットから煙草を取り出し、表の道路をトラックが音を立てて通り過ぎる時を待って、マッチを擦った。盗み聞きをすることのスリルをぼくは味わった。ぼくの隣人はウラニウムの株を電話で売りつけようとしていた。彼の電話での話ぶりはこんな具合だった。最初はとても丁寧だ。しかしやがて意地わるくなる。「いったいどうしたっていうんです、ミスタＸ。お金をもうけたいというんじゃなかったんですか？」。それからものすごく馬鹿にした声に変わる。「お手間をとらせて申し訳ありませんでした、ミスタＸ。てっきりあなたは、投資するための六十五ドルをお持ちなのだと思ったものですから」。彼は十二本の電話をかけたが、ひとつものにならなかった。ぼくはネズミのように息をひそめていた。それから彼はアイドルワイルド空港の案内に電話をかけ、ヨーロッパからの到着便について尋ねた。ロンドンからの便は予定通りだった。ローマ発とパリ発の便は遅れていた。「いや、隣のやつはまだ来ていない」と彼が電話で誰かに言うのが聞こえた。「明かりはついてないからね」。ぼくの心臓は早鐘を打っていた。それからぼくの電話のベルが鳴り出した。ぼくはそのベルが十二回鳴って、鳴り止むのを待った。「大丈夫、間違いないって」と隣のオフィスの男は言った。「電話が鳴るのが聞こえたけど、誰も受話器を取らなかったからさ。それにやつは仕事を必死に求めている淋しい男に過ぎないんだよ。だからさっさとやれよ、さっさとさ。そっちまで出かけているような暇はないんだ。さっさとやってくれ。……7、8、3、5、7、7……」、彼が電話を切ったとき、ぼくはドアの前に行ってそれを開け、閉めた。明かりをつけ、コート・ハンガーをかたかたならし、口笛を吹き、机の前の椅子にどすんと腰をかけた。そしてまず頭に浮かんだ番号に電話をかけた。それは旧友のバート・ハウの番号だった。ぼくの声を聞くと、彼は大きな声を上げた。「ヘイキー、おまえのことをずっと探し回っていたんだぞ！　荷物をまとめて夜逃げ(stole away)でもしたんじゃないかと思っていたところだ」

「ああ」とぼくは言った。

「夜逃げした(steal away盗みという言葉を含んでいる)」とハウは繰り返した。「夜逃げなんてな。でも話があるというのはビジネスのことだ。おまえが興味をもつかもしれない話があってな。一回切りの話なんだが、三週間とはかからない。これはもう盗みみたいに簡単な話なんだ。やつらはまだ新米で、間抜けなんだ。そしてたんまり金を持っている。もう盗みみたいにちょろい話だよ」

「ああ」とぼくは言った。

「じゃあ、昼食を一緒にしないか？　十二時半に『カーディンズ』で会うってのでどうだい？　細かい話はそのときにする。それでいいか？」とハウは尋ねた。

「オーケー」とぼくは上ずった声で言った。「どうもありがとう、バート」

「日曜日におれたちは山小屋に行ったんだが」と、ぼくが電話を切ったとき隣の男は電話で話していた。「ルイーズが毒蜘蛛に噛まれちまってね、医者に行って何か注射を打ってもらうことになった。いや、もうよくなりかけているんだが」。彼は別の相手に電話をかけ、こう言った。「日曜日に山小屋に行ったんだが、ルイーズが毒蜘蛛に噛まれちまってね……」
もちろん妻が蜘蛛に嚙まれた男がいて、仕事の合間に何人かの友人たちに電話をかけてそのことを話す、というのは十分あり得ることだ。しかしまた「蜘蛛」という言葉が警告を意味する、あるいは何かしらの法に反する取引の承認を意味する暗号であるというのも、同じくらいあり得ることだ。恐ろしいと思ったのは、自分が泥棒になることによって、自分のまわりが泥棒や詐欺師だらけであるように見えてくることだった。ぼくの左目はまたぴくぴくと引きつり始めた。ぼくの意識の一部は、別の一部がそこに次々に供給してくる非難に耐えられず、そのせいで責めを転嫁できる人間を必死に探し回ることになるのだ。離婚が時として犯罪に結びついていくという例を、新聞で何度も目にした。うちの両親はぼくが五歳のときに離婚した。それは格好の糸口であり、ぼくはすぐに都合の良い方に心を移行していった。

離婚したあと、父はフランスで暮らした。ぼくは十年ほど彼に会わなかった。それから彼は母に手紙を寄越し、ぼくと会う許可を求めた。彼女はぼくらの再会の前に、その老人がどれくらい酷い性格を持つ、好色な酔っ払いであるかをぼくにさんざん吹き込んだ。それは夏で、ぼくらはナンタケットにいた。ぼくは一人で汽船に乗り、電車に乗ってニューヨークに行った。そして夕方の早い時刻にプラザ・ホテルで父と会った。でも彼が素面でいられるほど早い時刻ではなかった。ぼくは若者特有の長く敏感な鼻を持っていて、彼の息にジンの匂いを嗅ぎ取った。そして彼がテーブルに身体をぶっつけたり、同じことを何度も繰り返して口にすることに気がついた。彼は六十歳になっており、ぼくと再会するのは父にとっても緊張を強いることであったに違いないと、もっとあとになって思ったが。ぼくらは夕食をとり、それから「ピカルディーの薔薇（英国で作られたミュージカル・ショー）」を観に行った。コーラスの女の子たちが出てきたところで、彼はぼくに言った。誰でもおまえの好きな子を選べばいい、話はちゃんとつけてあるから、と。もし望むならソロのダンサーを選ぶことだってできるんだぞ。もし彼がぼくのために、そんな便宜を図るべくわざわざ大西洋を渡ってここまでやってきたのだと感じられたなら、話はもっと違っていたかもしれない。しかし彼がこの旅行をしたのは、母を傷つけるためなのだということが、ぼくにはなんとなくわかった。そしてそのことはぼくを怯えさせた。そのショーはいかにも旧弊な劇場でおこなわれていた。天使によって繋ぎ止められているような劇場だ。金茶色の天使たちが両手でその天井を支え、ボックス席を支えていた。天使たちは、四百人くらいの観客が詰めているバルコニー席まで支えているみたいだった。ぼくは多くの時間を、それらの埃をかぶった金色の天使たちを見ることで費やした。もしその劇場の天井がぼくの頭の上に落ちてきたなら、ぼくはずいぶんほっとしたことだろう。ショーの後、ぼくらはホテルに戻り、女の子たちに会う前にシャワーを浴びた。老人はベッドの上で身体を伸ばし、一分もしないうちにいびきをかき始めた。ぼくは彼の財布から五十ドルを抜き取り、グランド・セントラル駅で一夜を過ごし、早朝の列車に乗ってウッズ・ホールに戻った。それですべてのものごとが説明できる。ウォーバートン家の二階の廊下で体験した感情の激しい高まりをも含めて。ぼくはプラザ・ホテルでのあのシーンを再現していたのだ。あのとき金を盗んだのもぼくの落ち度ではないし、ウォーバートン家に行ったのもそうじゃない。それは父のせいなのだ！　そしてぼくは思い出した。父は十五年前にフォンテンブローの墓地に埋葬され、今はもう塵に戻っているであろうことを。

洗面所に行って、顔と手を洗った。そしてたくさん水を使って髪をとかした。昼食に出かける時刻になっていた。予定されている昼食のことを思うと不安な気持ちになった。なぜだろうとぼくは思い、バート・ハウが「盗む」という言葉をあれほど気楽に使ったせいだとわかって驚いてしまった。もうそんな言葉を使わないでくれるといいのだが。

洗面所でふらふらと思いを巡らせている最中にも、ぼくの目の引きつりは頬にまで広がっていったようだった。この「盗む《スティール》」という動詞は、英語という言語の中に、まるで毒を塗った釣り針として埋め込まれているみたいに思えた。ぼくはかつて浮気したことがあったが、「浮気」という言葉がぼくをひるませることはなかった。泥酔したこともあったが、「泥酔」という言葉が特別な力を持つこともなかった。ぼくの神経組織に対して暴威を振るう力を有するのは、「盗む」という言葉と、それに付随する動詞や名詞や副詞に限られていた。ぼくはあたかも無意識のうちに、窃盗という行為が十戒の他のすべての罪よりも重いものであり、モラルの死のしるしであるという教義を発展させてきたらしかった。

表に出たとき空は暗かった。いたるところで明かりがついていた。ぼくはすれ違う人々の顔をのぞき込んだ。この不正に満ちた世界の中に、ぼくを励ましてくれる正直さのしるしを求めて。三番街で一人の青年がブリキのカップを差し出していた。彼は盲目のふりをして両目を閉じていた。その盲目であることのしるし――顔の上半分の驚くべき無垢さ――は眉間のしわによって、また目尻の細かいしわによって足下をすくわれていた。彼がバー・カウンターの上にある酒のグラスなら目にできることは一目瞭然だった。四十一丁目には別の盲目の物乞いがいたが、彼の目の周りをとくに点検はしなかった。この街の物乞いを一人ひとり査定することなんてとても不可能だからだ。

「リーディンズ」は四十丁目の近くにある男性客専用のレストランだ。入り口での賑やかな混み具合は、ぼくをいっそう尻込みさせただけだった。帽子を預かる係の娘は、どうやらぼくの目の引きつりに気づいたらしく、うんざりとしたような目でちらりとぼくの様子をうかがった。

バートはバーで待っていた。酒を注文するとぼくらはすぐに仕事の話に入った。「こういう段取りを話し合うには、我々はたぶんどこかの裏通りでこっそり会うべきなんだろうが」と彼は言った。「馬鹿と金はすぐ別れるっていうじゃないか。三人の若いやつがいて、P・J・バーデットはそのうちの一人だ。彼らは放り出せる金を百万ドルばかり持っている。誰かがその金をいただくことになるし、それがおまえであってなぜいけない？」。ぼくは引きつりを抑えるために、手を顔の左側にやった。酒のグラスを口に運ぼうとして、ジンをスーツにしっかりこぼしてしまった。「みんな大学を出たばかりでね」とバートは言った。「三人とも実にたんまり金を持っているから、おまえがそれをそっくりいただいても、向こうは痛くもかゆくもないってことさ。それでこの押し込み強盗みたいなのをやってのけるために、おまえがやらなくちゃいけないのは……」

洗面所に行くにはレストランを横切らなくてはならなかったが、ぼくはなんとかそこまで行った。洗面台に冷たい水を張り、頭と顔を浸けた。バートは洗面所まであとをついてきた。ぼくが紙タオルで顔を拭いていると彼は言った。「なあ、ヘイキー、これは言わないつもりだった。でも具合が悪いみたいだからあえて言わせてもらうが、おまえひどい見かけだよ。一目見たときから、何かまずいことが持ち上がっているとわかった。それでひとこと言わせてもらえれば、原因が何かは知らんが――飲酒かクスリか家庭内の問題か――できるだけ早く手を打った方がいい。急いで何か策を講じるんだ。悪く思わんでくれよ」。身体の具合が悪いんだよ、とぼくは言った。それからも長く洗面所に閉じこもっていると、その間にバートは姿を消してくれていた。預けていた帽子を受け取るとき、係の娘はまたぼくの顔を熱意を欠いた目でちらりとうかがった。預かり所の椅子の上に置かれた新聞の午後の版は、ブルックリンで強盗が一万八千ドルを奪って逃げたことを報じていた。

ぼくは自分がすりやかっぱらいとしてうまくやっていけるだろうかと考えながら、通りを歩いていった。セント・パトリック教会のアーチや尖塔はぼくに救貧箱を思い出させただけだった。ぼくはいつもの電車に乗って家に帰った。平和な風景と、春の宵を眺めながら。漁師たち、一人で泳ぐ人、踏み切り番、空き地で野球する子供たち、恥じらいもなく睦み合っている恋人たち、小さな帆船の持ち主、消防詰め所でピノクルをしている老人たち――ぼくの目には彼らは、ぼくみたいな輩《やから》がこしらえた世界の破れ目をこつこつと繕っている人々のように映った。

さてクリスティーナは、現在置かれている状態について述べてほしいと出身大学の同窓会の書記に頼まれたら、自分の従事している様々な活動や、興味を抱く多様なものごとについて考えを巡らせ、その結果目まいを催すような女性である。ある日(そのときによって多少の違いはあるだろうが)彼女はどのようなことをしなくてはならないか? ぼくを駅まで車で送る。スキー板を修理に出す。テニスコートの予約を取る。「北ウェストチェスター美食クラブ」の月例ディナーのためにワインと食料品を買い込む。ラルース事典で何か言葉の定義を調べる。婦人投票者連盟の下水道に関するシンポジウムを聞きにいく。ボブシー・ニールの叔母さんの主催する正装昼食会に出る。庭の草むしりをする。パートタイムのメイドの制服にアイロンをあてる。ヘンリー・ジェームズの初期の小説に関する自分の論文を、二ページ半タイプする。ゴミ箱を空にする。タバサが子供たちの食事を用意するのを助ける。ロニーにバッティング練習をさせる。髪をピンカールする。コックを雇う。駅に夫を迎えに行く。風呂に入る、服を着る。七時半にゲストをフランス語で迎える。十一時に「ボン・ソワール」を言う。十二時までぼくの腕の中で横になっている。なるほどね！　きっと鼻高々の女性なんだね、とあなたは言うかもしれない。でもぼくは思うのだが、彼女は豊かで若々しい国にあって、その生活を楽しむ一人の女性に過ぎないのだ。それでもその夜に駅で妻と顔を合わせたとき、彼女のそんな活力と正面から向かい合うのは、ぼくにとって容易なことではなかった。

　日曜日の朝早くに聖餐式の献金係を務めなくてはならなかったのは、ぼくにとって不運だった。そんなことができるような状態ではまったくなかったから。ぼくは友人たちの敬虔な顔にひどく歪んだ笑顔でこたえ、それからベルモットやらバーガンディーの瓶の底でできたみたいなランセット形のステンドグラス窓のそばに跪いた。そしてイミテーションの革でできた膝載せ台の上に跪いた。それはどこかの協会なり支部なりから、古いものに替えて贈られた黄褐色の膝載せ台だったが、すでに縫い目から綻び始めており、中の麦わらが顔を覗かせ、あたりは古い馬小屋のような匂いで満ちていた。麦わらと花の匂いと、常夜灯の明かりと、教区主任牧師の息にゆれる蠟燭と、暖房が十分ではない石造りの建物の湿り気、それらはすべてぼくにとって、台所や子供部屋の音や匂いと同じくらいお馴染みのものであり、子供時代に直結したものだった。でもその日のそれはあまりにも強烈であり、ぼくの頭は文字通りくらくらした。それからぼくは右手の壁の近くから、ネズミの歯が立てる音を聞いた。ねじ錐が堅い樫材にぎりぎりと食い込むような音だ。「ホリー、ホリー、ホリー（聖なる哉《かな》）」、ぼくはすごく大きな声でそう唱えた。それでネズミが怯えてくれることを期待して。

「万軍の主よ、天も地もその栄光に満ちよ！」。こぢんまりとした会衆は足音に似た音とともにアーメンを唱えた。その一方でネズミは壁板をせっせと囓り続けていた。それからぼくは――たぶんネズミの歯の立てる音に気を取られていたか、あるいは湿り気と麦わらの匂いに眠気を誘われていたせいだ――それまで顔をしっかり覆っていた両手をどかせると、聖杯《カリス》からぶどう酒を飲んでいる牧師を目にした。そして自分が聖餐式を見落としてしまったことに気づいた。

家に帰るとぼくは新たな泥棒の記事を探して、日曜版の新聞を隅から隅まで読んだ。新聞にはその手の記事がいっぱい載っていた。銀行は根こそぎ金を奪われ、ホテルの金庫からは宝石が盗まれ、女中や執事はキッチンの椅子に縛り付けられ、毛皮や工業ダイアモンドはひとからげに強奪され、デリカテッセンや葉巻店や質屋には強盗が入り、クリーブランド芸術大学からは絵画が一枚盗まれた。午後遅くにぼくは庭の落ち葉を掃いた。雲のたなびくほんのりとした春の空の下で秋の暗い落ち葉をかき集めるほど、悔恨の情をかき立てる作業があるだろうか？

ぼくが落ち葉を集めているとき、息子たちがそばを通りかかった。「トブラー家の人たちは今ソフトボールの試合をやってるんだ」とロニーが言った。「みんなそこにいる」

「なんでおまえたち、そこに行かないんだ？」とぼくは尋ねた。

「誘われなくちゃ、試合には出られないよ」と肩越しに彼は言って、そのまま二人は行ってしまった。そこでぼくは人々の歓声に気づいた。我々が招かれなかったソフトボール試合の歓声に。トブラー家はうちのブロックのすぐ先にある。夕暮れが近づくにつれて、その陽気な声はますますはっきり聞こえてきた。グラスの中の氷の音や、女性たちのあげる小さな歓声まで耳に届いた。

なぜぼくはトブラー家のソフトボール試合に招かれなかったのか？　それについて考えた。どうしてこのような素朴な愉しみから、気の置けない集まりから、小さくなっていく笑い声や、呼び合う声やドアがばたんと閉まる音から、我々は排除されたのだろう？　ぼくの所有物の中から取り上げられていきながら、それらは暗闇の中できらりと光ったように見えん。どうしてぼくはトブラー家のソフトボール試合に招かれなかったのだろう？　人が社会の梯子を上りたいからといって——もっと言えば成り上がりたいからといって——なぜぼくのようなナイス・ガイがソフトボール試合から閉め出さなくてはならないのか？　ここはいったいどういう世界なんだ？　ひとりぼっちで夕暮れに庭の落ち葉を集めていると、なんだか自分が見捨てられ見放され、孤立した人間になったみたいで、身内に寒気を感じてしまう。いったいどうしてなんだ？

　ぼくが嫌悪を催す人間がいるとすれば、それはめそめそした心を持った感傷的な人間だ。他人に対して過度な同情心を抱き、自らの精髄にスリルを感じることもなく、自己を確立することもできず、ただ流れのままに運ばれていく気弱な人間だ。他人のことを気の毒に思うだけの、人間の形をしたもやのような連中だ。タイムズ・スクエアで貧弱な鉛筆を並べて売っている脚のない物乞い、地下鉄で独り言をつぶやいている厚化粧の老女、公衆便所の露出狂、地下鉄の階段にへたり込んでいる酔っ払い、そんな連中はただ彼らの同情心をかき立てるだけではない。一目見ただけで彼らはそういう不運な人々に自らを同化してしまうのだ。彼らの不完全な魂は、破綻をきたした人類によって踏みにじられ、それは黄昏の中、刑務所の暴動の光景にも似た状況に置き去りにされたように見える。自らに失望した彼らは常に、自分たち以外のすべての人々のためにも失望する用意ができている。そして彼らは自分たちの涙に濡れた失望から都市全体を、森羅万象を、天空を、公国を築き上げていくだろう。夜にベッドに横になり、彼らは競馬で大勝ちしたのに馬券をなくしてしまった人のことを、大傑作を書き上げたのに間違えてゴミと一緒に焼かれてしまった偉大な小説家のことを、選挙人団のペテンのせいでアメリカ合衆国大統領になり損ねたサミュエル・ティルデン（一八七六年の選挙人投票で一票差で敗北）のことを、優しい心で思いやるだろう。こういう連中に嫌悪感を抱くが故に、自分がそんな一人になってしまっていることに、ぼくは二重の痛みを感じた。星の光の下で、裸になったハナミズキの木を見上げながらぼくは思った。何もかも、なんてもの悲しいのだろう！

水曜日はぼくの誕生日だった。ぼくはその事実を午後も遅くなって、職場で思い出した。そしてクリスティーナがサプライズ・パーティーを準備しているかもしれないなと思った。それでぼくは息を呑み、一瞬椅子からさっと立ち上がった。それからそんなことを彼女がするわけはないと思った。しかし子供たちが準備しているものだけでも、感情的困難がもたらされるはずだ。いったいどのようにそれに直面すればいいのか？

　ぼくは早目にオフィスを出て、電車に乗る前に酒を二杯飲んだ。ぼくを駅で出迎えたクリスティーナはすべてに満足しきっているように見えた。そしてぼくも不安をしっかり隠しとおしていた。子供たちはクリーンな服に着替え、ぼくに誕生日おめでとうを心を込めて言ってくれたので、ぼくはなんだかひどい気分になった。テーブルには小さな贈り物が積まれていた。そのほとんどは子供たちが作ったものだ。ボタンでこしらえたカフリンクスとかメモ用紙とか、その手のものだ。状況を考えればぼくはずいぶん明るく振る舞えたと思う。ぼくはクラッカーを鳴らし、ばかげた帽子をかぶり、ケーキの蠟燭を吹き消し、みんなにお礼を言った。それからまた別の——もっと大きな贈り物があるらしいことがわかった。夕食のあと、ぼくは家の中に残っているように言われた。そしてクリスティーナと子供たちは外に出て行った。それからジューニーがやってきてぼくの手を取り、家の裏手へと導いた。そこにみんなが揃っていた。家の壁には伸縮式のアルミニウムの梯子が立てかけてあり、そこにカードとリボンが結びつけられていた。ぼくはまるで何かに打たれたみたいに言った。「いったいこれはどういう意味なんだい？」

「お父さんにはこれが必要だって、私たち思ったのよ」とジューニーが言った。

「ぼくがどうして梯子を必要とするんだ？　ぼくを何だと思ったんだい？　空巣狙いとでも？」

「防風窓よ」とジューニーは言った。「網戸とか——」

ぼくはクリスティーナの方を見た。「ぼくは寝言で何かそんなことを言ったかな？」

「いいえ」とクリスティーナは言った。「寝言でそんなことは言ってない」

ジューニーは泣き出した。

「雨樋から落ち葉をとることができるよ」とロニーが言った。男の子たちは二人して浮かぬ顔でぼくを見ていた。

「でもさ、これってなんていうか、かなり普通じゃない贈り物だよね」とぼくはクリスティーナに言った。

「まったくもう!」とクリスティーナは言った。「いらっしゃい、子供たち。いらっしゃい」と彼女は子供たちを駆り立てるようにして、テラスのドアの方に向かった。

ぼくはあたりがすっかり暗くなるまで、庭をほっつき歩いていた。二階の明かりがともった。ジューニーはまだ泣いていて、クリスティーナが彼女のために唄を歌っていた。やがて泣き声がやんだ。ぼくらの寝室の明かりが点くのをぼくは待ち、そのあと少ししてから階段を上がっていった。クリスティーナは夜着を着て化粧台の前に座っていた。彼女の瞳には涙がたっぷり浮かんでいた。

「ぼくの気持ちも理解してくれなくちゃ」とぼくは言った。

「できっこないわ。あの珍妙な品物を買うために、子供たちは何ヶ月もお小遣いを貯めたのよ」

「ぼくがどんなところを通り抜けてきたか、きみは知らないんだ」とぼくは言った。

「たとえ地獄を通り抜けてきたとしても、あなたのことは許しませんから」と彼女は言った。「たとえどんなところを抜けてきたにせよ、それであなたの行為が正当化されることはないわ。あの子たちはあれを一週間、ガレージに隠していたのよ。素敵な子供たちでしょう」

「ぼくはここのところどうかしているんだ」とぼくは言った。

「どうかしているなんて、そんなこと今更教えてもらうまでもないわ」と彼女は言った。「朝は早く出て行ってほしいと思っていたし、夜にあなたが戻ってくるんだと思うと恐ろしかった」

「そこまでひどくはなかったはずだよ」とぼくは言った。

「地獄のようだったわ」と彼女は言った。「子供たちにはきつくあたるし、私に対しては意地が悪いし、友だちには失礼だし、陰で悪口を言うし、そりゃひどいものだった」

「ぼくにどこかに行ってもらいたい？」

「ええ、あなたにはどこかよそに行ってもらいたいわよ。これじゃろくに息もできないもの！」

「子供たちはどうなるんだ？」

「それは私の弁護士に訊いてちょうだい」

「じゃあ、ぼくは出て行くさ」

ぼくは廊下を進んでいって、鞄がしまってあるクローゼットを開けた。自分のスーツケースを引っ張り出したとき、子供たちが飼っていた子犬が脇の革のバインディングを囓って、すっかりばらばらにしてしまったことがわかった。他のスーツケースを探しているときに、上の段に重なっていたものがそっくりぼくの頭の上に落ちてきて、両耳を打った。ぼくは長い革の紐を後ろにずるずる引きずりながら、バッグを寝室に持って行った。「見てくれ」とぼくは言った。「これを見てくれ、クリスティーナ。犬がぼくのスーツケースからバインディングを噛みちぎったんだ」。彼女は顔も上げなかった。「ぼくは十年のあいだ、この家屋に毎年二万ドルをつぎ込んできた」とぼくは大声をあげた。「なのにここを出て行くとなると、まともなスーツケースひとつないんだ。他の誰だってスーツケースくらい持っている。猫だって悪くない旅行鞄を持っているっていうのに（漫画「猫のフィリックス」のこと）」。ぼくはシャツの抽斗を勢いよく開けた。中にはきれいなシャツは四着しか入っていなかった。「まったく、一週間分のきれいなシャツすらないのか！」とぼくは怒鳴った。それからぼくは荷物をまとめ、帽子を勢いよく頭にかぶり、堂々と家を出て行った。少しのあいだだが、車を持っていくことさえ考えた。ガレージに入ってそれを点検した。そして遥か昔、この家を購入したときに掛かっていた「売り家」の看板をみつけた。ぼくはその表面の汚れを拭き取り、釘を一本と小石をひとつ持って家の正面にまわった。そして楓の木に「売り家」の看板を打ち付けた。それから駅まで歩いた。距離は一マイルほどだ。ぼくは鞄の長い革紐を背後に引きずっていた。途中で止まって、それをスーツケースから引きちぎろうとしたがうまくいかなかった。駅に着くと、午前四時まで列車は来ないことがわかった。ぼくはそれまで待つことにした。スーツケースの上に腰を下ろして五分間待った。それから家まで歩いて戻った。途中でこちらに向かってやってくるクリスティーナと出会った。セーターとスカートにスニーカー――いちばん手っ取り早く身につけられる夏向きの服装だ。そしてぼくらは一緒に家に帰り、ベッドに入った。

　土曜日にぼくはゴルフをした。そしてゲームが終わったのは遅かったにもかかわらず、帰宅する前にクラブのプールで一泳ぎしたくなった。そこにいたのはトム・メイトランド一人だけだった。彼は浅黒い肌の顔立ちの良い男で、とても裕福だったが、物静かだった。控えめな人柄で、奥さんはシェイディー・ヒルではいちばん太った女であり、子供たちはあまりみんなに好かれていなかった。思うに、彼にとってのパーティーや友だちづきあい、情事やビジネスみたいなものはすべて、彼の青年時代初期のメランコリーという土台の上に、複雑精緻な上部構造として――まるでマッチ棒でできた塔のように――据えられているらしかった。そういう種類の男だった。ふっと一吹きすれば、そんなものはあっけなく崩れ落ちてしまうだろう。ぼくが泳ぎ終えた頃、あたりはもうほとんど暗くなっていた。クラブハウスには明かりが灯り、ポーチからは人々が夕食をとる音が聞こえてきた。メイトランドはプールの縁に腰を下ろし、死海のような塩素臭がする明るい青色の水に両足を浸けて、ぱちゃぱちゃと水をはねていた。ぼくは体を拭きながら彼の前を通り過ぎるときに、彼に尋ねた。「水に入らないのかい？」と。「泳ぎ方を知らないんだ」と彼は言った。軽く微笑み、それから目を逸らせて暗い風景の中の、静かでつるりとしたプールの水面を見た。「ぼくらの家にはプールがあったんだが」と彼は言った。「そこで泳ぐ機会がなかった。いつもヴァイオリンの練習をしていたものでね」。ここに四十五歳の一人の男がいる。控えめに言って百万長者だ。それなのに水に浮くことさえできない。そしてこんな風に率直に自らを語る機会を、彼はそれほど数多く持たないはずだ。服を着替えているあいだに、ぼくの頭にある考えが腰を据えた。それはあくまで自然に浮かんだ考えだった。メイトランド家がぼくの次なる餌食だ。

　数日後、夜中の三時頃にぼくは目覚めた。そして自分の人生のほつれについて思いを巡らせた。クリーブランドの母親、パラブレンデウム。それからぼくは浴室に行って煙草に火をつけようとしたが、その前に自分が気管支癌で死にかけていることを思い出した。ぼくはそのように、妻と子供たちを文無しのままあとに残していこうとしているのだ。ぼくは青いスニーカーをはき、後の服装を整えた。子供たちの部屋の開いたドアの中をのぞき込み、それから家の外に出た。空は曇っていた。裏庭を横切って角に出た。通りを渡って、メイトランド家のドライブウェイに入った。砂利の端っこの芝生の上を歩いた。ドアは開いていたので中に入った。ウォーバートンの家に入ったときに感じたのと同じくらいの興奮と怯えを感じた。ほの暗い明かりの中では、自分が実体のないものみたいに、幽霊のように感じられた。ぼくは勘を頼りに階段を上っていった。夫妻の寝室がどこにあるかはわかっていた。深い寝息が聞こえ、椅子の上に上着とズボンらしきものが置いてあるのが見えた。ぼくは上着のポケットに手を伸ばしたが、そこにはポケットはなかった。それはスーツの上着ですらなかった。それは若者がよく着ている、派手な色合いのサテンのジャケットだった。彼のズボンのポケットを探しても無意味だ。メイトランド家の芝生を刈っても、それほどの収入は得られないだろうから。ぼくは急いでそこを出た。

その夜はそれ以上眠れなかった。ぼくは暗闇の中で身を起こして、トム・メイトランドとグレイシー・メイトランドとウォーバートン夫妻とクリスティーナのことを考え、ぼく自身の恥ずべき宿命について思いを巡らせた。そして夜のシェイディー・ヒルが、昼の光の中で見るのとはまったく違って見えることについて考えた。

それでも翌日の夜もぼくは家を出た。今回はピューター家だった。彼らは裕福なだけではなく、大酒飲みだった。あれだけいっぱい酒を飲めば、明かりを消したあと雷が落ちたって目を覚ますことはあるまい。ぼくは例によって午前三時少し過ぎに家を出た。

ぼくはぼくという人間の始源について哀しく考えを巡らせていた。自分が淫らなカップルによって、ワイン付きのフルコースのディナーのあと、ミッドタウンのあるホテルで身ごもられたこと。そして母が何度も繰り返して教えてくれたように、その高名なるディナーの前に、母がオールド・ファッションドをそれほどたくさん飲まなければ、ぼくはこの惑星に生を授かってはいなかっただろうということ。そしてまたぼくは考えた。ぼくの父親と、プラザ・ホテルでのその一夜と、「ピカルディー」の田舎娘たちの青あざだらけの太腿と、劇場を支えていた金茶色の天使たちと、そしてぼくの恐ろしい宿命。ぼくがピューター家に向かって歩いているあいだ、まわりのすべての木立と庭に耳障りなざわめきがあった。まるで暖炉の火床にすきま風が吹き込むみたいな音に。いったいなんだろう？　それから両手と顔に雨粒を感じて、ぼくは笑い出した。

それから一匹の親切なライオンが、あるいは一人の無垢な子供が、どこか遠くの教会から聞こえる一片の旋律がぼくを矯正してくれた、みたいなことが言えるといいなと思う。しかしフォンテンブローの遺骨や、泥棒行為から解放される可能性をぼくに示してくれたのは、頭にかかる雨——そしてぼくの鼻先まで立ち上るその匂い——それ以外の何ものでもなかった。役立てようとさえ思えば、自分の抱えたトラブルから抜け出せる道はいくつもあったのだ。ぼくは罠に捕らえられたわけではなかった。ぼくがこの大地に立っているのは、そうすることを自ら選んだからだ。それをしっかり保っている限り、ぼくがどのようにしてこの人生という贈り物を授かったかなんて、どうでもいいことだ。そしてそのときぼくはそいつをしっかり保っていた。湿った草の根とぼくの体に生える毛との繋がり、夏のいくつかの夜に知った限りある身のスリル、子供たちを愛すること、そしてクリスティーナのドレスの胸元を覗き込むこと。そのときにはぼくはピューター家の前に立っていた。ぼくはその暗い家を見上げ、それからきびすを返して歩き去った。そしてベッドに戻り、愉しい夢を見た。地中海でヨットに乗っている夢だ。擦り減った大理石の階段が水の中に通じているのが見えた。水そのものは青く塩分を含み、汚れていた。ぼくはマストを立て、帆を引き上げ、片手を舵に置いた。そしてヨットで海に出ながらふと疑問に思った、ぼくはどうして十七歳みたいにしか見えないのだろう？　しかしまあすべてを手に入れるわけにはいかない。

誰かがかつて書いていたように、コーンブレッドの匂いがぼくらを死の淵から引き戻してくれるというものでもない。その役をつとめてくれるのは明かりであり、愛であり、友情だ。翌日ギル・バックナムが電話をかけてきて、ご老体が死にかけているんだが、会社に復帰してはくれまいかとぼくに尋ねた。彼に会いに行くと、ぼくを目のかたきにしていたのはご老体一人であったことを、彼は説明してくれた。もちろんできることならまたパラブレンデウムの仕事に戻りたいとぼくは言った。

その日の午後に五番街を歩きながら、ぼくがひとつ解せなかったのは、さっきまで世界は暗く見えていたのに、その数分後にどうしてすべてがこれほど甘美に見えるのだろうということだった。歩道はまぶしく輝いて見えたし、電車で帰宅する途中、ブロンクスの広告看板でガードルを宣伝している愚かしい娘たちに向かって、ぼくはにこやかに微笑みかけていた。翌朝ぼくは給料の前渡しを受け取った。そして指紋がつかないように気をつけながら、九百ドルを封筒に入れ、あたりの家々の明かりがすべて消えたあと、ウォーバートン家まで歩いて行った。雨が降っていたのだが、そのときには既にやんで、空には星が光り始めていた。用心しすぎても意味はない。ぼくは彼らの家の裏手にまわり、キッチンのドアが開いているのを目にした。そして暗い部屋のテーブルの上に封筒を置いた。その家から遠ざかりつつあるときに、警察の車がぼくの脇に停まった。顔見知りのパトロールの警官が窓ガラスを下ろして尋ねた。「こんな夜中に何をしているんですか、ヘイクさん？」

「犬を散歩させているのさ」とぼくは愉しげに言った。近くに犬の姿はなかったが、彼らは見もしなかった。「おいで、トビー！　さあ、トビー、おいで！　いい子だ。こっちにおいで。トビー！」、ぼくはそう呼びかけて歩いて行った。暗闇の中で陽気に口笛を吹きながら。

林檎の中の虫

The Worm in the Apple

林檎の中の虫というのは、英語の慣用句。一見幸福に見える状況の中に潜む不吉なもの、不適切なもの、ものごとを内側から駄目にしてしまうネガティブな何かのことだ。

これも高級住宅地シェイディー・ヒルを舞台にした物語。どちらかというと文章スケッチ風の小品だが、チーヴァーの視線と語り口には、皮肉と温かさがちょうど良い具合にブレンドされている。こういうすらりとした文章って、なかなか普通の人には書けない。最後の一行はもちろん童話の結末のパロディーになっている。彼らは本当にいつまでも幸福に暮らせたのだろうか？　林檎の中に本当に虫はいなかったのだろうか？　すべては読者の判断に委ねられている。

この作品は単行本『シェイディー・ヒルの泥棒』のために書き下ろされたようだ。雑誌には掲載されていない。一九五六年から五七年にかけて書かれたと推測される。

クラッチマン夫妻はどこまでもどこまでも幸福で、すべてのおこないにおいてきわめてつつましやかで、自分たちの身に起こるあらゆるものごとを喜びと共に受け取っていたので、人はついこう考えることになった。彼らのバラ色の林檎にはきっと虫が入っているに違いない。その果物の見事なまでのバラ色には、何か深く重大な汚染が隠されているに違いないと。たとえば彼らのヒル・ストリートの自宅には、大きなガラス窓がたくさんついていた。罪の意識に苦しむ人以外に、いったい誰がそれほど大量の光を自分たちの住まいに注ぎ込みたいと思うだろう？　そしてたとえ一インチでも剥き出しの床が見えたら（そんなものは見えないのだが）、心の奥深くに隠された報われぬ思いや、孤独の記憶がひりひり痛み出すといわんばかりに、壁から壁まで隙間なく絨毯が敷き詰められている。そして彼らの庭いじりにはたしかに、まるで屍体性愛を思わせるような熱狂ぶりが見受けられた。どうしてそれほどまで熱意を込めて穴を掘り、種子を植え、その成長を見守るのか？　どうしてそんな病的なまでの関心を地面に対して持たなくてはならないのか？　彼女ははっとするほど蒼白な顔色の（それは色情狂の女性によく見受けられる特質だ）美しい女性だ。ラリーは大男で、よく上半身裸で庭仕事をしていたものだ。それは彼の子供っぽい露出的傾向をあらわしていたのかもしれない。

彼らは戦争が終わったあと、いかにも幸福そうにシェイディー・ヒルに越してきた。ラリーはその前は海軍に服務していた。夫婦には二人の幸福な子供たちがいた。レイチェルとトムだ。しかし彼らの地平線には既に若干の暗雲があった。ラリーの乗った船は戦争中に沈められ、彼はゴムボートに乗って四日間地中海を漂流した。その経験は彼の中に、シェイディー・ヒルの居心地の良さや、優しい小鳥の声に対する懐疑心を生み、またおそろしい悪夢をもたらすことになったことだろう。しかしそれよりもおそらくもっと深刻な問題は、ヘレンが裕福であるということだった。彼女は、山師的実業家の最後の生き残りの一人であるチャーリー・シンプソン老の一人娘だった。その男は娘に、ラリーがメルチャー&ソー社で一生働いても稼げないほどの多額の財産を残していた。そのような状況の危険性は広く世間に知られるところだ。ラリーは生活費を稼ぐ必要がなかったから——働く動機もなかったから——こりゃいいやと思って、日々ゴルフ場に入り浸り、手にはいつも酒のグラスが握られている……ということになったのかもしれない。そしてヘレンは経済的自立と精神的自立とを混同し、それは彼らの結婚生活の均衡を微妙に損なうことになったかもしれない。ところが実際にはラリーが悪夢を見ることもなさそうだったし、ヘレンは様々な慈善事業に富を分散し、快適ではあれ慎み深い生活を送っていた。ラリーは毎朝熱心に仕事に出かけた。その熱心さはあるいは傍目には、彼が何かから逃避しようとしているかのように映ったかもしれない。彼は地域コミュニティーにきわめて精力的に関わっていたから、彼が自己探求に費やすための時間はほとんど残されていないも同然だった。彼はいたるところにいた。教会の聖餐式にいたし、フットボールの五十ヤードラインにいたし、室内楽クラブではオーボエを吹き、消防自動車を運転し、教育委員会のメンバーを務め、毎朝八時三分の電車に乗ってニューヨークに行った。彼を駆り立てていた哀しみはいったい何だったのだろう？

彼はもっと大きな家庭を持ちたかったかもしれない。どうして彼らは二人の子供しかもうけなかったのだろう？　どうして三人や四人ではなかったのだろう？　トムが生まれたあと、ひょっとして二人の関係に何かひびが入ったのか？　長女のレイチェルは小さい頃、嘘のように太っていた。そして金銭のことになると攻撃的だった。毎年春になると彼女は古い化粧台をガレージから持ち出して、通りの歩道に置き、「しぼりたてレモネード・15セント」という看板を掲げた。トムは六歳のときに肺炎にかかってあやうく命を落とすところだった。しかしなんとか回復し、見たところ合併症も出なかったようだった。子供たちは両親の体制順応ぶりに対して反抗的だったかもしれない。というのは夫婦はあきれるほどぴったり社会に適応していたから。二台の車？　イエス。彼らは教会に行ったか？　毎週日曜日に必ずそこで、彼らは膝をついて熱情的に祈っていた。服装？　彼らは自分たちの奢侈規制の法に従って、実に非のうちどころのない身なりをしていた。読書クラブ、地域の音楽及び美術愛好会、スポーツにカード遊び。彼らはあらゆる分野においてとことん献身的に活動していた。しかしもし子供たちが反抗的であったとしても、その反抗心はきっと巧妙に隠されていたのだろう、彼らは幸福に両親を愛し、また両親からも幸福に愛されているように見受けられた。しかしその愛の中にはあるいは、深い失望の痛ましさが含まれていたかもしれない。あるいは夫はインポテントだったかもしれない。そして妻は——あの顔の特別な蒼白さからすれば、それはまずあり得ないことに見えるが——不感症だったかもしれない。コミュニティーの中の好き者たちは、こぞって二人に浮気の誘いをかけたが、どちらもそんなものには見向きもしなかった。彼らのそんな貞操堅固さの源泉はいったいどこにあるのだろう？　彼らは臆病だったのだろうか？　それともただ取り澄ましているだけなのだろうか？　彼らは一夫一婦制を遵守しているのか？　そのような幸福の見かけの裏には果たして何が潜んでいるのだろう？

彼らの子供たちが成長するにつれ、人は林檎の中の虫を求めて彼らに目を向けるかもしれない。子供たちは将来裕福になるだろうし、ヘレンの遺産を相続することだろう。そして我々は子供たちに視線を移し、そこに生涯の経済的安定をあてにできる年少者の上にしばしば落ちる影を見るかもしれない。おまけになにしろヘレンは息子に過度の愛を注いでおり、彼が欲しがるものならなんだって買い与えていた。彼女は息子に、初めての青いサージのスーツを着せ、ダンス教室まで車を運転して送ったが、彼が階段を上がっていく姿がいかにも男らしく、それにうっとり見とれていて、車を楡の木に正面からぶっつけてしまった。そのような溺愛はしばしばゆゆしい事態を招く。息子をひいきにして可愛がれば、娘の方は当然ながら傷つくものだ。ヘレンの言うことを聞いてみよう。「レイチェルの足ったら巨大なんだから」と彼女は言う。「すごく巨大だわ。この子の足に合った靴を見つけることなんてできっこない」。我々はそこに林檎の中の虫を見出すことができそうだ。大方の美しい女性がそうであるように、彼女も嫉妬深いのだ。そして彼女は自分の娘に嫉妬している！　競争をすることが彼女には我慢できないのだ。彼女は娘にみっともない服を着せ、似合わない髪型に髪をカールさせ、靴のサイズの大きさのことをいつまでも口にし続けるだろう。やがてその可哀相な娘はダンスの集まりに行くのを拒否するだろうし、もし無理に連れて行かれたとしても、一人洗面所に閉じこもって、自分の化け物のような足をいつまでも眺め続けることだろう。彼女は惨めで孤独な娘になり、自己を表現するために精神の不安定な詩人と恋に落ち、彼と共にローマに行って、そこで悲惨な酒浸りの海外放浪生活を送ることになるだろう。しかし部屋に入ってきた実際の娘を見ると、彼女は美しく、素敵ななりをして、比類ない愛を込めて母親に微笑みかける。確かに彼女の足はとても大きい。それは間違いないが、その一方で胸だってしっかり大きい。トラブルを探すのであれば、おそらく我々は息子の方に目を向けた方がよさそうだ。

事実トラブルがある。トムはハイスクールの二年生のときに留年し、同じ学年をもう一度繰り返さなくてはならない。そして同じことをもう一度繰り返す結果として、彼はクラスの同級生たちとうまくやっていくことができなくなる。そしてたまたまのことだが、シェイディー・ヒルではいちばん美しい娘であるキャリー・ウィッチェルと席が隣になる。ウィッチェル一家と、その元気いっぱいで器量の良い娘のことを、近隣で知らないものはいない。彼らは浴びるほど酒を飲み、メイプル・デルによくある貧相な板張り住宅に住んでいた。娘はとびっきりの美人で、抜け目のない両親が彼女の透きとおるように白い肌の魅力を足がかりに、メイプル・デルから一段高いところに這い上がろうと目論んでいることは周知の事実だった。まさにお誂え向きの状況ではないか！　彼らはヘレンに財産があることを知るだろう。どれほどの示談金を請求すればいいか、夫婦は暗い寝室でその金額をはじき出すことだろう。そして食堂を兼ねる悪臭漂う台所で、彼らはその美しい娘に、相手の少年が求めることにどこまでも応じてかまわないからねと言い含める。しかしながらトムはあっという間に彼女と恋に落ちたものの、同じくらいあっという間にその恋は冷め、そのあとはカレン・ストローブリッジとスージー・モリスとアンナ・マッケンに夢中になる。ちょっと移り気に過ぎるんじゃないかとあなたは言うかもしれない。しかし大学の二年生のときに、彼はエリザベス・トラストマンとの婚約を発表することになる。彼が大学を卒業してから二人は結婚するが、彼は陸軍で兵役を務めなくてはならなかったので、彼女は夫の駐屯地であるドイツまでついていく。そしてそこで二人はドイツ語を学習して身につけ、ドイツ人たちとも友だちになり、アメリカにとっての誉《ほまれ》となる。

レイチェルの歩んだ道はそれほど簡単なものではなかった。贅肉を落とすと、彼女はずいぶん美しく、そしてひたすら奔放な娘になった。煙草を吸い酒を飲み、おそらくは男と不適切な関係を持った。節度を欠いた美しく若い女性の前に開いた深淵は、まさに底なしのものである。いったい何がそこでうまく働いて、彼女をタイムズ・スクエアのダンスホールの接客婦にまで落ちぶれることから免れさせたのだろう？　もしそうなっていたら、彼女の哀れな父親はある雨の朝、例の飾り窓の中から無言のうちにこちらをじっと見つめている自分の娘を前にし、薄布で辛うじて覆われたその胸を目にして、いったい何を思ったことだろう？　しかし彼女が実際にやったのは、ファーカーソン家のドイツ人の庭師と恋に落ちることだった。彼は家族と共に、戦後の難民受け入れの割り当て分として合衆国に移住してきたばかりだった。名前はエリック・ライナーといって、そして本人のために公正を期して述べておくなら、彼はアメリカを文字通り「新世界」として真摯に捉えていたまさに例外的な若者だった。クラッチマン夫妻は彼女の選択にいささかがっかりした——胸を引き裂かれたとまでは言わないまでも——かもしれないが、彼らはその思いをなんとか押し隠した。しかしライナー家はそうではなかった。勤勉なドイツ人の夫婦は、この結婚を望みのない不適切なものと見なした。あるとき父親は息子の頭を薪で殴りまでした。しかし若いカップルは交際を続け、最後には駆け落ちをした。そうしないわけにはいかなかったのだ。レイチェルは妊娠三ヶ月の身になっていたから。

エリックはそのとき奨学金を受け、タフツ大学の新入生になっていた。ヘレンの金がそこでうまく役に立った。彼女はボストンで若い夫婦にアパートメントを借りてやり、生活費も出してやった。彼らの最初の孫が未熟児であったことも、クラッチマン夫妻をがっかりさせたりはしなかったようだ。エリックは大学を出ると、マサチューセッツ工科大学の給費研究員となり、物理学の博士号を取り、研究室のスタッフに迎えられた。そうしようと思えば、民間会社でより高いサラリーを得ることはできたのだが、彼は大学で教えることの方を好んだ。レイチェルはケンブリッジでの暮らしを心から楽しみ、彼らはそこに身を落ち着けた。

可愛い子供たちが巣立ってしまって、クラッチマン夫妻は満ち足りてはいるものの、彼らの年代に、あるいは彼らのような人々に特有の精神的空虚さを感じるようになったのではあるまいかと、期待されるむきもあるかもしれない。そこにいたってようやく林檎の中の虫が露わになってきたのではあるまいかと。しかしながら友人たちをもてなしている、あるいは好きな読書に耽っている、このチャーミングなカップルの姿を見ていると、虫は彼らの中にではなく、むしろ観察者の目の中にいるのではないかという気がしてくるほどだ。そういう人々はその小心さや、道徳的臆病さの故に、夫妻の生来の熱意の広汎さを受け入れようとせず、たとえバッハにおいてもフットボールにおいても、ラリーの腕があまり褒められたものではなかったにせよ、彼の感じている喜びが本物であることを認めようとしないのではないのか？　あなたは少なくとも、歳月が彼らの外見に及ぼした破壊効果を目にすることを期待されるかもしれない。しかし単なる幸運によるものなのか、それとも控えめで健康的な生活を送ってきたせいなのか、どちらの髪も歯もまったく失われていなかった。彼らの多幸感の基盤は未だ健在のままだった。

そしてラリーはさすがにもう消防車はあきらめたものの、聖餐式や、五十ヤードラインや、八時三分の電車や、室内楽クラブではまだその姿を見受けられた。そしてヘレンの資産運用顧問の用心深さと抜け目のなさのおかげで、二人はどこまでもどこまでもどこまでも金持ちになっていったし、幸福に幸福に幸福に幸福に幸福に暮らしたのでした。

カントリー・ハズバンド

The Country Husband

この作品はジョン・アップダイクが編んだ『ベスト・アメリカン・ショートストーリーズ・オブ・ザ・センチュリー』の、一九五五年度のベスト作品に選ばれている。少し長めの短編小説、力のこもった作品だ。一つの時代の有りようが誠実に、そして闊達に描き上げられている。あるいは一つの時代の病理のようなものが……と言うべきなのかもしれないが。

この話もまたシェイディー・ヒルの町が舞台になっている。主人公の中年男の心は、その緊密なソサエティーを支配する暗黙のモラルと、内なる激しい欲望とのあいだで大きく揺れ動く。その動揺ぶりは切なさを超えて、ほとんどブラック・コメディーの域にまで達している。

さて、主人公はそのような混乱の末に、どのような地点に落ち着きを見いだすのだろう?

「ニューヨーカー」一九五四年一一月二〇日号に掲載。

フランシス・ウィードの乗ったミネアポリス発の飛行機が、東に向けて悪天候の中に突っ込んでいったところから話は始まる。それがそもそもの発端だ。空は霞のかかった青で、眼下の雲は隙間ひとつなく、地上にあるものは何ひとつ見えなかった。窓の外では霧が生まれ、飛行機は白い雲の中へと流れ込んでいったが、その雲は飛行機の排気の炎を反射するほど白度の高いものだった。雲はやがて暗さを増して灰色に変わり、飛行機は前後左右に大きく揺れ始めた。フランシスはそれまでにも悪天候に出くわしたことはあった。しかしそこまで盛大に揺れたのは初めてだ。隣の席に座った男はポケットからフラスク（携帯用の水筒）を取り出し、一口ぐいと飲んだ。フランシスはその男に向かって微笑みかけたが、相手は目をそらせた。彼はその鎮痛薬を誰とも分かち合うつもりはないようだった。飛行機は急激に降下し、のたうち始めた。一人の子供が泣き出した。機内の空気はヒーターがききすぎて、もわっとしていた。フランシスの左足は感覚を失っていた。彼は空港で買い求めた本を少し読んだが、嵐の凶暴さが注意力を分散させていた。窓の外は真っ暗になっていた。排気の炎が煌めき、暗闇の中に火花を散らせた。機内ではシェード付きの照明と、息苦しさと、カーテンを引かれた窓が、キャビンに場違いな家庭的雰囲気を濃厚につくりだしていた。それから照明がちかちかとまたたき、やがて消えた。「私がいつも何をやりたいと思っていたか、わかりますか？」、フランシスの隣の席に座っていた男が唐突にそう尋ねた。「私はいつもこう思っていたんです、ニューハンプシャーに農場を買って、そこで肉牛を育てたいと」。これから緊急着陸をいたします、とスチュワーデスがアナウンスした。子供たち以外のすべての人が脳裏に、死の天使が翼を広げる姿を見た。操縦士が歌を口ずさむのが微かに聞こえた。「おいらの手には六ペンス。愉しい愉しい六ペンス。これで死ぬまで愉快に生きる……」（"I've Got Sixpence" 古い俗謡）。それ以外に聞こえる音はなかった。

油圧バルブの大きな唸りが操縦士の歌を呑み込んでいった。そして車の急ブレーキをかけたときのような甲高い空気音があった。それから飛行機はトウモロコシ畑にその平らな腹部を打ち付け、荒々しく震えたので、前の方の席でひとりの老人が叫んだ。

「私の腎臓が！　私の腎臓が！」と。スチュワーデスが勢いよく扉を開け、誰かが後方の非常ドアを開け、人々の限りある命がいまだ継続していることを教える甘美なノイズを機内にもたらした。土砂降りの雨の気怠い跳ねしぶきと、その匂い。人々は命からがら列をなして外に出て、トウモロコシ畑の中を思い思いの方向に散った。命は繋がった。なんとか命が繋がることを願いながら。何ごとも起こらなかった。飛行機が燃えあがりもせず、爆発もしないことが明らかになると、操縦士とスチュワーデスは乗客をひとつに集め、雨宿りできる大きな納屋まで導いた。そこはフィラデルフィアから遠くないところで、やがて一群のタクシーがやってきて、彼らをその街まで運んだ。「マルヌ川のようだな」と誰かが言った（フランスの第一次大戦の激戦地。兵士たちを運ぶのにパリからタクシーが徴用された）。しかし多くのアメリカ人が旅行仲間に向ける疑り深さは、驚くほど僅かしか緩みを見せなかった。

フィラデルフィアからフランシス・ウィードはニューヨーク行きの列車に乗った。旅行の最後に彼はその都市を横切り、今まさに出発しようとしていた列車に飛び乗った。それは週に五日毎夕、シェイディー・ヒルにある自宅に帰るために彼が乗る通勤電車に他ならなかった。

彼はトレース・ビアーデンと席を隣り合わせた。「ねえ、ぼくはフィラデルフィア近郊で墜落したばかりの飛行機に乗っていたんだよ」と彼は言った。「それで、畑に不時着してね……」。彼は新聞よりも雨よりも速く移動していた。ニューヨークはよく晴れていて、穏やかだった。九月も終わりに近く、それはまるで林檎のように香りよく形の整った一日だった。トレースは彼の体験談に耳を澄ませていたが、とくに心は動かされないようだった。自分が危うく死にかけた体験をリアルに再現するような能力は、フランシスには具わっていなかった。とりわけ通勤列車の雰囲気の中においては。列車は日当たりの良い田舎の風景の中を抜けていた。貧しい家々の庭は、既に収穫の季節を迎えようとしていた。トレースは自分の新聞を取り上げ、フランシスは一人で残されて物思いに耽った。シェイディー・ヒルのプラットフォームで、彼はトレースに別れの挨拶をした。そして中古のフォルクスワーゲンを運転し、自宅のあるブレンホロウ地区に戻った。

ウィード家のダッチ・コロニアル風の家は、ドライブウェイから見るよりも実際は大きかった。居間は広々として、ガリアよろしく三つの部分に分割されていた。玄関から入ってL字型になったところを左に折れると、六人が座るようにセットされた長いテーブルがある。真ん中に蠟燭が立てられ、果物を盛ったボウルが置かれている。開いたキッチンのドアから聞こえる音と、漂ってくる匂いは食欲をそそる　ジュリア・ウィードは料理が上手なのだ。居間の最も広い部分の中心を暖炉が占めている。右手に書棚がいくつかとピアノがある。部屋はきれいに片づけられ、静謐だ。西に向かって開けた窓の外には、残った晩夏の陽光が見える。輝かしく、水のように透き通っている。ここにあるすべてに手がかけられている。ぴかぴかに磨かれていないものはない。蓋がくっついてしまった煙草ボックスをこじ開けたら、古いシャツのボタンがひとつ、錆びた五セント硬貨が一枚、中から出てくるというようなことはここでは起こらない。火床はきれいに掃除され、ピアノの上に置かれた薔薇の花は、磨き上げられた天板にくっきり映っている。楽譜台にはシューベルトのワルツ楽譜集が載っている。九歳のかわいい娘、ルイーザ・ウィードは西の窓の外を眺めていた。弟のヘンリーはそのそばに立っていた。末弟のトビーは、木箱の磨かれた真鍮の上に座って、ビールを飲んでいる剃髪の修道僧たちの人形を検分していた。フランシスは帽子を取り、新聞を置きながら、その光景をとくに意識して心愉しいものとは思わなかった。彼はそれほど内省的な人間ではないのだ。そこは彼の領分であり、彼の創造したものだった。そして彼は人なら誰しもが自分の家に帰ったときに抱く、通常の軽やかさと強さの感覚をもって、そこに入っていった。「やあ、みんな」と彼は言った。「ミネアポリスから乗った飛行機がね……」

十回のうち九回まで、帰宅した彼は愛情を持って家族に迎えられた。しかしその夜、子供たちは自分たちの争いのことで頭がいっぱいになっている。フランシスが飛行機事故についてのセンテンスを言い終える前に、ヘンリーがルイーザのお尻を蹴飛ばす。ルイーザはくるりと後ろを向いて、「このやろう！」と言う。フランシスはヘンリーを罰する前に、まずルイーザの汚い言葉遣いを叱るという過ちを犯す。

それでルイーザは父親に向き直り、お父さんはえこひいきをしていると非難する。ヘンリーはいつも正しくて、私がいつも責められ、誰も味方してくれない。そんなひどいことってないわ。フランシスは息子の方を見る。しかし男の子は自分が姉を蹴ったことを正当化する。彼女の方が最初に叩いたのだ。耳の上をぶたれた。それは危険なことだ。ルイーザは喜んでそのことを認めた。ええ、この子の耳の上をぶったわ。狙ってそうしたのよ。なぜかっていうと、この子が私の陶器のコレクションを無茶苦茶にしちゃったからよ。そんなの嘘だ、とヘンリーは言う。リトル・トビーは木箱から振り向いて、ルイーザのためにいくつかの証拠を申し添える。ヘンリーはリトル・トビーの口を手でぎゅっと押さえる。フランシスは二人の男の子たちを引き離そうとするが、そのときにはずみでトビーを木箱の中に押し込んでしまう。トビーは泣き出す。ルイーザは既に泣いている。ちょうどそのとき、部屋のテーブルの置かれたところにジュリア・ウィードが姿を見せる。彼女は顔立ちの良い、賢い女性だ。髪に混じった白髪はいささか時期尚早のように見える。彼女はその混乱には目をとめていないようだ。「お帰りなさい、ダーリン」と彼女は落ち着いた声でフランシスに言う。「さあみんな、手を洗ってらっしゃい。夕ご飯の用意ができたから」、彼女はマッチを擦って、六本の蠟燭に火をつけ、その涙の谷間を明るく照らす。

この簡潔な声明も、スコットランドの族長の雄叫びと同様、戦いに新たな熾烈さをもたらすだけだ。ルイーザはヘンリーの肩口に一発を食らわせる。ヘンリーが泣くことはあまりないのだが、今日の彼は既に九回を投げきって、くたくたに疲れている。だからそこでわっと泣き出す。リトル・トビーは自分の手に棘が刺さっていることに気づいて、悲鳴を上げ始める。フランシスは大きな声で言う、わたしは飛行機事故にあって、それでとても疲れているんだよ。ジュリアは再びキッチンから出てきて、その混乱には目もくれず、二階に行ってヘレンに夕食の用意ができていると言ってくれないかと、フランシスに頼む。フランシスは喜んで二階に行く。それは司令部中隊に復帰するみたいなものだった。彼はその年かさの娘に飛行機事故の話をするつもりだった。しかしヘレンはベッドに寝転んで雑誌「トゥルー・

ロマンス」を読んでいる。そしてフランシスがまずやったのは、娘の手からその雑誌を取り上げ、これを買うのは禁じたはずだぞと言うことだ。わたしが買ってるわけじゃないわとヘレンは言う。彼女のいちばんの親友のベッシー・ブラックにもらったのだ。「トゥルー・ロマンス」なんて誰だって読んでいるわ。ベッシー・ブラックのお父さんだって「トゥルー・ロマンス」を読んでいる。ヘレンのクラスで「トゥルー・ロマンス」を読んでいない女子は一人もいない。フランシスはその雑誌に対する彼の嫌悪を表明し、それから夕食の用意ができていることを告げる。とはいうものの、階下から聞こえてくる騒ぎからして、用意ができているとも思えないのだが。ヘレンは彼のあとから階段を降りてくる。ジュリアは蠟燭の光の前で席について、膝の上にナプキンを広げている。ルイーザもヘンリーも席についてはいない。リトル・トビーは床に顔をつけて横たわり、まだわめき続けている。フランシスは彼に優しく語りかける。「お父さんは今日の午後、飛行機事故に遭ったんだよ、トビー。その話を聞きたくないか？」、でもトビーは泣き続けている。「もしテーブルに来ないようなら」とフランシスはトビーに言う、「夕ご飯は抜きでベッドに行かせるからね」。その小さな子供は起き上がり、彼をきつい目で睨み、階段を駆け上がって自分の部屋に戻り、ドアをばたんと閉める。「あら、もう」とジュリアは言って、子供のあとを追おうとする。おまえはあの子を甘やかしすぎている、とフランシスは言う。でもあの子は体重が十ポンドほど足りないのよ。しっかり食べさせなくちゃ。冬が近づいているし、夕ご飯を食べなければ、あの子は寒い季節をベッドの中で送ることになる。ジュリアは二階に行く。フランシスはヘレンと二人で席についている。よく晴れた日に一日中、雑誌をあまりに真剣に読んでいたせいで、ヘレンは沈んだ気持ちになっている。そして父親とその部屋に向けて熱のない視線を投げかけている。彼女にはその飛行機事故の話がよく吞み込めない。なぜならシェイディー・ヒルにある自宅には一滴の雨も降っていないからだ。

ジュリアはトビーを連れて戻ってくる。そして一家は全員で席につき、食事がサーブされる。「ぼくはあのみっともないデブ公を、ずっと見てなくちゃならないのかい？」とヘンリーは言う。ルイーザのことを言っているのだ。トビー以外の全員がこの小競り合いに首を突っ込み、夕食の席には五分ばかり上を下への混乱がもたらされる。最後にはヘンリーはナプキンを頭にかぶり、そうやって食事をしようと試みて、シャツの前じゅうにほうれん草をこぼしてしまう。フランシスはジュリアに向かって言う。子供たちにはもっと前に食事をさせておけなかったのかと。ジュリアはそれに対する答えをしっかり用意している。私には食事を二度用意して、それぞれテーブルに並べているような暇なんてありませんと。彼女は電光石火の筆使いで、自分の若さと美しさと知性が吸い込まれていった厳しく退屈な家事のパノラマを、見事にそこに描き上げる。フランシスは言う。ちょっと待ってくれ。ぼくは今日、飛行機事故であやうく命を落とすところだったんだぜ。毎日夕方うちに帰ったらそこが日々戦場だった、みたいなことは勘弁願いたいものだね。今ではジュリアはすっかり激している。彼女の声は震えている。帰ってきたら毎日うちが戦場だったというわけじゃないはずよ。そんな言い分は馬鹿げているし、ちょっとひどすぎる。あなたが帰ってくるまでは騒ぎなんて何ひとつなかったのよ。彼女は話すのをやめ、ナイフとフォークを置き、皿の中をじっとのぞき込む。まるで深淵でものぞき込むみたいに。そして泣き始める。「かわいそうなマミー！」とトビーが言う。ジュリアがナプキンで涙を拭きながらテーブルから立ち上がると、トビーは母親のそばに行く。「かわいそうなマミー」と彼は言った。「かわいそうなマミー！」そして二人は一緒に階段を上っていく。他の子供たちはふらふらと戦場から離脱していく。フランシスは煙草を吸い、外の大気を吸うために裏庭に出る。

それは気持ちの良い庭だった。そこには遊歩道があり、花壇があり、座れる場所があった。夕焼けはもうほとんど終わりに近づいていたが、それでもまだあたりにはたっぷりと残光があった。事故と戦闘のもたらした沈潜した気分にとらわれながら、フランシスはシェイディー・ヒルの夕暮れの物音に耳を澄ませた。「畜生め、このやくざものらめ！」とニクソン老人が、彼の鳥のための餌場で、リスたちに向かって怒鳴っていた。「立ち去れ！　目の前から消え去れ！」。ドアがばたんと閉まった。誰かが芝生を刈っていた。それから角に住んでいるドナルド・ゴズリンが「月光ソナタ」を弾き始めた。それはほとんど毎日のことなのだが、彼はテンポというものをそっくりどこかに放り出し、最初から最後までルバートをかけまくって弾いた。涙混じりの癇癪や、寂しさや、自己憐憫を――そのようなベートーヴェンの偉大さが知るはずもなかったものすべてを――しこたま吐露しながら。その音楽は樹木の下を抜け、通りに朗々と響き渡った。愛を希求し、優しさを希求するように。それはどこかの美人のメイドに向けられたものだ――ゴールウェイからやってきた若々しい顔立ちの、ホームシックの女の子に。彼女は三階の自分の部屋で、一枚の古いスナップショットを見つめている。「ほら、ジュピター。おいで、ジュピター」とフランシスはマーサー家の飼っているレトリーバー犬を呼んだ。ジュピターはフェルトの帽子の残骸を口にくわえ、トマトのつるのあいだを抜けて突進してきた。

　ジュピターにはいささか問題があった。ものを回収する本能とその快活さは、シェイディー・ヒルにはとうてい馴染まないものだった。彼は石炭のように真っ黒で、注意深く、知的で、いかにも遊び好きな細長い顔をしていた。その目は悪戯っぽく輝き、頭はいつも高く掲げられていた。紋章やタペストリーに見受けられる、また昔はこうもり傘の柄やステッキによく見受けられた、重々しい首輪をつけたどう猛な犬の頭だ。ジュピターはどこでも自分の行きたいところに行って、くず入れやら洗濯物のロープやらゴミ缶やら靴袋やらを片端から引っかき回した。ガーデン・パーティーやらテニスの試合の邪魔をした。日曜日のクライスト教会では、赤い服を着た人たちに向かって吠えかかり、その行列儀式を混乱させた。一日に二度か三度はニクソン老人のバラ園を突進して駆け抜け、コンデッサ・デ・サスタゴ種を盛大に踏みにじった。木曜日の夜にドナルド・ゴズリンがバーベキューに火をつけるや否や、ジュピターはその匂いを嗅ぎ取った。ゴズリン家の人たちが何をやっても、その犬を追い払うことはできなかった。棒や石を用いても、荒々しい声で命令しても、犬はしっかりテラスの縁に踏みとどまった。そしてその雄々しく紋章的な鼻先を突き出し、ドナルド・ゴズリンが塩を取るために背中を向けるのを待った。それから彼はテラスにひょいと飛び上がり、ステーキ肉を火の上から軽々と掠め取り、そのゴズリン家の夕食を口にくわえて引き上げていくのだった。ジュピターの命運も永くはあるまい。ライトソン家の雇っているドイツ人の庭師か、ファーカーソン家の料理人がそのうちに彼に毒を盛ることだろう。あのニクソン老人だって、ジュピターのお気に入りのゴミ缶の中に砒素を混ぜておくかもしれない。「ジュピター、おいで、ジュピター!」とフランシスは呼んだ。しかし犬は白い歯でくわえた帽子を振りながら、跳ねるような足取りでそのままどこかに行ってしまった。フランシスは自分の家の窓に目をやり、ジュリアが階下に降りてきて、蠟燭を吹き消しているのを目にした。

ウィード夫妻(ジュリアとフランシス)は、頻繁に外出した。ジュリアはみんなに好かれたし、社交性をそなえていた。彼女のパーティー好きは、混乱《カオス》と孤立を恐れるごく自然な気持ちから発したものだった。彼女は朝の郵便物を激しい不安に駆られながらひとつひとつ点検し、招待状を探し求めた。そしておおかたの場合、何通かの招待状をそこに見いだした。それでも彼女は飽くことを知らなかった。もし彼女が週に七日、毎晩外出したとしても、その物思いに耽るような表情――遠くの音楽に耳を澄ませているような表情――を顔から消し去ることはできなかっただろう。というのは彼女はいつも、どこかよそでもっと素晴らしいパーティーが催されているはずだと感じていたからだ。フランシスは彼女のパーティー通いに制限を設けていた。平日の夜のパーティーは週に二回までに留め、金曜日については場合場合で判断した。そして週末ともなれば、激しい突風の中を小舟で乗り切るような状況がもたらされた。飛行機事故の翌日、ウィード夫妻はファーカーソン家で夕食をよばれることになっていた。

フランシスは遅い時刻に帰宅した。彼が服を着替えているあいだに、ジュリアはベビー・シッターを迎え、彼を急かして家を出た。パーティーはこぢんまりとして感じが良かったので、フランシスは腰を落ち着け、場を愉しんだ。新しいメイドが飲み物を運んできた。彼女の髪は黒く、色白の丸顔で、その顔にフランシスは見覚えがあるような気がした。彼は記憶というものを感傷的な技能として発展させたことはない。薪の煙とかライラックとか、その手の匂いが彼の心を揺さぶることはない。彼の記憶は言うなれば盲腸――退化器官のごときものだった。過去から逃げられないという限界は彼にはまったくなかった。彼の限界はむしろ、過去からしっかりと逃げ切ってしまっているところにあった。彼はよその家のパーティーでそのメイドを目にしたことがあるかもしれない。日曜の午後にどこかを散歩しているところを見かけたかもしれない。しかしいずれにせよ、その記憶をより明確にしようとは思わなかった。彼女の顔は丸かったが、その丸みはなかなか素敵な感じだった。ノルマン系かアイルランド系。しかし以前どこかで彼女に会ったことがあるな、それも自分が当然覚えていなくてはならない場所で、と彼が感じるというのも無理はないというほど美しいわけではない。彼はネリー・ファーカーソンに、あの子は誰なんだいと尋ねた。エージェンシーから紹介されたメイドよ、とネリーは言った。ノルマンディーのトゥルノンていう、教会がひとつ、レストランがひとつみたいな小さな町から来た子よ。ネリーは昔そこを訪れたことがあった。ネリーが外国旅行の話をしているあいだに、フランシスは自分がどこでその娘を見かけたかを思い出した。それは戦争末期のことだ。彼は他の仲間の兵隊たちと一緒に補充兵編成所をあとにし、トゥルノンで三日間の休暇をもらった。その二日目に彼らはとある十字路を通りかかり、占領期にドイツ人の司令官と生活を共にしていた若い女が、そこで公開懲罰を受けているのを目にしたのだ。

　秋の涼しい朝だった。空はどんよりと曇り、未舗装の十字路には力のない光が僅かに差していた。そこは高い土地で、雲と丘がそれぞれの形を重ね合わせるように延びて、海の方に下っていく様を目にすることができた。囚人は農夫の荷馬車に載せられた三脚のスツールに座ってやってきた。彼女は荷馬車の脇に立ち、町長がその罪状と判決を読み上げるのを聴いていた。彼女は頭を垂れ、空虚な薄い笑みを口元に浮かべていた。その笑みの奥には打ちのめされた魂が身を潜めていた。町長が判決を読み終えると、彼女は髪を解き、それを背中に落とした。灰色の口ひげをはやした小柄な男が、大ばさみで彼女の髪を切り、切られた髪は地面に落ちた。それから石けん水を入れたボウルとまっすぐな剃刀を使って、男は女の頭を剃った。一人の女が近づいて、彼女の服の留め金をはずそうとしたが、女囚はその女を押しやり、自分で服を脱いだ。シュミーズを頭から脱いで、それを地面に投げ捨てると、彼女は全裸だった。女たちは囃し立て、男たちはじっとしていた。女囚の薄笑いの作り物っぽさにも、もの悲しさにもまったく変化はなかった。冷ややかな風が彼女の白い肌を粟立て、乳首を硬くした。囃し声は次第に収まり、共通する人間性を認めることによって鎮まっていった。一人の女が彼女に唾を吐きかけたが、彼女の裸体の持つ犯しがたい輝きは、その苦難を通してじっと持ちこたえた。群衆が静かになると、彼女は人々に背を向け――そのときにはもう泣き始めていた――履き古した黒い靴とストッキングだけを身につけた格好で未舗装の道路を歩き、一人ぼっちで村から去って行った。丸い色白の顔はいくらか年を重ねていたけれど、フランシスにカクテルを差し出し、あとで夕食を給仕することになるそのメイドが、かつてその十字路で辱めを受けていた女性であることに疑いの余地はなかった。

戦争は今ではもう遠い過去のことに思えたし、パルチザンの代価が死と拷問を意味した世界も昔話になっていた。そのとき一緒にヴィシーにいた連中とは連絡が途絶えたままだ。ジュリアに思慮分別を期待することはできなかったし、誰かにそんな話をすることもできない。もしそんな話題を夕食の席で持ち出したりしたら、社交上の過ちばかりか、人間としての過ちまでもおかすことになっただろう。ファーカーソン家の居間にいる人々は、過去など存在せず、戦争も存在せず、世界には危険もトラブルもないという暗黙の了解のもとに結束しているように見えた。人間の組み合わせを記録した歴史においては、このような驚くべき邂逅も、きっと落ち着くべき場所に落ち着くのだろう。しかしシェイディー・ヒルの空気の中にあっては、その記憶は不適切で礼儀に反するものだった。かつての女囚はコーヒーを出し終えると姿を消したが、その出会いはフランシスをぐったりさせた。それは彼の記憶と感覚をこじ開け、膨らませたままあとに残していった。ジュリアは家の中に戻ったが、彼はベビー・シッターを自宅まで送るために車に残った。

　ミセス・ヘンラインが姿を見せるものと思っていたのだが（いつも子供たちの面倒を見てくれる老婦人だ、若い娘がドアを開けて、明かりのついたポーチの階段を降りてくるのを目にして、彼は驚いてしまった。娘は明かりの下で立ち止まり、教科書の数を勘定した。彼女はしかめ面をしていたが、美しかった。世界はなんだか、美しい若い娘たちで満ちているようだ。しかしフランシスはそこにおいて、美しいことと完璧であることの違いを見て取った。愛らしい瑕疵、ほくろやあざ、癒えた傷、そんなものは一切見当らなかった。そして彼は意識の中で特別な一瞬を体験した。音楽によってグラスが割れる一瞬だった。彼の感じたそのピンと弾けるような感覚は、これまでの人生で一度も味わったことのないほど不思議に深く、えも言われぬものだった。それは彼女のしかめ面から、その顔の名状しがたい暗さから漂い出てきたものだった。その表情は彼の目には愛へのまっすぐな訴えと映った。教科書を数え終わると、彼女は階段を降りてきて、車のドアを開けた。明かりに照らされ、彼女の頬が濡れているのがわかった。彼女は車の中に入り、ドアを閉めた。

「君は新しい人だね？」

「ええ。ミセス・ヘンラインは具合が良くないんです。私はアン・マーチソンといいます」

「子供たちは君に面倒をかけたかい？」

「いえ、いえ、そんなことはありません」、彼女は顔を彼に向け、ダッシュボードの仄かな明かりの中で不幸そうに微笑んだ。上着の襟に金髪が引っかかったので、彼女は首を振ってそれをほどいた。

「君は泣いていたみたいだ」

「ええ」

「うちで何かがあって、そのせいじゃないといいんだが」

「いえ、違います。おたくで何かがあったということじゃないんです」、彼女の声は暗かった。「それは秘密じゃありません。村の人なら誰でも知っていることです。父はアルコール中毒で、ついさっきどこかの酒場から電話をかけてきて、私を罵りました。父は私のことをふしだらだと思っています。ミセス・ウィードがお帰りになる直前にその電話があったのです」

「かわいそうに」

「ああ、たまらない！」、彼女は言葉を詰まらせ、泣き始めた。そしてフランシスの方を向いた。フランシスは両腕で彼女を抱き、娘は彼の肩にすがるようにして泣いた。そして彼の腕の中で震えていた。その動作は、彼に伝わってくる娘の肌と骨の精妙さをいっそう強調することになった。二人の着ている服の布地は薄く感じられた。そしてその震えがだんだん収まってきたとき、それはほとんど愛の痙攣のようで、それでフランシスは理性を失って娘の身体を荒々しく引き寄せた。彼女は身を引いた。「うちはベルヴュー通りにあります」と彼女は言った。

「ランシング通りを鉄道橋の方に向かってください」

「いいとも」と彼は言って車をスタートさせた。

「あの信号を左折して……ええ、ここで右折して、線路に向かってまっすぐ進んでください」

　フランシスが通った道筋は、彼の住んでいるのとは違う地域に通じていた。鉄道線路を越え、川に向かい、どちらかと言えば貧しい人々の住んでいる通りに入っていった。家々の尖った破風や、木製の縁飾りなどは、プライドとロマンスに対する純粋な思いを伝えているものの、家屋そのものはあまりにも小さく、プライバシーや居心地の良さは求めるべくもなかった。通りは暗く、悩みを抱えた娘の優雅さと美しさによって心を乱されていたこともあり、そこに足を踏み入れたことで、彼は自分の内奥に隠されていた何かの記憶の、最も暗い部分に迷い込んだような気持ちになった。遠くの方に、あかあかと灯のともったポーチが見えた。家はそこしかなかった。その明かりがついているのが自分の住む家だと彼女は言った。車を停めると、ポーチの明かりの奥に薄暗い明かりのついた廊下が見え、そこに昔風の洋服掛けが置いてあった。「さあ、着いたよ」と彼は言った。若い男ならもっと違う言い方をするんだろうなと思いつつ。

　彼女は本から両手を離さなかった。両手は重ねられていた。彼女は首を曲げて彼の顔を見た。彼の両目には欲望が涙となって浮かんでいた。彼は意を決して——悲しげにではなく——自分の側のドアを開けて車を降り、歩いて彼女の側のドアに向かった。彼は彼女の空いている方の手を取り、その指先に指を絡め、彼女に付き添うようにコンクリートの階段を二段上り、ダリアやマリゴールドや薔薇の咲いた正面の庭の、狭い通路を歩いて抜けた。それらの花は軽い霜にも耐えてまだ花を咲かせ、苦みの混じった甘い匂いを夜の大気に漂わせていた。階段のところで娘は手をほどき、彼の方をさっと向いてキスをした。それからポーチを横切り、ドアを閉めた。ポーチの明かりが消えた。廊下の明かりも消えた。そのあとほとんど間を置かず、二階の横手の明かりが灯った。その明かりは、まだたっぷりと葉に覆われた一本の樹木を照らし出した。彼女が服を着替えてベッドに潜り込むまでにほんの数分しかかからなかった。それから家は真っ暗になった。

フランシスが帰宅したとき、ジュリアは既に眠っていた。彼は小さな方の窓を開け、ベッドに入って目を閉じ、その夜を閉め出そうとした。しかし目を閉じるや否や――眠りに落ちるや否や――その少女が彼の心に入り込んできた。閉じられたドアを次々に抜けて完全に自由に動き回り、彼女の明るさと、その芳香と、その声音の調べであらゆる部屋を満たしていった。彼は懐かしいモーリタニア号に乗って、彼女と共に大西洋を横断し、その後パリで生活を共にした。夢から覚めると、彼は開けた窓のそばで煙草を吸った。ベッドに戻って、彼は自分がやりたいと思っていることで、そうしても誰も傷つかないようなものごとを求めて意識の中を漁った。そしてスキーのことを考えた。彼の薄ぼんやりとした意識の上に、深く雪に覆われた山の姿がひとつ浮かび上がった。時刻は夕方近くだ。どこを見回しても、目にできるのは広々として胸躍るものばかりだった。肩越しに雪で埋まった谷間が見えた。上は樹木の繁った丘陵となっており、樹木はまばらに生えた頭髪のように雪の白さをぼかしている。寒さがすべての音を消し去っているが、スキー・リフトの鉄の触れあうかたかたという機械音だけがあたりに響いている。トレイルに差す光は青みがかっていて、一分か二分前よりも、曲がり目を選ぶのがずっとむずかしくなっている。今では雪は残らず深い青に染まっており、それがクラストなのか、氷なのか、むき出しの地面なのか、乾いたパウダースノウの堆積なのか、判断が困難になっている。山を下りながら彼は、最初の氷河期に形づくられた斜面の地勢に沿ってスピードを調整しつつ、身体をスイングさせ、熱意を込めて感情と状況のしかるべき簡潔さを追い求めた。それから日が落ち、彼は何人かの旧友たちと、薄汚れた田舎のバーでマティーニのグラスを傾けるのだ。

朝になると、フランシスの雪に覆われた山は消えていた。そして彼はパリとモーリタニア号の鮮やかな思い出とともに残されていた。それは深い嚙み跡となっていた。身体を洗い、顎の髭を剃り、コーヒーを飲み、そして七時三十一分の列車に乗り遅れた。彼が車を駅の構内に入れたまさにそのときに、列車は駅を出て行ったのだ。そして彼がその断固たる態度で離れていく列車に対して抱いたあこがれの想いは、彼の中に愛の気分を呼び起こした。八時二分発の列車を待ったが、プラットフォームは今では閑散としていた。きれいに晴れた朝だった。その朝は、彼の様々に混じり合った営みの上に架けられた、眩しい光の橋のように見えた。彼の精神は熱を含み、高ぶっていた。その少女のイメージは、ミステリアスで心躍る世界とのつながりの中に、彼の身を運び込んだようだった。車が駐車場を徐々に満たし始めた。そしてシェイディー・ヒルより高いところにある場所からやって来た車が霜で白くなっていることに彼は気づいた。秋の最初のしるしが彼の心をかき立てた。急行列車——バッファローだかオールバニーからの夜行だ——がプラットフォームの間の線路を走り抜けていった。その最初の何両かの列車の屋根が薄い氷の膜に覆われていることを、彼は目にとめた。そのようなすべての奇跡的な自然のありように心を打たれ、彼は食堂車で朝食をとっている乗客たちに向かって微笑みかけた。旅をする人々が卵料理を食べ、ナプキンで口もとを拭いているのが見えた。寝台車の、寝具がくしゃくしゃになったコンパートメントが、まるで一列に繫がった安下宿屋の窓みたいなかっこうで、新鮮な朝の風景の中を走り過ぎていった。そのような寝室のひとつの窓に、彼は信じがたいものを目にした。服を着ていない素晴らしく美しい女性が座って、ブラシで金髪をとかしていたのだ。彼女は熱心にひたすら髪をとかしながらまるで幻影のように、シェイディー・ヒルを通り過ぎて行った。フランシスはその女の姿を、もう見えなくなるまでじっと目で追っていた。それから老齢のミセス・ライトソンがプラットフォームの彼のそばにしってきて、話しかけた。

「もう三日も続けて、毎朝ここで私と顔を合わせて、きっと驚いているでしょうね」と彼女は言った。「でもうちの窓のカーテンのおかげで、私はすっかり通勤列車の人になってしまったわ。月曜日に買ったカーテンを、火曜日に返品したの。そして火曜日に買ったカーテンを、今日これから返品しに行くの。月曜日に私は、欲しいと思っていたまさにそのものを見つけて買ったわけ。鳥と薔薇の模様が入ったウールのタペストリー。でも家に持って帰ってみると、長さが違っていることがわかった。で、それを昨日交換したわけ。でもそれを家に持って帰ってみると、これもやはり長さが違っていた。私としてはもう、室内装飾家が正しい長さのカーテンを見つけてきてくれることを、天上の神様に望むしかないわ。だってあなたはうちをご存じでしょう。うちの居間の窓のことを。カーテン選びがどんなに難しいか想像できるはずよ。どうすればいいのか、もうさっぱりわからないわ」

「どうすればいいか、ぼくにはわかりますよ」とフランシスは言った。

「なんですって？」

「内側を真っ黒に塗って、黙ればいいんです」

ミセス・ライトソンがはっと息を呑んだ。フランシスは彼女を見下ろし、自分が意図して失礼な口をきいたことが相手にもわかっていることを確かめた。彼女は振り向いて歩き去った。ショックが激しかったせいで、足どりがよろけていた。素敵な気分が彼を包んでいた。まるで彼のまわりで光が揺すられたような具合だ。彼はまた、一心不乱に髪をとかしながら、ブロンクスあたりを抜けているであろうヴィーナスのことを思った。この前、誰かに対して意図的に非礼な振る舞いをしたことで愉しい思いをしてから、何年が経過しただろうと思うと、彼はふと正気に戻った。彼の友人や隣人の中には立派な、才能ある人々もいたが（そのことに間違いはない）、しかし大半は退屈きわまりない阿呆だった。そして彼は、これまでずっと全員の話に同じ注意深さを持って耳を傾けるという愚を犯してきた。彼は分け隔てしないことと、キリスト教的な愛とを混同していたのだ。そしてその混乱は多岐にわたって破壊的なものに思えた。そしてこのような自立のすがすがしい感覚をもたらしてくれたことで、彼は少女に感謝した。鳥たちが歌っていた。カーディナルと、最後のコマドリたちだ。空はエナメルのように輝いていた。朝刊のインクの匂いさえ、彼の生きる意欲に磨きをかけた。そして彼のまわりに広がっている世界は、どこまでも見事な楽園だった。

　もしフランシスが愛のヒエラルキーみたいなものの存在を信じていたなら――狩猟用の弓矢を持った精霊や、ヴィーナスとエロスの気まぐれを信じていたなら――あるいは惚れ薬やら、愛の秘薬やら、特製シチューやら、肩胛骨やら、月の満ち欠けやらを信じていたら、それは彼のその感じやすさや、熱っぽく高ぶった精神を説明してくれたかもしれない。中年期の黄昏の恋のことは世間で広く知られているし、自分はまさにそれに直面していたのだと彼も思った。しかし彼の感じているものには、黄昏の形跡など微塵もなかった。彼が求めていたのは、緑の森の中で戯れ、自分の痒いところを掻き、相手と同じカップから飲み物を飲むことだった。

　彼の秘書であるミス・レイニーはその朝遅く出勤した。彼女は週に三回、精神分析医のところに通っているのだ。そして彼女が顔を見せたとき、精神分析医はいったい自分にどのようなアドバイスを与えるのだろうと、フランシスは想像してみた。しかしあの少女は、彼の人生に音楽の響きのようなものをもう一度もたらすと、約束してくれたのだ。その音楽は彼を制定法上の強姦罪（承諾年齢に達していない者との性交）へと、郡の裁判所での裁きへと、まっすぐ導くかもしれないと考えると、彼の感じていた幸福感は潰えてしまった。ゲイ・ヘッドの浜辺で、カメラに向かって笑いかけている彼の四人の子供たちの写真が、彼を叱責していた。彼の会社の便せんの頭にはラーオコオーンの絵が印刷されていた。そして神官とその息子たちの蛇のとぐろに巻かれている姿は、きわめて深い意味を持っているように彼には思えた（ラーオコオーンはトロイアの神官。トロイア戦争のときにギリシャ軍の木馬を用いた計略を見破ったために、息子たちと共に二匹の海蛇に巻き殺された）。

　彼はピンキー・トラバートと一緒に昼食をとった。会話のレベルにおいては、彼の友人たちは道徳的にはたくましく柔軟だった。しかしもし彼がベビー・シッターに手を出したことがばれたりしたら、モラルというトランプの家が彼らすべての上に――そしてジュリアや子供たちの上にも――落ちかかるであろうことはあきらかだった。シェイディー・ヒルの最近の歴史の中にそういう事例がなかったかと思い返してみたが、思い当たることはひとつもなかった。恥ずべき行いなど耳にしたことがない。彼がそこに引っ越してきてから、離婚した夫婦はまわりに一組もいない。スキャンダルのかけらもなかった。ものごとはすべて、天国よりも更に身持ち良く保たれているみたいだった。ピンキーと別れたあと、フランシスは宝石店に行って、少女のためにブレスレットをひとつ買った。この人目を忍ぶ買い物は、なんと彼を幸福な気持ちにしたことだろう。宝石店の店員はなんと仰々しく滑稽に見えたことだろう。彼の背後を通り過ぎた女性の香水はなんと甘い香りを放っていたことだろう。五番街の、ずっしりと重い地球を背負って、身を屈めているアトラスの前を通り過ぎながら、フランシスは自分の肉体性を、自らが選択したパターンの内に収めておくことの困難さを思った。

その少女と次にいつ会えるのか、彼にはわからなかった。家に帰ったとき、彼はそのブレスレットを内ポケットに入れていた。自宅のドアを開けると、玄関に彼女がいた。娘は彼に背中を向けていたが、ドアの閉まる音を耳にすると振り向いた。彼女の微笑みは開放的で愛らしかった。彼女の完璧さはよく晴れた日のように――雷雨の過ぎた翌日のように――フランシスの心を激しく打った。彼は娘を捕まえ、その唇に唇を重ねた。彼女は抵抗したが、それほど長く抵抗する必要はなかった。というのは、小さなガートルード・フラナリーがどこからともなく姿を見せ、「あら、ミスタ・ウィード……」と言ったからだ。

ガートルードはさまよい歩く子供だった。生まれつき、探索を何より好んだ。そして彼女は愛情溢れる両親との暮らしを、自分の人生の中心には置かなかった。フラナリー家のことをよく知らない人々は、ガートルードの振る舞いはきっと、家庭に何か問題があるためだろうと結論づけた。両親の夫婦仲が険悪だとか、酒浸りで喧嘩の絶え間がないとか。しかしそんなことはまったくなかった。小さなガートルードの衣服がぼろぼろの上に薄着なのはひとえに、娘に暖かい、小綺麗ななりをさせようとする母親との戦いに彼女が勝利したからだった。饒舌で、やせっぽちで、風呂にも入っていないようななりで、彼女はブレンホロウの近辺の家から家をうろうろさまよい歩いた。赤ん坊や、動物や、同年代の子供たちや、若者たちや、ときには大人たちとさえ同盟を結び、次々にそれを反故にしていった。朝に玄関のドアを開けると、ポーチの階段にガートルードが座っているのを目にすることがしばしばあった。髭を剃るために浴室に入ると、ガートルードがトイレで用を足していたりもした。息子のベビーベッドを覗くと空っぽで、あちこち探し回った末に、ガートルードが赤ん坊を乳母車に乗せて、隣の村まで押していっていたということもあった。彼女は人の役に立つことをしたし、どこにでも顔を出したし、正直で、常に腹を減らし、忠実だった。自ら進んで自分の家に帰るということはまずなかった。帰宅しなくてはならない時刻になると、彼女はあらゆる示唆に対して無関心になった。「もうおうちに帰りなさい、ガートルード」という言葉が近隣のあちこちの家から、毎晩のように聞かれたものだ。「うちに帰りなさい、ガートルード。うちに帰る時刻になったよ、ガートルード」「おうちに帰ってご飯を食べた方がいいわよ」「もうおうちに帰りなさいって、二十分前にも言ったでしょう、ガートルード」「お母さんがあなたのことをきっと心配するわよ、ガートルード」「もう帰りなさい、ガートルード。帰るんだよ」

人の目の周りについた皺が、侵食された石の棚のように見えることがあり、また凝視する目そのものがひどく荒ぶれた獣性を含んでいて、それで衝撃を受けて途方に暮れてしまうことがある。フランシスが幼い少女に投げかけた視線は醜く屈折したもので、それは彼女を怯えさせた。彼はポケットを手で探り――」その手は震えていた――二十五セント貨を一枚取り出した。「うちに帰りなさい、ガートルード。誰にも言うんじゃないよ、ガートルード。誰にも――」。彼が息を詰まらせながら居間に駆け込むと、早く服を着替えてとジュリアが二階から彼に声をかけた。

今夜、あとでアン・マーチソンを車で家まで送り届けるのだという思いは、フランシスとジュリアが出席したパーティーが進行するあいだずっと、まるで一本の黄金の糸のように彼の心を刺し貫いていた。彼は冴えないジョークにも高々と笑い、メイベル・

マーサーが自分の飼っていた子猫の死について語ったときには涙を拭いさえした。そして密かにランデブーを予期している人の例に洩れず、始終伸びをしたり、あくびをしたり、ため息をついたり、うめき声をあげたりした。ブレスレットはずっと彼のポケットの中にあった。腰を下ろして語りながら、その鼻は芝の匂いを嗅いでいた。どこに車を停めようかと彼は頭を巡らせた。古いパーカーの屋敷には誰も住んでいないし、そのドライブウェイは恋人たちの密会場所として使われている。タウンゼンド・ストリートは行き止まりの道で、いちばん奥にある家の向こうに車を停めることができる。エルム・ストリートと河原をかつて結んでいた古い小径にはたっぷりと草が繁っており、彼は子供たちを連れてそこを歩いたことがあった。その人目につかない深い茂みの中に車を入れればいい。

　ウィード夫妻はパーティーをあとにした最後の客だった。ホストとホステスは彼らの結婚生活がどれほど幸福なものであるかを、四人で玄関に立っておやすみの挨拶を交わすときに語った。「ぼくの愛しい人だ」とホストは奥さんを抱きしめて言った。「彼女はぼくの青空だ。結婚して十六年になるが、ぼくは今でも彼女の肩を噛むんだ。彼女はぼくを、まるでアルプス越えをしているハンニバルみたいな気持ちにさせてくれる」

　ウィード夫妻は無言のまま家まで車を走らせた。フランシスはドライブウェイの奥で、エンジンをかけたまま車のシートに腰を下ろしていた。「車はもうガレージに入れていいわよ」と車を降りながらジュリアは言った。「マーチソンの娘さんには、十一時になったら帰っていいって言っておいたから。誰かに車で送ってもらうということだった」。彼女はドアを閉め、フランシスは暗闇の中にそのまま座り込んでいた。どうやら自分は愚かな人間にふりかかる罰《ばつ》を全て受けるようにできているのだ。荒れ狂う淫らな思い、嫉妬、目に涙を滲ませる心の傷、そしてまた嘲笑——自分の姿が他人の目にどのように映るか、はっきりそれがわかっていたから。彼の両手は車のハンドルに広げられ、頭は愛の故にそこに埋められた。

　フランシスは少年の頃、熱心にボーイスカウトの活動をしていたので、その若き日の戒律を思いだし、翌日の午後オフィスを早めに抜け出し、総当たり制のスカッシュをプレイした。しかし身体が運動とシャワーで引き締められると、これならおとなしくデスクに座っていた方がよかったかもなと思った。帰宅したとき、あたりはぐっと冷え込んでいた。空気には鋭い変化の匂いが感じ取れた。家の中に一歩足を踏み入れたとき、そこに何かしら普通ではない混乱があることに彼は気づいた。子供たちはよそ行きの格好をしており、二階から降りてきたジュリアはラヴェンダー色のドレスを着て、ダイアモンドの日輪型のブローチをつけていた。彼女はその混乱の理由を説明した。クリスマス・カード用の写真を撮影するために、ミスタ・ハバーが七時にやってくるのだ。彼女はフランシスのために青いスーツと、目立つ色のついたネクタイを用意していた。今年はカラー写真を撮ることにしたからだ。クリスマスのための写真を撮るということでジュリアはうきうきしていた。そういう儀式がなにしろ大好きなのだ。

フランシスは着替えるために二階に上がった。彼は一日の仕事で疲れており、思慕することで疲れていた。ベッドの端に座っていると、疲労が余計に深まっていくように感じられた。彼はアン・マーチソンのことを思った。そしてジュリアの化粧台のピンクのランプからの咎めを受けることもなく、自らを表現したいという物理的必要性に呑み込まれていった。彼はジュリアの机に行って便せんを一枚とりだし、そこに書き始めた。「ディア・アン、私はきみのことを愛している。きみのことを愛している。きみのことを……」。その手紙を目にするものはいないだろう。だから彼は一切の抑制を捨てた。そして「天国的な至福」とか「愛の巣」というような大仰な表現を用いた。よだれを出し、ため息をつき、身体を震わせた。ジュリアが下に降りてくるようにと声をかけたとき、彼の幻想と実際的な世界とのあいだに生じた深淵はあまりにも広大なものだったので、自分の心臓の筋肉がおかしくなってしまったのではないかと思ったほどだった。

ジュリアと子供たちはポーチの階段にいた。写真家とその助手は特大バッテリー付きのスポットライトをセットしていた。家族と、その家のエントランスの建築学的美しさを映し出すための照明だ。遅い列車で帰宅してきた人々は、クリスマス・カードの写真を撮影しているウィード家の家族を眺めるために、車のスピードを落とした。何人かは手を振り、彼らに向かって呼びかけた。ミスタ・ハバーがこれでよしと納得するまで、一家は三十分も微笑んだり、唇を湿したりし続けなくてはならなかった。冷えた大気の中で、照明の熱がもわっとした匂いを立てていた。そしてスイッチが切られたとき、その光の残像がフランシスの目の網膜にちらついて残った。

その夜の後刻、フランシスとジュリアが居間でコーヒーを飲んでいると、玄関のベルが鳴った。ジュリアが行ってドアを開け、クレイトン・トーマスを中に通した。彼は、ジュリアが少し前に彼の母親にあげた芝居のチケットの代金を支払うためにやってきたのだ。払わなくていいとジュリアは言ったのだが、ヘレン・トーマスはどうしても払うと言ってきかなかった。ジュリアは彼にコーヒーを飲んでいかないかと言った。「ぼくはコーヒーを飲まないんです」とクレイトンは言った。「でもちょっとお邪魔します」。彼はジュリアのあとについて居間に入ってきて、フランシスにこんばんはと挨拶をした。そしてぎこちなく椅子に腰を下ろした。

クレイトンの父親は戦争で命を落としていた。そして父をなくしたということが、まるで特有の空気のようにその青年のまわりを取り囲んでいた。それはシェイディー・ヒルにあってはかなり人目を引くことであったかもしれない。というのはトーマス家はそこにあっては唯一の「何かが欠落した」家族だったから。他のすべての結婚生活は無疵かつ生産的だった。クレイトンは大学の二年生か三年生で、彼と母親は大きな屋敷に二人だけで住んでいた。彼らはその家を売ろうとしていた。クレイトンは過去に一度面倒を起こしたことがある。何年か前に彼はいくらかの金を盗んで逃げたのだ。捕まったとき、彼はカリフォルニアにまで逃げていた。長身で、角縁の眼鏡をかけた、あまりぱっとしない容貌の青年で、深い声で話した。

「いつ大学に戻るんだね、クレイトン？」とフランシスが尋ねた。

「大学に戻るつもりはありません」とクレイトンは言った。「母にはお金がありませんし、今さらあれこれ見かけを繕っても無意味です。ぼくは仕事を見つけますし、家が売れたら、二人でニューヨークに行ってアパートメントを借ります」

「シェイディー・ヒルを去るのは寂しくない？」とジュリアが尋ねた。

「いいえ」とクレイトンは言った。「ここは好きになれません」

「どうしてかね？」とフランシスが尋ねた。

「そうですね、ここにはぼくが受け入れがたいものがいっぱいあります」クレイトンは生真面目な声で言った。「クラブでのダンスみたいなものです。先週の土曜日の夜、終わり頃にちょっと顔を出したのですが、そこでミスタ・グラナーがミセス・マイノットをトロフィー・ケースに無理矢理押し込もうとしていたのを目にしました。二人とも泥酔していました。ぼくは過度の飲酒みたいなのが好きじゃないんです」

「まあ、土曜日の夜だからね」とフランシスは言った。

「そしてすべての平和な鳩小屋はまがい物です」とクレイトンは言った。「人々が自らの人生をがらくたで埋めている、そのやり方。ぼくはそのことについてずいぶん考えてきました。そしてシェイディー・ヒルにとって本当にまずいのは、そこには未来がないように思えることです。その場所を無疵のものとするために、あまりに多くのエネルギーが費やされています。好ましくないものを排除するとか、そういうことです。みんなが抱いている未来の姿といえば、もっともっと通勤電車に乗ってもっとたくさんパーティーを開いて、というようなことでしかありません。それが健康的なことだとはぼくには思えません。人は未来についてもっと豊かな夢を夢見るべきです。大きな夢を心に抱けるというのが大事なことです」

「大学を続けられないのは残念ね」とジュリアは言った。

「ぼくは神学校に行きたかったんです」とクレイトンは言った。

「君はどの会派に属しているんだい？」とフランシスは尋ねた。

「ユニテリアン、神智学、超絶主義、ヒューマニスト」

「エマーソンは超絶主義者だったかしら？」とジュ

リアが尋ねた。

「ぼくが言っているのは英国の超絶主義のことです」とクレイトンが言った。「アメリカの超絶主義者たちはみんな間抜けだから」

「どういう職に就きたいと思っているのかな？」とフランシスが尋ねた。

「そうですね、出版社で働きたいと思っています」とクレイトンは言った。「出版なんてつまらないとみんなが言います。でもそういう仕事がやりたいのです。ぼくは善と悪についての、長い韻文劇を書いています。チャーリー叔父さんはぼくを銀行に入れてくれるかもしれないし、それはぼくにとって良いことなのでしょう。ぼくは訓練のようなものを必要としていますから。人格をきちんと形成するにはまだ長い道のりがあります。ぼくにはいくつかの良くない習慣があります。たとえば喋りすぎます。ぼくは沈黙の誓いを立てるべきだと思うんです。一週間ほど口をきかないとか、そういう訓練が必要なんだ。監督教会の僧院に入ることも考えました。でも三位一体論が好きになれないのです」

「きみには女友だちはいるのか？」とフランシスが尋ねた。

「婚約をしています」と彼は言った。「もちろんぼくはその婚約を公表したり、実行したり、そんなことができる年齢でもありませんし、そんなお金もありません。でもこの夏に芝生を刈る仕事で稼いだお金で、アン・マーチソンのためにエメラルドを買いました。彼女が学校を終えたらすぐに結婚するつもりでいます」

フランシスは少女の名前を耳にして思わずはっと身を引いた。そして薄汚れた光が彼の魂から発して、すべてのものから――ジュリアと青年とそこにある何脚かの椅子から――すべての偽の色彩をはぎとってしまったように思えた。まるで天候が厳しい転換を見せたみたいだった。

「ぼくらは大家族を持ちたいんです」とクレイトンは言った。「彼女の父親は大酒飲みだし、ぼくはぼくでつらい時期を過ごしてきました。ぼくらはたくさんの子供が欲しいんです。ああ、彼女はほんとに素晴らしい女性なんです、ウィードさん。ぼくら二人は共通するものをたくさん持っています。好きなものもみんな同じです。申し合わせたわけじゃないんですが、去年出し合ったクリスマス・カードもまったく同じものでした。トマトがアレルギーであることも同じです。そしてぼくらの眉毛はどちらも真ん中でつながっているんです。それでは、おやすみなさい」

　ジュリアは彼を玄関まで送っていった。彼女が戻ってくると、あいつは怠け者だよとフランシスは言った。無責任だし、気取っているし、いやな匂いがする。あなたはここのところ少し不寛容になりすぎているみたいよ、とジュリアは言った。あの子はまだ若いのだし、チャンスを与えてあげなくては。フランシスが短気を起こしたほかの例を、ジュリアはいくつかあげた。「ミセス・ライトソンはシェイディー・ヒルの住人を全員、彼女の結婚記念日のパーティーに呼んだのに、私たちだけは誘われなかった」と彼女は言った。

「そいつは残念だ、ジュリア」

「どうして私たちが招かれなかったか、あなたにはわかる？」

「どうしてだい？」

「あなたがミセス・ライトソンを侮辱したからよ」

「じゃあ、君はそのことを知っているんだ」

「ジューン・マスターソンが教えてくれたわ。彼女はあなたの後ろに立っていたのよ」

　ジュリアは短い歩幅で歩いて、ソファの前にやってきた。それが怒りの表現であることをフランシスは知っていた。

「ぼくはミセス・ライトソンを侮辱したよ、ジュリア。そうしたくてやったんだ。ぼくは彼女のパーティーを楽しんだことは一度もないし、招待リストから外してくれたことをありがたく思っているよ」

「ヘレンはどうなるの？」

「このことにヘレンがどこで関わってくるんだ？」

「誰が親睦会《アセンブリー》に行くか決めるメンバーの一人が、ミセス・ライトソンなのよ」

「ヘレンがダンス・パーティーに行けないようにすることが、彼女にできるというのか？」

「そうよ」

「そんなことは考えもしなかったね」

「ええ、あなたは考えもしなかったでしょうよ」とジュリアは叫んだ。そして彼の鎧の隙間から、柄《つか》までたっぷり短刀を突き刺した。「そういう、みんなの幸福を台無しにするような無考えで愚かしいことをされると、私はとことん頭に来ちゃうの」

「ぼくは誰の幸福も台無しになんかしちゃいないと思う」

「ミルス・ライトソンはシェイディー・ヒルを牛耳っているし、この四十年間ずっとそれを続けてきたのよ。こういうコミュニティーにおいて、誰かを侮辱したくなったり、下品な気分になったり、攻撃的になったりするたびに、それを遠慮なく外に出していたらどんなことになるか、ちょっと考えればわかるでしょう」

「ぼくはとても礼儀正しい人間だよ」とフランシスは、その夜を少しでも明るい方向に向かわせたいと努めながら言った。

「馬鹿なことを言わないで、フランシス・ウィード！」とジュリアは叫んだ。彼女の発した言葉が唾となって彼の顔に当たった。「ここで今、私たちがあるような社交上のポジションを得るために、私はこれまでさんざん苦労してきたのよ。あなたがそれを台無しにしてしまうのを黙って見ているわけにはいかない。ここに住むと決めたときから、あなたにはそれくらいわかっていたはずよ。洞窟の熊みたいな生き方はできないってことが」

「ぼくは自分の好き嫌いを明らかにしたいんだ」

「嫌いなことを隠すくらいはできるでしょう。子供じゃないんだから、正面からぶつかることはないじゃない。もちろんあなたが地域の鼻つまみ者になりたいのなら話は別だけど。私たちがあちこちから招待を受けるのは決して偶然のことじゃないし、ヘレンにたくさんお友だちがいるのは決して偶然のことじゃないのよ。あなたは土曜日の夜を映画を見て過ごしたいわけ？　日曜日には庭の落ち葉を掃き集めていたいわけ？　あなたは自分の娘が親睦会の夜に一人で窓辺に座って、クラブから流れてくる音楽に耳を澄ませている姿を見たいわけ？　あなたは――」、そこで彼は、まったく説明がつかないでもない行動を起こした。というのは彼女の言葉は二人のあいだに、とても耐え難いほどいまわしい壁を立ち上げたように見えたからだ。彼は妻の顔を思い切りはたいた。彼女はよろめいたが、すぐに体勢を立て直したようだった。彼女は二階の夫婦の部屋に向かった。ドアをばたんと閉めたりはしなかった。数分後にフランシスがあとを追っていくと、妻はスーツケースに荷物を詰めていた。

「ジュリア、本当に悪かった」

「いいのよ、もう」と妻は言った。彼女は泣いていた。

「どこに行くつもりなんだ？」

「わからない。時刻表を見ていたところ。十一時十六分発のニューヨーク行きがあるから、それに乗るつもり」

「出て行くことはできないよ、ジュリア」

「ここにいることはできない。それは確かよ」

「ミセス・ライトソンのことは悪かったよ、ジュリア。そしてぼくは――」

「ミセス・ライトソンのことなんてどうだっていい。そういう問題じゃないんだから」

「何が問題なんだ？」

「あなたはもう私のことを愛していない」

「君のことを愛しているよ、ジュリア」

「いいえ、愛してなんかいない」

「ジュリア、本当に君のことを愛しているんだ。また昔のようになれたらいいなと思うよ――仲良く、ワイルドに、こっそりと。でも今ではあまりに多くの人が関わりすぎている」

「あなたは私を憎んでいる」

「ぼくは君を憎んでなんかいないさ」

「自分が私をどれほど憎んでいるか、それがわかっていないだけよ。それは意識下のことなんだと思う。自分がどんな酷いことをやったか、あなたには理解できていない」

「ぼくがどんな酷いことをやったんだ？」

「あなたが私を憎んでいると表現するために、あなたの無意識がそうしろと命じた残酷ないくつもの行為よ」

「どんなことだよ、ジュリア？」

「愚痴は言わないようにしてきた」

「言ってくれ」

「自分が何をしているか、あなたにはわかっていないのよ」

「いいから言ってくれ」

「あなたの服よ」

「何の話だ？」

「あなたは汚れた服を脱ぎっぱなしにしておく。そういうのって、あなたが私を憎んでいることを無意識的に表しているんだわ」

「言っていることがよくわからないな」

「私が言ってるのは、あなたの汚れたソックスと、あなたの汚れたパジャマと、あなたの汚れた下着と、あなたの汚れたシャツのことよ!」、彼女はスーツケースの隣に膝をついていたのだが、立ち上がった。彼女の目は燃え上がり、その声は感情の高まりにさんきんと鳴っていた。「私が言いたいのは、あなたは服をハンガーにかけるということを決して覚えようとはしないということよ。脱いだらそのまま床に放り出してある。それって私を貶めるためなのよね。わざとそうやっているんだわ!」、彼女はしくしくと泣きながらベッドに身を伏せた。

「ジュリア、お願いだ」と彼は言った。しかし彼が妻の肩に手をかけると、彼女はさっと起き上がった。

「放っておいて」と彼女は言った。「出て行かなくちゃ」。彼女は夫を押しのけるようにしてクローゼットに行き、ドレスを一着持って戻ってきた。「あなたが贈ってくれたものは何ひとつ持っていきませんから」と彼女は言った。「真珠も毛皮のコートも置いていくわ」

「ああ、ジュリア!」、自己欺瞞の中でいかにも頼りなくスーツケースに屈み込んだ彼女の姿は、彼の胸を憐れみで満たし、ほとんど気分を悪くさせた。彼がいなくなった自分の人生がどんなものか、彼女にはわかっていないのだ。働く女性たちがどれほど厳しい時間を送らなくてはならないか、彼女には理解できていない。彼女の手にしている友情のほとんどは結婚という枠内で維持されているものであり、その枠がなくなればあとはひとりぼっちになるしかないということが、わかっていないのだ。旅行のことも、ホテルのことも、お金のこともわかってはいない。「ジュリア、君を行かせるわけにはいかない。君にわかっていないのは、君はぼくに依存して生きるようになったのだということだ」

　彼女は頭をさっと後ろにやり、両手で顔を覆った。「私があなたに依存しているですって?」と彼女は言った。「今そう言ったの? あなたが朝の何時に起きなくちゃいけなくて、夜の何時には眠らなくちゃいけないか教えるのは、いったい誰なんでしょうね? あなたの食事を用意し、あなたの洗濯物を拾い集め、あなたのお友だちを夕食に招待するのはいったい誰なのよ？　もし私がいなかったら、あなたのネクタイはべとべとのままだし、洋服は虫の食い跡だらけになっているわ。私があなたに会ったとき、あなたはひとりぼっちだったのよ、フランシス・ウィード。私がいなくなったら、またひとりぼっちになるわ。うちの母が、結婚式の招待状を送る相手の数をあなたに尋ねたとき、あなたは何人の名前を挙げたかしら？　たった十四人よ！」

「クリーブランドはぼくの地元じゃないからね、ジュリア」

「そしてあなたのお友だちの何人が教会に来たかしら？　二人よ！」

「クリーブランドではぼくはよそ者だったからさ」

「毛皮のコートは持っていきませんから、ちゃんと保存しておいてね」と彼女は静かな声で言った。「それから真珠の保険は一月で切れちゃいますから。洗濯屋の名前と、メイドの電話番号――そういうのは全部私の机の中に入っている。それからあまりお酒を飲み過ぎないようにね、フランシス。あなたに悪いことが起こらないことを祈っているわ。もし何か困った問題が起きたら、私に電話して」

「ねえ、ぼくは君をどこかにやることなんてできないよ」とフランシスは言った。「行かないでくれ、ジュリア」、彼は妻を両腕で抱いた。

「もう少しのあいだここに留まって、あなたの世話をした方がいいかもしれない」と彼女は言った。

朝、電車で仕事に向かうとき、フランシスはその娘が車両の通路を歩いてくるのを目にした。彼は驚いた。彼女が市内の学校に通っているとは知らなかったからだ。でも彼女は教科書を抱えていたし、それはどう見ても学校に通う格好だった。驚きのせいで彼の反応は一呼吸遅れた。しかし彼はぎこちなく立ち上がり、通路に足を踏み出した。彼女とのあいだには何人かの人々が割り込んできたが、それでも彼は先の方に彼女の姿を認めることができた。彼女は誰かが列車の仕切扉を開けてくれるのを待っていた。それから列車がカーブすると、隣りの車両に移るためにデッキを横切ろうとして、身体を支えるために手を伸ばした。彼は彼女のあとを追ってその車両を抜け、もう一台の車両を半分ほど進んだところで彼女の名前を呼んだ。「アン！　アン！」――でも彼女は振り向かなかった。彼は彼女を追って、更にまた隣の車両に移った。彼女は通路側の座席に腰を下ろした。そちらに近づいていくと、彼のすべての感覚は温かくなり、彼女のいる方向にぐいぐい傾いていった。彼女の座った座席の背中に手をかけたが、そこに触れているだけで彼の身体は温かくなった。そして身を屈めて話しかけようとして、それがアンではなかったことに気づいた。眼鏡をかけた、もっと年上の女性だった。彼は何げない足取りで隣の車両に移ったが、恥じらいのために、またそれにも増して自分の良識が損なわれるところだったという深い困惑のために、頬は赤くなっていた。もし自分に人を見違えるようなことがあるとしたら、ジュリアと子供たちと共にいる人生が、パリでの秘め事やら、積もった落ち葉や草の匂いやら、「愛の小径」の樹木のトンネルやらといった、彼の見た夢に負けない現実性を有しているという、どんな証拠がそこにあるだろう？

その午後遅く、ジュリアが電話をかけてきた。二人で夕食会に出る予定があることとの確認だった。その数分後にトレース・ビアーデンが電話をかけてきた。「やあ、実はね」とトレースは言った。「ミセス・トーマスに頼まれた件で電話をしているんだ。知ってるよな？　彼女の息子のクレイトンがうまく仕事を見つけられないみたいなんだ。で、君に助けてもらえないかと思ってさ。もし君がチャーリー・ベルに電話をかけてくれたら――彼が君に借りのあることは知っている――そしてトーマスのことをちょっと口利きしてくれたら、きっとチャーリーは――」

「なあトレース、こんなことは言いたくないんだが」とフランシスは言った。「あの若者のために、何かをしてやろうという気持ちに、ぼくはなれないんだよ。あの子にはそんな価値はない。きついことを言うようだが、でも本当だよ。彼のために何かしてやっても、それは悪いかたちでこちらに跳ね返ってくるだけさ。何の値打ちもないやつだし、どうしようもないよ、トレース。たとえ仕事を紹介してやったとしても、一週間も続くまい。ぼくにはそれがよくわかる。心苦しいことではあるが、事実は事実だ。彼を推薦するよりはむしろ、みんなに警告を与えたいくらいのものだよ。あの男には気をつけろってね。彼の亡くなった父親を知っている人たちは当然、彼に手を貸したいという気持ちになるだろう。でもそういう人たちに警告を与えたい。あの若者は盗人であり……」

その会話が終わった瞬間、ミス・レイニーが入ってきて、彼の机の横に立った。「私はもうこれ以上、あなたのために仕事ができそうにありません、ミスタ・ウィード」と彼女は言った。「もし必要であれば、十七日まで留まることはできます。ものすごく良い仕事に誘われたので、できるだけ早く退職したいのです」

彼女は出て行った。彼は一人あとに残され、自分がトーマス家の息子に対しておこなった邪《よこしま》な行為に直面しなくてはならなかった。子供たちは写真の中で、夏のすべての明るい色に眩しく染まりながら、どこまでも楽しげに笑っていた。その日、浜辺でバグパイプ奏者に出会ったことを、彼は思い出した。彼は奏者に一ドルを払い、ブラック・ウォッチ（スコットランド高地連隊）の戦闘唄を吹いてもらった。家に帰ると、少女はそこにいるだろう。彼は再び心優しい近所の人々と共に夜のひとときを過ごし、行き止まりの道か、人気のないでこぼこ道か、空き家のドライブウェイを物色し、選ぶことだろう。そこには彼の気持ちを和ませてくれるものは何ひとつなかった。笑いや、子供たちとのソフトボール・ゲームも何の役にも立ちはしない。そして飛行機の不時着や、ファーカーソン家の新しいメイドや、アン・マーチソンが酔っ払いの父親とのあいだに抱えている問題などを思い返してみると、今ある状況に自分がはまり込んでしまったのは、避けがたいことであるようにも思えた。彼は苦境にあった。これまで人生の中で一度だけ道に迷ったことがあった。鱒がいる北の森の渓流からの帰り途、迷子になったのだ。そして今もそのときと同じ救いのない思いを抱いていた。どれだけ心愉しいものや、希望に満ちたものや、勇気や忍耐力があったところで、深まりゆく暗闇の中で見失った道筋を、見つける助けにはなりそうにないという思いだ。彼は森の匂いを嗅いだ。その救いのなさはとうてい耐えがたいものだった。自分が選択をなさねばならない地点に置かれていることは明らかだった。

精神分析医のところに行くこともできた。ミス・

レイニーのように。あるいは教会に行って、淫らな欲望も告白することもできた。あるセールスマンが勧めてくれたように、西七十丁目あたりにあるデンマーク式マッサージ・パーラーに行くこともできた。少女をレイプすることもできたし、そんなことをしなくてもなんとか済ませられると自分を信じることもできた。酔っ払うこともできた。それは彼の人生だったし、彼の乗っているボートだったし、他のすべての男たちと同じように、彼は何千、何万という子供たちの父親となるように造られていた。密会をして何の不都合があるだろう？ そうすれば双方とも、世界に対してより親切な気持ちになれるではないか。いや、これは間違った思考の流れだ。だから彼は最初の考えに戻ることにした。精神分析医だ。彼はミス・レイニーの担当医の電話番号を知っていた。だからそこに電話をかけ、すぐに予約はとれまいかと尋ねてみた。彼は医師の秘書としつこく交渉した。それが彼のビジネスの進め方だった。彼女は、先生の予約は二週間先まで詰まっていますと言ったが、フランシスはどうしても今日でなくてはならないんだと強く要求し、それでは五時に来てくださいということになった。

　精神分析医のオフィスのあるビルは、おおかたが医師や歯科医のオフィスで占められていた。廊下にはうがい薬の甘ったるい匂いや、痛みの記憶が漂っていた。フランシスの人格は一連の私的な決心によって形成されていた。その決意は、清潔さに関するものであり、高い飛び込み台からジャンプすること、またその種の勇気が試される様々な行為を繰り返すことに関するものであり、時間の厳守や、正直さや、善行に関するものだった。彼が重要な決断を下すときに、これまで常に自らの身を置いてきた完璧な孤立を放棄することで、人格というものを巡る彼の概念は叩き潰され、彼は今ではショック状態に似たところに置かれていた。そして無感覚に陥ってしまった。彼にとっての「ミゼレーレ・メイ・デウス（神よ、我を憐れみたまえ）」ともいうべき光景には、きわめて多くの医師のオフィスの待合室がそうであるように、家庭の温かみみたいなものを醸し出そうという、しるしだけのぱっとしない努力のあとが見てとれた。アンティーク家具が並び、コーヒーテーブルが置かれ、鉢植えの植物があり、雪に覆われた橋と空を飛ぶ鴨たちを描いたエッチングがあった。とはいえそこには子供たちの姿はなく、夫婦の寝室もなく、ストーブもなく、このまがい物の家にあっては、誰かがここで一夜を過ごしたことさえなかった。カーテンのかかった窓の下に見えるのは、暗いエアシャフトだけだ。フランシスは秘書に自分の名前と住所を告げた。それから部屋の横手から一人の警官が彼の方に向かってやってくるのが見えた。「動くんじゃない」と警官は言った。「じっとしているんだ。手はそのままに」

「あの、大丈夫だと思いますわ、お巡りさん」と秘書が口を開いた。「たぶんとくに何の――」

「念のために確認しておきましょう」と警官は言った。そしてフランシスの衣服をぱたぱたと叩いて点検し始めた。たぶんピストルやナイフやアイスピックや、そんなものを探しているのだろうか？　何も見つからなかったので、警官は後ろに下がり、秘書が申し訳なさそうに弁解した。「ミスタ・ウィード、あなたが電話をかけてこられたとき、とても興奮しておられたようでした。そしてドクターは患者さんの一人に、殺してやると脅迫されていたのです。そのようなわけで私どもとしては、用心をしなくてはならなかったのです。中にお入りになりますか？」。フランシスは電動チャイムに接続されたドアを押し、ドクターの部屋でどっしり腰を下ろし、ハンカチで洟をかんだ。そしてポケットの中の煙草かマッチか、他のなにかを探した。そして目に涙を溜め、しゃがれた声で言った。「ぼくは恋をしているのです、ドクター・ハーゾグ」

その一週間か十日ほど後、シェイディー・ヒルでの出来事だ。七時十四分の列車がやって来て、去っていった。あちこちで夕食が終わり、食器は食洗機に入れられている。村はモラル的にも経済的にも、一本の糸で吊り下げられている。しかし今それは宵の光の中に吊り下げられている。ドナルド・ゴズリンはまた「月光ソナタ」を虐待し始めたところだ。Marcato ma sempre pianissimo!（はっきりアクセントをつけて。しかし終始ピアニシモで！）ところが彼の演奏はまるで濡れたバスタオルを絞っているみたいだ。いずれにせよハウスメイドは彼のことなど気にもかけていないらしい。彼女はアーサー・ゴッドフリー（ラジオとテレビの有名な番組司会者）に手紙を書き続けている。自宅の地下室で、フランシス・ウィードはコーヒーテーブルを組み立てている。ドクター・ハーゾグは彼に木工を治療として推薦し、フランシスはそこに含まれているいくばくかのシンプルな算術と、新しい木材の聖なる匂いに真の慰めを見出している。フランシスは幸福である。上の階ではリトル・トビーが泣いている。彼は疲れたのだ。トビーはカウボーイ・ハットを脱ぎ、金とルビーをちりばめた飾りのついた上衣を脱ぎ、手袋を取り、縁飾りのついた上衣を脱ぎ、手袋を取り、ベルトを取り、銀色の弾丸のついたホルスターを取り、サスペンダーを取り、チェックのシャツとジーンズを脱ぎ、ベッドの端っこに座って、長いブーツを脱ぐ。床に積み上げたこれらの衣装をあとに残し、彼はクローゼットに行って宇宙服を壁のフックから外す。長いタイツに身を押し込むのは彼にとって簡単なことではないが、なんとかやってのける。魔法のマントを肩に巻き、ベッドのフットボードに上る。両手を広げて短い距離を飛び、床にどすんと落ちる。その音は家の中にいるすべての人の耳に届くが、彼自身には聞こえない。

「帰りなさい、ガートルード、おうちに帰るのよ」とミセス・マスターソンは言う。「一時間前にも、もう帰りなさいって言ったわよね。夕食の時間は過ぎてしまっているし、お母さんはきっと心配しているわ。さあ、帰るのよ!」。バブコック家のテラスのドアがばたんと開き、ミセス・バブコックが一糸まとわぬ姿で出てくる。そのあとを全裸の夫が追ってくる（彼らの子供たちは寄宿学校に入っており、テラスは生け垣に隠されて見えないようになっている）。テラスを越えて彼らはキッチンのドアを出入りする。ヴェニスの壁画で見かけるニンフとサテュロス（好色な半人半獣の怪物）のように情熱的に、そして見栄え良く。庭で最後の薔薇の花を切り取りながら、ジュリアはニクソン老人が鳥の餌場にいるリスを罵る声を聞く。「悪党め！　このやくざものめ！　とっとと立ち去って、見えないところに消えてしまえ！」。一匹のみすぼらしい猫が歩いて庭に迷い込んでくる。精神的にも肉体的にもひどく沈み込んでいるようだ。その頭に結びつけられているのは、小さな麦わら帽だ、人形の帽子だ。それは人形のドレスにしっかりとボタンで留められている。スカートから、長いふさふさとした尻尾が突き出ている。猫は歩きながら足をぶるぶると震わせる。まるで水にでも落ちたみたいに。

「おいで、猫ちゃん、おいで！」とジュリアは呼ぶ。「さあ、いらっしゃい、かわいそうな猫ちゃん、こちらにおいで！」。しかし猫は疑り深い目で彼女をちらりと見るだけで、そのままスカートを引きずってとぼとぼと去っていく。最後にやってきたのはジュピターだ。彼はトマトのつるのあいだを得意げに抜け、その堂々たる口にはスリッパの残骸がくわえられている。やがてあたりは暗くなる。それは黄金の衣装を身にまとった王様たちが、象に乗って山を越える夜なのだ。

深紅の引っ越しトラック

The Scarlet Moving Van

舞台はシェイディー・ヒルとは書かれていないが、明らかにそれと同質の（ほとんど見分けのつかない）、美しく上品な郊外高級住宅地だ。

深紅の引っ越しトラックに家財道具を積み込み、ひとつの郊外住宅地から別の郊外住宅地へと引っ越しを繰り返している若夫婦。気立ての良い美人の奥さんと、気さくでハンサムな夫、二人の小さな子供たち。見るからに魅力的な一家だ。誰しもが一目で彼らに好感を持つ。

それでは、いったい何が彼らをそのような絶え間ない移動に駆り立てるのだろう？

異質であるということは、不治の疾患を抱えていることと同義なのか？　それはチーヴァーが、その小説群の中で一貫して提出し続けている、大事な問いかけのひとつであるように思える。

「ニューヨーカー」一九五九年三月二一日号に掲載。

別れを告げよう。七人の家族にやせたチキンを配るという果てしのない退屈さに、またその他「丘の《ヒル・》町《タウン》」のあれこれの儀式に。「丘の町」といっても、何もアッシジとかペルージャとかサラチネスコみたいな、三千フィートの岩壁の上に危なっかしく位置し、気が滅入るような灰色の壁（シャツに入っているボール紙に似ている）に周りを囲まれ、家々の歪んだ屋根には芥子色の苔がしっかり繁茂しているという、そんな本物の丘の町を意味しているわけではない。その土地は実際には平坦で、家屋は木造住宅だ。それはアメリカ合衆国の東海岸にあり、我々のおおかたが暮らしているようなところだ。それはどこの自治体にも属していない「Ｂ＊＊」という名前の町で、人口はたぶん二百組の夫婦というあたりだ。その夫婦たちすべてに犬と子供たちが加わり、多くは雇い人を抱えている。そこが「丘の町」に似ているのは、あくまで比喩的な次元のものである。脆弱な状態にあるもの、失意の中にあるもの、貧しきものたちには、そこに至る切り立った風紀的坂道を——その自然の障壁を——通過して登ってくることはできない。そしてもし住民の誰かが不幸や失意といった類の病に感染すれば、彼らはかくも高い精神的高度で生き続けることができないと直ちに察知し、平地に下ってそこで暮らすことになる。丘の上の生活は、先例を持たないほど快適で静謐だ。Ｂ＊＊はどこまでも、満ち足りた人々のための場所なのだ。主婦たちは毎朝夫に優しくキスをし、夜には情熱的にキスをする。ほとんどすべての家には愛があり、優雅さがあり、紛れもない希望があふれている。学校は優秀で、道路はきれいで、排水やその他の施設は完璧に整備されている。そしてある日、春の宵の薄闇の中を一台の深紅の引っ越しトラックがやってくる。巨大なトラックで、側面には金色の文字が書かれている。それは通りをやってきて、もう三ヶ月も空き家のままになっているマープル家の前に停まる。

トラックの派手なメッキの字と深紅の車体は、黄昏の中にあってさえひときわ輝いているが、それは移動につきものの真の哀しみを押し隠そうとする果敢な試みだった。「私たちはいかなる遠隔の地にも、多少にかかわらず品物をしっかりお届けします」と金色の字で、車体の両側に記されている。そしてその文句は列車の遠い汽笛のような効果を発揮していた。隣家に住むマーサ・フォークストンは、新しい隣人の荷物がポーチを横切って運ばれていくのを、窓から眺めていた。「あれは本物のチッペンデールみたい」と彼女は言った。「薄暗いから確かなことは言えないけど。子供は二人いるようね。なかなかよさそうな人たちよ。何か持って行ってあげられるようなものを。あの人たちはお花は好きかしら？　一杯飲みにいらっしゃいませんかと誘うのはどう？　あの人たち、お酒は飲むのかしら？　あなた、あそこに行って、一杯いかがですかと誘ってらっしゃいよ」

もっとあとになって、家具がすべて家の中に運び込まれ、トラックが行ってしまったあとで、チャーリー・フォークストンは二軒の家を隔てる芝生の庭を横切り、ピーチズとジージーに自己紹介をした。彼がそこで目にしたのはこのようなことだ。ピーチズは文字通り素敵な娘《ピーチズ》だった。金髪で温かみがあった。ローカットのドレスを着て、見事な胸をしていた。ジージーはかつてはハンサムだったのだろう。今でもそうなのかもしれないが、カールした黄色い髪はいささか薄くなっていた。彼の顔は天使のようでもあり、また同時に険しさを秘めていた。彼は（後日チャーリーが知ったように）拳闘選手であったことは一度もなかったが、目は僅かにやぶにらみだったし、その格好の良い額には瘢痕《はんこん》組織の層が形成されていた。彼はいかにも思慮深そうに見えると言う人もいるかもしれないけれど、実はまるで思慮深くなんかないことを程なく知らされることになる。生真面目で控えめとも見えるその顔つきは、聴覚に問題があるか、あるいは少しばかり愚かしい人のそれなのだ。

一杯いただけると、それはありがたいです。すぐにうかがいますよ。口紅をつけて、子供たちを寝かせつけなくちゃ。そのあとですぐにうかがいます、とピーチズは言った。二人は間もなくやってきて、そこで類を見ない愉快な夜が始まった。隣にいったいどんな人たちが越してくるのだろうと、フォークストン夫妻はいささか不安に思っていたのだが、それがジージーとピーチズのような好感の持てる人たちだったので、すっかり嬉しくなってしまった。他のみんなと同じように、彼らは隣人たちについてあれこれ意見を述べるのが好きだった。そしてジージーとピーチズは当然ながら興味をもって聞いていた。それはおつきあいの始まりだったから、フォークストン夫妻は時間と節酒に関する普段の用心を忘れてしまった。時刻はすっかり遅くなった。もう真夜中を過ぎていた。そしてチャーリーはどれくらいの量のウィスキーが目下注がれているかも、ジージーが酔っ払ってきたらしいことも、よくわからなくなっていた。ジージーはひどく静かになった。そしてもう会話に加わらなくなった。それから突然、彼は抑揚を欠いた不快なのろのろ声で、マーサの話を遮った。

「やれやれ、あんた方はまったく堅苦しい人たちだよなあ」と彼は言った。

「ああ、よしてよ、ジージー！」ピーチズが言った。

「これは私たちの最初の夜なのよ！」

「君はちょっと飲み過ぎたようだな、ジージー」とチャーリーが言った。

「冗談言っちゃいけないね」とジージーは言った。そしてかがみ込んで靴紐をほどいた。「まだ飲み始めたばかりだぜ」

「おねがい、よして、ジージー、おねがい」とピーチズが言った。

「こいつらがつんと言ってやらなくちゃな、ハニー」とジージーが言った。「教えてやらにゃならん」

それから彼は立ち上がり、酔っ払い独特の狡猾さと機敏さでもって、洋服をするするとほとんど全部脱いでしまった。誰にもそれを止める余裕はなかった。

「出て行ってくれ」とチャーリーは言った。

「望むところさ、お隣りさん」とジージーは言った。彼はドアに向かう途中で、打ち出し細工の真鍮の傘立てを蹴り倒していった。

「本当にごめんなさいね！」とピーチズが言った。

「こんなことになって、なんて言えばいいのか」

「いいのよ、マイ・ディア」とマーサが言った。

「ご主人はきっとすごく疲れているのでしょう。それに私たちみんな、ちょっと飲み過ぎたし」

「そうじゃないの」とピーチズは言った。「いつだってこうなっちゃうの。どこでもよ。この八年の間に私たち八回も引っ越しをしたわ。そして誰一人として、私たちにさよならの挨拶をしてくれる人はいなかった。ただの一人もよ。ああ、私が彼に初めて会ったとき、彼はそれは素敵な人だった！　あれくらい端正で、力強くて、心の広い人はどこにもいないわ。大学では、みんなは彼のことをギリシャ神（Greek God）と呼んでいた。それが略されてGG《ジージー》になったわけ。彼はオール・アメリカンの選手に二度選ばれたのよ。でも彼はお金のためにプレイしたことは一度もなかった。いつだって意気に感じてプレイしていた。みんなが彼を愛したわ。今ではそんなものはそっくり消えてしまった。でも私は自分に言い聞かせるの。私はかつてあんな素敵な人の愛を得ていたんだって。そんな種類の愛を知っている女性はそれほどはいないはずよ。あの頃の彼に戻ってきてほしいとどれくらい願っているか。昔のようになってもらいたいとどれほど望んでいるか。一昨日の夜、この前住んでいた家で、二人でお皿を箱に詰めているとき、彼は酔っ払っていたから、私はその頬をひっぱたいてやった。そしてこう叫んだの。『帰ってきて！　帰ってきて！　私のところに帰ってきて、ジージー！』って。でも彼は耳を貸そうとはしなかった。私の言うことなんて聞いてもいないのよ。もう誰の言うことも聞こうとはしない。自分の子供たちの声さえもよ。私は毎日自分に問いかけるの。こんな酷い罰を受けるような、どんな悪いことを私はしたのだろうって」

「かわいそうに、マイ・ディア」とマーサは言った。

「私たちが出て行くとき、きっとあなた方は私たちにさよならも言ってくれないわ」とピーチズは言った。「一年はなんとかもつと思う。まあ見ていて。世の中には親切にお別れパーティーを開いてもらえる人もいる。でもこの前にいたところでは、ゴミ集めの人だって、私たちがいなくなることを喜んでいたわ」。その台無しにされた夜を超越した、優雅さとあきらめをもって、彼女は夫が敷物の上に脱ぎ散らかした衣服を拾い集めた。「引っ越しをするたびに私は思うの。この変化は彼にとってきっと良く働くだろうと」と彼女は言った。「今夜ここに着いたとき、とても美しくて静かなところだし、これで彼も変わってくれるかもしれないと思った。ええ、もう私たちを誘ってくれる必要はないのよ。どんなことになるか、これでわかったでしょう？」

数日後、あるいは一週間後だったか、チャーリーは朝の駅のプラットフォームでジージーを見かけた。そして彼の隣人が、しらふのときには申しぶんなく感じの良い人間であることがわかった。B＊＊は簡単に誰かに心を許すような町ではない。しかしジージーは隣人たちの大半の温かい敬意を、既にしっかり勝ち取ってしまったようだった。彼が日に照らされ、他の通勤客と並んで立っている様子を見ていると、彼があらゆるところから誘いを受けるであろうことが、チャーリーには推測できた。ジージーはチャーリーに、実ににこやかに挨拶をした。あの夜に見せた醜悪さはかけらも見当たらなかった。このチャーミングでハンサムな人物があれほどひどい真似をしたなんて、とても信じられない。朝の陽光を浴び、新しい友人たちに囲まれ、彼はその記憶に異議を唱えているかのようだった。彼はそんなことが起こった責任を、チャーリーに転嫁することだってほとんどできそうだった。

新来のカップルの社交的認証は異例の速さで、異例の入念さをもって手配された。ウォーターマン家の夕食会がその皮切りだった。ジージーとピーチズがやってきたとき、チャーリーは既にパーティーに顔を出していた。二人はまるで王侯貴族のごとく華やかに登場した。腕を組んだカップルは眩しいばかりに美しく、彼らがそこに姿を見せたときには、その夜は二人によってきっと素晴らしいものになるだろうと誰もが思った。それは大がかりなパーティーで、夕食の席に着くまでチャーリーは二人の姿をほとんど目にすることはなかった。彼はピーチズの近くに座ったが、ジージーの席はテーブルの向こう端だった。デザートも半ばまで進んだ頃に、ジージーの抑揚を欠いたあの不快なのろのろ喋りが、まるでパレードの号令みたいに、人々の会話を圧して響いた。

「まったく、なんていう堅苦しい連中なんだ！」と彼は言った。「会話をもうちっと威勢の良いものにしようじゃないか、なあ」。彼はテーブルの真ん中にひょいと飛び上がり、わいせつな唄を歌いながらジグを踊り始めた。女性たちは悲鳴を上げた。皿はひっくり返って割れ、ドレスは台無しになった。ピーチズはたがのはずれた夫に向かって、もうやめてくれと懇願した。このとんでもない余興のせいで、みんなはダイニング・ルームからさっさと逃げ出して、あとに残ったのはジージーとチャーリーだけになった。

「そこから降りろよ、ジージー」とチャーリーは言った。

「やつらに教えてやらにゃならん」とジージーは言った。「がつんと教えてやる必要がある」

「君は誰にも何も教えられないよ。君がたちの悪い酔っ払いだという事実の他にはな」

「やつらは学ばねばならん」とジージーは言った。

「おれが教えてやらにゃならん」。彼はテーブルから降りながら、更に何枚か皿を割った。そしてふらふらとキッチンに入って、そこにいた料理人を抱きしめ、それから夜の中に消えていった。

これだけのひどい騒ぎがあれば、わけのわかった人々の集まったコミュニティーなのだから、もう十分な警告を受けたはずだとみなさんは思われるかもしれない。ところが、常になく多くの赦免の手がジージーに向かって差し伸べられた。人は彼に好意を抱いたし、次はちゃんとやるんじゃないかといつも思うのだった。朝の陽光の中に立つ彼のチャーミングな姿は、いつも彼の敵を困惑させた。しかしそういうのは、割るべき瀬戸物がある家の中に彼を招き入れるおとりのようなものなのだということが、みんなにもだんだんわかってきた。赦しは彼が求めているものではなかった。そしてもし女主人《ホステス》の感情を乱すことができないようであれば、彼はその蛮行を更にすさまじく、手の込んだものにしていった。誰もかつて目にしたことのないようなものに。ビルカー家では彼は服を脱いだ。レヴィー家ではソフトチーズの入ったボウルを天井めがけてドロップキックした。アンダーパンツ一枚でスコットランドのフォークダンスを披露し、ゴミ箱に火をつけた。タウンゼンド家のシャンデリアにぶら下がって滑空した。あの名高いシャンデリアにだ。六週間も経たないうちに、彼を歓迎する家はB＊＊には一軒もなくなってしまった。

フォークストン夫妻は、言うまでもなくまだ彼と顔を合わせていた。夕方に庭に出ている彼を見れば、垣根越しに言葉を交わした。チャーリーは誰かがかくも急速に栄光の座から転落する光景を目にして、大いに心を痛めた。できれば救いの手を伸ばしてやりたいものだと思っていた。彼とマーサはピーチズと話をしたが、ピーチズはもうすっかり希望をなくしてしまっていた。彼女の美青年《アドニス》にいったい何が起こったのか、それはピーチズの理解を超えていた。彼女の知力はそれ以上の働きを見せることができなかった。時折、事情を知らない隣町からやってきた誰かや、新来の隣人たちがジージーに魅せられ、夕食に招待した。彼の振る舞いは常に同じだった。いつも決まって皿が割られることになった。フォークストン家は彼らの隣人だったし――古代から続く強い絆がそこにはある――チャーリーはその男を救うことができると思ったのかもしれない。ジージーとピーチズが口論をしたようなときには、彼女は時々チャーリーに電話をかけて保護を求めた。ある夏の夜に電話がかかってきて、彼がそこに行ってみると、もう口論は終わっており、居間でピーチズは漫画本を読んでいた。ジージーは酒のグラスを片手に、食堂のテーブルに腰掛けていた。チャーリーは友人のそばに行って立った。

「ジージー」

「イエス」

「酒をやめるつもりはないのか？」

「いやだね」

「もし僕が禁酒したら、君もするか？」

「いやだね」

「精神科医に診てもらうつもりは？」

「どうしてだ？　自分のことはよくわかっている。こいつはとことんやるしかないんだ」

「もし僕が一緒について行けば、精神科医のところに行くか？」

「いやだね」

「君は自分を救うために何かする気はないのか？」

「やつらに教えてやらにゃならん」。それから彼は頭をくいと後ろにやり、しくしく泣き出した。「ああ、ジーザス……」

チャーリーは顔を背けた。その瞬間、ジージーは彼自身の中にあるどこかの荒野から、自分がいつどのようにして死んでいくかを予言する、遠い角笛の音を聞いているみたいに見えたのだ。その酔っ払いの言っていることには何かしら、有無を言わせぬ正当性があるように思えた。フォークストンは心が揺さぶられるのを感じた。その酔っ払った男が言わんとすることを理解できたような気がした。それまでも常にうすうす感じてはいたのだが。それは彼らの友情の根底にあるものだった。ジージーは不具なるもの、病んだもの、貧しいものたちの——彼ら自身に落ち度はないのに苦悩に満ちた悲痛な人生を送らねばならないものたちの——代弁者なのだ。幸福で、育ちが良くて、裕福な人々に対して、彼はこう言いたかったのだ。いくら慈愛の心を持ち、特権を用いて、何不自由なく暮らしていようと、おまえたちだって怒りの苦悶や、情欲や、死の苦しみから無縁でいることはできないのだ。彼が言いたいのはただ、その一撃がやってくるときのために、衝撃にしっかり備えていろよ、ということなのだ。しかしあなたの家の居間で彼がジグを踊らないことには、その真実を受け容れることはできないものだろうか？　彼は人生における苦難を見据えたところから語りかけていた。しかし彼のメッセージを受け取るために、人は自らも相応の苦難を味わわなくてはならないものだろうか？　おそらくそうなのだろう。


「なあ、ジージー」とチャーリーは言った。

「なんだい」

「君は彼らに何を教えようとしているんだ？」

「君にはわからんよ。堅苦しすぎるからな」


　一年もたなかった。十一月に悪くない指し値をする人がいて、彼らは家を売却した。金色と深紅のトラックがまたやってきた。そして彼らは州境を越え、Y＊＊町に行った。そこで新しく家を買ったのだ。フォークストン夫妻は彼らが去っていくのを見てほっとした。しつけの良い若いカップルがそのあとにやってきた。そしてものごとは旧来に復した。二人のことは次第に忘れ去られていった。しかし翌年の冬、何人かの友人たちの繋がりを通じて、チャーリーはジージーの消息を耳にした。クリスマスの一日か二日前にフットボールをやっていて、腰の骨を折ったという話だ。なぜかしらそのことが気になって、ある日曜日の午後、他にとくにするべきこともなかったので、番号案内でジージーの電話番号を調べ、かつての隣人に連絡をとった。そしてそちらに寄って、一杯やらせてもらっていいかと尋ねた。

ジージーはそれを聞いて大喜びし、新居までの道筋を教えてくれた。

それは長いドライブだった。そして道中半ばにしてチャーリーは、なぜ自分はこんなことをしなくちゃならないのだと、首をひねらないわけにはいかなかった。Y＊＊は、B＊＊から水準を数段落としたような場所だった。家は造成地にあり、建築業者はそこをただ「醜い」というだけに留めてはいなかった。業者はそのコミュニティーを、直線ばかりの窓を配することによって、まるで流刑地のような見かけにしていた。通りにはひとつひとつ大学の名前がつけられていた。プリンストン、イェール、ラトガーズ……そんな名前だ。ジージーの家は住む人もない家々に囲まれていた。チャーリーがベルを鳴らすと、中から「入ってくれ」とジージーの叫ぶ声が聞こえた。家の中は混乱をきわめていた。コートを脱いでいると、ジージーが子供用のワゴンに身体を半分だけ乗せ、松葉杖でそれを押しながら廊下をそろそろとやってきた。彼の右の腰と脚はギプスでしっかりと固められていた。


「ピーチズはどこにいるんだ？」とチャーリーは尋ねた。

「ナッソーにいるよ。子供たちと一緒にそこでクリスマスを過ごしているんだ」

「君は一人で留守番をしているのか？」

「みんなに行ってもらいたかったんだ。それで無理に行かせたんだ。僕なら自分でうまくやっている。このワゴンでたいていの用は済む。腹が減ったら、サンドイッチをつくって食べる。みんなに行ってほしかった。だから無理に行かせたんだよ。ピーチズは休暇を必要としていたし、僕は一人でいるのが好きなんだ。居間に行こう。そこで酒をつくってくれ。製氷皿を出せなくてね。それが僕にできない唯一のことさ。髭を剃ったり、ベッドに入ったり、そういうことはできる。しかし製氷皿を取り出せない」

チャーリーは氷をいくらか取り出した。何か自分にしてやれることがあって嬉しかった。ジージーがワゴンに乗っている姿は彼にショックを与えた。そしてまたその場を包んでいる恐ろしいまでの静けさを肌身に感じないわけにはいかなかった。台所の窓の外には、醜い空き家の群れが幾重にも列をなしているのが見えた。忌まわしいメロドラマがその終幕に近づいているという感覚があった。しかし居間ではジージーはどこまでもチャーミングであり、彼の微笑みと声音はその午後にいっときの静かな安らぎを与えていた。チャーリーはジージーに尋ねた。誰か看護人を見つけることはできないのか？　付き添って世話をしてくれるような人はどこかにいないのか？　少なくとも車椅子をレンタルするくらいはできるだろう。ジージーはそんな提案を笑い飛ばした。これじゃ十分うまくやっている。ピーチズはナッソーから便りをくれた。みんなそこでとても楽しい時を過ごしているって。

ジージーが妻と子供たちを無理に旅行に行かせたという話はおそらく本当だろうと、チャーリーは思った。他の何にも増してその状況を恐ろしいものにしているのは、そこのところだった。ピーチズとしては当然ながらナッソーに行きたかっただろう。しかし決して、自分から行きたいとは言い出せなかったはずだ。彼女は他人の旅行をうらやんで夢見たりするには、性格が素直すぎる。ジージーがきっと彼女を焚きつけたに違いない。旅行がどれほど素敵なものになるかを滔々と説かれて、単純にして率直な彼女はきっとそれに抗えなくなったのだろう。彼は一人になりたかったのだろうか？　孤立した家の中で酔っ払って、歩くこともできない状態で。彼は自らが痛めつけられていると感じることを必要としていたのだろうか？　どうやらそうらしい。散らかった家と、奥さんと子供たちがどこかの珊瑚礁の海岸を楽しそうに駆け回っている光景は、うまく成功を収めた彼の企みのように、またある種の勝利のように見えた。

ジージーは煙草に火をつけた。それからそのことを忘れて、また新しい煙草に火をつけた。彼が危なっかしい手つきでマッチを扱っているのを見て、こんな様子じゃ火事で焼け死んでもおかしくないなとチャーリーは思った。ワゴンから自分の身を持ち上げて椅子に座ろうとして、彼は危うく転倒するところだった。もし一人きりのときに転倒したら、彼は飢えと渇きのために、自宅の絨毯の上で命を落としかねない。しかしあるいは彼は酔っ払い特有の狡猾さをもって、わざと不器用に振る舞い、火で遊んでいるのかもしれない。チャーリーの顔に浮かんだ表情を見て、彼はいたずらっぽく微笑んだ。「心配しないでいい」と彼は言った。「けっこううまくやるさ。僕には守護天使がついているからな」

「人はみんなそう思っている」とチャーリーは言った。

「でも僕には本当についているんだ」

外では雪が降り始めた。冬の空はどんよりと曇り、ほどなく真っ暗になってしまうだろう。そろそろ行かなくてはとチャーリーは言った。「まあ、座れよ」とジージーは言った。「座ってもう一杯だけ飲んで行けよ」。チャーリーの良心は彼をもうしばらくそこに留めた。そんなにあっさりと友人を——少なくとも隣人を——死の危険にさらしたまま放りだしていくわけにはいかない。しかし彼には選択の余地はなかった。家族が彼を待っているし、家に帰らなくてはならない。「僕のことなら心配しなくていい」、チャーリーがコートを着ているときにジージーはそう言った。「天使がついているから」

時刻はチャーリーが思っていたよりずっと遅くなっていた。雪はひどい降りになってきたし、彼はこれから二時間かけてドライブしなくてはならない。それも曲がりくねった裏道路を。Y＊＊を出るところがちょっとした上り坂になっており、新しい雪はつるつると滑って、登っていくのに苦労した。彼の前には更に急な坂がいくつもある。ワイパーは片方しか動かず、雪はあっという間にフロントグラスを覆って、一つの小さな隙間だけから世界を眺めているような状態になった。雪はヘッドライトの光の中を、目もくらむ勢いで降りしきった。そして道路が狭くなっているところで、車は横滑りして路肩に乗り上げてしまった。なんとか硬い路面に復帰するまでに、十分ほどエンジンを吹かさなくてはならなかった。そこは寂しい場所で、人家のあるところまでは何マイルも距離があった。もし車を降りて歩かなくてはならなかったとしたら、彼の履いたローファーはつるつる滑ったことだろう。車はふらふらと横滑りしながらも、なんとか坂をひとつひとつ越えていった。丘のてっぺんまで辿り着けたのは、ほとんど僥倖に近いことだった。

二時間運転したが、家まではまだかなりの距離があった。雪はずいぶん深く積もってきたので、道筋を見きわめて車を進めるのは至難の業だった。家に戻り着くまでに三時間を要し、暗くて平和な自宅のガレージに車を入れたときには、もう全身くたくたで、心はただただ感謝の念に包まれていた。マーサと子供たちは既に夕食を済ませていた。そして彼女はリッソム家に行って、何か教育委員会のことで話をしたがった。今は車を運転するのは危険だと彼が言うし、短い距離だから歩いて行くことにすると彼女は言った。彼は暖炉の火をつけ、飲み物をつくった。彼が食事をとっているあいだ、子供たちは一緒にテーブルの前に座っていた。日曜日の夕食の後、フォークストン家では三重奏の演奏をする——あるいはしようと試みる——ことが習慣になっていた。チャーリーはクラリネットを吹き、娘がピアノを弾き、上の男の子がテナー・リコーダーを受け持った。そして赤ん坊がその足もとをうろついた。その日曜日の夜、彼らは十八世紀の音楽のシンプルなアレンジメントを、どこまでも寛いだ家庭的な雰囲気の中で演奏した。むずかしい楽節をうまく切り抜けると、三人はお互いを賞め合った。そして彼らの関係性の最良のものを音楽の中に持ち込んだ。電話のベルが鳴ったとき、彼らはヴィヴァルディのソナタを演奏していた。かけてきたのが誰か、チャーリーにはすぐにわかった。

「チャーリー、チャーリー」とジージーが言った。「今、困ったことになっている。君が帰ってしまったあとすぐに、ワゴンから転げ落ちてしまった。この電話に辿り着くまでに二時間かかった。こっちに来てもらいたい。他に誰もいないんだよ。君は僕のただ一人の友だちだ。だからこっちに来てくれよ。チャーリー、聞こえているか？」

赤ん坊が悲鳴を上げたのは、チャーリーの顔に浮かんだただならぬ表情を目にしたからに違いない。小さな娘は赤ん坊を両腕に抱き上げた。そしてもう一人の男の子と一緒に、じっと父親の顔を見つめた。彼らは事情をすべて、細かいところまで察しているみたいだった。そして父親が何かしらの判断を下すのを予期して無言でその顔を見つめていた。そこで下される判断は、雪の降りしきる夜、家内で送られているこんな愉しい時間を続けるかどうかということにとどまらず、彼らの父親像と、みんなの行く末の幸福に甚大な影響を及ぼすことになるだろう。彼らの表情は明瞭にそう訴えかけている、とチャーリーには思えた。自分がどのような行動を取るにせよ、それは後戻りのできないものになるだろう。

「聞こえてるのか、チャーリー？　聞こえてるか？」とジージーが訊いた。「この電話のあるところまで這ってくるのに二時間かかったんだぜ。なんとか助けてくれなくちゃ。他に来てくれるやつなんていないんだから」

チャーリーはそのまま電話を切った。ジージーはきっと自分の息づかいと、赤ん坊の泣き声を耳にしたに違いない。しかしチャーリーはひとことも口にしなかった。彼は子供たちに何ひとつ説明しなかったし、子供たちもまた尋ねなかった。彼らにはちゃんとわかっていたのだ。娘はピアノの前に戻った。そして再び電話のベルが鳴ったとき、彼は受話器を取らなかった。誰も電話のベルには気づかないふりをしていた。ベルが鳴り止んだとき、誰もが幸福そうな、ほっとした表情を顔に浮かべた。そして九時になるまでヴィヴァルディを演奏し続けた。そのあと彼は子供たちを寝かせつけた。

彼は酒をつくり、感情的な爆発らしきものが起きたのだという感触を、何かしらの荒々しい力が空気を揺さぶったという感触を、心から消し去ろうと努めた。自分がいったい何をしたのか、彼にはよくわからなかったし、良心の呵責とどのように向き合えばいいのかもわからなかった。マーサが帰ってきたら彼女にその話をしようと彼は思った。それはものごとを理解するための第一歩になるだろう。しかし妻が帰宅したとき、彼はその話は一切持ち出さなかった。彼女の良識がその問題に向けられれば、自分の罪科が確認されるだけに終わるのではあるまいかと案じたのだ。「なぜリッソムさんのおうちに電話をかけてくれなかったの？」と彼女は言うかもしれない。「そうすれば私はすぐにうちに帰って、あなたは出かけられたのに」。彼女はとても同情心の篤い女性だったから、友だちなり隣人なりが倒れて苦しんでいるのを、彼がそうしたように、そのまま見過ごすなんて思いも寄らなかったはずだ。彼女は二階に上がっていった。彼は自分のグラスにウィスキーを注いだ。もしリッソムの家に電話をかけ、もし彼女が子供たちの世話をするためにすぐさま帰宅し、彼がジージーを助けに行くことができるようになったとして、この降りしきる雪の中、もう一度あそこまで引き返すことができただろうか？　タイヤにチェーンを巻くことはできたかもしれないが、いったいチェーンはどこにあるんだ？　車に積んであるのか、あるいは地下室に置いてあるのか？　それもわからない。その冬、チェーンを使ったことはまだなかった。しかし今頃はもう、道路は雪かきされているかもしれない。雪嵐も収まったかもしれない。この最後の可能性は彼を落ち込ませた。天候は彼の味方をしてくれなかったのか？　彼は屋外の照明をつけ、気が進まぬまましぶしぶ窓のそばに行ってみた。

クリーンな雪が、まるでおもねるような美しい輝きを放っていた。照明の光線が、何も降っていない静かな大気を照らし出していた。彼が家に帰り着いたあと少しして、雪はすっかり止んでしまったようだった。でもどうして彼にそんなことがわかるだろう？　天気の気まぐれさを考慮に入れておくなんてことが、どうして自分にできるだろう？　そして子供たちが彼に投げかけた視線のこともある。その視線はどこまでも厳しく明瞭に「今このときの父親は、私たちと楽しい時間を過ごしているのであって、みんなに見捨てられた酔いどれの救出なんかに、その時間は当てられるべきではない」と宣言していた。

それからジージーの圧倒的に悲惨な姿がまた頭に浮かんできた。そしてウォーターマン家の戸口で、「帰ってきて！　帰ってきて！」と叫んでいるピーチズの姿を彼は思い出した。彼女はチャーリーの知らない、若き日の彼を呼び戻そうとしていたのだ。しかし昔のジージーがどんな風だったか、想像するのは難しくない。金髪で、元気潑剌、心が広く、逞しい男だ。そんなすべてがそっくり駄目になってしまったのはどうしてだろう？「帰ってきて！　帰ってきて！」、彼女はまるで甘美な夏の日を呼び戻そうとするかのようにそう叫んでいた。そこでは薔薇の花が咲き乱れ、あらゆる扉と窓が庭に向けて開かれている。彼女の声にはそういうすべてが込められている。それは太陽の最後の光線を浴びている、見捨てられた家屋の幻影のようだ。ばらばらに崩れかけた大きな屋敷は子供たちを怖がらせ、警察と消防の頭痛の種となっているが、その窓が夕日を浴びて真っ赤に染まっているのを見ると、住人たちがまたそこに戻ってきたのだと人は考えもする。料理人はチキン台所でパン生地をこねている。裏階段からはチキンの匂いが立ち上ってくる。居間は、子供たちとそのたくさんの仲間たちのために用意が整えられている。暖炉の火床では石炭の火が赤々と燃えている。しかしやがて窓の明るさが消えてしまうと、真の醜さが、倍増された勢いで薄闇の中に忍び寄る。そしてその遠い夏の幻影がピーチズの声から消えたとき、その無邪気な顔に浮かんだ落胆の、もう望みのない混乱ぶりを人は目にする。「帰ってきて！　帰ってきて！」。グラスに更にウィスキーを注ぎ、それを口に運ぼうとしたとき、風が向きを変える音が聞こえた。そして窓の外を——屋外照明はつけられたままになっていた——再び雪が舞い始めるのが見えた。雪嵐の激しい巻き返しが始まったのだ。道路はおそらく通行不能になり、彼は目的地まで辿り着けなかっただろう。そのような天候の変化は甘美な赦免を与えてくれた。彼は、愛を込めた微笑みを浮かべながら雪を眺めた。それでも彼は酒瓶を前に午前三時まで起きていた。

翌朝、彼の目は赤く、身体はがくがくだった。そして十一時に会社をこっそり抜けだし、マティーニを二杯飲んだ。昼食の前に更に二杯飲み、四時にも一杯飲み、帰宅の列車の中で二杯飲んだ。そして夕食前に千鳥足で帰宅した。過度の飲酒の臨床的詳細については、どなたもよくご存じのはずだ。だからここでは個人的な事情を述べるに留めよう。そしてマーサはとうとう苦言を呈さざるを得なくなる。彼女はとても穏やかな声で言った。

「この三週間というもの、あなたはちょっと飲み過ぎているわ、ダーリン」と彼女は言った。

「僕が酒を飲むのは、あくまでこっちの勝手だ」と彼は言った。「君は人のことには口を出さず、自分のことだけを考えていればいいんだ」

事態はますます悪化し、彼女は何か手を打たざるを得なくなった。それで地区司祭に相談に行った。心理学と礼拝の両方を実践している、若くて顔立ちの良い独身の司祭だ。彼は親身に彼女の話を聞いてくれた。「今日の午後、司祭館に寄ってきたの」、その夜、夫が帰宅すると彼女は言った。「そしてファーザ・ヘミングと話をしてきた。あなたは教会に姿を見せないようだけど、一度ぜひお話をしたいと言ってらしたわ。彼はとても男前なのよね」と彼女は付け足すように言った。自分の口にしている言葉が、前もって準備したものに聞こえないように。「どうして結婚なさらないのかしら不思議だわ」。チャーリーはいつものように酔っ払っていたが、電話の前に行って、司祭館の番号を回した。「あのですね、ファーザ」と彼は言った。「家内の話によれば、午後に彼女を篤くもてなしていただいているようですが、私としてはどうも気に入りませんね。うちの家内には手を出さないでもらいたい。おわかりになったかな？　あなたの素敵な黒服は私には何の効力も発揮しないのです。家内に手を出し続けるようであれば、あなたの可愛い鼻に一発お見舞いすることになりますよ」

彼は結局、職を失うことになった。一家は転居をせざるを得ず、それからあちこちを移り歩く生活に入った。ジージーとピーチズと同じように、深紅と金色のトラックに乗って。

その一方で、ジージーには何が起こったか？　彼はいったいどうなったのだろう？　彼の一杯機嫌の守護天使は——髪はくしゃくしゃで、ハープの弦は切れているにせよ——床に横たわる彼の頭上にほわほわと浮かんでいたようだ。その夜チャーリーに電話をかけたあと、彼は消防署に電話をかけた。彼らは鐘を鳴らし、サイレンを響かせながら、八分きっかりでやってきた。そしてジージーはベッドに運ばれ、新しい飲み物を与えられた。一人の暇を持て余していた消防士が、ピーチズがナッソーから戻ってくるまで、そこに留まることになった。彼らは二人で楽しく時を過ごした。冷凍してあったステーキを食べ尽くし、毎日バーボンを一クォート（一リットル弱）飲んだ。ピーチズと子供たちが戻ってきたときには、彼はもう歩けるようになっていた。そしてジージーはその出鱈目な生活を再開した。一見したところ彼は、以前の隣人よりよほどそういう生活に向いているようだったが、それでもその年の終わりにはまた引っ越しすることを余儀なくされた。そしてフォークストン家の人々と同じように、丘の上の町から消えていった。

再会 Reunion

この作品は、僕が以前『サドン・フィクション』という超短編小説集（アンソロジー）を翻訳したとき、その中に収められていたものだ。とても短い話だが、そのぶんどきっとするようなコンパクトな破壊力を秘めている。チーヴァーは物語が長くなればなるほど、様々な派生的エピソードを持ち込む傾向のある作家だが――その延長線上にいくつかの長編小説がある――このような短い作品だと余分なものがほとんどなくて、その潔さにあらためて「ほう」っと驚かされる。

自分を捨てて出ていった父とニューヨークで再会するエピソードは、前出の「シェイディー・ヒルの泥棒」にもほとんど同じかたちで登場する。少年は自分にとっての正しい父親像（導き手）を希求するのだが、実際に与えられるのは正しくないものばかりだ。傍目にはなかなか愉快そうなお父さんだけど。

「ニューヨーカー」一九六二年一〇月二七日号に掲載。

最後に父と会ったのはグランド・セントラル駅だった。私はアディロンダック山地にある祖母の家から、母が借りていたケープ・コッドのコテージに行く途中だった。私は父に手紙を書いた。ニューヨークで、時間半列車の乗り継ぎの時間があるのだが、お昼御飯でも一緒に食べられないだろうかと。彼の秘書が返事を書いてきた。父は案内所のブースで、正午に待っていると。そして十二時きっかりに、私は父が人込みを抜けてこっちにやってくるのを目にした。私は父をあまりよく知らなかった。三年前に母と父は離婚していて、それ以来一度も顔を合わせていなかったのだ。でもそれが私の父であることはひと目でわかった。我が肉であり血、我が未来であり宿命。自分も大きくなったらこういう人になるんだなと思った。彼の設定した限界の中で、自分もまた戦うだんどりを立てなくてはならないのだと。彼は額立ちの良い大柄な男で、私は再会できたことがすごくうれしかった。父は私の背中をぽんと叩いて、握手した。「やあチャーリー」と彼は言った。「よう、坊主。元気かい。おまえを私のクラブに連れていけるといいんだが、クラブは六十丁目にあるんだ。だからおまえが早めの列車に乗るつもりなら、この辺のどこかで適当に食事したほうがいいだろうな」彼は私のからだに手を回した。そして私は母が薔薇の香りを嗅ぐときのように、父の匂いを嗅いだ。ウィスキーとアフター・シェーヴ・ローションと靴磨きクリームと毛織物と大人の男特有の臭みとが一緒くたになったような、もわっとした匂いだった。父と自分が一緒にいるところを誰かに見てほしいなと私は思った。写真に撮ってもらえたら言うことない。そういう記念として残せるものが欲しかった。

我々は駅を出ると横町を歩いて、あるレストランに行った。時間が早かったので、店はまだがらがらだった。バーテンダーが配達の子供と口論をしていた。すごい年寄りのウェイターが赤い上着を着て調理場のドアの横に立っていた。腰を下ろすと、父は大声でそのウェイターを呼んだ。「ケルナー！」と彼は叫んだ。「ギャルソン！ カメリエーレ！ あんた！」父の威勢のよい態度はその空っぽのレストランではいささか場違いに見えた。「ほらお客さんだよ、お客さんだ！」と彼は叫んだ。「急いで、急いで」、そして父はぱんぱんと手を叩いた。これでウェイターがやっと気づいて、のそのそと我々のテーブルにやってきた。

「あなた、私に向かって手を叩きましたか?」と彼は尋ねた。

「まあまあ、落ち着けよ、ソムリエ君」と父は言った。「もしおよろしければ、もしお気に障りませんでしたら、ビーフィーター・ギブソンなんぞを二杯ほどいただけませんでしょうかね」

「私は手を叩かれるのを好かんのです」とウェイターは言った。

「笛をもってくりゃよかったね」と父は言った。

「俺は年寄りのウェイターの耳にだけ聞こえる笛を持ってるんだよ。さあさあ、紙と鉛筆をさっさと出して、しっかりと書いてくれや。ビーフィーター・ギブソンを二杯。ほら、復唱して。ビーフィーター・ギブソンを二杯」

「あんた、どっか別の店に行ったほうがいいんじゃないですか」とウェイターは静かな声で言った。

「おっとおっと、それほど当を得た意見というのはなかなか聞けるもんじゃないな」と父は言った。

「さあ、こんなところはさっさと出ていこうぜ、チャーリー」

私は父のあとをついてそこを出ると、別のレストランに入った。今回は彼もそれほど威勢のよい態度はとらなかった。酒が運ばれてきて、父は私に野球のシーズンについて根ほり葉ほり質問をした。それから父は空っぽのグラスの縁をナイフで叩き、再び叫び出した。「ギャルソン! ケルナー! カメリエーレ! あんた! よろしければお代わり二杯いただけますかねえ」

「お子さんはおいくつですか?」とウェイターが尋ねた。

「そういうの、あんたの知ったこっちゃないだろう」と父は言った。

「申し訳ありませんが」とウェイターは言った。「お子様にはこれ以上のお酒はお出しできません」

「ひとついいことを聞かせてやるよ」と父は言った。「耳をかっぽじってよく聞いてくださいね。いいかい、この店はニューヨークでただひとつのレストランじゃないんだ。あっちの角にもう一軒新しく店ができたんだよ。行こうぜ、チャーリー」

彼は勘定を払い、僕は父のあとをついてその店を出て、次の店に入った。この店ではウェイターはハンティング・コートのようなピンク色の上着を着ていた。壁には馬具がいっぱい飾ってあった。腰を下ろすと、父はまた大声を出した。「猟犬頭《りょうけんがしら》よ！　ほうほう、大儀であるぞよ、たらなんたらかんたら。早い話が、ビブソン・ジーフィーターを二杯だ」「ビブソン・ジーフィーター、ですか？」とウェイターは笑みを浮かべて言った。

「俺の言ってる意味はわかるだろうが」と父は腹を立てて言った。「ビーフィーター・ギブソンを二杯だ。とっさと持ってこいよ。古き良き英国は何処に消えてしまいしか。我が朋友である公爵もそう申されておりましたぞよ。さあ、英国がどんなカクテルを出しているかとくと拝見しようじゃないか」

「ここは英国ではございませんが」とウェイターは言った。

「いちいち口答えをするんじゃないよ」と父は言った。「言われたとおりのことをすりゃあいいんだ」

「ご自分がどこにいらっしゃるのかお知りになりたいのではないかと思ったものですから」とウェイターは言った。

「もしわしに我慢できんものがあるとしたら」と父は言った。「それは無礼な奉公人であるぞ。行こうぜ、チャーリー」

我々が入った四軒めの店はイタリアン・レストランだった。「ボン・ジョルノ」と父は言った。「ペル・ファヴォーレ、ポッシアーモ・アヴェーレ・ドゥエ・コクテル・アメリカーニ。フォルティ、フォルティ。モルト・ジン、ポーコ・ヴェルムット（アメリカン・カクテルをふたつ頼む。強い強いやつ。ジンをいっぱい、ヴェルモットはちょっとだけ）」

「イタリア語はわかりません」とウェイターは言った。

「おいおい、よしてくれよ」と父は言った。「イタリア語ちゃんとわかるんだろう。とぼけるんじゃないよ。ヴォリアーモ・ドゥエ・コクテル・アメリカーニ、スービト（アメリカン・カクテルをふたつだ。今すぐ）」

ウェイターはテーブルを離れ、ヘッド・ウェイターのところに行って、話をした。ヘッド・ウェイターがやって来て言った。「申し訳ありませんが、このテーブルは予約になっておりますので」

「けっこう」と父は言った。「別のテーブルに移りましょう」

「あいにくテーブルはぜんぶ予約済みになっております」とヘッド・ウェイターは言った。

「なあるほどねえ」と父は言った。「俺たちは客にしたくないって、そういうわけだな。そうかいそうかい、よくわかりましたよ。ふざけやがって。ヴァーダ・アリンフェルノ（地獄に落ちろ）。行こうぜ、チャーリー」

「僕はもう電車に乗らなくちゃ」と私は言った。

「そうか、悪かったな、坊主」と父は言った。「実に悪かった」彼は私のからだに腕を回して、ぎゅっと抱きしめた。「駅まで送るよ。俺のクラブまで行く暇さえあったらなあ」

「いいんだよ、父さん」と私は言った。

「そうだ、新聞を買ってきてやろう」と父は言った。「電車に乗ってるあいだに読むものがいるだろう」

そして彼は新聞を売っているスタンドに行って「旦那様、申し訳ごぜえませんが、ご親切にも、そのろくでもない役立たずの十セントの新聞をいっちょう売っていただけますでしょうかね」と言った。売り子は聞こえないふりをして、雑誌の表紙をじっと見ていた。「あっしのお願いは厚かましすぎますかね、旦那様」と父は言った。「その反吐の出そうなゴミみたいな赤新聞のひとつを売っていただくというのは、お願いとして厚かましすぎますんですかね？」

「そろそろ行かなくちゃ、父さん」と私は言った。「もう時間がないんだ」

「おい、ちょっと待てよ。ちょっと待てって、坊主」と彼は言った。「ちょっと待てよ。俺はこの兄さんをひとつかっかさせてやるつもりなんだ」

「さよなら、父さん」と私は言った。そして階段を降りて電車に乗った。それが父を見た最後だった。

愛の幾何学

The Geometry of Love

どうにも不思議な話だ。カフカ的要素がここでもまたぞろ顔を見せる。しかしその不条理さには旧大陸的な暗さ、重みがあまりうかがえず、どことなくプラグマティックでからりとしている。悪夢というよりは、むしろジョーク＝諧謔の世界に近いかもしれない。プラハとニューヨークとでは、その空気の質はずいぶん違ってくるから。しかしもちろん一人の人間の魂の重みに変わりはない。人は、自分を取り巻く状況の悲劇性にどのように対処していけばいいのだろう？

計算尺を使って様々な人生の問題をさらりさらりと解決していく男（そういえば計算尺というものが昔はありましたね。最近はとんと見かけないけど）。ものごとはそんなにうまく運んでいくものだろうか？　「話が暗すぎる」という理由で、この作品は「ニューヨーカー」に掲載を断られている。この時期チーヴァーは酒に溺れ、夫婦仲はひどく険悪になっていた。

「サタデー・イブニング・ポスト」一九六六年一月一日号に掲載。

雨の午後も遅くなってのことだ。五番街のウールワース百貨店の玩具売り場は女性たちでいっぱいだった。みんな不倫をした帰りに、いちばん年下の子供のお土産にするための品物を物色しているところみたいに見えた。そういう雨降りの午後だ。この日に関して言えば、その中に八人から十人くらい、それに該当する女性がいた。総じて顔立ちが良く、上等の香水をつけ、服装も見事だったが、少し前にミッドタウンのホテルの一室で、どこかの男に抱かれてきたばかりで、これから帰宅して最愛の子供を抱きしめようという、痛みを含んだ気配を漂わせていた。そういう結論に達したのはチャーリー・マロリーという人物で、彼はさきほど金物売り場でドライバーを買って、そこから歩いて帰るところだった。その考察には倫理性みたいなものは関与していない。彼がそのようにおおまかな一般化をおこなったのは主に、雨の午後の気だるさに少しなりとも緊張と風味を付け加えたいと思ったからに過ぎない。彼はオフィスで暇を持てあましていた。昼食のあとの時間を、書類キャビネットを修繕することでつぶしていた。そういう作業の過程でドライバーが登場してきたわけだ。彼はかくのごとき推量に行きつき、女性たちの顔を更にしげしげと覗き込み、自らの妄想に対する裏付けを更にいくらか得たようだった。不倫の与える充溢と心残りのほかに、彼女たち全員をかくも霊的な、涙もろそうな見かけにするものがあろうか？　彼女たちはなにゆえに、その無垢で愉しげな商品を手に取りながらかくも深くため息をつかなくてはならないのか？　そのような女性たちのうちの一人は、彼がクリスマスに妻のマティルダに買ってやったのと同じような毛皮のコートを着ていた。もっと近くに寄ってみると、コートが同じというだけではなく、それを身にまとっているのがマティルダ本人であることが判明した。「やあ、マティルダ」と彼は声を上げた。「なんでまたこんなところにいるんだい？」

彼女は手にとって点検していた木製のアヒルから顔を上げた。彼女の顔に浮かんでいた心残りの表情は、ゆっくりゆっくり怒りと嘲りへと翳《かげ》るように変化していった。「私はスパイされるのがたまらなく嫌なの」と彼女は言った。その声音はきっぱりと強く、まわりで買い物をしていた女性たちは、何ごとかという顔を上げた。

マロリーはわけがわからなかった。「でも僕は君のことをスパイなんてしてないぜ。ダーリン」と彼は言った。「僕はただ――」

「こんな見下げ果てたことってないわ」と彼女は言った。「通りで人のあとをつけまわすなんてね」。彼女の態度と声はいかにもオペラ的であり、まわりの人々はじっと耳を澄ませ、その聴衆の数は金物売り場や庭園家具の売り場からやってきた買い物客を加えて、急速に膨れあがっていった。「罪のない女性を通りでつけ回すなんて、いちばん卑しい、いちばん病的な、いちばんさもしい行為よ」

「でもダーリン、僕はたまたまここに居合わせただけなんだぜ」

彼女の笑い声は容赦のないものだった。「ウールワースの玩具売り場をたまたまうろついていたですって。そんなことを私に信じろっていうの？」

「僕は金物売り場にいたんだ」と彼は言った。「でもまあ、そんなことはどうでもいい。一緒にどこかで一杯やって、それから早い列車で一緒に家に帰らないか？」

「私はスパイと一緒になんか何も飲みたくないし、同じ列車にも乗りたくもないわ」と彼女は言った。「私は今からこの店を出て行くけど、あとをつけたり、ちょっとでも変な真似をしたりしたら、警官を呼んであなたを逮捕させ、牢屋にぶちこんでやるから」。彼女は木製のアヒルを手にとって、その代金を払い、堂々と階段を上っていった。マロリーは数分間を置いてから、歩いてオフィスに戻った。

マロリーはフリーランスのエンジニアで、その日の午後、オフィスは無人だった。秘書は休みを取ってカプリに行っていた。留守応答サービスには何もメッセージは残されていなかった。郵便物もない。彼はそこに一人きりだった。そして惨めな気持ちになるというより、まずあっけにとられたみたいだった。彼が現実感覚を失ったわけではない。彼が目撃した現実が、その適合性と均整を喪失していたのだ。ウールワースでのその滑稽きわまりない邂逅に、いったいどんな説明がつけられるだろう？　しかしだからといって、理屈のつかないことを、理屈のつかないままにやり過ごすわけにもいかない。いろんなことを忘れてしまおうと、以前にも努めたことはあった。しかしマティルダのきんきんした声と、玩具売り場でのあの珍妙な光景を、頭から追い出してしまうことはできなかった。マティルダがドラマティックな誤解をするのは決して珍しいことではなかったし、彼は普段なら気合いを入れてそれに取り組んだ。そしてその場の爆発を呼んだ偶発的出来事の連鎖を、なんとか解読しようと努めたものだ。しかしその午後、彼は気落ちしていた。その邂逅は分析なんか、頭からはねつけているみたいだった。いったいどうすればいいのか？　精神分析医か結婚カウンセラーか、牧師に相談すればいいのか？　あるいは窓から飛び降りればいいのか？　そのことを考えながら彼は窓の前に立った。

　空はまだどんより曇って、雨が降っていた。しかしまだ日は暮れていない。車通りは多くなかった。眼下の道路をステーション・ワゴンが一台通り過ぎていった。それからコンバーティブルが、搬送ヴァンが、そして「ユークリッド・ドライクリーニング及び染色店」という名前の書かれた小型トラックが通り過ぎていった。その偉大な先人の名前は彼に直角三角形を、幾何学のいくつかの解析法を、有理数と無理数の両方についての比例理論を思い出させた。彼が必要としているのは、新しい推論のフォームだった。ユークリッドでもいいんじゃないか。もし自分が抱える問題についての幾何学的解析ができたなら、それを解決することができるのではないか？　あるいは少なくとも解決の糸口みたいなものは作り出せるのではないか？　彼は計算尺を手に取り、単純な定理を取り上げてみた。もし三角形の二辺の長さが等しければ、向かい合う二つの角度も等しい。また逆向きの定理として、三角形の二つの角度が等しければ、向かい合う二つの辺の長さも等しい。彼はマティルダと、彼女に関することで意味があると考えられるものを表す一本の線を引いた。三角形の底辺は二人の子供ということになるだろう。ランディーとプリシラ。そして言うまでもなく彼が第三の辺になる。マティルダの線における最も危うい要素は――つまり彼女の角度がランディーとプリシラの角度と等しくなることを脅かしているのは――彼女が最近になって「仮想の恋人」をこしらえたという事実にある。

これは、彼らが住んでいるレムゼン・パークの主婦たちの間ではよく見られるなりきり行為だった。週に一度か二度、マティルダはいちばん素敵な服を着て、フランス製の香水をつけ、毛皮のコートを羽織り、昼前の列車に乗って都市《まち》に行く。友人と昼食を共にすることもあるが、たいていは六十丁目あたりにある、女性の単身客でも受け付けてくれるフランス料理店で、一人で食事をする。カクテルを飲むか、それともワインのハーフボトルを注文するのが普通だ。彼女の意図は自分を、放蕩でミステリアスな人――愛の苦い謎の犠牲者――に見せることにあった。しかしもしどこかの男に誘いの目を向けられたりすると、彼女はすぐさま含羞の発作の中に引きこもってしまった。まるでパニックに陥ったみたいに、自分の住む素敵な家や、生き生きした顔の子供たちや、花壇のベゴニアなんかの光景が彼女の頭を駆け巡った。午後には芝居のマチネーに行くか、あるいは外国映画を見た。見終わったあと、精神的にへとへとになるような――あるいは彼女の内心の表現を借りれば「空っぽになってしまう」ような――むずかしいテーマのものを好んだ。家に向かう遅い時間の列車の中で、彼女は安らかに、また哀しげに見えた。彼女は夕食の支度をしながらよく泣いたものだ。そしてマロリーが「何か問題があるのかい？」と尋ねても、何も言わずにため息をつくばかりだった。短期間だが彼は妻のことを疑った。しかしある日の午後にマディソン・アヴェニューを歩いているとき、彼女が毛皮のコートを着て、ランチ・カウンターでサンドイッチを食べている姿を目にし、その瞳孔が色事によってではなく、映画館の暗闇のせいで広がっているのだということを見てとった。それは無害な、よくあるなりきりだった。がんばって好意的に見れば、有用であるとさえ言えるかもしれない。

彼女の線はそのような要素によって形作られていた。そして子供たちをあらわす線との間に角度をなしていた。そしてそこにある単一の事実は、彼が子供たちを愛しているということだった。そう、彼は子供たちを愛していた！　どれほどの不面目を被ろうと、悪意を受けようと、子供たちと離ればなれになるなんて想像もできない。子供たちのことを考えると、彼らは自分の魂の中身であり、まぐさ石であり棟木であるように思えた。

彼自身をあらわす線が最も計算違いをひき起こしやすいものだった。そしてそのことは自分でもわかっていた。彼は自分自身を誠実で健康で、知識豊かな人間だと考えていた（他の誰がユークリッドの理論をこれほどよく覚えているだろう？）。しかし朝に目覚めたときには、自分が有用でイノセントであると感じていても、マティルダに声をかけるだけで、自分の有用さとイノセンスがばらばらにされてしまうように思えた。まったく悪意を持たない日常的行為が、なぜ彼の最も善き部分を迫害しなくてはならないのだろう？　デパートの玩具売り場をただぶらぶら歩いていた自分が、何ゆえに「覗き屋」と罵られなくてはならないのか？　この三角形がその答えを与えてくれるかもしれないと彼は考えた。そしてある意味それは正しかった。有意な情報によって決定された三角形の二辺は長さが等しい。それ故に相対する角度もまた等しい。突然彼の戸惑いは大きく減って、心は幸福になり、希望に大きく膨らんだ。自分は新しい人生を始めたのだと彼は思った。これは人が年に二、三度しか味わえない気持ちである。

帰宅の列車の中で彼は、この通勤普通列車の退屈さを、夕刊紙の馬鹿馬鹿しさやら、駐車場への人々の殺到ぶりを、幾何学のアナロジーで表せないものかと頭を巡らせた。彼が帰宅したとき、マティルダは小さな食堂でテーブルのセッティングをしていた。彼女の最初の攻撃は彼の志気を挫くためのものだった。「ピンカートンの犬（ピンカートンは有名な探偵社）」と彼女は言った。「こそこそ野郎」。そんな台詞を聞いても、彼は怒りも不安もフラストレーションも感じなかった。そんな言葉は彼の立っているところまで到達しなかった。彼はなんと心穏やかであり、なんと幸福であったか。マティルダの刺々しい態度もむしろ愛らしく、好ましくさえ思えた。人類という家族における、聞き分けの悪い子供のようなものだ。「どうしてそんなに幸せそうなの？」と子供たちが尋ねた。「どうしてそんなに幸せそうなの、お父さん？」。やがてほとんどすべての人たちが同じことを口にするようになる。「マロリーはすっかり変わったな。なんて晴れ晴れしい顔をしているんだろう。幸運なマロリー」。

翌日の夜、マロリーは屋根裏で幾何学の教科書をみつけ、知識をリフレッシュする。ユークリッド幾何学を勉強していると、彼は思いやりあふれる、穏やかな精神状態を得ることができた。また何より、彼の思考と感情がここのところ、混乱と気落ちのせいで機能不全になっていたことが明らかになった。自分が発見したと思っているものが、あるいは幻想に過ぎないかもしれないということは、彼にもわかっていた。しかしそこに実際的な利点があることは確かだった。とにかく気分はずっと良くなった。そして彼は自分のリアリティーと、彼の精神を叩きのめしているいくつかのリアリティーとのあいだの距離を、うまく修正できたように感じた。もし何らかの哲学なり宗教なりを持っていたなら、彼は幾何学など必要とはしなかったかもしれない。しかし彼の住む近隣における宗教的実践は、いかにも退屈で陳腐なものに見えた。そして彼の気質は哲学には不向きだった。幾何学はいわば形而上学代わりの役をつとめ、認知された苦痛を認知する上で立派に役立ってくれた。その主要な利点は、いったん「線的領域」に運び込んでしまえば、マティルダの不機嫌や欲求不満に、熱意と思いやりをもって対処できるというところにあった。そこで彼は勝者ではなかったが、犠牲者になることからは見事に免れていた。その探求と実践を続けているうちに、ヘッド・ウェイターの無礼な態度も、事務員のだらしなさも、交通警官の野卑な言動も、彼の静謐さには手が届かないのだということを彼は発見していった。また一方で、それら迫害者たちは彼の強さを感じ取り、その無礼さや、だらしなさや、野卑さを和らげるのだ。彼はその「イノセンスの確信」を維持し続けることができた。その確信と共に朝に目覚め、一日しっかりそれをまもり続けた。その発見について本を書くことさえ考えた。『ユークリッド的情動—感情の幾何学』。

ちょうどその頃に、彼はシカゴに行く用事があった。どんよりと曇った日で、列車でそこまで行った。夜明けの少しあとに目覚め、有用さとイノセンスを身内に感じながら寝台車の窓の外に目をやり、棺桶製造工場と、中古車の廃棄場と、いくつかの掘っ立て小屋と、草の茂った遊び場と、どんぐりを食べてむくむく太った豚たちを見た。遠くの方にはゲイリー（ミシガン湖畔にある工業都市）の街の圧倒的に陰気な姿があった。その救いなく陰鬱な風景は彼の精神を支配し、人間の愚かしさをそこに浮かび上がらせる力を持っていた。彼は自分の定理をまだ風景にあてはめたことはなかった。しかしその場を構成する諸要素を平行四辺形に翻訳することで、その惨めきわまりない郊外の風景をいったん心から追い出し、それを無害で実用的で、チャーミングにさえ見えるものに変えられることがわかった。そして朝食をたっぷり食べ、一日元気に仕事をした。それは幾何学を必要としない一日だった。シカゴにおける仕事仲間の一人が、彼を夕食に招待した。雰囲気的にその誘いは断りづらかった。だから夕方の六時半に彼は、街のあまりよく知らない地域の、とある小さな煉瓦造りの家の前にいた。そのドアが開く前から、自分がユークリッドを必要とするであろうことを彼は察していた。

　家の女主人は、玄関のドアを彼のために開けながら泣いていた。手に酒のグラスを持っていた。「彼は地下室にいるわ」と彼女はすすり泣きながら言った。そして地下室がどこにあるのか、どうやってそこに行けばいいかをマロリーに教えることもなく、小さな居間に入っていった。彼はそのあとについて居間に入った。彼女は四つん這いになって、椅子の脚に札をつけようとしていた。マロリーは、家具のほとんどに札がつけられていることに気づいた。札には「シカゴ保管倉庫」と印刷されていた。その下に彼女は「ヘレン・フェルズ・マッガウエン所有物」と書き付けていた。マッガウエンというのは彼の友人の名前だ。「あのクソ野郎になんて、何ひとつ渡してやるものですか」と彼女はすすり泣きながら言った。「棒きれ一本だって」

「やあ、マロリー」とマッガウエンが台所を抜けてやってきた。「女房のことは気にしないでいい。年に一度か二度はこうやって腹を立てて、家じゅうの家具の脚に札をつけてまわるんだ。そして全部そっくり貸倉庫に入れて、自分は家具付きのアパートを借りて、マーシャル・フィールズ（シカゴの大きなデパート）で働くって言うのさ」

「あなたには何にもわかってない」と妻は言った。

「で、何かあったかい？」とマッガウエンが尋ねた。

「ロイス・ミッチェルがさっき電話をかけてきた。ハリーが酔っ払って、子猫をミキサーに入れちゃったんですって」

「それで彼女は来るのかい？」

「もちろんよ」

ドアベルが鳴った。髪をぼさぼさにして、頬を涙で濡らした女が中に入ってきた。「ああ、ほんとにひどかったわ」と彼女は言った。「子供たちが見ている前でよ。子供たちが可愛がっている子猫だったの。もし子供たちが見ていなかったら、それほど気にはしなかったと思うんだけど」

「あっちに行こう」とマッガウエンは言って、台所に戻っていった。マロリーはそのあとをついて台所を抜けた。そこで夕食の支度がされている様子はまったく見受けられなかった。階段を何段か降りると、そこは地下室だった。ピンポン・テーブルが置かれ、テレビが備えられ、バーがあった。彼はマロリーに飲み物をつくった。「つまりさ、ヘレンはかつては裕福だったんだ」とマッガウエンは言った。「それが彼女の問題のひとつになっている。すごい金持ちの家に育ったんだ。彼女の父親はシカゴからデンヴァーにいたる地域に、コインランドリーのチェーン店を展開していた。そして各地の店で生演奏の催しを開いていた。フォーク・シンガーとか、小編成のバンドとか。ところが音楽家組合が束になって襲いかかってきて、彼は一夜にしてすべてを失ってしまった。そして彼女はぼくが女遊びをしているのを知っている。しかしね、マロリー、ぼくは相手かまわずにセックスしなくちゃ、自分に対して正直ではいられないんだ。つまりさ、ぼくはかつて、そこにいるミッチェルっていう女と寝ていた。子猫がどうしたこうしたって言っていた女さ。あれはたいした女だよ。もし彼女がほしいのなら、ぼくが手はずをつけてやるよ。彼女はぼくのためなら何でもやってくれるだろう。それでぼくはいつも、彼女にちょっとしたプレゼントをするんだ。十ドルか、あるいはウィスキーを一瓶。ある年のクリスマスにはブレスレットを贈った。それでね、彼女の夫には自殺傾向があるんだ。しょっちゅう睡眠薬を飲んでいるんだが、そのたびに胃洗浄をされ、ぎりぎりのところで命を取り留める。一度は首を吊ろうとして——」

「ぼくはもう帰らなくちゃ」とマロリーは言った。

「まあまあ、そう言うなよ。もうちっとゆっくりしていってくれ」とマッガウエンは言った。「もう少し酒を注ぎ足そう」

「ほんとにもう行かなくちゃならない」とマロリー

は言った。「片づけなくちゃならない仕事がたくさんあってね」

「しかしまだ何も食べてないじゃないか」とマッガウエンは言った。「ちょっと待っててくれ。今、魚のあらでも煮てやるから」

「時間がないんだ」とマロリーは言った。「たくさん仕事があるから」。そしてさよならも言わずに上の階に行った。ミセス・ミッチェルはもういなくなっていたが、女主人はまだ家具に札をつけてまわっているところだった。彼はそのまま外に出て、タクシーを拾ってホテルに戻った。

　マロリーは計算尺を取り出して、円錐の体積と、外接角柱とのあいだの関係を測り、ミセス・マッガウエンの酩酊と、ミッチェル家の子猫の運命を線的に表わそうと試みた。ああ、ユークリッド、ぼくを何とかしてくれ！　マロリーはいったい何を求めていたのか？　彼が求めていたのは何あろう、輝かしさと、美しさと、整然さだった。ミスタ・ミッチェルが首を吊っている姿が合理化されることを彼は求めていた。あさましいものに対するマロリーの熱っぽいまでの嫌悪は、あまりに潔癖すぎて男らしくないだろうか？　彼が悪と善の判別を探求することは、また悔恨の持つ不可譲の力を、恥を感じる気持ちの美しさを信じることは、果たして間違っていただろうか？　この状況の中には膨大な数の不確定要素がある。しかし彼は、自分の方程式をその夜の諸事実になんとか留めようと努めた。作業は真夜中過ぎまでかかった。そのあと眠りに就いたが、おかげでぐっすりと眠ることができた。


　シカゴの出張は、マッガウエンの件に関しては悲惨だったが、財政的には利益をもたらした。そしてマロリーの一家は、経済的な余裕があるときにたいていそうするように、旅行に出ることにした。彼らはイタリアに飛んで、スペルロンガの近くにある小さなホテルに泊まった。ここには以前にも来たことがあった。その海岸に滞在していた十日のあいだ、マロリーはとても幸福だったので、ユークリッドをまったく必要とはしなかった。飛行機で帰国する前に一家はローマに寄り、最後の日にポポロ広場に行って昼食を食べた。彼らはロブスターを注文し、声を上げて笑い、飲み、歯でロブスターの殻を割った。

そのときにマティルダが急にメランコリーに襲われた。そしてしくしくと泣き出した。そろそろユークリッドが必要になってきたな、とマロリーは思った。

今やマティルダはすっかりふさぎ込んでいる。しかしその午後はマロリーに約束していた。綿密に調査し、幾何学を活用することによって、彼女のふさぎの虫の諸構成要素を特定できるはずだと。そのレストランは、調査のフィールドとしてはまさにうってつけの場所であるように思えた。そこは素敵な匂いがする、小ぎれいな店だった。他の客は品性卑しからぬイタリア人たちで、みんな赤の他人だったし、彼らがマティルダを今あるような惨めな状態に陥らせる力を有しているとはとても考えられなかった。彼女はついさっきまでロブスターを楽しんでいたのだ。リネンは真っ白で、銀器はよく磨かれていたし、ウェイターは礼儀正しかった。マロリーは店内を見回してみた。花、盛られた果物、窓の外に見える広場を行き来する車。彼の見るところ、そこにはマティルダの哀しみや憤りの原因になりそうなものは何ひとつなかった。「アイスクリームかフルーツはどうだい？」と彼は尋ねた。

「何かがほしければ、自分で注文するわ」と彼女は言って、それを実行した。彼女はウェイターを呼び、アイスクリームとコーヒーを自分で注文した。そしてマロリーに陰険な視線を投げた。勘定を済ませてから、マロリーは彼女にタクシーを呼ぼうかと尋ねた。「なんていう愚かしい意見」と彼女は、いかにも見下したような顔で言った。まるで普通預金をそっくり使ってしまおうとか、子供たちを芸人にしようとか、彼がそんなことを言い出したかのように。

彼らは歩いてホテルに戻った。一列縦隊で。光は眩しく、暑さは強烈だった。ローマの通りはこれまでもずっと暑かったし、この先もずっと暑いのだろうという気がした。終わりなき世界のように。彼女が機嫌を損ねる原因となったのはこの暑さなのだろうか？「暑気あたりでもしたのかい、ディア？」と彼は尋ねた。妻は振り向いて言った。「あなたにうんざりさせられているだけよ」と。彼は妻をホテルのロビーに残してカフェに行った。

彼はメニューの裏を使い、計算尺で彼の抱えている問題に対処した。ホテルに戻ったとき、妻の姿はなかった。しかし七時に帰ってきて、部屋に入るや否やわっと泣き出した。その午後の幾何学は彼に向けて証明していた。彼女の幸福は、彼自身の幸福や子供たちのそれと同じように、気まぐれで、水面下でひっそり行われる、推し量りがたい何かしらの感情の動き方によって被害を受けるのだ、そしてそれは彼女の気質をくねくねとミステリアスに抜けてやってきて、規則性もなければ、これと認知できる根拠もない間隔を置いて盛大に爆発することになるのだ、と。「かわいそうに、ダーリン」と彼は言った。「いったいどうしたんだ?」

「この街の誰も英語を理解しない」と彼女は言った。「誰一人として。私は道に迷って、たぶん十五人の人にホテルまでの道を訊いたと思う。でもただの一人も、私の言ってることをわかってくれなかった」、彼女は浴室に入ってドアをばたんと閉めた。彼は窓際に腰掛け、穏やかで幸福な気持ちで、いかにも雲らしい形をした雲が、空を横切っていく様を見ていた。やがて真鍮色の明かりが差した。それはときどき、日没直前のローマの空を隅々まで染め上げる光だった。


　イタリアから戻ってきた数日後に、マロリーはシカゴに行かなくてはならなくなった。マッガウエンとは顔を合わせないようにして、一日で用事を済ませ、四時の列車に乗った。四時半頃にラウンジ・カーに行って一杯やった。そして遠くに重々しい塊として浮かぶゲイリーの街に目をやりながら、彼とインディアナ州の光景とのあいだの関係の角度をかつて修正してくれた定理を、もう一度繰り返した。そして酒を注文し、窓の外のゲイリーの街を眺めた。しかしそこには何も見えなかった。彼は何かの計算違いによって、ゲイリーの街を無力化したばかりか、ゲイリーそのものを失ってしまったのだ。そのような原因となる雨もなく、霧もなく、突然到来する暗闇もなかったというのに、彼の目にするラウンジ・カーの窓の外は、まるっきりの空白だった。インディアナがそっくり消え失せてしまったのだ。彼は左手にいる女性に尋ねた。「これはゲイリーですよね?」

「もちろん」と彼女は言った。「どういうこと? あなた目が見えないの?」

　二等辺三角形が彼女の言葉から棘を抜いてくれた

が、それに続くいくつかの他の街もまた、どれひとつとして目に映らなかった。彼は孤独で怯えた人間として、自分の寝台車に戻り、両手に顔を埋めた。そして顔を上げたとき、踏切の灯りや、小さな街の灯りが鮮やかに見えた。とはいえ彼はそういうものには、これまで一度として幾何学を応用したことはなかった。

マロリーが病に倒れたのはおそらくその一週間後だった。彼の秘書が——もうカプリから戻ってきていた——彼がオフィスの床に意識不明になって倒れているのを発見し、救急車を呼んだ。彼は手術を受け、重篤患者として扱われた。見舞客と会うのが許されたのは手術の十日後のことだ。最初にやってきたのはもちろんマティルダだった。マロリーは二十五センチも腸管を切り取られ、両腕にチューブをつけられていた。「まあ、とても元気そうじゃない」と妻は叫んだ。彼女は顔に浮かんだショックと狼狽の色をなんとか押し隠し、ぼんやりした表情で通すことにした。「それに感じの良い部屋だこと。壁だって黄色だし。もし病気にならなくちゃならないとしたら、場所はやっぱりニューヨークよね。私が子供たちを出産した、あのひどい田舎の病院のことを覚えている?」。彼女は椅子にではなく、窓の敷居に腰を下ろして身を休めた。苦しみが不和を生む力をうまく焼き冷やしできるだけの愛を——それは元気なものと衰弱したものとの間に開いた距離の橋渡しをできるものだ——おれは一度も知ることがなかったのだと、彼はそこで改めて思った。「家の中はすべてうまく行っているわ」と彼女は言った。「誰もあなたがいなくて淋しいとは思ってないみたい」

マロリーはこれまで大病を患ったことが一度もなかったので、看護する人としての資質がこれほどまで妻に乏しいとは、予想してもいなかった。彼が病気になっているという事実が、彼女にとっては腹立たしいようだった。しかし彼女のそんな腹立ちも、たぶん愛情の不器用な表現なのだろうと彼は考えた。彼女はもともと感情を隠すのに長けているとはとても言えなかったし、夫が病に倒れたことを自分勝手な行為だと見なしているという事実を隠すこともできなかった。「あなたはずいぶん幸運よね」と彼女は言った。「つまり、これがニューヨークで起きたっていうことがよ。最良の医師と、最良の看護婦、そしてここはおそらく世界でもいちばん良い病院のひとつだわ。思い悩むことなんて、何もありはしない。すべて手が行き届いている。私も一生に一度でいい、一週間か二週間ゆっくりベッドに横になって、何から何まで世話をしてもらいたいものだわ」

　そう言っているのはマティルダだった。彼の最愛のマティルダだ。棘のある言葉を、どのような愛の力も正当化したり、和らげたりすることのできない真性の自己中心ぶりを遠慮会釈なく口にしているのだ。それが彼女なのだ。そして彼はその感傷性の不在をむしろありがたく思った（あるように見せかけてはいたが）。そこに看護婦が、澄ましスープの入ったボウルを盆に載せて持ってきた。そして彼の顎の下にナプキンを広げ、それを食べさせる支度をした。彼は腕を動かすことができなかったから。「ああ、それは私にやらせてちょうだい。私にやらせて」とマティルダは言った。「私にはそれくらいのことしかできないから」。それは彼女がこの悲劇的な情景ともいうべきものに（壁の黄色さはともかくとして）、何らかの意味でかかわっているという事実を初めてほのめかすものだった。彼女は看護婦の手からスープのボウルとスプーンを取った。「なんて素敵な匂いかしら」と彼女は言った。「自分で食べちゃおうかと思うくらいよ。病院の食事なんてひどいものだというのがだいたいの相場だけど、ここの病院は例外のようね」。彼女は澄ましスープをスプーンですくって彼の口元まで運ぼうとした。しかし、それは彼女の落ち度というのではないのだが、スープの入ったボウルを彼の胸と寝具の上にひっくり返してしまった。

　彼女はベルを鳴らして看護婦を呼び、それから自分のスカートについたしみをごしごしと拭いて落とした。看護婦が長くて手間のかかるベッドのリネンの取り替えにかかっているときに、マティルダは腕時計に目をやって、もうそろそろ行かなくてはと言った。「明日また寄るわ」と彼女は言った。「あなたはとても元気そうだったと、子供たちには言っておくから」

　マティルダがそういう女だということは彼にもわかっていた。しかし彼女が行ってしまったとき、いくらそのことがわかっていても、次回の同じような訪問をうまく堪え忍ぶのはむずかしいかもしれないと彼は案じた。治りかけていた腸の具合がまた逆戻りしてしまったという感触が、紛れもなくあった。彼女のせいで死が早まりさえするかもしれない。看護婦が衣服を取り替えてくれ、新しいスープのボウルを持ってきたとき、自分のスーツのポケットから計算尺とノートブックを出してもらえないかと、彼は頼んだ。そして自分の抱いているマティルダへの愛と、自分の感じている死への恐怖の間にある、シンプルで幾何学的なアナロジーを見つけた。

それはうまく行ったように見えた。翌日の十一時にマティルダが病室を訪れたとき、彼は妻の声を聞き、その姿を見ることはできた。しかし彼女は、マロリーを混乱させるだけの力をもう失っていた。彼は妻の角度をうまく調整しておいたのだ。彼女は「幻の恋人」のためにきれいに着飾っていた。そして彼がとても元気そうに見えて、とても幸運だと言い続けた。でも、あなたは髭を剃った方がいいわねと彼女は言った。彼女が帰ると、彼は看護婦に、床屋を呼ぶことはできるだろうかと尋ねた。床屋が来るのは水曜日と金曜日だけなんです、と看護婦は説明した。そして男性の看護師は今、全員がストライキに入っているもので。彼女は彼のために、剃刀と鏡と石鹸を少し持ってきてくれた。彼はそこで、昏倒して以来初めて自分の顔を目にした。そしてそのやつれ果てた姿は、彼を再び幾何学へと引き戻した。彼は旺盛な食欲と、希望の限りなさと、自らの身体の脆さとを等式化しようと試みた。彼は用心深く論理を巡らせた。というのは、ゲイリーの街に関して犯した間違いをまた繰り返すようなことがあれば、オフィスの窓の下を通り過ぎる「ユークリッド・ドライクリーニング及び染色店」のトラックを目にして以来続いていた一連の出来事に終止符が打たれてしまうからだ。マティルダは病院を出たあとレストランで食事をし、そのあと映画を観に行った。帰宅したとき、彼が亡くなったという報を彼女に伝えたのは掃除女だった。

泳ぐ人　The Swimmer

おそらく誰もが、チーヴァーの代表作のひとつとしてあげるであろう短編小説。例によって郊外高級住宅地を舞台とした物語だが、そこにはいつもの諧謔の軽みのようなものはあまり見受けられない。そこにあるのは巧妙に角度を変える無駄のない的確な描写であり、どこまでも痛切な、それでいてある種の優しさを漂わせる、洗練されたアイロニーの感覚だ。作家のきりっとした立ち姿と、まるで上等な絨毯を床に広げていくような物語の見事な展開ぶりに読者は魅せられる。象徴はただの象徴に終わらず、比喩はただの比喩に終わらない。

この作品が発表された前年には、ケネディー大統領の暗殺事件があった。アメリカにとってのひとつの幸福な、イノセントな時代が終わってしまったという実感が、あのような日々はもう戻ってこないのだという哀悼の意識が、この作品にも重く深く沈殿しているように僕には感じられる。

「ニューヨーカー」一九六四年七月一八日号に掲載。

それは、誰しもがへたりこんで「ゆうべはちょっと飲み過ぎたかな」と口にするような、よくある盛夏の日曜日だった。その台詞が、教会をあとにする教区員の口から漏れるのが、耳に届くかもしれない。あるいはそれは、聖具室で司祭服と格闘している司祭その人の唇からこぼれたりするかもしれない。ゴルフ場やテニスコートで、その言葉を耳にできるかもしれない。野生動物保護区では、ひどい二日酔いに苦しむ野鳥観察クラブのリーダーが同じ文句を呟いているかもしれない。「ゆうべはちょっと飲み過ぎたかな」とドナルド・ウェスタヘイジーは言った。「わたしたちみんなちょっと飲み過ぎた」とルシンダ・メリルが言った。「きっとワインのせいね」とヘレン・ウェスタヘイジーが言った。「あのクラレット、ちょっと飲み過ぎちゃった」

ウェスタヘイジー家のプールサイドでのことだ。掘り抜き井戸から引いた、鉄分含有率の高い水をはったプールは、青みのかかった緑色だった。よく晴れた日で、遠くから眺めた都市のようなかたちをした巨人な積雲が、西の空に立ち上がっていた。接近していく船の舳先から眺める都市の姿を彷彿とさせる。その都市には名前さえついていそうだ――リスボンとかハッケンサックとか。太陽は暑かった。ネディー・メリルは緑色の水辺に座っていた。片手は水につけられ、もう一方の手はジンのグラスを持っている。その体つきは細身だ。若者特有の身体の細さだ。しかし実際には若さからは遥か離れた年齢を迎えている。それなのにその朝、彼は自宅の階段の手すりを滑り降りて、玄関広間のテーブルの上に置かれたアフロディーテの銅像の背中をぴしゃりと叩いた。食堂からコーヒーの素敵な香りが漂ってきて、急ぎ足でそこに向かっていたのだ。彼は夏の日にも喩えられたかもしれない。とりわけ夏の午後の最後の数時間に。テニス・ラケットやセーリング用のバッグといった小道具を欠いてはいても、その印象はあくまで若々しくスポーツ選手風で、温和な気候を思わせた。彼は泳ぎ終えたところで、はあはあと深く息をついていた。まるでその瞬間の構成要素を――太陽の熱や自分の感じている悦びの強烈さなんかを――そっくり残らず肺の中に吸い込んでしまいそうな勢いで。そんなすべてが彼の中に流れ込んでくるようだった。彼自身の家はブレット・パークにある。ここから南に八マイルのところだ。そこでは彼の四人の美しい娘たちが昼食をとったり、テニスをしたりしているかもしれない。彼の頭にふとある考えが浮かんだ。ここから南西に向けてジグザグに進んでいけば、泳ぎながら家に帰れるのではないか。

彼の人生は制約を受けたものではなかったし、その展望の中に彼が見いだした喜びは、逃避という動機では説明のかなわないものだった。彼は地図制作者の目をもって、その水泳プールの連なりをありありと思い浮かべることができた。それはまさに曲がりくねって土地を横切っていく疑似地下水脈だ。彼のなしたその発見は、現代の地理学への多大な貢献となるであろう。妻の名前をとって、「ルシンダ水脈」と名付けることにしよう。彼はプラクティカル・ジョークを好むわけでもないし、また愚かなわけでもない。ただ自分はどこまでも独創的な人間であり、後世に語り伝えられるべき人物であるという漠然とした、慎み深い考えを抱いていただけである。それは美しい日だったし、長く泳ぐことでその美しさを拡大し、祝福できるかもしれないと彼は考えた。

肩に巻いていたセーターを取り、水に飛び込んだ。プールに勢いよく飛び込まない男たちに対して、これという理由はないのだが、彼は侮蔑の念を抱いていた。泳ぎは不規則なフォームのクロールだ。呼吸はストロークごとだったり、四回のストロークに一度だったりする。そして頭のどこか隅の方で、ワン・ツー、ワン・ツーとバタ足キックの数を勘定していた。長距離に適した泳ぎ方ではない。しかし水泳がもう野外運動とは言えなくなった今日、そのスポーツは固有の様式を持つことになったし、彼の属する世界の部分においては、クロールこそが慣習に適した泳ぎ方だった。淡い緑色の水に包まれ支えられることは、喜びというよりも、自然な状態への回帰に思えた。トランクスなしで泳げたらいいんだがなと彼は思った。しかし今回の計画に関してはそいつは不可能だ。彼はいちばん奥の縁のところで、身体をプールからひょいと持ち上げ——梯子《はしご》なんて絶対に使わない——芝生を横切って歩いていった。どこに行くのかとルシンダが尋ね、泳いで家に帰るんだよと彼は答えた。

彼が持ち合わせる唯一の地図なり水路図なりは、頭に記憶されたあるいは思い浮かべられたものだったが、明瞭さに不足はなかった。最初にグラハム家があり、それからハマー家があり、リア家があり、ハウランド家があり、クロスカップ家がある。そしてディトマー・ストリートを越え、バンカー家があり、そのあと短い陸地を挟んで、レヴィー家、ウェルチャー家へと続き、それからランカスターの公共プールがある。そのあとはハロラン家、サックス家、ビスワンガー家、シャーリー・アダムズ、ギルマーティン家、クライド家へと続く。それは上天気の一日であり、かくも潤沢に水を供給された世界に自分が住んでいることは、ひとつの慈悲であり、恩恵であるように思えた。胸が高鳴り、彼は芝生の上を駆けた。非凡な道筋で帰宅することは彼を、巡礼者や探検家や、あるいは運命を担った人になったような気持ちにさせた。また行く先々で自分が友人たちを見いだすであろうことが、彼にはわかっていた。友人たちは「ルシンダ川」の畔に列をなすだろう。

ウェスタヘイジー家とグラハム家を区切る植え込みを越え、花をつけたリンゴの木の下を歩き、プール用のポンプとフィルターを収めた小屋の前を通り、グラハム家のプールにやって来た。「あら、ネディー」とミセス・グラハムが言った。「よくいらしたわ。今朝ずっとあなたに電話をかけていたのよ。今飲み物を何か持ってくるわ」。そして探検家よろしく彼は、もし無事に目的地に到着したいのであれば、客を歓待する土着民の習慣なり伝統には礼儀正しく接しなくてはならないことを知っていた。彼としては相手を困惑させたくはないし、失礼な真似をしたくもなかったが、そこで無駄に時間をとられるわけにもいかない。彼はプールを端から端まで泳ぎ、彼らと共に陽光の下でしばし時を過ごしていたが、数分後にコネチカットから二台の車に分乗して押し寄せてきた彼らの友人たちによって解放された。賑やかな再会の挨拶の交歓に紛れ、首尾良くそこを抜け出すことができた。グラハム家の正面を通り、棘のある生け垣をまたいで越え、家の建っていない空き地を抜けてハマー家の敷地に入った。ミセス・ハマーがバラの花から顔を上げ、彼が自宅のプールを泳いでいるのを目にしたが、それが誰なのか、はっきりとは見定められなかった。リア家の人々は開いた居間の窓から、彼の立てる水しぶきの音を聞いた。ハウランド家とクロスカップ家の人々は留守にしていた。ハウランド家を後にすると、ディトマー・ストリートを横切って、バンカー家に向かった。彼らが開いているパーティーの賑わいが、遠くから耳に届いた。

水が人々の声や笑いを跳ね返し、そのまま宙に浮かべているみたいだった。バンカー家のプールは一段高くなったところにあった。段を上っていくと、テラスには二十五人から三十人ばかりの男女がいて、酒を飲んでいた。水に入っているのはラスティー・タワーズ一人だけだ。彼はゴムボートに乗って、水の上に浮かんでいた。ああ、ルシンダ川の岸辺はなんと麗しく、瑞々しいことか！　ゆとりのある男女がサファイア色の水辺に集い、白い上っ張りを着た出張のボーイたちが冷えたジンを差し出している。頭上では赤いデハヴィランド練習機が一機、ぐるぐると輪を描いている。ブランコに乗ってはしゃいでいる子供のように、いかにも楽しげに。ネッドはその光景に、集まりの親密さに、通りがかりの者として好感を抱いた。その親密さは、じかに手を触れることができそうなものにも思えた。遠くから雷鳴が聞こえた。

イーニッド・バンカーは彼の姿を目にとめたとたん、大声で叫んだ。「ねえ、ここに誰がいると思う？　なんて嬉しい驚きかしら！　今日あなたたちが来られないってルシンダから聞かされたときはもう、ほんとに死んじゃうかと思ったわよ」、彼女は人混みをかきわけてこちらにやってきた。そして挨拶のキスをし終えると、彼をバーに連れて行った。しかしその足取りはゆっくりしたものになった。というのは、彼は途中で出会った八人から十人くらいの女性たちとキスし、同じくらいの数の男たちと握手しなくてはならなかったからだ。あちこちのパーティーで百回くらい顔を合わせたことのあるバーテンダーが、微笑みを浮かべながらジン・トニックをつくってくれた。そしてしばらくバーの脇に立って、できるだけ会話に引き込まれないように努めた。そんなことをしていたら、人々に囲まれそうになったとき、旅程がどんどん遅れていくからだ。人々に囲まれそうになったとき、彼はプールに飛び込み、ラスティーのゴムボートにぶつからないように、縁の近くを泳いでいった。プールの端っこで、彼は大きな笑みを浮かべて、トムリンソン夫妻を迂回し、庭を抜ける小径を軽く走った。砂利が足の裏をちくちく刺したが、それ以外に不快なことはなかった。パーティーはプールの周りだけに限られており、母屋に近づくにつれ、水辺から聞こえる明るい声は次第に遠のいていった。そしてバンカー家のキッチンからラジオの音が聞こえてきた。誰かが野球中継を聴いているのだ。日曜日の午後だ。彼は駐車した車のあいだを抜け、ドライブウェイの草の生えた境目に沿って歩き、エールワイヴズ・レーンに向かった。水着姿で路上を歩いているところを誰かに見られたくはなかった。しかし通りかかる車もなかったし、彼はレヴィー家のドライブウェイの短い距離を歩いていった。そこには「私有地」という札と、「ニューヨーク・タイムズ」の緑色の円筒形新聞受けが立っていた。その大きな家は、ドアも窓もすべて開け放たれていたが、人の気配はまったくうかがえなかった。犬も吠えなかった。彼は母屋の脇を回ってプールに行った。そしてレヴィー一家がつい最近までそこにいたことを見て取った。奥の端っこの方に、グラスや瓶や、ナッツを盛った皿の載ったテーブルがあった。更衣所だかガゼボ（西洋の庭園などに設置される東屋、休憩所）だかがあり、日本の提灯がいくつもさがっていた。プールを泳ぎ切ったあと、彼はグラスに勝手に酒を注いだ。四杯目か五杯目の酒だったが、これでルシンダ川をもう半分近く泳いだことになる。疲労してはいたが、澄みきった気分で、ひとまずは一人きりでいられることが嬉しかった。すべてが愉快だった。

一雨きそうだった。積雲が――かの都市が――もくもくと立ち上がり、その色は次第に暗さを増していた。そこに腰を下ろしているとき、勢いの良い雷鳴が耳に届いた。デハヴィランド機はまだ空に輪を描き続けていた。昼下がりのお楽しみに耽っているパイロットの高笑いが聞こえてきそうだった。しかしもう一度雷鳴が轟いたとき、ネッドは家を目指して出発した。汽笛が聞こえ、いったい今は何時なのだろうとネッドは思った。四時か、あるいは五時か？　その時刻の田舎駅の光景を彼は思い浮かべた。ウェイターはタキシードの身なりをレインコートで守り、小人は何本かの花を新聞紙で包んでいるだろう。さっきまで泣いていた女は、普通列車がやってくるのをじっと待っているだろう。あたりは突然暗くなった。まさにそこで、ピンのように尖った頭を持った鳥たちが、嵐の接近を鋭く聡明に認知し、それにあわせて囀る歌をつくり変えたようだった。彼の背後にある一本の樫の木のてっぺんから、まるでそこにある蛇口がひねられたかのように、押し寄せる水を思わせる細かなざわめきが聞こえてきた。それからすべての高い樹木のてっぺんから、噴水みたいなざわざわという音が聞こえた。なぜ彼は嵐を愛したのか？　ドアがばたんと開き、雨混じりの風が無礼にも階段を勢いよく吹き上がってくるときの興奮はいったい何なのだろう？　古い家屋の窓を閉めるという単純な責務に、どうして心がかくもきりりと引き締まったのだろう？　嵐の風の、しょっぱなの水音混じりのざわめきが、なぜ彼にとって紛れもない朗報、歓声、喜ばしい知らせの響きを含んでいたのか？　そして爆発があった。無煙火薬の匂いがした。ミセス・レヴィーが一昨年（いや、その前年だったか？）京都で買ってきた日本の提灯を雨がびしびしと叩いた。

嵐が通り過ぎてしまうまで、レヴィー家のガゼボで雨宿りした。雨のおかげで空気が急に冷ややかになり、彼は身を震わせた。強い風が楓の赤や黄色の葉をもぎ取り、芝生の上や水面にばらまいた。まだ夏の盛りだったから、樹木の方はさぞや心外であったに違いない。それでもそのような秋のしるしを目の前にして、彼は奇妙な悲しみを感じた。背筋を伸ばしてグラスを飲み干し、ウェルチャー家のプールに向かった。それにはリンドリー家の乗馬場を横切らなくてはならないのだが、そこが草ぼうぼうで、障害物が残らず解体されてしまっているのを目にして彼は驚いた。リンドリー家は馬を全部売り払ってしまったのだろうか、あるいは夏のあいだ家を留守にして、馬はみんなよそに預けられたのだろうか？　そういえばリンドリー家と、彼らの持ち馬についてい何か話を聞いたことがあったな、と彼は思い出した。しかし記憶は定かではない。裸足で濡れた芝生の上を、ウェルチャー家に向けて歩いて行くと、そこのプールに水がはられていないことがわかった。

この水路の連鎖の中断は、彼を理にかなわないほどがっかりさせた。滝のごとき源流を探し求めてははるばるやってきたのに、涸れた水源しか見つけられなかった探検家になったような気分だった。がっかりし、首をひねられもした。夏場に家を留守にすることはよくある。しかしプールを空っぽにして出かけるものはいない。ウェルチャー家は間違いなく家を留守にしていた。プールの椅子は折り畳まれ、積み上げられ、防水シートをかけられていた。更衣室はロックされていた。母屋の窓はすべて閉じられており、正面のドライブウェイにまわると、樹木に「売り家」という札が釘で打ち付けられているのが見えた。最後にウェルチャー家から連絡を受けたのはいつだったろう？　というかこの前、彼とルシンダが彼らから夕食の誘いを受け、丁重に断ったのはいつだったろう？　ほんの一週間かそこら前のことだったように思える。彼の記憶がどうかしてしまったのだろうか、それとも愉快ならざる事実を押さえつけるために記憶を厳しく統制し、そのせいで真実の感覚が損なわれてしまったのだろうか？　やがて遠くの方からテニス・ゲームの音が聞こえてきた。それは彼を明るい気持ちにさせ、不安を吹き飛ばし、曇った空や冷えた空気も気にならなくしてくれた。今日はなにしろネディー・メリルが泳いで土地を横断する日なのだ。記念すべき日だ！　そこから彼はもっとも困難な陸路にとりかかった。

もしその日、あなたが日曜日の午後のドライブに出かけていたとしたら、あるいは彼の姿を目にしていたかもしれない。裸に近い姿で、四二四号線の路肩に立って、そこを横切るチャンスをうかがっていたその姿を。あなたは、ひょっとして彼は何か好ましからざる事件の被害者なのではないかと疑ったかもしれない。車が故障したのだろうかとか、あるいはただ頭がおかしいだけなのだろうかとか。ハイウェイの堆積物――ビール缶やボロきれやパンクしたタイヤの破片――の中に裸足で立って、あらゆる種類の嘲りに身を晒しているその男は、哀れに見えた。出発したとき、それが旅路の一部として含まれていることは、前もってわかっていた。その部分は頭の中の地図にしっかり書き込まれていた。しかし夏の光の中を這うように進んでいく実際の車の列を目の前にすると、それに対する準備が自分の中にできていなかったことに気づかされた。彼は笑われ、嘲られ、ビール缶を投げつけられた。そしてそんな状況に持ち込むべき威厳もユーモアも、彼は持ち合わせていなかった。そのまま後戻りすることもできた。ウェスタヘイジー家に戻るのだ。そこではまだルシンダが日光浴をしていることだろう。彼は何かに署名したわけではないし、神に誓約したわけでもないし、公約したわけでもないし、また自らに誓ったわけですらない。彼の信じるとおり、常識に道を譲れない頑迷さはないというのであれば、なぜ後戻りすることができなかったのだろう？　なぜ彼は、もしそうすることで命を脅かされるとしても、旅路をまっとうしようと心を決めたのだろう？　いったいどの時点で、そのいたずら心が、その冗談が、そのふとした思いつきが、真剣な意味あいを持つようになったのだろう？　彼は引き返すことができなかった。今ではもう、ウェスタヘイジー家のプールの緑色の水のことや、その日の構成要素を吸い込んでいるという感覚や、ちょっと飲み過ぎたみたいだなというフレンドリーでのんびりした声のことを、定かには思い出せなくなっていた。多少の差し引きはあれ、一時間ばかりのあいだに、彼は既に後戻りが不能なほどの距離を進んでしまったのだ。

ハイウェイを時速十五マイルでのんびり運転している一人の老人が、彼を道路の中央まで行かせてくれた。そこは草の生えた分離帯になっており、彼は北に向かうドライバーたちの嘲笑に身を晒すことになった。しかし十分か十五分してから、なんとか道路を渡り切ることができた。そこからランカスター村の外れにあるリクリエーション・センターまでは、歩いていける短い距離だった。センターにはハンドボール・コートがいくつかと、公共プールがひとつある。

水が声に及ぼす効果と、その明るさと宙ぶらりんの幻影は、バンカー家のプールと同じだったが、こちらの方が音も大きく、甲高く、刺々しかった。そして混み合った施設の中に入るや否や、彼は管理体制に直面することになった。「プールに入る前に必ずシャワーを浴び、足を洗ってください。泳ぐときには、認識票を身につけてください」とあった。彼はシャワーを浴び、濁ってひりひりする溶液に足を浸けた。それから水際に行った。プールはつんと塩素の匂いがして、まるで台所のシンクのようだ。二つの監視台に乗った二人の監視員が、ほとんどひっきりなしに警察官の持つ笛を吹き、場内放送を通して泳いでいる人々を咎めていた。ネディーはバンカー家のサファイア色の水を懐かしく思い出し、こんな汚い水の中で泳いだら、自分が汚れてしまうのではないか——その豊かさや幸運が損なわれてしまうのではないか——と案じた。しかし今の自分は探検家であり巡礼者なのだと思い直した。そしてこれはルシンダ川の淀んだ湾曲部に過ぎないのだと。彼は気が進まぬまま、顔をしかめてその塩素混じりの水の中に飛び込み、誰かとぶつかることを避けるために、顔を水面に出したまま泳いだ。しかしそれでも誰かにぶつかられたり、水をかけられたり、押されたりすることになった。浅くなった向こう端に着いたとき、二人の監視員が揃って彼に向かって叫んでいた。「おい、そこの人、認識票をつけてない人、すぐに水から出なさい」。彼は言われたとおりにした。しかし監視員たちは彼をそれ以上追及することはできなかった。日焼け用オイルや塩素の悪臭のあいだを抜けて、金網の外に出て、ハンドボール・コートを横切って彼は歩いた。道路を渡ると、ハロラン家の敷地の林になった部分に入った。林の中は掃除されておらず、足もとに何があるかわからなくて、歩いて行くのが大変だった。それからようやく芝生の部分に入った。プールは刈り込まれたブナの生け垣で囲まれていた。

ハロラン家とは親しくしていた。大金持ちの老齢の夫婦で、コミュニストかもしれないという疑惑をかけられて、それを大いに喜んでいるようだった。二人は熱心な改革主義者ではあったが、コミュニストではなかった。それでも反体制的な言動を非難されると（ときどきそういうことがあった）、二人はいかにも嬉しそうで、生き生きして見えた。ブナの生け垣は黄色くなっていて、これもやはりレヴィー家の楓と同じように枯らされてしまったのだろうと彼は推測した。ハロー、ハローと彼は声をかけた。自分が近づいていくことを知らせるために。他人のプライバシーを侵していることを和らげるために。ハロラン夫妻は、どうしてなのかその理由を説明してもらったことはないが、決して水着を身につけなかった。それについてはひとことの説明もなかった。彼らが裸であるのは、彼らの改革に対する揺らぐことなき情熱の一部であり、だから彼は生け垣の開口部からプールに入っていくとき、はいていたトランクスを礼儀正しく脱いだ。

ミセス・ハロランはがっしりした体つきの、穏やかな顔をした白髪の女性だ。彼女は「タイムズ」を読んでいた。ミスタ・ハロランは水面に浮かんだブナの葉をひしゃくですくっていた。二人は彼の顔を見ても、驚きの表情も、不快そうな表情も浮かべなかった。彼らのプールはこの地方でも、おそらくはもっとも古いものだった。自然石で作られた矩形のプールで、小川の水を引いていた。フィルターもなくポンプもなく、水は自然の流れのままに不透明な黄金色をしていた。

「ぼくはこの土地を泳いで横断しているんです」とネッドは言った。

「あら、そんなことができるなんて知らなかったわ」とミセス・ハロランがびっくりしたように言った。

「ええ、ぼくはウェスタヘイジー家から出発したんです」とネッドは言った。「四マイルほど向こうですが」

彼はトランクスを深くなった端っこに置いて、浅い端の方まで歩いて行って、その直線距離を泳いだ。水から這い上がるところで、ミセス・ハロランがこう言うのが聞こえた。「あなたのご不幸を耳にして、わたしたちとても心を痛めていたのよ、ネッド」

「ぼくの不幸？」とネッドは聞き返した。「いったい何のことでしょう？」

「あのね、あなたが家を売ったという話を聞いて、それから気の毒なお子さんたちのことも……」

「家を売った覚えってありませんね」とネッドは言った。「それに娘たちは家にいますよ」

「そう」とミセス・ハロランは言った「そうね……」、彼女の声はあたりの空気を不似合いな憂愁で満たした。ネッドはきびきびした声で言った。「泳がせていただいて、感謝します」

「ええ、良い旅を」とミセス・ハロランが言った。

生け垣を越えると、トランクスをはいて紐を締めた。トランクスはゆるゆるになっていて、その午後のあいだにこんなに痩せてしまったのだろうかと、彼は首をひねった。冷えて疲れていて、裸のハロラン夫婦と暗い色あいの水のおかげで、彼の気持ちは落ち込んでいた。そして泳ぐことは彼の体力を消耗させていた。でもどうしてそんなことが前もってわかるだろう？　その朝には階段の手すりを滑り降りて、それからウェスタヘイジーのところで日光浴をしていたのだ。両腕に力が入らなかった。両脚はへなへなして、関節が痛んだ。いちばん参るのは、骨まで染みこんだ冷気であり、もう二度と温まることはないのではないかという恐れだった。彼のまわりで樹木は葉を落としていた。そして風の中に落ち葉を焚く匂いを嗅ぐことができた。こんな季節にいったい誰が落ち葉を焚いたりするのだろう？

酒を必要としていた。ウィスキーは彼を温め、気分を向上させ、旅路の残りを切り抜けさせてくれるだろう。この土地を泳いで横切るのは独創的で勇ましいことだという思いをあらたにしてくれるだろう。海峡を横断して泳ぐ人だって、ブランディーを口にするではないか。彼は刺激物を必要としていた。ハロラン家の正面の庭を横切り、小径を通って、一人娘のために夫妻が建てた家に向かった。娘の名はヘレン、夫はエリック・サックスだ。サックス家のプールは小ぶりなものだったが、彼はそこでヘレンと彼女の夫に出会った。

「あら、ネディー」とヘレンは言った。「母のところでランチを食べたの？」

「そういうんでもない」とネッドは言った。「ちょっとお二人の顔を見に寄ったんだ」、その程度の説明でいいだろう。「こんな風に突然押しかけて、ずいぶん厚かましいとは思うんだけど、身体が冷えちまってね、一杯いただけないものだろうか」

「喜んでそうしたいところだけど」とヘレンは言った。「でもね、三年前にエリックが手術して以来、うちにはお酒と名のつくものが一切置いてないの」

記憶を失いつつあるのだろうか？　辛い事実をうまく隠す才能が、彼にいろんなことを忘れさせてしまったのだろうか――自分が家を売ったことを、子供たちが災難に見舞われていることを、友人が健康を損なっていたことを？　彼の視線はエリックの顔から、その腹の方に移った。そこには三本の青白い、縫合された傷跡が見えた。そのうちの二本は、少なくとも三十センチほどの長さがあった。臍はなくなっている。夜中の三時に、手が自分の身体を点検するべくふらふらと彷徨って、腹に臍がないことがわかったとき、いったいどんな気持ちのするものだろう？　誕生とのあいだのリンクが消滅し、継続がそこで断ち切られてしまったのだ。

「ビスワンガーさんのところでお酒が飲めるはずよ」とヘレンが言った。「今、すごく盛大なパーティーを開いているわ。ここからでも聞こえる。ほら！」

彼女は顔を上げた。道路の向こうから、芝生や庭や林や野原を越えて、あの音が再び聞こえてきた。人々の声が水面に反響する、あの輝かしい響きだ。

「それではちょっと一泳ぎさせてもらうよ」と彼は言った。この旅路の手段については、自分には選択の自由が与えられていないのだという感覚をなおも抱きながら。彼はサックス家の冷たい水の中に飛び込み、はっと息を呑み、ほとんど溺れかけながら、プールの端から端までをなんとか泳いだ。「ルシンダとぼくは、君たちとゆっくり会いたいんだ。すごくね」と肩越しに彼は言った。ビスワンガー家の方に顔を向けたまま。「ずいぶん長いあいだ会えなかったことは残念だ。近いうちに連絡するよ」

いくつかの野原を越えてビスワンガー家と、その陽気な物音の方に向かった。彼の姿を見たら、彼らはきっと喜んで酒を振る舞ってくれるにちがいない。彼に酒を提供することを名誉に思うはずだ。ビスワンガー家は彼とルシンダを年に四回、夕食に招待していた。通知は六週間前に送られてきた。彼らは常にその招待を断っていたが、それでもなお招待状は送られてきた。階層社会の揺るぎなく非民主主義的なリアリティーを理解したくないと言わんばかりに。彼らはカクテルを飲みながらものの値段を論じ、夕食をとりながら株価の情報を交換し、女性の同席する場で下品な話を披露するような種類の人々だった。彼らはネッドの交際する相手には含まれていなかった。ルシンダの、クリスマス・カードを送る相手のリストにさえ入っていない。彼は無頓着な態度で、まるで施しでもするような気持ちで、それでも若干の不安の念を抱きながら、彼らのプールに近づいていった。一年のうちでもっとも日の長い季節だったが、それでもあたりは少し暗くなりかけているように見えた。彼がそこに加わったとき、パーティーは賑やかに真っ盛りというところだった。グレース・ビスワンガーは、検眼士や獣医や不動産業者や歯科医が招かれるような種類のパーティーを主催していた。泳いでいるものは一人もおらず、プールの水面に反射する黄昏の光は、冬を思わせる煌めきを放っていた。バーがあったので、彼はそちらに向かった。グレース・ビスワンガーは、彼の姿を目にすると、こちらにやってきた。彼が当然のように期待していた愛想の良さはまったく見受けられず、態度はむしろ喧嘩腰だった。

「ええ、このパーティーはなんでもありなの」と彼女は声を荒らげて言った。「押しかけ屋さんも含めてね」

彼女は彼に社交的打撃を与えることはできなかった。これはあり得ないことだし、彼はまったくひるまなかった。「押しかけ屋として、飲み物は一杯いただけるのかな」と彼は礼儀正しく尋ねた。

「御勝手に」と彼女は言った。「招待状みたいな形式にはほとんど注意を払われないようね」

彼女はさっと背中を向け、他の客の方に向かった。彼はバーに行って、ウィスキーを頼んだ。バーテンダーはそれを出してくれたが、態度は無礼だった。彼の住んでいるのは、出向のウェイターたちでさえ階級の上下を承知している世界だった。だからパートタイムのバーテンダーに邪険にされたということは、彼の社会的地位がいささか損なわれたことを意味した。あるいはその男は新参で、周辺の事情をよく知らないのかもしれない。それからグレースが彼の背後でこう言っているのが聞こえた。「あの人たち、一晩できれいに破産しちゃったの。現金収入以外には何もなくなった。そして彼はある日曜日にうちにふらっとやってきたの。酔っ払ってね。そして五千ドルを貸してくれとわたしたちに頼んだ……」、この女はいつだって金の話をしている。ナイフで豆を食べるより品のないことだ。彼はプールに飛び込み、向こう端まで泳ぎ、先へと進んだ。

リストにある次なるプールは、最後から三番目のプールだが、かつての愛人であるシャーリー・アダムズの家のプールだった。もしビスワンガーのところで多少の傷を負わされたとしても、それはここで癒されるはずだった。愛は——実際には派手な性的遊戯に過ぎないのだが——至高の霊薬であり、鎮痛薬であり、彼の足取りに再びバネを賦与し、心に再び生きる喜びを与えてくれる、眩しい色合いの錠剤なのだ。二人は先週だか、先月だか、昨年だかに情事を持った。彼にはよく思い出せなかった。その関係を断ったのは彼の方だった。こちらに主導権があったのだ。彼は自信たっぷりというよりは、とくに何も考えずに、彼女のプールを囲んでいる壁のゲートから中に入った。ある意味ではそれは彼のプールのようなものだった。恋人は——とりわけ密通者は——神聖なる婚姻ではあり得ない権限をもって相手の所有物を所有するのだ。彼女はそこにいた。その髪は真鍮のような色合いだった。しかし明かりに照らされた空色の水辺にいるその女の姿は、とくに深い思い出を呼び起こしはしなかった。あれはちょっとした出来心の浮気だったな、と彼は思った。別れ話を持ち出したときには、彼女は泣いたけれど。彼の姿を目にして、彼女は少し混乱したみたいだった。まだ傷ついているのだろうか、と彼は思った。また泣かれたりしたら参っちまうな、と。

「何の用なの？」と彼女は尋ねた。

「この土地を泳いで横切っているんだ」

「参ったわね。あなたって、まだ大人になれないわけ？」

「何が言いたいんだ？」

「もしお金のことでここに来たのなら、私はもう一銭も出さないわよ」と彼女は言った。

「一杯飲ませてはくれるよな」

「それは無理ね。私は今ひとりじゃないんだから」

「ああ、じゃあ先に進むよ」

彼はプールに飛び込んで泳いだ。しかし水からプールの縁に、自分の身を持ち上げようとしたとき、両腕と肩から力がすっかり失せてしまっていることに気づいた。だから梯子のあるところまで水をかいて歩いて行って、そこから上がった。肩越しに振り返ったとき、彼は明かりのついた更衣所の中に若い男の姿を見た。暗い芝生の庭に出ると、菊だかマリゴールドだかの香りが鼻に届いた。しつこい秋の香りだ。夜の大気の中で、ガスのにおいのようにつんとしている。頭上を見上げると、そこには星が見えた。しかしどうしてアンドロメダ座だの、ケフェウス座だの、カシオペア座だのが見えたりするのだろう？　真夏の星座はいったいどこに行ってしまったのだ？　彼は泣き出した。

大人になって以来、泣いたのはたぶん初めてのことだ。これほど惨めな気分になり、冷えて、疲れて、困惑したのも初めてだった。出向のバーテンダーの無礼さも理解できなかったし、かつての愛人の無礼さも理解できなかった。彼女は這うように彼にすがって、彼のズボンを涙でぐしょぐしょに濡らせたというのに。おそらく長く泳ぎすぎたのだ。長く水に浸かりすぎたのだ。鼻と喉は水のせいでひりひりした。そのとき彼が必要としていたのは一杯の酒であり、何人かの仲間であり、乾いた清潔な衣服だった。道路を横切って、まっすぐそのまま自宅に戻ることもできたのだが、そうはせずにギルマーティン家のプールに向かった。ここでは、生まれて初めてのことだが、水には飛び込みはせず、階段を下りて氷のように冷たい水の中に足を踏み入れた。そして子供の頃に習ったとおぼしき横泳ぎで、よろよろと泳いだ。クライド家に向かうとき、疲労のあまり足がふらついた。そして水をかいて歩いてプールを横切ったが、それでも途中で何度も立ち止まって、プールの縁に手を置いて休まなくてはならなかった。梯子を上がりながら、家まで帰り着けるだけの体力がまだ残っているだろうかと不安になった。やろうと思ったことはやり遂げた。泳いで土地を横切ったのだ。しかし身体は消耗して感覚を失い、その勝利はあやふやなものになっていた。背も曲がり、門柱につかまって身体を支え、自分の家のドライブウェイを歩きにかかった。

家は暗かった。みんなはベッドに入ってしまったのか？　それほど遅い時刻なのだろうか？　ルシンダはまだウェスタヘイジー家にいて、夕食を一緒にしているのだろうか？　娘たちはそこに合流したのか、それともよそに行っているのか？　娘たちとは、日曜日がいつもそうであるように、招待はすべて断って家にいるということで合意に達していたのではなかったか？　ガレージの扉を開けて、どの車が残っているかを確かめようとした。しかし扉には鍵がかけられており、取っ手についた錆が手にぼろぼろと落ちた。家の方に行くと、雷雨のために雨樋がひとつ外れて、玄関のドアの上に、雨傘の骨のようにしおれて垂れ下がっているのが見えた。まあ、朝になれば修理できるだろう。家には鍵がかかっていた。馬鹿な料理人なりメイドなりが、間違えて鍵をかけてしまったのだろうと彼は思った。でもやがて、もうしばらくメイドも料理人も雇っていなかったことを思い出した。彼は叫び、ドアをどんどんと叩き、肩を打ちつけてドアを開けようとした。それから窓の中を覗き込み、家の中ががらっぽであることを知った。

林檎の世界

The World of Apples

この作品を発表した一九六六年あたりから、チーヴァーは作品掲載の場を、「ニューヨーカー」から他の雑誌へと徐々に移していく。それと共に作風も少しずつ変化を見せる。「ニューヨーカー」風のチーヴァーからの離脱と言っていいかもしれない。この時期にはイタリアを舞台にした物語をいくつか書いているが、これもそのうちのひとつ。故国を離れ、イタリアの田舎に住み着いた老齢のアメリカ詩人。彼はノーベル賞候補にもなりそうな世界的に高名な詩人で、愛読者も多く、人々の尊敬を受けている。しかしある日、彼はふとしたことで、激しい性的オブセッションに取り憑かれてしまう。妄想はどうしても彼の頭から去ってくれない。さて、どうなることか?

チーヴァーが生涯を通じて追求してきた「罪とその救済（あるいは救済の不在）」というテーマは、舞台を外国に移してもやはり彼を執拗に追跡してくる。白い息を吐く、疲れを知らぬ冬の猟犬たちのように。

「エスクァイア」一九六六年一二月号に掲載。

老いた桂冠詩人であるエイサ・バスコムは、仕事場を、あるいは書斎まわりを——人が詩を書く家をなんと呼べばいいのか彼にもわからない——「ラ・スタンパ」（イタリアの新聞）で蜂をたたきつぶし、どうして自分はノーベル文学賞を受賞できないのだろうと考えながら、うろうろと歩き回っていた。彼はそれ以外のほとんどあらゆる名声のしるしを受けていた。片隅に置かれたトランクには、そういうメダルや賞状や花輪や書類の束や記章やバッジがぎっしり詰まっている。彼の書斎を暖めているストーブはオスロのペン・クラブから贈られたものだ。彼のデスクはキエフの作家組合から寄贈されたものだ。書斎そのものは、彼を敬愛する人々の国際的組織が建ててくれた。その家の鍵を贈呈されたときには、イタリアとアメリカ合衆国の両方の大統領が祝電をくれた。なのにどうしてノーベル賞がもらえないのだ？　ぱちん、ぱちん。書斎は納屋のように大きく、垂木がついていた。大きな北向きの窓からは、遥か遠くのアブルッツォを望むことができた。彼はどちらかといえば、もっと小さな窓のついた、もっと小さな部屋の方がよかったのだが、前もって相談を受けたわけではない。山地の高度と、詩文の修練とのあいだには、何かしらぶつかり合うものがあるようだった。私が今この文章を書いている時点で彼は八十二歳になっており、ローマの南方にある、モンテ・カルボーネという山間の町から少し下ったところの屋敷《ヴィラ》に暮らしていた。

　彼の髪は白く分厚くごわごわして、額の上に房となって垂れていた。頭頂部にある二つか三つの逆毛はおおむね乱れ、上に突き出していた。公式な行事に出席するときは、彼はその逆毛を石鹸で湿して撫でつけたが、髪がおとなしく寝かせつけられているのはせいぜい一時間か二時間で、シャンパンが振る舞われる頃には多くの場合、髪は再び空中にぴょんと突き出していた。そしてそれが、人々が彼から受ける印象のとても大きな要素になった。人がその長い鼻や、微笑みや、母斑や、傷跡で記憶されるように、人はその強情な逆毛によってバスコムの顔を記憶した。彼はおおまかなところ、詩のセザンヌとして知られていた。彼の詩にはたしかに、セザンヌの絵画を思わせるような直線的な精密さがあったが、セザンヌの作品の底にあるヴィジョンは、彼のそれとは違う種類のものだった。この誤った比較は、彼の最もポピュラーな作品である『林檎の世界』のタイトルからもたらされたのかもしれない。彼の崇拝者たちはその詩の中に、彼がもう四十年にもわたって目にしていないニューイングランド北方の林檎が持つぴりっとした風味や、多様性や、色彩や、ノスタルジアを見いだした。

　どうして彼は——田舎育ちで、その単純素朴さによって知られている彼が——ヴァーモントを離れてイタリアで暮らすことになったのだろう？　そうすることを選択したのは、十年前に亡くなった彼の愛妻アメリアだったのだろうか？　彼女は彼の代わりに多くの判断をおこなった。農夫の息子である彼はナイーブにも、外国で暮らせば過酷だった若き日々に多少の色彩が賦与されるとでも考えたのだろうか？　あるいはそれは単に実際的な理由によるものだったのだろうか？　故国に住んでいたら、人目を避けて暮らすのはなかなか面倒なことであったはずだ。崇拝者たちはモンテ・カルボーネの町で彼の姿をみつけた。そういう人々はほぼ毎日のようにやってきた。しかしその数は知れたものだ。彼は年に一度か二度、「マッチ」か「エポカ」（どちらも「ライフ」を真似たヨーロッパの写真雑誌）のために写真を撮影される。だいたいは彼の誕生日に。しかし概して言えば、アメリカ合衆国にいるときよりも静かな生活を送ることができた。この前故国に帰ったときには、五番街を歩いていると、見知らぬ人々に呼び止められて紙片にサインを求められた。しかしローマの通りでは誰も彼のことを知らないし、気にもかけない。それがまさに彼の望んでいたことだった。

　モンテ・カルボーネはサラセン人のつくった町で、陰気な花崗岩でできたパンのようなかたちの、孤立した小高い丘の上にある。町のてっぺんには美しい三つの泉が豊かに湧いており、その水はたまりを作り、あるいは溝をつたって山の斜面を下った。彼のヴィラは町の下方にあり、庭には、山のてっぺんから水を引いたたくさんの噴水があった。落ちてくる水音はばしばし、かたかたとうるさく、非音楽的だった。その水は真夏でも肌を刺すように冷たく、彼はジンやワインやベルモットをテラスのたまりで冷やした。朝のうちは書斎で仕事をし、昼食のあと昼寝《シエスタ》をした。そしてそのあと、階段を上って村に出かけた。

石灰華《せっかいか》も、ペパローニ・ソーセージも、壁や屋根に根を下ろした厳しい色合いの地衣も、一人のアメリカ人の意識にはまったく入ってこない。たとえそのアメリカ人がバスコムのように、この苦みに囲まれつつ長い歳月をそこで送ってきたとしてもだ。上り階段は彼の息を切らせた。呼吸を整えるために、何度も途中で歩を止めなくてはならなかった。みんなが彼に語りかけた。サルヴェ（こんちは）、マエストロ、サルヴェ。十二世紀に建てられた教会の、煉瓦で塞がれた翼廊《トランセプト》を目にするとき、彼は必ずその日付を自らに向かってもそもそと呟いた。まるでその土地の美しさをそばにいる誰かに説明するみたいに。その土地の美しさは様々であり、陰鬱だった。そこで彼はいつまでもよそ者であるだろう。しかしそのよそ者性は、時間を包含する一種のメタファーであるように彼には思えた。異国の壁に沿って異国の階段を上ることによって、彼は時刻を、月を、年を、十年単位の歳月を通過していくような気持ちがした。広場《ピアッツァ》で彼はグラス・ワインを飲み、郵便物を受け取った。どの日にも、彼は村の全人口より多くの郵便物を一人で受け取った。崇拝者からの手紙があり、講演や朗読の依頼があり、なんでもいいから顔だけでも出してくれという依頼があった。西側世界のあらゆる学会や協会の招待リストには彼の名前が書き込まれているみたいだった。ノーベル賞を過去に受賞した人々が作っている協会だけはもちろんべつにして。

　彼の郵便物は袋に入れられ、別に保管されていた。そしてその袋が重すぎるときには、女性の郵便配達人《ポスティーナ》の息子であるアントニオが、それを担いでヴィラまで同行した。彼は五時か六時頃まで郵便物の整理をして過ごした。週に二度か三度、読者たちが巡礼のように彼のヴィラを探してやってきた。そしてもし相手の見かけが気に入れば、彼らが持参した『林檎の世界』にサインをしているあいだ、飲み物をふるまってやった。彼らがそれ以外の本を携えてくることはまずなかった。彼はそれまでに十冊以上の本を出版していたのだが。週に二度か三度、彼は夜にその地方の有力者《パドローネ》であるカルボーネとバックギャモンをした。二人はどちらも相手がずるをしていると疑っていたので、ゲームのあいだ絶対に席を離れなかった。たとえ膀胱が破裂しそうになったとしてもだ。夜には彼は熟睡した。

　バスコムと同じグループを形成していると世間で見なされていた四人の詩人たちのうち、一人は銃で自殺し、一人は入水自殺し、一人は自ら首を吊り、四人目はアルコール中毒による譫妄《せんもう》のために命を落とした。バスコムは彼ら全員を知っていたし、その大半を愛していたし、そのうちの二人が具合悪くなったときには看病までした。しかし詩を書くことを選んだ時点で、人は自らを破壊する道を選んだのだという世間一般の通念に対して、彼は猛然と抵抗した。彼は自殺の誘惑というものを、その他のあらゆる罪深さの形体の誘惑を知っていたように、よく知っていた。だからそのヴィラには銃と名のつくものや、まとまった長さを持つロープや、毒や、睡眠薬などは用心深く一切置かれていなかった。彼はZ（四人の中でいちばん親しくしていた相手だ）の中に、桁外れの想像力と、自己破壊のための桁外れの才能との、不可侵の関連性を見て取った。しかしバスコムは持ち前の頑固で田舎くさいやり方で、そんな関連性を断ち切るか、あるいは無視するかしようと心を決めた。マルシュアース（ギリシャ神話に出てくるサテュロス。アポロに音楽の技比べを挑み、思い上がりの罰として生きたまま皮を剝がれた）やオルフェウスを覆してやろうと。詩とは耐久性を持つ栄光であり、詩人の人生は——Zの場合がそうであったように——空のジンの瓶を二十三本も並べた汚い部屋で終えられたりするべきではないと、彼は心を決めていた。優れた才能と悲劇とのあいだの繋がりを否定することはできなかったから、彼はどうやらそれを力尽くで屈服させようとしていた。

　コクトーは、詩作とは不完全に理解されている下層記憶の探求であるとかつて述べたが、バスコムも同じように考えていた。彼の仕事は回想する行為であるように思えた。仕事をしているとき、彼は記憶に実際的な使命を負わせることはなかったが、そこで働きを見せるべく召喚されているのは明らかに記憶であった——感覚の、風景の、人の顔の記憶、そして彼自身の言語の膨大なヴォキャブラリ。一編の短い詩のために一ヶ月以上をかけることもあったが、規律や勤勉さは彼の詩作を表現するにふさわしい言葉ではなかった。彼は使うべき言葉を自分で選び取っているわけではまったくなく、喋れるようになってこのかた耳にしたことのある何十億もの響きの中から、正しきものを呼び起こしているように思えた。このように、彼は自分の人生に有用性を与える役割を記憶に担わせてきたので、ときどき自分の記憶が力を失いつつあるのではないかという疑念に襲われた。友人たちや崇拝者たちと話をしながら、自分が同じことを繰り返し口にしないように大いに注意を払った。真夜中の二時か三時に目を覚ますと、非音楽的なばしゃばしゃという噴水の水音を聞きながら、名前や日付を思い出すべく一時間ばかり自らを苛んだ。バラクラヴァ（クリミアの古戦場）におけるカーディガン卿の宿敵の名前はなんだったか？　ルーカン卿の名前を霧の中から引っ張り出すまでに一分ばかりかかったが、でもなんとか思い出せた。ラテン語の動詞esse の遠過去形の活用を思い出し、ロシア語で50までを数え、ダンやエリオットやトマスやワーズワースの詩を暗唱し、リソルジメント（十九世紀イタリアの国家統一運動）の出来事をひとつひとつ、一八一二年のミラノの暴動に始まって、ヴィットーリオ・エマヌエーレ王の即位に至るまで頭に並べた。先史時代の名前を挙げていった。キロメートルをマイルに換算し、太陽系の惑星の名前を並べ、光の速度を思い出した。記憶を引き出す敏捷さは明らかに以前より衰えてはいたが、まだ十分使用に耐え得ると彼は思った。唯一の問題は不安だった。時間がものごとを破壊していく様を彼はこれまでにさんざん目にしてきたので、彼は案じた。老人の記憶というのは一本のならの木よりも、強く長生きできるものだろうか。しかし彼が三十年前にテラスに植えたアメリカならの木は死に瀕しているのに、彼は今でもまだ自分が最初に最愛のアミリアに出会ったときに、彼女が着ていたドレスのカットと色合いを細部までありありと思い出すことができた。彼は記憶に、市街を歩いて通り抜けさせた。彼は自分がインディアナポリスの駅から記念噴水公園まで歩くところを想像した。レニングラードのホテル・ヨーロッパから冬宮まで歩くところを想像した。エデン・ローマからトラステヴェレを抜けて、サンピエトロ・イン・モントリオまで歩くところを想像した。ふらつき、自らの機能を疑いつつも、その苦しい闘いを支えていたのはそこにある審問の孤独さだった。

　彼の記憶がある夜、明け方近くに、彼を眠りから起こしたようだった。バイロン卿のファーストネームを言ってみろと記憶に要求され、それができなかったのだ。彼は自分の記憶から自分自身を一時的に分離させ、記憶がバイロン卿の名前を抱え込んでいるところを急襲してやろうとした。しかし彼が忍び足でその貯蔵庫に戻っていったとき、そこはやはり空っぽだった。シドニー？　パーシー？　ジェームズ？　彼はベッドを出た。あたりは寒かった。靴を履き、オーバーコートを羽織り、階段を上り庭を抜けて書斎まで行った。そして『マンフレッド』を書棚から取り出した。しかしその著者名は「バイロン卿」としか記されていなかった。『チャイルド・ハロルド』についても同じだった。百科事典を引っ張り出して、ようやく卿の名前がジョージ・バイロンであることを彼はつきとめた。そんなわけだから、自分がその名前を思い出せなかったのもまあやむを得ないだろうと自らに言い聞かせながら、彼は温かいベッドに戻った。大方の老人がそうであるように彼は、ひそかに食品の用語集をこしらえるようになっていた。それは彼の鉛筆に芯を補填してくれるようだった。生の鱒。黒オリーブ。タイムをつけた仔羊の肉。ワイルド・マッシュルーム、熊肉、鹿肉、兎肉。その帳面の反対側にはすべての冷凍食品があった。自ら栽培した野菜があり、茹ですぎたパスタがあり、缶詰のスープがあった。

　春に、スカンジナヴィアの彼の崇拝者が手紙を寄越した。バスコムと共に山あいのいくつかの町を巡る日帰り旅行をするという栄誉を与えてはいただけまいか、と書かれていた。当時バスコムは車を所有していなかったので、誘いに喜んで応じた。そのスカンジナヴィア人は気持ちの良い若者で、二人は幸福な気持ちでモンテ・フェリーチを目指して出発した。十四世紀から十五世紀にかけて、それまで町に水をもたらしていた泉は涸れてしまい、住人は山を半分ばかり下ったところに移住した。放棄された頂上の町に残されたのは、類い希な光輝に包まれた二つの教会だか大聖堂だけだった。バスコムはそんな建物を愛した。それらは花咲く雑草の中に建っており、壁画は今でも見事に保たれていた。ファサードにはグリフィンや、白鳥や、顔や身体の一部が人間の男女であるライオンや、剣を刺されたドラゴンや、翼を持つ蛇や、その他様々な変身の驚異が彫刻されていた。それらの巨大にして魅惑に満ちた神の館はバスコムに、人の想像力の無限さを思い起こさせた。それを前にして彼の心は軽やかになり、熱意を与えられた。

モンテ・フェリーチから彼らはサン・ジョルジョに向かった。そこにはいくつかの彩色された墓碑があり、ローマ時代の小さな劇場があった。二人は町の下にある木立に車をとめてピクニックをした。彼は用を足すために林の中に入ったが、そこで愛を交わしている男女にばったり鉢合わせしてしまった。彼らは服を脱ぐこともしていなかったので、彼の目に映ったのは見知らぬ男の毛の生えた尻だけだった。「Tanti scusi（どうも、申し訳ない）」と彼はもそもそ言って引き下がり、森の別の場所に移ったが、スカンジナヴィア人のところに戻ったとき、なんだか落ち着かない気持ちになっていた。もつれあったカップルの姿は、彼の頭の中の大聖堂の記憶を薄れさせてしまったみたいだった。ヴィラに戻ると、ローマの修道院からやってきた何人かの尼さんたちが、サインをもらおうと『林檎の世界』を手に彼を待っていた。彼はサインをし、家政婦のマリアに言って、彼女たちにワインを振る舞った。彼女たちは聴き慣れた賛辞を彼に向かって述べた。あなたは人を進んで迎え入れようとする宇宙を創造なさったようです。雨混じりの風の中に、徳義ある美の声を探り当てられたのです。しかし彼の頭に浮かぶのはただ、見知らぬ男の尻の姿だった。そこには彼の名高い真理の探索よりも、もっと多くの熱情と意味が込められているようだった。それはその日彼が目にしたすべてのもの――城や雲や大聖堂や山々や、花の咲き乱れた野原――を凌駕してしまったようだった。尼さんたちが去ってしまうと、彼は精神を高めるために山を見上げた。しかし山々は今では女性の乳房のように見えた。彼の心はクリーンさを失ってしまったのだ。彼はその頑なさから一歩身を引き、それが進んでいく先を見届けようとしているようだった。遠くに彼は列車の汽笛を聞いた。そして彼の言うことをきかない気ままな心は、そこからいったい何を引き出すだろう？　旅行の興奮か、食堂車の定食コースか、列車で出されるワインとか、そういうものか？　すべては罪のないものに思えたが、ふと気がつくと心は食堂車を離れて、寝台車の淫靡《いんび》な個室に、そしておそろしく卑猥な想像へと移っているのだった。自分が何を求めているかわかっていたので、彼は夕食のあとでマリアに話しかけた。彼女はいつも喜んで彼の要望に応じた。彼は常に彼女が風呂に入ることを要求したのだが。それにかかる時間と、それに加えて皿洗いがあったせいで、少しばかり遅い時刻になってしまったが、彼女が彼のもとを離れたとき、彼の心は目に見えて軽くなっていた。しかしその心が癒されていないことは明らかだった。

　その夜に見た夢は忌まわしいもので、彼は夜中に何度も目覚め、性欲のもたらす倦怠だか無気力だかを振り払うべく努めなくてはならなかった。朝の光の中でも事態は好転していなかった。卑猥さは――それもおそろしいまでの卑猥さは――色彩と歓びを有する人生唯一の要素であるように見えた。朝食のあとで書斎に行き、机の前に座った。彼を歓迎する宇宙は――林檎の世界を抜けて聞こえてくる雨混じりの風は――既に消えていた。下卑たものこそが彼の宿命であり、彼の最良の部分であり、彼は興の乗るままに「アテネを救った屁」という長いバラッド（物語詩）を書き始めた。朝のうちにそのバラッドを完成させ、オスロのペン・クラブから寄贈されたストーブでそれを焼き捨てた。そのバラッドは――彼がそれを焼き捨ててしまうまではということだが――徹底しておぞましいスカトロジー（糞尿譚）の試みだった。そしてテラスに通じる階段を下りながら、彼は自責の念でいっぱいになった。その午後を彼は、「ティベリオのお気に入り」という胸くそ悪くなるような告白文を書くことに費やした。彼の崇拝者である一組の若い新婚夫婦が、彼を称えるために五時にやってきた。二人は列車で出会ったのだが、どちらもそれぞれに彼の『林檎の世界』を持っていた。彼らはそこに描かれている純粋な、燃え盛る愛をなぞるように恋に落ちたのだ。その日に自分が書いたものを思い出し、彼は頭を垂れないわけにはいかなかった。

　翌日は「パブリック・スクールの校長の告白」なるものを書いた。そしてお昼にそれを焼却した。悲しい気持ちでテラスに降りてくると、ローマ大学からやってきた十四人の学生が待ち受けていて、彼が姿を見せるや否や、「天上の果樹園」を詠唱し始めた。それは『林檎の世界』の冒頭にあるソネットだ。

彼は身を震わせた。目は涙でいっぱいになった。彼らの持参した本にサインをしているあいだ、みなさんにワインをお出しするようにと、マリアに命じた。それから学生たちは列になって、彼の穢れに満ちた手を握り、彼らをローマから運んできたバスに戻った。バスは近くの野原に停めてあった。彼は山々にちらりと目をやったが、そこには心を明るくしてくれるような力は見受けられなかった。そして彼は意味というものを持たぬ青空を見上げた。節度の持つ強さはいったいどこにあるのだ？　そこにはリアリティーは具わっているのか？　彼の心をどうしても離れない、すさまじい獣性こそが至高の真実なのか？　猥雑さの最も悲惨な側面は、その品性のなさであることを、その週が終わる前に彼は見いだすことになった。熱意を込めてその一連の下品な作業に取り組んだものの、彼がそれを終えたとき感じたのは退屈と恥ずかしさだけだった。ポルノグラファーの辿る道は融通がきかないものらしく、彼がそこに見出したのは、未成熟な人間や、妄想に取り憑かれた人々が流通させている退屈な作品群を、自分はただ反復しているに過ぎないという事実だった。彼が書いたのは「貴婦人のメイドの告白」であり、「野球選手のハネムーン」であり、「公園のある夜」だった。十日目が終わる頃には、彼はポルノグラファーの樽のいちばん底の部分にいた。そこで卑猥な五行戯詩を書いていた。それを六十ばかり作り、そして焼き捨てた。翌朝バスに乗ってローマに行った。

定宿にしているミネルヴァ・ホテルに泊まった。そしてたくさんの友人たちに片端から電話をかけた。しかし予告もせず急に大都市を訪れても、友だちはほとんどみつからないだろうことは予測がついた。案の定、誰も在宅ではなかった。彼は街路から街路へと歩き回り、公衆便所に足を踏み入れた。そこで自分の売り物を提示しているひとりの男娼と正面からまっすぐ顔を合わせることになった。彼はひどく老いたもののナイーブさか、あるいは魯鈍さを込めた目で、相手をしげしげと見つめた。男の顔は愚かしかったが――薬物をやっているみたいにどろんとして醜かった――それでも、そのおぞましい祈禱の中に立つ姿は、老いたバスコムの目には、燃えさかる剣を手にした天使のように映った。それは凡庸さを打ち砕き、慣習というガラスを割る剣であるかもしれない。だから急いでそこを離れた。あたりは暗くなり始めていて、夕刻のローマの壁に反響する車のすさまじい騒音が、そのクライマックスに向けて高まりつつあった。彼はシスティーナ通りのとあるアート・ギャラリーにふらりと入った。そこでは画家だか写真家だか——彼は両方を兼ねていた——が、バスコムと同じ感染症に苦しんでいるようだった。ただしもっと先鋭的な形式で。通りに戻って、自分の精神に住み着いてしまったこの性欲の薄闇に普遍性のようなものはあるのだろうかと、頭を巡らせた。この世界は、自分と同じようにその道を見失ってしまったのだろうか?

　コンサート・ホールの前を通りかかった。そこには歌曲のプログラムが張り出してあった。心に浮かぶ思いを音楽が浄めてくれるかもしれないと思い、チケットを買って中に入った。客の数は少なかった。伴奏者が姿を見せたとき、客席は三分の一ほどしか埋まっていなかった。それからソプラノ歌手が登場した。緋色のドレスを着た見事なアッシュ・ブロンドの女性だった。彼女が「Die Liebhaber der Brücken（橋の上の恋人たち）」を歌っているあいだ、年老いたバスコムは、彼女の服を脱がせるところを想像するという見下げ果てた、救いがたい習慣的行為を開始した。それはホックで留めるようになっているのだろうか、それともジッパーだろうか、と彼は迷った。彼女が「Die Feldspar（長石）」を歌い、それから「Le Temps des lilas et le temps des roses ne reviendra plus（リラの季節と薔薇の季節はもう戻ってこない）」を歌うあいだに、ジッパーだと決め、そのドレスを背中で外し、肩のところから優しく持ち上げるところを想像した。彼女が「L'Amore Nascondere（秘められた愛）」を歌っているあいだにスリップを頭から脱がせ、「Les Rêves de Pierrot（ピエロの夢）」を歌っているあいだに、ブラジャーのホックを外した。彼の白日夢は、彼女がうがいをするために舞台の袖に引っ込んだときに中断されたが、ピアノのそばに戻ってくるとすぐにまた彼は、彼女のガーターベルトと、そこに含まれるすべてのものに取りかかった。休憩時間に彼女が客席に向かってお辞儀をしたとき、彼は熱烈に拍手をしたが、それは彼女の音楽知識や、声の素晴らしさに対するものではなかった。それから恥の感覚が、他のすべての情熱と同じように、明瞭に無情に彼を取り囲んだようだった。コンサート・ホールを出て、ミネルヴァ・ホテルに戻った。しかしそれでもその妄執は消えてくれなかった。彼はホテルの机の前に座り、伝説の女教皇ヨハンナのためにソネットを書いた。技術的に見れば、それまでに彼が書いていた五行戯詩よりはましだったが、モラル的には何ひとつ向上したところはなかった。翌朝はバスに乗ってモンテ・カルボーネに戻り、テラスで何人かの謝意に満ちた崇拝者たちを迎えた。その翌日彼は書斎にあがり、いくつかの五行戯詩を書いた。そしてペトロニウスとユウェナリス（どちらもローマの風刺作家）の本を書棚から引っ張り出し、自分の前にこの分野で彼らがどれほどの達成をおこなっているかを調べた。

そこにあるのは性の愉楽の、あからさまで無垢な叙述だったが、彼が毎日夕方にストーブの火で原稿を焼き捨てるときに経験したような屈折した感覚は、まったく見当たらなかった。それはただ彼の世界の方が遥かに老いているからなのだろうか？　その社会的責任が遥かに厄介なものになっているからなのだろうか？　猥雑さが、不安の増大に対する唯一の回答なのだろうか？　自分が失ったものはいったい何だったのだろう？　それは誇りの感覚であり、軽やかさと勇猛さの光背であり、ある種の王冠であるかもしれない。彼は精査をおこなうためにその王冠をかかげているのかもしれない。そして彼は何を見いだしたか？　それはただ単に、父親が持ち出す研ぎ革や、母親の叱責に対する大昔の恐怖なのか？自分を虐げる世界に対する子供っぽい屈従なのか？自分の本能が乱暴で有り余っていて、見境いないものであることを彼はよく承知していた。なのに自分は、世界とそのあらゆる言語が、保守的な経済やら、権威的な教会やら、好戦的な陸海軍を利するような見え透いた価値の枠組みを押しつけることを許してきたのだろうか？　彼は王冠をかかげ、光に向けて差し出しているようだった。それは光でできているように見えた。それが意味するのは、高揚と悲しみからなる、混じりけのない、人を活気づける味わいであるようだ。彼が完成させたばかりの五行戯詩はイノセントで事実に基づき、愉快なものだった。それらも卑猥ではあったが、人生の事実はいったいいつから卑猥になってしまったのだろう？　そして毎朝彼が自分自身から苦痛を伴いつつむしり取ってきたその美徳の実体とは、いったい何だったのだろう？　それらは不安と愛の実体であるように見えた。斜めに差す陽光の中に立つアミリア、息子が誕生した嵐の夜、娘が結婚した日。人はそういうものをありきたりのものとしてさげすむかもしれない。しかしそれらは彼の知る限り、人生で最も素晴らしいものだった。不安と愛。彼の机の上にある五行戯詩はそこから遥かにかけ離れたものだった。その五行戯詩はこのように始まっていた。「若き執政官の名前はシーザー／彼には巨大な裂傷《フィシャー》があった」。彼はその戯詩を焼き捨て、書斎から下に降りていった。

翌日は最悪だった。彼は六枚か七枚の紙に、ただ「ファック」という言葉を繰り返し書き続けた。そして昼になってそれをストーブで燃やした。昼食時にマリアが指にやけどをし、ひとしきり呪詛の言葉を吐いていた。それから「私はモンテ・ジョルダーノの聖天使さまのところに行かなくてはなりません」と言い出した。「聖天使というのはどんなものなのだね？」と彼は尋ねた。「天使さまは心が思うことの汚れを浄めてくださいます」とマリアは言った。「天使さまはモンテ・ジョルダーノの古い教会におられます。エルサレムのオリーブ山のオリーブの木でつくられています。聖者さまの一人が手ずからそれを彫られたのです。そこまで巡礼をすれば天使さまは、心に浮かんだことの汚れを浄めてくださいます」。

バスコムが巡礼について知っているのは、人がそこまで徒歩で行かねばならないことと、なぜかはわからないが貝殻を携行するというくらいのことだった。マリアが昼寝《シエスタ》をするために上に行ってしまうと、彼はアミリアの記念品を入れた箱を開けて、貝殻をひとつ見つけた。天使はおそらく何か贈り物を期待していることだろうと彼は思った。書斎の箱の中から、「レールモントフ記念祭」にソヴィエト政府から贈られた金のメダルを取り出した。彼はマリアを起こさず、書き置きも残さなかった。これは老齢のなせる無茶な振る舞いであるようだった。世間の老人はしばしばかくれんぼでもするみたいにどこかに姿をくらますものだが、彼は一度もそんなことはしなかった。自分がどこに行くかマリアに告げておくべきだったのだが、そうはしなかった。彼は葡萄園を抜けて下り、谷の底にある街道に向かった。

川の方に近づくと、一台の小さなフィアットが街道から離れて樹木のあいだに停まった。一人の男とその細君と、きちんと服を着せられた三人の娘が車から降りてきた。男が散弾銃を手にしているのを目にして、バスコムは歩を止めて彼らのことを眺めた。この男はいったい何をしようとしているのか？　殺人、それとも自殺？　あるいはこれから人身御供を捧げるところを自分は目撃しようとしているのか？　彼は高く繁った草むらにしゃがんで身を隠し、様子を見守った。母親と三人の娘はとても興奮していた。父親は自分が中心人物であることを楽しんでいるように見えた。彼らの話す言葉は訛りがきつく、何を言っているのかバスコムにはほとんどまったく理解できなかった。男は散弾銃をケースから出して、散弾を一発薬室に入れた。それから彼は妻と三人の娘たちを一列に並ばせ、耳を塞がせた。女たちはきゃあきゃあ叫んでいた。準備が完了すると、男は彼女たちに背中を向け、空に向かって銃をかまえ、発射した。三人の子供たちは拍手をし、その銃声の威力と愛する父親の勇気を褒め称えた。父親は銃をケースに仕舞い、一家はフィアットに乗り込んで去っていった。おそらくはローマ市内のアパートメントに向けて、とバスコムは推測した。

バスコムは草むらの中で手足を伸ばして眠った。そして祖国に戻った夢を見た。彼がそこで目にしたのは、四つのタイヤがすべてパンクしたフォードのトラックが、キンポウゲの咲く野原に置かれている光景だった。紙の王冠をかぶり、マント代わりのバスタオルをつけた子供が、白い家のまわりを走り回っていた。一人の老人が紙袋から骨を一本取り出し、それを野良犬に与えていた。秋の木の葉がライオンの足のついたバスタブの中でくすぶっていた。雷鳴が彼を目覚めさせた。それは遠くの、（彼の印象としては）ひょうたんのような形をした雷鳴だった。彼が街道まで降りていくと、一匹の犬があとをついてきた。犬は身体を震わせていたので、具合が悪いのではないかと思った。狂犬病とか、そういう危険なものではないかと。でもやがて犬は雷鳴を怖がっているのだとわかった。ひとつひとつの轟きがその動物をぴくぴくと痙攣させた。バスコムは犬の頭を撫でてやった。犬が自然現象を恐れたりすることを、彼はそれまで知らなかった。それから風が立って、雨樹木の枝のあいだを吹き抜け、彼の老いた鼻は、雨の降り出す数分前にその匂いを嗅ぎとった。田舎の教会の湿った匂いであり、古い家屋の使われていない部屋の匂いであり、野天便所の匂いであり、干してある水着の匂いだった。素晴らしく強烈な匂いだったので、思わずくんくんと音を立ててそれを嗅いだ。しかしそれほど夢中になっていたにもかかわらず、雨宿りの場所を探すという実際的な必要性を忘れることはなかった。道ばたにバスを待つ人のための小さな小屋があり、彼と怯えた犬はその中に入った。しかしその小屋の壁はまさに逃げ出したいと思っていた汚らわしい言葉で覆われていたので、たまらずに外に出た。道の先の方に農家があった。よくイタリアで見かける、精神分裂的即興に身を任せたような家屋だ。それは爆撃を受け、ふたつにされ、それからひとつにつなぎ合わされたみたいに見えた。それも出任せにではなく、ロジックに対して意図的に攻撃を仕掛けたみたいに。建物のひとつの側面には木製の差し掛け小屋があり、一人の老人がそこに座っていた。バスコムは彼に、ちょっと雨宿りさせてもらってかまわないだろうかと尋ね、入りなさいと老人は言った。

老人はバスコムと同じくらいの歳らしかったが、バスコムの目には羨ましいくらい平静に見えた。その微笑みは優しく、顔つきは澄んでいた。汚らわしい五行戯詩を書きつらねる衝動に取り憑かれることもなさそうだし、貝殻をポケットに入れて巡礼に出かける必要もなさそうだった。彼は膝に一冊の本を載せていた。切手帳だ。そしてその差し掛け小屋は鉢植えの植物でいっぱいだった。彼はなにも自らの魂に、手を打って歌をうたってくれと求めていたわけではなかったが、それでも老人はバスコムが希求するところの精神の有機的な平和に達しているように見えた。バスコムも切手やら鉢植えの植物やらを集めるべきだったのだろうか？　いずれにせよ今となってはもう遅すぎる。やがて雨が降り出した。雷鳴が大地を揺さぶった。犬がくんくんと鳴いて身を震わせ、バスコムは犬を撫でてやった。嵐は数分で過ぎ去り、バスコムは老人に雨宿りをさせてもらった礼を言って道路を歩き出した。

その年齢にしては、彼はしっかりとした足取りで歩いた。そして我々のみんながそうであるように、勇壮な思い出と共に歩んだ――愛やフットボール、アミリア、あるいは成功したドロップキック。しかし一マイルか二マイルほど歩いたあとで、彼は気づいた。このぶんではモンテ・ジョルダーノに到着する頃にはすっかり暗くなってしまっている。だから一台の車が停まって、その村まで乗って行かないかと誘われたとき、彼は申し出を受けた。そのことが救済の妨げにならなければいいのだがと願いながら。モンテ・ジョルダーノに着いたとき、あたりはまだ明るかった。その村の大きさは彼の住んでいる村と同じくらいだった。そこにあるのは同じ石灰華の壁と、ちくちくする地衣だ。古い教会が広場の真ん中に建っていたが、扉には鍵がかかっていた。司祭はどこにいるのかと尋ね、彼の姿は葡萄園で見つかった。司祭は剪定した枝を燃していた。聖天使に捧げ物をするためにやって来たのだと、彼は司祭に説明した。そして金のメダルを見せた。それが本当の金なのかどうか司祭は知りたがり、そこでバスコムは自分の選択を悔やんだ。どうしてフランス政府からもらった、あるいはオックスフォードからもらったメダルを持ってこなかったのだろう? ロシア人たちは金の純度証明書類をつけてこなかったので、彼にはその価値を証明する手立てがなかった。そしてまた司祭はそのメダルの銘がキリル文字で書かれていることに気がついた。それはまがい物の金であるばかりか、共産主義者の金なのだ。そんなものが聖天使への供物としてふさわしいわけがない。しかしまさにそのとき雲がさっと割れて、一条の光が葡萄園に差し込み、メダルをきらりと光らせた。それはしるしだった。司祭は宙に十字を切り、二人は教会へと向かった。

古くて小さな、貧しい田舎の教会だった。その天使は左手の礼拝堂《チャペル》の中にいた。司祭はそこに明かりを点した。像は鉄の籠の中にあり、宝玉に埋もれていた。扉には南京錠がかけられていた。司祭はその扉を開け、バスコムはレールモントフのメダルを天使の足下に置いた。そして彼は跪き、しっかりと声に出して言った。「ウォルト・ホイットマンに神の恵みあれ。ハート・クレインに神の恵みあれ。ディラン・トーマスに神の恵みあれ。ウィリアム・フォークナーに、スコット・フィッツジェラルドに、とりわけアーネスト・ヘミングウェイに神の恵みあれ」。「司祭はその聖なる遺物に鍵をかけ、二人は共に教会を出た。広場にはカフェがあったので、彼はそこで食事をとり、ベッドを借りた。ベッドは四隅に真鍮の天使像がついた、真鍮製の奇妙な代物だった。しかしそれらの天使像には真鍮製の祝福みたいなものが具わっていたらしかった。というのは、彼は安らかな夢を見ることができたし、真夜中に目覚めたとき、自分が若い頃に感じたような生気に満ちていることを発見したからだ。彼の意識の中で、四肢の中で、識見の中で、身体器官の中で、何かが輝いているようだった。彼はやがてまた眠りに就き、朝までぐっすりと眠った。

　翌日、モンテ・ジョルダーノから街道まで歩いているとき、彼は滝の轟音を耳にした。森の中に入って、その滝を発見した。それは自然にできた滝だった。岩棚があり、緑色の水のカーテンがあった。それは彼が育ったヴァーモント州の農場の隅にあった滝を思い出させた。少年の頃、ある日曜日の午後にそこに行って、水の溜まりの上にある丘に座っていた。そこにいるときに、一人の老人が森から出てくるのを目にした。今の自分と同じようにふさふさとした白髪を持った老人だ。その男が靴紐をほどき、急《せ》いている恋人たちのように素速く服を脱ぐのを彼は見ていた。老人はまず手と腕と肩を水で濡らし、それから流れの中に足を踏み入れていった。大きな喜びの声をあげながら。それから彼はアンダーパンツで身体を拭き、服を着て、森の中に戻っていった。そして老人が姿を消したあとになって、バスコムはようやく気づいた。その老人が実は彼の父親であったことに。

　そして今、彼は自分の父親がやったのと同じことをやっていた。靴紐をほどき、シャツのボタンを引きちぎるように外し、苔の生えた石や速い水の勢いが命取りになりかねないことを承知の上で、裸で流れの中に足を踏み入れていった。父親と同じように歓喜の声をあげながら。水の冷たさに一分ほどしか耐えられなかった。けれど、水から出てきたときにはようやく自分を取り戻せたような気がした。街道を歩いて行くと、馬に乗った警官に呼び止められた。マリアが警察に通報し、その一帯でマエストロの捜索が行われていたのだ。彼のモンテ・カルボーネへの帰還は勝利に輝くものだった。そしてその朝彼は、光と空気に満ちた何ものにも替えがたい崇高さを感じつつ、長い詩を書き始めた。それはノーベル賞こそもたらしはしないが、彼の人生の最後の何ヶ月かを美しく飾ることになるはずのものだった。

パーシー　Percy

チーヴァーのキャリアの中では、かなり終わり近くになってから書かれた作品だが（当時チーヴァーはまだ五十六歳だったのだが）、見事な均整を保った物語に仕上がっている。風変わりな一家の風変わりなクロニクルとでもいうべき筋立てだが、そのほとんどが自伝的事実だと知って驚いてしまった。これだけはっきりと自らに関する事実を書いて、それがぜんぜん自伝的に、私小説的に見えないというのは、やはり作家の腕の確かさのゆえだろう。読み終えて、思わず「うまいなあ」とうなってしまう。

最近の若手の作家にも、読んでいて「うまいなあ」と思わせる作家はもちろんいるけれど、こういった読者の襟首を掴んでひきずっていくような筋金入りの文体を持つ作家はあまり見当たらない。チーヴァーは都会派の作家と評されることが多いが、この力業の側面も見落としてはなるまい。

「ニューヨーカー」一九六八年九月二一日号に掲載。

回想録というものは、チーズボードや、ときおり花嫁に贈られる醜い陶器などと同じように、海に向かおうとする「マニフェスト・デスティニー」（自明の運命。アメリカの西に向かう領土拡張を正当化する論理）を有しているらしい。回想録はこのようなテーブルの上で書かれ、校正され、出版され、読まれ、それから書棚——夏場の賃貸に供される家やコテージなんかに置かれた書棚——への避けがたい旅路を辿り始める。この前ぼくらが借りた家のベッドの枕元にも、『ある大公妃の回想』やら、『アメリカ人捕鯨者の思い出』やら、ペーパーバック版の『さらば古きものよ』（作家ロバート・グレーヴズの有名な回想録）などが置かれていた。しかしそういうのは世界中どこでも同じらしい。タオルミーナ（シチリア島の海岸にある観光地）でぼくが宿泊したホテルに置かれていた唯一の書物は『Recordi d'un Soldato Garibaldino（ガリバルディ軍兵士の記録）』だったし、ヤルタのホテルで発見したのは『Повестьо Жизни（ある人生の物語）』だった。人気のなさこそは、この塩混じりの水に向かう放浪の避けがたい一部であるわけだが、海というものは我々の記憶のもっとも普遍的なシンボルであるからして、これらの出版された回想録と、砕ける波の轟きとのあいだには、何かしら神秘的な類似性があると言ってもいいのではないだろうか？　そのような次第でぼくとしては、この記述がゆくゆくは、どこかの荒々しい気候の海岸が見渡せる書棚に収まってくれるに違いないというハッピーな信念を持って、この先の文章を書き記すわけである。ぼくはその部屋をありありと眼前に思い浮かべることだってできる。そこには麦わら編みの敷物があり、窓ガラスは潮で曇り、海鳴りに家がぶるぶる震えるのが感じ取れることだろう。

　大叔父のエベニーザーは奴隷制度廃止論者であったために、ニューベリーポートの路上で石を投げつけられた。彼の慎み深い妻のジョージアナ（ピアノの名手だった）は月に一度か二度、髪に鳥の羽根を編み込み、床にあぐらをかいて座り、パイプを吸い、サイキックな力によってインディアン女の人格を与えられ、死者からのメッセージを受け取っていた。ぼくの父の従姉妹であるアンナ・ボイントンはラドクリフ女子大でギリシャ語を教えていたのだが、アルメニアが飢饉に襲われたとき、食を絶って餓死した。彼女と、その妹のナニーは、ナティック・インディアンの銅色の肌と、高い頬骨と、黒い髪を持っていた。ぼくの父はニューヨーク―ボストン間の列車で、そこにあったシャンパンを残らず飲んでしまった夜を回想するのが好きだった。彼は夕食の前にある友達と二人で、小瓶のシャンパンを飲んでいたのだが、小瓶を全部飲み干してしまうと、クオート瓶を飲み、それを飲み干してしまうとマグナム（一・五リットル入りの大瓶）に移り、ジェロボーアム（三リットル入りの特大瓶）にとりかかっているときに列車がボストンに着いた。父はその深酒を英雄的な行為だと考えていたのだ。叔父のハムレットは口汚いよぼよぼのじいさんで、かつてはニューベリーポート自警消防団の野球チームの花形だったのだが、自らの死の床にあって、ぼくを枕元に呼び寄せ、大きな声でこう怒鳴った。「おれはこの国の歴史のもっとも良い五十年を生きた。残りはおまえにくれてやる」。まるでそれをお皿に載せてぼくに向けて差し出すみたいに――干魃やら、不況やら、自然の激変やら、疫病やら、戦争やらを。彼はもちろん間違っていた。しかしそう考えることは彼を喜ばせた。それらの出来事はすべて、アメリカのアテネとも言うべきボストンの周辺で起こった。しかしぼくの家族はフィリップス・ブルックス（高名なボストンの牧師）の正しいお説教よりはむしろ、ウェールズとかダブリンとか、その他酒精が幅をきかせる様々な土地からやってきた誇張法やレトリックにずっと近しいように思える。

　母方の親戚でもっとも異彩を放っているのは、自分のことをパーシーという名で呼んだ伯母で、彼女は葉巻を吸っていた。そこには性的な多様性は含まれていない。彼女は顔立ちが良く色白で、きわめて女性的だった。ぼくらはそれほど親密になったことはなかった。ぼくの父は彼女に好意を持っていなかったかもしれないが、よく思い出せない。ぼくの母方の祖父母は一八九〇年代に、六人の子供たちと共に英国から移住してきた。祖父のホリンシェッドはならずものであったとされている。その言葉（bounder 跳ねるもの）はぼくにいつも、散弾を危うく逃れて生け垣をぴょんと跳び越えて逃げていく男の姿を想起させる。彼が英国でどんな不始末をしでかしたのか、ぼくは知らない。しかし新世界への旅費は、彼の義父であるサー・パーシー・ドヴィアによってまかなわれた。そして英国には二度と戻らないという条件のもとに、僅かな仕送りが送られてきた。彼は合衆国がいやでしかたなく、こちらに渡ってから数年を経ずして死んだ。彼の葬儀の日、祖母は子供たちに向かって、今夜家族会議を行うと告げた。自分がこの先何をしたいか、それぞれに考えておくように。会議が開かれると、祖母は子供たち一人ひとりに順番に尋ねた。これからの人生、おまえはどんなことをして生きていきたいのか、と。トム伯父さんは兵隊になりたいと言った。ハリー伯父さんは船乗りに、ビル伯父さんは商人になりたがった。エミリー伯母さんは普通に結婚すると言った。母は看護婦になって、病んだ人を助けたいと言った。フローレンス伯母さんは——あとになって自分のことをパーシーと呼ぶようになるのだが——叫んだ。「私は偉大な画家になりたいの。イタリアのルネッサンスの巨匠みたいに！」。祖母はそこで言った、「おまえたちのうちの少なくとも一人は、運命についてはっきりした考えを持っているようだから、残りのみんなは働きに出なさい。そしてフローレンスは美術学校にいくのよ」。子供たちは言われたとおりにした。そしてぼくの知る限り、誰一人としてその決定を恨んだりはしなかった。

すべては円滑に行われたように見えるが、実際にはそうではなかったはずだ。彼らが集まったテーブルは鯨油かケロシンで照らされていただろう。彼らはドーチェスターの農家に住んでいた。夕食はレンティル豆かポリッジみたいなものだっただろう。せいぜいよくてシチューだ。一家はとても貧しかったのだ。もしそれが冬であれば、彼らは寒さに震えていただろう。会議のあとで風が祖母のロウソクを吹き消してしまったことだろう。悪臭漂う外便所に通じる裏手の小径を堂々たる態度で歩む、祖母の手にしたロウソクを。入浴も週に一度しかできなかった。そしてぼくは思うのだが、彼らは盥《たらい》で入浴していたに違いない。パーシーの叫びの簡潔さは、六人の子供たちを抱えた貧しい寡婦の事情をぼかしてしまったようだ。しかし誰かがそれらのすべての食器を洗わなくてはならなかったはずだ。ポンプで汲み上げられ、火の上にかけて温められ、脂の浮いた水で。

事実を取り繕いたくなる気持ちは、回想録にとってはダモクレスの剣のごとき脅威となる。しかし彼らは気取りやてらいとは無縁の人々だった。祖母が夕食の席でフランス語をしゃべるとき（しばしばそうした）、彼女はただ自分の受けた教育を何か実用に供したかっただけだ。そして言うまでもなく、世界は今よりずっと単純にできていた。たとえば祖母はある日、新聞で酔っ払った肉屋（四人の子持ちだった）が肉切り包丁で妻をめった切りにしたというニュースを読んだ。彼女は鉄道馬車だか二輪馬車だか、とにかく何か利用可能な移動手段を用いて、直接ボストンに出向いた。犯行が行われた長屋のまわりを群衆が取り巻き、二人の警官が戸口を固めていた。祖母は警官の脇から中に入り、肉屋の四人の怯えきった子供たちが、血まみれの部屋の中にいるのを目にした。彼女は彼らの衣服をまとめ、子供たちを自分の家につれて帰った。そして次の住まいが見つかるまで、一ヶ月かそこら彼らの面倒を見た。進んで餓死するという従姉妹のアンナの決心と、画家になりたいというパーシーの願望は、同様の率直さによって形作られている。それが自分に最もうまくできることであり、それによってこそ自分の人生が最も意味をなす、とパーシーは考えたのだ。

　美術学校に入ると、彼女は自分をパーシーと呼び始めた。美術の世界にはなんらかの女性差別があると感じたからだ。美術学校の最後の年に、彼女は6×14フィートの絵を描いた。オルフェウスが野獣を手なずけている様を描いた絵だった。そしてその作品で金メダルと、ヨーロッパ旅行を勝ち取った。彼女はその旅行のあいだに、パリの国立高等美術学校で数ヶ月学ぶことができた。帰国したとき、肖像画の依頼を三件受けた。しかし彼女はそんな仕事で成功を収めるには、あまりにも多くの懐疑を抱いていた。彼女の描いた肖像画は絵画的告発であり、三枚とも依頼主から突き返されてきた。彼女は決して攻撃的なわけではなかったが、中庸を重んずる人ではなかったし、歯に衣を着せることもしなかった。

　フランスから戻ってきたあと、彼女は北部海岸のとあるヨットクラブで、アボット・トレイシーという若い医師に出会った。ヨットクラブといっても、決してお洒落なものではない。塩を吸い込んだ流木を集めて、週末だけのヨット乗りたちが釘で打って組み立てたような建物だ。ビリヤード台のフェルトにたかかった蛾たち。どこかで拾ってきたらしきみすぼらしい家具。野天便所の二つのドアには、「男性用」「女性用」というラベルが貼ってある。そこには、ぼくの父が「水に浮く不動産」と呼んでいた船腹の広い一本マストのボートが、一ダースばかり係留されていた。パーシーとアボット・トレイシーはそういう場所で出会ったのだ。そして彼女は恋に落ちた。そのとき彼は既に膨大にして臨床的な性的追求を開始しており、情緒みたいなものとはまず縁がなさそうに見えたが、それでもお祈りを唱えている子供たちの姿を見るのを彼が好んだことを、ぼくは覚えている。パーシーは彼の足音がしないかと耳を澄ませ、彼がいなくなると力を落とし、葉巻を吸うときの彼の咳さえ美しい音楽に聞こえるみたいだった。そして画帳を、鉛筆画の彼のスケッチでいっぱいにしていった。彼の顔や、彼の目や、彼の手や、結婚してからはその他の部分のスケッチで。

　彼らはウェスト・ロクスベリーに古い家を買った。天井は低く、部屋は暗く、窓は小さく、暖炉は煙がこもった。そういうすべてがパーシーの好みに合っていた。彼女はすきま風の吹き込むぼろ屋への愛着を、ぼくの母親と共有していた。それは彼女のような意識の高い女性としては、いささか風変わりなことに思えたのだが。彼女は客用の寝室をスタジオに改装し、そこで新しい大作を描きあげた。「人類に火をもたらすプロメテウス」という絵だ。この絵はボストンの展覧会に出されたが、購入する者はいなかった。そのあとにニンフとケンタウロスの絵を描いた。これは以前は屋根裏に置かれていたが、ケンタウロスの顔はアボット伯父さんにそっくりだった。

　アボット伯父さんの医師としての活動はたいして収入をもたらさなかった。怠け者だったのだとぼくは思う。午後の一時に彼がパジャマ姿で朝食を食べているのを目にしたことを、ぼくは覚えている。彼らは貧しかったに違いない。パーシーが一人で家事をこなし、食料品を買い、洗濯物を干していたのだと思う。夜遅くにベッドに入ったあとに、ぼくの父親がこんな風に怒鳴っていたのを聞いてしまった。「もうこれ以上、あの葉巻を吸うおまえの姉を養っているわけにはいかないぞ」と。パーシーはときおりフェンウェイ・コート（ボストンのイザベラ・スチュワート・ガードナー美術館の別称）の作品模写をして売っていた。それはいくらかの収入にはなったが、とてもじゅうぶんな額とは言えなかった。美術学校時代の友だちの一人が、雑誌の表紙の絵を描くようにと強く進言した。それは彼女の野心にも本能にもまるでそぐわない仕事だったが、しかしその頃には贅沢を言える余裕はなくなっていたのだろう。やがて彼女は雑誌のためにどこまでも感傷的な絵を描くようになり、その分野における第一人者となった。

彼女は偉ぶった人ではなかったが、自分が天から与えられていたかもしれない才能を能力の及ぶ限り追求しなかったことを忘れられなかったし、絵画に関するその情熱は紛れもなく真性のものだった。余裕ができて料理人を雇えるようになったとき、彼女はその料理人に絵の描き方を教えた。もう人生も終わりに近づいた頃、彼女がこう言っていたことを覚えている。「死ぬ前にもう一度ボストン美術館に行って、サージェントの水彩画を見なくちゃ」と。ぱくは十六歳か十七歳のときに、兄と一緒にドイツに徒歩旅行に出かけ、ミュンヘンでパーシーへのお土産にファン・ゴッホの複製画をいくつか買ってきた。それを見て彼女はとても興奮した。絵画というものはなんらかの有機的な活力を有していると、彼女は考えていた。それは意識という大陸の探索であり、今ゴッホのおかげで新世界が広がっていた。わざと未熟な絵ばかり描いているために画家として技巧が鈍ってしまったので、彼女はある時点でモデルを一人雇い、土曜日の朝にその素描を行うようになった。何か簡単な用事を言いつけられて——借りた本を返すとか、新聞の切り抜きを持って行くとかその手のことだ——ぼくは彼女のスタジオに足を踏み入れ、そこの床に裸の若い女性が座っているのを目にした。「ネリー・ケイシー」とパーシーは言った。「こちらはラルフ・ウォーレン、私の甥よ」。彼女はスケッチを続けた。モデルはにっこりと微笑んだ。それはおおむね社交的な微笑みであり、いくぶんはその裸体の持つ見事な威力を和らげるためのものであるようだった。彼女の乳房はとても美しかった。乳首はリラックスして、微かに色づき、一ドル銀貨より大きかった。その雰囲気はエロチックでもなく、そこには遊びの気分もなかった。ぼくはすぐにそこを退出した。そしてそれから何年ものあいだ、ネリー・ケイシーの夢を見た。パーシーの描く雑誌の表紙はかなりの収入をもたらし、彼女はケープ・コッドの家と、メイン州の家と、大型車を買うことができた。

ホイッスラー（米国の画家。一八三四―一九〇三）の小さな絵も購入し、それは居間の壁にかけられていた。彼女自身が描いたティツィアーノの「エウロパ」の複製画の隣に。

最初の息子であるラヴェルは結婚三年目に生まれた。そして四歳か五歳のときに、音楽の天才だと判断された。彼は確かに尋常ではない器用な指を持っていた。凧糸やら釣り糸のもつれをほぐすことにかけては、まさに名人だった。彼は学校には行かず、個人教師によって教育され、ほとんどの時間をピアノの練習に費やした。ぼくは彼のことが嫌いだったが、それにはたくさんの理由があった。なにしろとことん性格が下品だったし、髪にべたべたオイルを塗っていた。兄とぼくは、もし彼がその髪を花の冠で飾ったとしても、それほど当惑はしなかっただろう。彼は髪にオイルをつけまくっただけではなく、ぼくらの家を訪問したときには、うちの薬品キャビネットにそのヘアオイルの瓶を残していった。彼は八歳か九歳のときに、スタインウェイ・ホールで最初のリサイタルを開いた。そして家族が集まったときには決まってベートーヴェンのソナタを弾いた。

結婚して間もない頃から、パーシーはおそらく、夫の女好きが抑えのきかない、治癒不能なものであることに気づいていたはずだ。しかし彼女は、世の中の愛を抱く人の例に漏れず、自分の疑いが本物であることを確かめようとした。自分が敬愛する相手が不実な人間であるなんて、そんなことがあり得ようか？　彼女の雇った探偵は、彼を鉄道駅近くにある「オルフェウス」という名のアパートメント・ハウスまで尾行していった。パーシーはそこに出向き、夫が失業中の電話交換手と一緒にベッドに入っているところを発見した。彼は葉巻を吹かし、ウィスキーを飲んでいた。「ああ、パーシー」と彼は言ったと言われている。「君はどうしてこんなことをしなくちゃならなかったんだい？」と。それからパーシーはうちにやってきて、一週間ばかり滞在していった。彼女は妊娠していた。息子のボーフォートが生まれたとき、彼の頭脳か神経系は深刻な損傷を受けていた。アボットは終始自分の息子には何の問題もないと主張していたが、五歳か六歳になったとき、ボーフォートはコネチカットにある学校だか施設だかに預けられた。休みのときには家に帰ってきて、大人たちと一緒になんとかおとなしく食事をすることを覚えた。しかしできるのはそこまでだった。彼には火をつける性癖があり、一度ラヴェルが「ワルトシュタイン」（ベートーヴェンのピアノ・ソナタ第二一番）を弾いているときに、二階の窓から性器を露出したことがあった。そんな面倒があったにもかかわらず、パーシーは恨みごとも言わず暗くもならず、相変わらずアボット伯父さんを崇拝し続けていた。

ぼくの記憶によれば、一族はほとんど毎週、日曜日に集まっていた。どうしてそんなに長い時間をみんなで一緒に過ごさなくてはならなかったのか、ぼくにはよくわからない。彼らには友だちが少なかったのかもしれない。あるいは友情よりは家族の絆の方を大事に思っていたのかもしれない。パーシーの古い家の玄関の外で、雨の中に立ちながら、ぼくらがこうして身を寄せ合っているのは、血のためでも愛のためでもなく、世界とその仕組みがぼくらにとって敵対的だという意識の故ではないかと思えたものだ。その家は暗く、肝臓みたいなにおいがした。

その集まったメンバーの中にはしばしば祖母とナニー・ボイントン（自ら餓死した女性の妹だ）の姿があった。ナニーはボストンの公立学校で音楽を教えていたのだが、退職してサウス・ショアの農家に引っ越した。そこで彼女は蜂やキノコを育て、公立図書館に勤めている友だちが送ってくる楽譜――プッチーニ、モーツァルト、ドビュッシー、ブラームスなど――を読んだ。彼女に関するぼくの記憶は好ましいものだ。前にも言ったように、彼女はナティック・インディアン風の顔をしていた。かぎ鼻で、蜂の巣に行くときには顔に薄い綿布をかけ、「歌に生き、愛に生き」（プッチーニ『トスカ』のアリア）を歌った。彼女はしょっちゅう酔っ払っていると誰かが言っているのを、一度耳にはさんだことがあるが、ぼくはそれを信じない。冬の気候が厳しいときには、彼女はパーシーのところに身を寄せたが、常にブリタニカ百科事典全巻を携えてやってきた。本は食堂の彼女の椅子の背後に置かれ、何か論争があれば、それに決着をつけるために用いられた。

パーシーの家での食事はとても重いものだった。風が吹くと、暖炉は煙だらけになった。窓の外を落ち葉と雨が舞っていた。暗い居間に移る頃には、ぼくらはみんな落ち着かない気持ちになっていた。ラヴェルはそこでピアノを弾くことを求められた。べートーヴェンのソナタの最初の音が、その暗く風通しが悪い悪臭漂う部屋を、類い希な美しさに満ちた光景に変えた。川に近い緑の草原に建つ一軒の田舎家。亜麻色の髪の女がエプロンで手を拭きながら、戸口に現れる。彼女は愛する人の名前を呼ぶ。何度も何度も名前を呼ぶのだが、何かがおかしい。嵐が近づいている。低音は分厚く陰鬱で、予言を含んでいる。川は溢れ、橋は流されてしまうだろう。気をつけろ、気をつけろ！　交通事故死傷者は前例を見ないほどだ。嵐がフロリダの西海岸に襲いかかる。ピッツバーグは停電で麻痺している。フィラデルフィアは飢饉に見舞われ、誰の目にも希望は見えない。それから愛と美についての長い歌を、叙情的な高音が歌う。それが終わると再び低音部が現れる。更なる暗い知らせでそれはしっかり態勢を固めている。嵐はジョージアとヴァージニアを縦断して北上している。交通事故の死傷者は膨大な数に及んでいる。ネブラスカではコレラが発生し、ミシシッピ河があちこちで氾濫している。アパラチア山脈では火山の噴火があった。ああ、なんということだ！　高音部がその押し引きに再び参加する。それは説得力を持ち希望に溢れ、ぼくが今までに耳にしたどのような人の声よりも純粋だ。それからその二つのヴォイスは対位法的に進行し、終結へと向かう。

ある日の午後、音楽が終わったとき、ラヴェルとアボット伯父さんとぼくは車に乗って、ドーチェスターのスラムに行った。冬の初頭で、あたりは既に暗く、冷え込んでいた。ボストン特有の雨が重々しい権威をもって降っていた。伯父さんは車を木造の長屋の前に停め、患者を診てくるからと言った。

「本当に患者を診ていると思うか？」とラヴェルが尋ねた。

「ああ」とぼくは言った。

「愛人に会いに行ったのさ」とラヴェルは言った。そして泣き出した。

ぼくは彼のことが好きではなかった。彼に対する同情心なんてひとかけらも持ち合わせてはいなかった。もっとましな親戚がいればいいのにとしか思えなかった。彼は涙を拭き、ぼくらは車の中でじっとアボット伯父さんの帰りを待った。伯父さんは満足した顔つきで、口笛を吹きながら戻ってきた。香水の匂いをぷんぷんさせながら。彼はぼくらをドラッグストンに連れて行って、アイスクリームを買ってくれた。それから家に戻った。パーシーは窓を開け、外気を居間に入れているところだった。くたびれてはいても、気持ちは溌剌としていた。彼女もそこにいる他のみんなも、アボットが何をしてきたかお見通しだったと思うのだが。それがぼくらの引き上げる時刻だった。

ラヴェルは十五歳でイーストマン音楽院に入り、卒業したときにはボストンのオーケストラと、ベートーヴェンのト長調協奏曲を演奏した。お金のことを決して口にしてはならないときつく教育されてきたにもかかわらず、不思議にもぼくは彼のデビューの細かい収支をよく覚えている。彼の着たタキシードにかかった費用が百ドル、指導教師に払った金額が五百ドル、二度の公演に対してオーケストラから支払われた謝礼が三百ドル。ファミリーはホールのばらばらの席に座ったので、その興奮をひとつにまとめることができなかったけれど、でもぼくらはみんなすごく興奮していた。コンサートのあとみんなで楽屋に行って、シャンパンを飲んだ。クーセヴィツキーは姿を見せなかったが、コンサートマスターのバーギンがそこにいた。「ヘラルド」と「トランスクリプト」の批評は概ね好意的だったが、両紙ともラヴェルの演奏には情感が不足していると指摘していた。その冬、ラヴェルとパーシーは演奏旅行をした。西はシカゴまで行ったのだが、何かまずいことが起こったみたいだった。その二人は共に旅行をするには、お互いにとってあまり良い組み合わせではなかったのかもしれない。あるいはコンサートの宣伝が貧弱だったり、観客の数が少なかったりしたのかもしれない。とくに何かそういう話を耳にしたわけではないが、演奏旅行はどうやら成功裏には終わらなかったらしい。パーシーは旅行から戻ってくると、家屋に付属していた地所の一部を売却し、その夏ヨーロッパに旅行をした。ラヴェルは間違いなく音楽家として生計を立てることができたはずだ。しかしそうはせず、どこかの電気器具製造会社で肉体労働の職をみつけた。彼はパーシーが戻ってくる前にぼくらの家にやって来て、その夏に自分の身に起こったいろんな出来事をぼくに話してくれた。

「母さんが行ってしまってから、父さんはあまり家に寄りつかなくなった」と彼は言った。「夜のあいだ、ぼくはだいたいいつも一人でいた。一人で夕食をとり、映画館で多くの時間を過ごした。女の子を見つけようと思ったが、ぼくは痩せすぎているし、自分にあまり自信も持てなかった。で、ある日古いビュイックに乗って海岸まで行ったんだ。父さんはぼくにその古いビュイックを使わせてくれていた。一人の若い娘を連れたとっても太った夫婦をそこで目にした。彼らは孤独そうだった。ミセス・ハーシュマンはすごく太っていて、道化師みたいな化粧をしていた。そして小さな犬を連れていた。よくいるじゃないか、必ず小さな犬を飼っている太った女って。で、ぼくは犬が大好きだというようなことを言ったんだ。彼らはぼくと話ができて嬉しそうだった。それからぼくは水に入って、クロールの腕前をちょいと披露して、岸に上がって彼らの隣に座った。彼らはドイツ人で、滑稽なアクセントの英語を話した。そのアクセントの滑稽さと、すごく太っていることが、彼らを孤立させていたのだと思う。娘はドナ・メイといって、バスローブで身体をぴったりと包み、頭には帽子をかぶっていた。この子はとてもきれいな肌をしているので、太陽に当たらないようにしなくてはならないんです、と彼らは言った。そしてこうつけ加えた。この子はとてもきれいな髪を持っているんですよ。娘は帽子をとった。それでぼくは初めて彼女の髪を見た。実に美しい髪だった。蜜のような色合いで、長くて、そして彼女の肌はまるで真珠のようだった。太陽にあっという間に焼かれてしまいそうだ。ぼくらは話をした。ぼくはホットドッグとトニックを買ってきた。そしてドナ・メイを連れて海岸を散歩した。とても幸福な気持ちになれた。それから、日が暮れかかると、車でお家まで送りましょうと申し出た。一家はビーチまでバスで来ていたんだ。夕食を一緒にしてくれるのであれば、喜んで送っていただこうと彼らは言った。一家は見すぼらしい地域に住んでいた。父親の仕事はペンキ屋で、彼らの住んでいる家は他の家の裏手にあった。ミセス・ハーシュマンは言った。私が夕食の用意をしているあいだに、ドナ・メイの身体をホースで洗い流してもらえるかしら、と。そのときのことをとてもはっきりと覚えている。というのは、その瞬間にぼくは恋に落ちたからさ。彼女はもう一度水着を着て、ぼくもやはり水着を着て、彼女の身体にホースでとてもそっと水をかけた。彼女は当然ながら少し悲鳴をあげたよ。水は冷たかったからね。そしてあたりはもう暗くなりかけていて、隣の家では誰かがショパンの嬰ハ短調、作品二八を弾いていた。ピアノは調律が狂っていたし、弾き手はピアノの弾き方を知らなかった。しかしその音楽と、ホースと、ドナ・メイの真珠色の肌と黄金色の髪と、台所から漂ってくる夕食の匂いと、黄昏の光、それらは一緒になってひとつの楽園を作り上げていた。そしてぼくらは夕食を共にした。それからぼくは家に帰った。翌日の夜、ぼくはドナ・メイを映画に連れて行って、そのあとまた彼らと夕食を共にした。ぼくがミセス・ハーシュマンに、母親は旅に出ていて、父親はほとんど家に帰ってこないのだと言うと、彼女はここには予備の部屋があるし、泊まっていけばどうかと言った。それでぼくは翌日、着替えの服をいくらか持ってその予備の部屋に引っ越してきた。以来ずっとそこに住みついているわけさ」

ヨーロッパから戻ってきたあと、パーシーがうちの母に手紙を書いたとは思えない。またもし仮に書いていたとしても、その手紙は間を置かず処分されてしまったはずだ。というのはうちの家族は、思い出の品みたいなものに関しては、聖戦的なまでの嫌悪感を抱いていたから。手紙とか写真とか証書みたいな、過去を認証する品物は何によらずあっさり火の中に投げ入れられた。それは彼らが主張していたように、ゴミが溜まるのを嫌ったというより、死が怖かったせいだろう。過去を振り返るのは死ぬことであり、彼らは背後に足跡を残したくなかったのだ。だからそのような手紙は残されていない。しかしもし残されていたなら、ぼくの聞いた話を思い返してみるに、このような内容であったはずだ。

親愛なるポリー、

ラヴェルが木曜日に船着き場に迎えにきてくれました。私は彼へのお土産として、ローマでベートーヴェンの自筆署名を買ってきたのだけれど、それを手渡す機会はありませんでした。その前に彼が、自分は婚約をしたと告げたからです。もちろん彼には結婚をするような経済的余裕はありません。どうやって家計を支えていくつもりかと尋ねると、どこかの電気器具製造会社に職を見つけたと彼は言いました。音楽はどうするつもりなのかと尋ねると、晩に練習をしていくさと言いました。私としては息子の人生を操るつもりはないし、幸福になってもらいたいと願っています。しかし息子の音楽教育のためにこれまでつぎ込んだお金の額を、忘れることはできません。私は帰国することを楽しみにしてきたのですが、船を下りたとたんにこの話を聞かされて、もうそれどころではありません。おまけに彼はもう父親や私と同じ家に住んではいないと言うのです。将来の義理の両親のところで暮らしているのだと。

私は身を落ち着けるのに忙しく、また仕事を見つけるために何度もボストンに足を運ばなくてはならず、こちらに戻ってから彼のフィアンセと顔を合わせるまでに、一週間か二週間かかってしまいました。私は彼女をお茶に誘いました。ラヴェルに葉巻を吸わないでくれと頼まれ、私はそれを承知しました。その気持ちはわかります。私の「ボヘミアン的傾向」（と彼が呼ぶところのもの）を彼はとても気にしているのです。また私としても、相手に好印象を与えたいという気持ちはありました。二人は四時にやってきました。娘の名前はドナ・メイ・ハーシュマンと言います。両親はドイツからの移民です。二十一歳で、とある保険会社の事務員として働いています。声は高く、くすくす笑いをします。ひとつ彼女の良い点としてあげるべきは、実に見事な金髪を持っていることです。ラヴェルはこの金髪に魅了されたのだと思いますが、だからといってそれは結婚する理由としては十分とは言いがたいでしょう。私に紹介されたとき、彼女はくすくす笑いました。そして赤いソファに座り、「エウロパ」を見ると、またくすくす笑いました。ラヴェルはその娘から目を離すことができないようでした。私はカップにお茶を注ぎ、レモンかクリームはほしいかと尋ねました。わかりません、と彼女は言いました。それで私は丁寧に尋ねました。ふだんお茶を飲むとき、あなたはレモンを入れるのかしら、それともクリームを入れるのかしら、と。これましお茶を飲んだことは一度もありませんと彼女は言いました。じゃあ普段は何を飲んでいるのかしらと私は尋ねました。たいていはトニック。時にはビールを飲みますということでした。私は彼女にミルクと砂糖を入れた紅茶を与え、それから何を口にするべきか頭を働かせました。ラヴェルが私に、彼女の髪は素晴らしいと思わないかと尋ねることで、沈黙を破ってくれました。本当に美しいわ、と私は言いました。ええ、でもそれにはずいぶん手間がかかっているんですと彼女は言いました。一週間に二度、卵の白身で髪を洗わなくてはならないんです。ええ、いっそ髪を切ってしまいたくなることが何度もありました。みんなにはよくわからないのです。神様がそんな美しい髪を与えてくださったのだから、大事にしなくてはならないと人は言います。でもそれは流し台いっぱいに溜まったお皿と同じくらいの仕事量を意味します。髪を洗い、乾かし、櫛をあて、ブラシをあてなくてはなりません。夜はきちんと上げておかなくてはなりません。わかっていただけないかもしれませんが、正直なところ、こんなものすっぱり切ってしまいたいとよく思います。でも母さんは私に聖書に誓わせるんです。そんなことは決してしないと。もしよければ、あなたのために髪をほどきますが。

私は本当のことをそのまま書いているのよ、ポリー。誇張は一切ありません。彼女は鏡の前に行って、髪に付いたたくさんのピンを外していきました。そして髪をすっかり下におろしました。なにしろすさまじい量の髪でした。彼女はその上に腰掛けようと思えば、腰掛けられたと思う（そうしてくれとは頼まなかったけど）。本当に美しい髪ねと、私は何度も言いました。すると彼女は、きっと気に入っていただけるだろうと思っていました、と言った。あなたは芸術家で、美しいものごとに興味を持ってらっしゃるとラヴェルから聞いていましたから。で、彼女は髪をしばらく披露していましたが、やがてそれをもう一度元の状態に戻すという大変な作業に取りかかりました。それは実に骨の折れる仕事でした。中にはこの髪は染めてあるんだろうと言う人もいますし、それを聞くと腹が立ちます、と彼女は言いました。なぜなら髪を染める女性は徳に背いていると私は考えるからです。お茶をもう一杯いかがと尋ねると、いいえ、もうけっこうですと彼女は言いました。それから私は尋ねました。ラヴェルがピアノを弾くのをあなたは聞いたことがあるかと。いいえ、と彼女は言いました。うちにはピアノはありませんから。それから彼女はラヴェルを見て、そろそろ帰らなくてはと言いました。ラヴェルは彼女を家まで車で送っていって、それから私の承認の言葉を聞くために――たぶんそのためだと思うのだけど――うちに戻ってきました。もちろん私の心は二つに裂けていました。彼はただの金髪のために、偉大な音楽家としてのキャリアを捨て去ろうとしているのです。私は息子に言いました。二度とあの女に会いたくはないと。ぼくは彼女と結婚するよと彼は言い、あなたが何をしようが私の知ったことではないと私は言いました。

ラヴェルはドナ・メイと結婚した。アボット伯父さんは式に出席したが、パーシーは約束したとおり、その義理の娘に二度と会わなかった。ラヴェルは年に四度、礼儀として母に会いに家を訪れた。でもピアノのそばには近寄らなかった。彼は音楽をあきらめただけではなく、音楽を憎むようになっていた。卑猥なものに惹かれる彼の無邪気な好みは、そのまま無邪気な信仰心へと変身を遂げたみたいだった。監督教会派から、ハーシュマン一家のルター派教会へと信仰を替え、毎週日曜日に二回ずつ礼拝に出席した。最後に話をしたとき、新しい教会を建てるために基金を募っているのだと彼は言った。そして神についてとても親しげに語った。「彼はぼくらの闘いを何度となく助けてくれたんだ。何もかももう駄目だと見えたとき、ぼくらに励ましと力を与えてくれた。彼がどんなに素晴らしいか、君に伝えることができたらなあ。彼は、そして彼を愛することができるというのは、なんて素晴らしいんだろう――」。ラヴェルは三十歳になる前に死んだ。すべては焼き捨てられてしまったに違いないから、彼の音楽家としてのキャリアを辿れるようなものは、何ひとつ残されていないはずだ。

しかしその古い家の暗闇は、ぼくがそこに行くたびにより深まっているように思えた。アボットは相変わらず女遊びを続けていた。でも彼が春に釣りに出かけたり、秋に猟に出かけたりすると、夫がいないことでパーシーはどうしようもなく不幸になった。ラヴェルの死から一年も経たないうちに、パーシーは心血管疾患になった。日曜日の夕食の席で一度、彼女がその発作に襲われたことを覚えている。顔から血の気が引いて、呼吸が荒く短くなった。ごめんなさい、ちょっと忘れ物をしたもので、と彼女は礼儀正しく言い訳をした。そして居間に入って扉を閉めた。でもそのますます激しくなる息づかいと苦痛のうめきは、ぼくらの耳にも届いた。戻ってきたとき、その顔には赤い大きな斑点がいくつも浮かんでいた。「医者に診てもらわないと、命はないぞ」とアボット伯父さんは言った。

「あんたは私の夫で、医師でもある」と彼女は言った。

「何度も言っているだろう。ぼくは君を患者とはしない」

「あなたが私のお医者よ」

「馬鹿なことを言っていると、本当に死んでしまうぞ」

もちろん彼の言うとおりだったし、本人もそのことを承知していた。今では彼女は、木の葉が落ちるのを、雪が降るのを目にしながら、鉄道駅や家の玄関で友人たちにさよならを言いながらいつも、もう二度とこんなこともできないのだろうと思うのだった。彼女は自宅の食堂で午前三時に亡くなった。グラス一杯のジンを取りに行ったのだ。そして一族は葬儀のために最後に集まった。

出来事がもうひとつあった。ぼくはローガン空港で飛行機に乗ろうとしていた。待合室を横切っていくと、床を掃いていた男がぼくを呼び止めた。

「あんたを知っているよ」と彼はだみ声で言った。「あんたが誰だか知っている」

「どなたでしたっけ?」とぼくは言った。

「ぼくは従兄弟のボーフォートだ」と彼は言った。「あんたの従兄弟のボーフォートだよ」

ぼくは財布に手を伸ばし、十ドル札を取り出した。「金がほしいんじゃない」と彼は言った。「ぼくはあんたの従兄弟なんだ。あんたの従兄弟のボーフォートだ。ぼくは仕事を持っている。金なんていらない」

「元気かい、ボーフォート?」とぼくは尋ねた。

「ラヴェルとパーシーは死んだ」と彼は言った。

「みんなは彼らを土に埋めた」

「時間がないんだ、ボーフォート」とぼくは言った。

「飛行機に乗り遅れちまう。君に会えて良かった。さよなら」。かくのごとくぼくらは海へと向かうのだ。

四番目の警報

The Fourth Alarm

この作品が発表されたのは一九七〇年。反戦運動とカウンターカルチャーが真っ盛りの時代である。おそらく当時のチーヴァーは——その世代の多くの人がそうであったように——自分が時代の流れから取り残されつつあるように感じていたはずだ。前年に発表した長編小説『ブリット・パーク』は批評で叩かれ、アルコール中毒はますます悪化し、女優ホープ・ラングと浮気をしたおかげで夫婦関係は最悪。おまけに刑務所で文章指導をしていた囚人（男性）が保釈されると、彼とも長期間にわたる愛人関係を結ぶことになり……とまあ、相当な混乱状態の中に彼は置かれていた。そんな中で書かれた作品だ。

作中劇『オザマニデス二世』はおそらくミュージカル『ヘアー』をモデルにしているのだろう。出演者が全裸になることで当時話題を呼んだ劇だ。さて、郊外高級住宅地がカウンターカルチャーと邂逅するとどんなことにあいなるか？

「エスクァイア」一九七〇年四月号に掲載。

私は陽光の下でジンを飲んでいる。朝の十時だ。日曜日。ミセス・アクスブリッジは家にはおらず、子供たちとどこかよそにいる。ミセス・アクスブリッジは家政婦で、料理をし、ピーターとルイーズの世話をしてくれる。

秋だ。木の葉は色づいている。風のない朝だが、木の葉ははらはらと盛大に散っていく。何を――木の葉や草の葉なんかを――見るにしても、ひとは（私が思うに）愛の鋭利さを知らねばならない。ミセス・アクスブリッジは六十三歳だし、私の妻は遠くにいるし、そしてミセス・スミソニアン（彼女は町の反対側に住んでいる）はここのところほとんど期待に応じてくれなかったので、私はその朝の大切なところを大きく奪われてしまったような気がしている。まるで時間に私には通り抜けできない戸口が、あるいは一連の戸口がついているかのように。フットボールのパスでもやればいいのかもしれないが、ピーターはまだ小さすぎるし、唯一フットボールができる隣人は教会に行っている。

妻のバーサは月曜日に戻ってくる予定だ。彼女は月曜日にニューヨークからこちらにやって来て、火曜日にまた街に帰って行く。バーサはまだ若く、体つきは素敵で顔立ちも良い。彼女の目はいささかくっつきすぎている（と私は思う）し、ときどきひどく頑なになる。子供たちがまだ幼いとき、彼女はとても頑ななやり方で彼らを躾けた。「もしママがあなたのために作ってあげたおいしい朝ご飯を、三つ数えないうちに食べないようなら」と彼女はよく言ったものだ。「またベッドに戻しますからね。いち、にい、さん……」。私はその同じ文句をまた夕食の席でも聞いたものだ。「もしママがあなたのために作ってあげたおいしい夕ご飯を、三つ数えないうちに食べないようなら、ご飯抜きでベッドに入れてしまいますからね。いち、にい、さん……」。それからこういうのもあった。「もしママが三つ数える前にそのおもちゃを片付けられないようなら、ママがそれを全部捨てちゃいますからね。いち、にい、さん……」。そういうのがお風呂のときから、ベッドタイムまで続いた。そして「いち、にい、さん……」というのが子供たちの子守歌みたいになった。私はときどきこう思ったものだ。彼女は赤ん坊の頃に数の勘定のし方を覚え、人生の終りには今度は死の天使のためにカウントダウンを始めるに違いないと。ちょっと失礼して、ジンをもう一杯いただこう。

　子供たちが大きくなって学校に通うようになると、バーサは六年生の社会科の先生になった。そして忙しく、楽しそうに働いていた。ずっと先生になりたいと思っていたのよと彼女は言った。彼女は厳しいことで知られるようになった。暗い色の服を着て、髪型はシンプルなものにした。生徒たちに改悛と服従を求めた。人生に変化を求めて、彼女はアマチュアの演劇グループに加わった。彼女は『エンジェル・ストリート』（パトリック・ハミルトンの戯曲。一九四〇年代にヒットした）でメイドを演じ、『アズモンズ・エイカー』（おそらくは架空の芝居）ではしわくちゃの老婆を演じた。劇団で彼女がつくった友人たちはみんな愉快な人々で、彼女に付き添ってそこのパーティーに顔を出すのは、私にとっても楽しいことだった。バーサが酒を飲まないということを知っていてもらいたい。礼儀上デュボネ（カクテル用のベルモット）を一杯くらいは口にするが、好きで酒を飲むわけではない。

　劇団の友人たちを通して、『オザマニデス二世』というヌード・ショーが出演者の募集をしているという話を聞いた。彼女は私にその話をし、そのあとのこともすべて話した。彼女の教師としての契約は、十日間の病気休暇を認めていた。ある日彼女は具合が悪いと学校に言って、ニューヨークに行った。『オザマニデス』の配役がミッドタウンにあるプロデューサーのオフィスで行われていたのだ。そこで目にしたのは、列を作って面接を待っている百人を超える数の男女だった。彼女はハンドバッグから未払いの請求書を取り出し、それを手紙のように見せかけてはらはらと打ち振りながら、「すみません、すみません、アポをとってあるもので……」と言って、列を飛び越えていった。誰も抗議をするものもなく、彼女はさっさと列のいちばん前まで行った。そこで秘書が彼女の名前や、社会保障番号なんかを尋ねた。あそこの囲いの中に入って服を脱ぐようにと彼女は言われた。それからオフィスに入るように指示されたが、部屋の中には四人の男たちがいた。面接は、意外にもきわめて慎重を期したものだった。上演のあいだずっと裸なんですよ、と彼女は告げられた。ひとつの上演に二度、性行為か、あるいはその真似をすることを求められるし、観客をも交えた集団性交にも参加してもらうことになりますよ、と。

その夜、彼女がその一部始終を話してくれたことを覚えている。うちの居間で彼女はそれを話した。子供たちはもうベッドに入っていた。彼女はとても幸福そうだった。そこに疑問をさしはさむ余地はなかった。「そこでは私は裸になったの」と彼女は言った。「でも恥ずかしさみたいなのはまるで感じなかった。ただひとつ気になったのは、足が汚れるかもしれないっていうことだけ。そこはかなり古風な感じの場所でね、お芝居のプログラムが額装して壁に飾ってあったり、エセル・バリモアの大きな写真があったりするの。そこで見知らぬ人たちの前に裸で座って、私は生まれて初めて自分を発見したような気がした。私は裸の中に自分自身を発見したの。自分が新しい女性に生まれ変わったように、より良い女性に生まれ変わったみたいに感じた。見知らぬ人たちの前に裸でいて、恥ずかしさを感じないというのは、これまでの人生においていちばんわくわくさせられることだった……」

どう対応すればいいのか、私にはわからなかった。この今、この日曜日の朝にだって、自分がそのときいったいどうするべきだったのか、皆目わからない。彼女をぶてばよかったのかもしれないとも思う。そんなこと冗談じゃない、と私は言った。あなたに私を止めることはできないと彼女は言った。子供たちのことを持ち出すと、この経験を積めば、私はより良い母親になれると彼女は言った。「服を脱いじゃうとね」と彼女は言った。「自分がつまらない些細なものごとをすべて、ふるい落としてしまったような気持ちになれたのよ」。それから私は言った。君には盲腸の手術のあとがあるから、きっと役はもらえないよと。数分後に電話のベルが鳴った。妻に役を与えたいというプロデューサーからの電話だった。「ああ、すっごく幸福だわ」と彼女は言った。「両親やら両親の友だちやらに押しつけられた役割を放り出したとき、人生はこんなにも素晴らしく、豊かで見慣れないものになるのね。まるで探検家になったような気分よ」

そのとき私がやったことが、というかむしろやらなかったことが正しかったのかどうか、それはいまだに私を混乱させる。彼女は教師の契約を破棄し、劇団「エクイティー」に加わり、リハーサルを開始した。『オザマニデス』の公演が始まるとすぐ、彼女はミセス・アクスブリッジを雇い、劇場の近くにホテル・アパートメントを借りた。私は離婚を申し入れた。どうして離婚をしなくちゃならないの、と彼女は言った。浮気とか家庭内暴力は離婚の立派な理由になるでしょう。でも妻が裸で演劇に出るからと言って、それが何か問題になるかしら？　若い頃、私はストリップ・ショーに出ている娘を何人か知っていた。彼女たちの何人かは結婚して、子供を産んだ。しかしながら、彼女たちはバーサがやろうとしていたようなことを、土曜日の真夜中のショーでしかやらなかった。そして私の記憶している限りでは、彼女たちの夫は三流のコメディアンであり、子供たちはいつも腹を減らしたような顔をしていた。

　一日か二日あとに、私は離婚を扱う弁護士に会いに行った。合意離婚以外に私に望みはないと言われた。公衆の面前での疑似性行為がニューヨーク州で離婚の理由になり得るかどうか、判決の先例がないし、先例のない案件を引き受けるような弁護士はどこにもいない。私の友人たちの多くはバーサの新しい人生について余計なことは言わなかった。彼らの大半はその芝居を見に行ったと思う。でも私は一ヶ月以上その芝居を見に行かなかった。チケットは高価で、しかも入手が困難だった。私が劇場に——あるいはかつて劇場であったところに——行った夜は、雪が降っていた。アーチ型の前舞台は既に撤去されており、セットは使い古しのタイヤの寄せ集めだった。そこで見慣れたものといえば、座席と通路だけだった。演劇の観客は常に私を困惑させてきた。それはつまり、理解しがたいほど雑多なタイプの人々が、どう見ても家庭的な雰囲気を持つ、ごてごてと室内を飾り立てた場所に流れ込んでくるのを、目にすることになるからだ。その夜、あらゆる種類の人々がそこにいた。私が中に入ったとき、ロック音楽が会場に流されていた。それはかつて「アーサー」みたいな場所で演奏されていたような、耳を聾する古風なロック音楽だった。八時半になると、照明が暗くなった。そして役者たちが——全部で十四人だ——通路を歩いてやってきた。そう、全員が何も身につけていなかった。オザマニデス王がかぶった王冠は別にして。

その公演の様子を描写することは、私にはできない。オザマニデス王は二人の子供を持っていたが、その子供たちを彼は殺したと思う。いや、そこははっきりしない。セックスはあたりまえのことだった。男たちと女たちは互いを抱き合い、オザマニデス王は何人かの男たちを抱いた。あるポイントで見知らぬ男が――彼は私の右隣に座っていたのだが――私の膝に手を置いた。その男を、倫《みち》に反するとして責めるつもりはなかったが、かといって励ますつもりもなかった。私は彼の手をどかせ、若かった時代の単純素朴な映画館のノスタルジアに深々とふけった。私の育った小さな町には、映画館がひとつだけあった。アルハンブラという名の映画館だ。私のお気に入りは『四番目の警報』という映画だった。最初に見たのは、火曜日の放課後のことだったが、そのまま続けて夜の回まで見てしまった。夕食の時刻に家に帰らなかったので、両親は心配し、私はひどく叱られた。水曜日には学校をずる休みして、その映画を二度見た。そして夕食までに帰宅することができた。木曜日は学校に行ったが、学校が終わるとすぐに映画館に行き、夜の回の途中まで見た。両親がきっと警察に電話をしたのだろう。パトロールの警官が映画館に入ってきて、私を家に帰らせたから。金曜日は映画館に行くことを禁じられたが、土曜日には一日そこで過ごすことができた。そして日曜日ではその映画の上映は終了した。馬に牽かせる消防車に、自動車がとってかわった時代を描いた映画だった。四つの消防隊があったが、そのうちの三つまでが消防自動車に鞍替えし、哀れな馬たちは乱暴な男のところに売られていった。ひとつの隊だけがそのまま残されたが、その命脈ももう長くはなさそうだ。というわけで、人々も馬たちもすっかり落胆していた。そこに突然大火がもちあがった。一台目の、二台目の、三台目の消防自動車が大火事の現場に向けて飛び出していった。後に残された馬車の消防隊は悲しみに沈んでいた。しかしそのときに四番目の警報が鳴った。彼らの隊を呼び出す警報だった。彼らはすぐさま行動に移った。馬に馬具をつけて、急ぎ足で街を駆け抜けた。そして火事を鎮火し、市を無事に救い、市長から救済を約束された。一方の舞台の上では、オザマニデス王は私の妻のお尻に卑猥な文句を書き付けていた。

裸であることは――そのスリルは――彼女のノスタルジアの感覚を消滅させてしまったのか？　ノスタルジアこそは――バーサの主要な魅力のひとつだった。にもかかわらず――目がくっつきすぎているにもかかわらず、何かの経験の記憶を、別の時制の中に優雅に運び込むことは、彼女の持つ天与の才能だった。公衆の面前で、見ず知らずの裸の人に乗っかられながら彼女は、僕らが愛を交わした場所のどこかを思い出していただろうか？　僕らが借りた海岸の家、そこでは夏の雨音の中に、愛や平和や美の、先史時代の約束を聞き取ることができた。その劇場の中で僕は立ち上がって、妻に向かってこう叫ぶべきだったのだろうか？　帰ってくれ、帰ってくれ、愛とユーモアと静穏の名において、帰ってくれ、と。パーティーのあと、雪の中をドライブして一緒に帰宅するのも素敵だった、と私は思った。ヘッドライトの中を雪が舞って、まるで時速百マイルで運転しているような気持ちにさせてくれたものだ。うん、パーティーのあと、雪の中をドライブして帰るのは素敵だったな。それから出演者が列をなして、観客に向かって要請した――というかほとんど命令した。みなさんも服を脱いで参加してください。

それはまさに私の責務であるように思えた。それ以外に、どのようにして私はバーサを理解することができよう？　服を脱ぐのはいつだって早いほうだ。私はそれを実行した。しかしながらそこには問題があった。財布と腕時計と車のキーはどうすればいいのだ？　衣服と一緒にあとに残していくことはできない。私は貴重品を右手に持って、通路を進み始めた。私が舞台に近づいていくと、裸の若い男が私を止め、叫んだ。というか、歌った。「貸与品は置いてください。貸与されたものは不浄です」

「でもこれは私の財布と時計と車のキーだぞ」と私は言った。

「貸与されたものは置いてください」と彼は歌った。

「でも私は駅から家まで車を運転しなくちゃならないんだ」と私は言った。「そして六十ドルか七十ドルの現金を持っている」

「貸与品は置いてください」

「それはできない。ほんとにできないんだ。私は飲み食いをして、家に戻らなくちゃならない」

「貸与品は置いてください」

やがて一人また一人と、バーサをも含めて、人々がそれに唱和していった。出演者全員がその文句を唱え始めた。「貸与品は置いてください。貸与品は置いてください」と。

自分が歓迎されていないと感じることは、私にとって常に痛切な苦痛である。どこかの臨床医がたぶんその説明をしてくれるはずだ。その感覚は響応し合うものであり、すべての似通った経験によって形成されたチェーンの末端のリンクとして、そこにくっついているみたいだ。出演者たちの声は大きく、嘲りに満ちており、私はまっぱだかでその都市の真ん中あたりにいて、誰にも求められていなかった。そして失敗したフットボールのタックルや、負けた喧嘩や、見知らぬ人々から受けた侮蔑や、閉じられたドアの向こうからの笑い声のことを思い出していた。私は貴重品を、文字通り私の身分を証明するものを右手に持っていた。そのどれも、埋め合わせのできないものではなかったけれど、それらを放り出してしまうことは、私の特質を、床に映っている私自身の影を、私の姓名を危うくすることのように思えた。

私は自分の席に戻って衣服をまとった。そんなせせこましいところで服を着るのは難しい作業だった。出演者たちはまだ叫んでいた。かつての輝きを失った劇場の傾斜した通路を上って歩いていくのは、力強く過去を思い出させる行為だった。かつて『リア王』や『桜の園』を見たあと、私はそうしたなだらかな斜面を同じように上っていったものだ。私は外に出た。

外ではまだ雪が降っていた。吹雪になりそうだ。劇場の前ではタクシーが立ち往生していた。私は自分の車にスノータイヤをつけていたことをふと思い出した。それは私に保全と達成の感覚をもたらしてくれた。そのような感じ方はきっと、オザマニデス王と彼の裸の廷臣たちをむかつかせたに違いない。しかし私は自分の抑制ぶりを露わにしたというより、見事なまでに実際的で強情な私自身のある部分を掘り当てたのだという気がした。風が雪を私の顔に叩きつけたが、そんな中を私は歌を口ずさみ、車のキーをじゃらつかせながら、列車へと向かって歩いた。

ぼくの弟　Goodbye, My Brother

本書の底本としたクノップフ社発行の短編集『ザ・ストーリーズ・オブ・ジョン・チーヴァー』では、この作品は冒頭に置かれている。この本ではおおよそ年代順に作品が並べられているのだが（一九四六年から一九七二年まで）、「ぼくの弟」（一九五一年初出）だけは何故か順序を無視して先頭に回されている。おそらくチーヴァーにはこの作品に関して、何かしら思うところがあったのだろう。それとは逆に、僕は今回この短編集を編むにあたって、この作品を最後に回した。最後に置いた方が、物語の響き具合がよりよくなるような気がしたからだ。また最後の作品はやはり、チーヴァーらしいしっかりした作品で締めくくりたいという思いもあった。

理屈っぽく暗い性格の、不快なことばかり口にする弟。それに終始いらいらさせられる語り手の兄。そのいらいら感を軸に話が進んでいくのだが、読み進むうちに弟の自我は、そのあまりに一貫した不快さの故に、主人公自身の自我の反転、あるいはオルターエゴ（もう一つの自我）ではないのかという気さえしてくるほどだ。

「ニューヨーカー」一九五一年八月二五日号に掲載。

うちの家族はいつも変わらず心を親しくかよわせている。ぼくの父親は、ぼくらがまだ若いうちにヨットの事故で亡くなった。そして母は常にこう強調してきた。ぼくらの家族の結びつきは、この先もう二度とお目にかかれないほど永続的な種類のものなのだと。ぼくは家族のことをそれほど頻繁に考えたりしないが、でも家族のメンバーのことやら、みんなが暮らしていた海岸地域やら、我々の血の中に混じっているはずの海の塩気を思い出すとき、自分がポメロイ家の一員であることに思い当たり、幸福な気持ちになる。そう、ぼくは一家の鼻のかたちを持ち、一家の血色を持ち、一家もちまえの長命を約束されている。そして決して傑出して優秀な家族というのではなかったにせよ、ぼくらはみんなで集まると、ポメロイ一家は唯一無二だという幻想を分かち合い、喜び合うことになる。でもこんなことを言うからといって、ぼくが家族の歴史にとくに興味を持っているというわけではないし、あるいはまたこのような「唯一無二」という感覚が自分にとって根深いものであり、重要な意味を持っていると思っているわけでもない。それよりは、家族一人ひとりがそれぞれ違う人間であるにもかかわらず、ぼくらがお互いを強く信頼しあっているという点を、またそのような信頼がうまく機能しないとき、それは常に混乱や苦痛の源泉になるという点を強調するために、ぼくはこのような話をしているのだ。

　子供は四人だった。姉のダイアナ、そして三人の男兄弟――チャディー、ローレンス、そしてぼくだ。子供たちが二十代を過ぎたおおかたの家族の例に漏れず、ぼくらは仕事や結婚や戦争によってばらばらに分散してしまった。ヘレンとぼくは、今では自前の子供を四人もうけ、ロングアイランドに住んでいる。高校で教えているが、校長《ヘッドマスター》――我々はプリンシパルと呼ぶのだが――になることを期待できる年齢は既に過ぎている（ヘッドマスターは主に私立校で用いられ、英国的な響きを持つ）。しかしいずれにせよ、ぼくはその仕事を大切に思っている。チャディーは兄弟の中でもいちばん羽振りが良く、妻のオデットと子供たちと共にマンハッタンに住んでいる。母はフィラデルフィアに住んでおり、ダイアナは離婚したあとはずっとフランスで暮らしているが、夏になるとアメリカに戻ってきて、ローズ・ヘッドで一ヶ月を過ごす。ローズ・ヘッドはマサチューセッツに数ある島のひとつで、ぼくらはかつてそこに避暑用のコテージを持っていた。そして一九二〇年代に父親がそこに大きな家を建てた。それは海を望む断崖の上にあり、サントロペやアペニノ山脈のいくつかの村を別にすれば、世界でぼくがいちばん愛好する場所だ。ぼくらは家の所有権を分割して持ち、家を維持する費用を出し合ってきた。

一番年下のローレンスは弁護士で、戦争のあと、クリーブランドにある法律事務所に職をみつけた。そしてぼくらの誰も、四年にわたって彼の顔を目にしなかった。彼がクリーブランドを去る決心をし、ニューヨーク州オールバニーの法律事務所に移ることになったとき、彼は母に手紙を書いた。以前の仕事と新しい仕事とのあいだに十日ばかり空白ができたのだが、そのあいだ妻と二人の子供たちと共にローズ・ヘッドの家に滞在したいと言ってきた。それはちょうどぼくが休暇をとろうとしていた期間にかさなっていた（ぼくはサマースクールで教えていたのだ）。そしてヘレンとチャディーとオデットとダイアナもみんなそこに来ることになっていた。つまりファミリー全員が大集合となったわけだ。ローレンスは家族の中では、共有するものがいちばん少ない存在である。ぼくらは彼の顔を目にすることがあまりなかった。だからぼくらは未だに彼のことを、子供時代の愛称である「ティフティー」という名前で呼んでいるのだと思う。彼が朝食をとるために廊下を食堂まで歩いてくるとき、そのスリッパが「ティフティー、ティフティー、ティフティー」というような音を立てたからだ。それで父が彼のことを「ティフティー」と呼ぶようになり、みんなもそれにならったわけだ。もっと大きくなると、ダイアナはときどき彼を「リトル・ジーザス（ちびっ子イエス様）」と呼んだものだ。母はしばしば彼のことを「クローカー（文句屋）」と呼んだ。ぼくらはローレンスのことが好きではなかった。でも不安と威厳をまじえつつ、また兄弟を再び迎え入れるのはなんといっても喜ばしく慶賀すべきことなのだからと自らに言い聞かせつつ、彼の帰還を待ち受けていた。

ローレンスは夏の終わり近くの午後に、本土からの四時の船に乗ってやってきた。ぼくとチャディーが迎えに行った。夏場のフェリーの到着と出発は、航海を匂わせるすべての外的特色を具えている——汽笛、鐘、手押しカート、再会、潮の香り。しかしもともとが航海と呼べるほど大層なものではない。そして当日の午後、その船が真っ青な港に入ってくるのを眺めつつ、こんなものは航海とも言いがたいまがいものの締めくくりに過ぎないのだと考えながら、これってまさにローレンスが口にしそうな意見だなということが、ぼくの頭にはっと浮かんだ。車が次々に船から降りてきて、ぼくらはフロントウィンドウの奥に彼の顔を探し求めた。彼の顔を見つけるのはまったく簡単だった。ぼくらはそこに走っていって、彼と握手をし、奥さんと子供たちにぎこちなくキスをした。「ティフティー!」とチャディーは大きな声を上げた。「ティフティー!」。兄弟の外見にどのような変化があったかを見極めるのはむずかしいものだ。でもチャディーもぼくも、彼がまだとても若く見えるということについては、ローズ・ヘッドに向かう帰りの車の中で同意した。彼の方が先に家に到着し、ぼくらは彼の車からいくつかのスーツケースを出した。ぼくが家に入ったとき、彼は居間に立って、母とダイアナを相手に話をしていた。二人は上等な服を着て、宝石なんかもしっかりと身につけ、彼を華々しく出迎えていた。しかし全員が、愛情が溢れていると見せようとあらゆる努力を払っているそのときでさえ、そしてそのような努力がもっとも容易く引き出せる場にあってさえ、その部屋に微かな緊張が漂っていることが感じとれた。そしてローレンスの重いいくつかのスーツケースを提げて階段を上りながら、そのことについて考えているときに、はっと思い当たったのだ。ぼくらの「好きじゃない」感情は、ぼくらの良き情熱と同じくらい深く、ぼくらの身内にしっかり染みこんでしまっているのだということに。そしてそこでぼくは思い出した。今から二十五年前にぼくは石でローレンスの頭を叩いたのだが、彼は起き上がるとまっすぐ父のところに行って、そのことを言いつけたのだ。

ぼくはそのいくつかのスーツケースを三階まで担いでいった。そこではローレンスの奥さんのルースが、荷ほどきを始めているところだった。彼女は痩せた女性で、旅行でとても疲労しているようだった。でも「何か飲み物をもってきてあげようか」とぼくが尋ねると、いいえ、けっこうですと言った。

階下に降りていくと、ローレンスの姿は見当たらなかった。でも他のみんなは既にカクテルを飲む気分だったので、ぼくらはお先に飲み始めることにした。ローレンスは家族の中では、酒を飲むことを好まない唯一の人間だった。ぼくらはカクテルを手にテラスに出た。そこからは断崖と、海と、東方の島を望めた。ローレンスと奥さんがこちらに戻ってきて、彼らが一緒にいることによって、ぼくらの目がもう見慣れてしまったその景観も、鮮かさを盛り返しているようだった。長いあいだ目にしなかった海岸の見事な見晴らしと、その色合いから彼らが感じるであろう歓びが、ぼくらの方にまで伝わってくるかのようだった。ぼくらがまだテラスにいるときに、ローレンスがビーチから通じる小径に姿を見せた。

「どう、ビーチは素敵でしょう、ティフティー？」と母が尋ねた。「ここに戻ってこられてなによりだったわね。マティーニはいかが？」

「なんだっていいよ」とローレンスは言った。「ウイスキーでもジンでも——そんなものなんだっていいんだ。ラムを少しもらえるかな？」

「ラムは置いてないのよ」と母は言った。その声に最初のとげとげしさを聴き取ることができた。どっちつかずのことを言ってはならないというのが、母の変わらぬ教えだった。ローレンスのような返事の仕方をしてはならない、ということだ。それに加えて母は、自分の家が正しく維持されることに深い関心を抱いていた。自分の基準に沿わないことは——たとえばラムをストレートで飲んだり、夕食の席に缶ビールを持ち込んだりすることは——母の神経をかき乱した。それは彼女の寛大なユーモアの精神をもってしても、いかんともしがたいことだった。彼女は自分の声の中にとげとげしさを聞き取り、それを修復しようと試みた。「アイリッシュ・ウィスキーはいかが、ティフティー、ディア？」と彼女は言った。「あなたはいつもアイリッシュが好きじゃなかったっけ？　サイドボードにアイリッシュが少しあったと思うけど。自分でとって飲んだらいかが？」、ローレンスはなんだってかまわないよと言った。彼は自分のグラスにマティーニを注ぎ、それからルースが降りてきて、ぼくらは夕食の席に着いた。

ローレンスの帰りを待っているあいだに、みんな夕食前の酒を飲み過ぎていたという事実にもかかわらず、ぼくらは精一杯がんばって、なんとか平和なひとときを愉しもうとしていた。母は小柄な女性で、若いときはさぞや美人であったろうという面影をしっかり残している。そして彼女の会話ときたら、人並み外れて軽いものばかりだ。それなのにその夜には彼女は、島の北側で進行している干拓事業について語り始めた。ダイアナは若き日の母はかくありなんと思わせるような素敵な女性だ。活発で愛らしく、フランスでつくった放埒な友人たちの話をするのが好きだ。しかしその夜、彼女は二人の子供を預けているスイスの学校の話を持ち出した。ぼくの見るところ、それはローレンスを喜ばせるようにしつらえられた夕食だった。それほど豪華なものではなく、彼に負担を感じさせそうな贅沢さはどこにも見当たらなかった。

夕食のあと、ぼくらがテラスに戻ったとき、雲は血のような色合いに染まっていた。ローレンスがうちに戻ってきた日にこのようなけばけばしい夕日が見られたことを、ぼくは喜ばしく思った。そこに数分間いた頃に、エドワード・チェスターという名の男がダイアナを連れにやってきた。彼女はフランスで彼と出会ったか、あるいは船上で出会ったかしたのだ。そして彼は村の宿屋に十日ばかり滞在する予定だった。彼はローレンスとルースに紹介された。それから彼とダイアナは出て行った。

「あれが今ダイアナが寝ている相手の男かい？」とローレンスが言った。

「なんていうひどい言い方をするの！」とヘレンが言った。

「おい、おまえは謝るべきだぞ、ティフティー」とチャディーが言った。

「私はそういうことは知らない」と母は疲れた声で言った。「知らないのよ、ティフティー。ダイアナは何でも好きなことができる立場にいるし、私はそういうあけすけな質問はしないの。あの子は私のただ一人の娘だし、そんなにしょっちゅう会えるわけでもないから」

「彼女はフランスに帰るのかい？」

「再来週には帰ることになっている」

ローレンスとルースは椅子にではなく、丸いかたちに並べられた席には加わることなく、テラスのへりに座っていた。口をぎゅっと結んだ弟は、まるでピューリタンの聖職者のように見えた。ときどき彼の精神の枠組みを理解しようとするとき、ぼくはこの国における我々の家族の始まりについて考える。そして彼がダイアナと彼女の恋人のことを快く思っていないことで、ぼくのその思いはより強いものになった。我々が属しているポメロイ家の一派は、たゆまずに悪魔を排斥したことで、コットン・マザー（一六六三年生まれ。セイラムの魔女裁判を主宰した聖職者）の賞賛を受けた牧師が祖となっているのだ。十九世紀の半ばまでは、ポメロイ家の人々はみんな牧師になっていた。そして彼らの抱いていた苛烈な考えは――人間は誰しも悲惨さに満ちており、現世の美しさはすなわち肉欲と腐敗に他ならない――書物や説教というかたちで今に伝えられている。ぼくらの家族の気質はいくぶん変化し、遥かに軽やかなものになったが、でもぼくがまだ学校に通っていた頃、うちと姻戚関係にある年老いた男女が、かつての暗い聖職者の時代に逆戻りし、永劫の罪やら懲罰の神聖化などによって活気づけられているらしい様を目にしたことを覚えている。もしあなたがそのような環境の中で育ったなら――ある意味ではぼくらはそうだったのだが――罪科や自己否定や寡黙さや悔悟といった習慣を排除することは、魂にとってひとつの試練になる。そしてぼくの目には、ローレンスはそういう魂の試練を克服できなかったように映った。

「あれはカシオペアかしら？」とオデットが尋ねた。

「違うよ、ディア」とチャディーが言った。「あれはカシオペアじゃない」

「カシオペアって誰だっけ？」とオデットが言った。

「ケーペウスの妻で、アンドロメダの母だ」とぼくは言った。

「料理人はジャイアンツのファンでね」とチャディーが言った。「ジャイアンツがペナントを取る方に、五分五分で金を賭けることだろう」

あたりはすっかり暗くなり、ヘロン岬の灯台の投げかける光の筋が空を横切るのを、目にすることができた。断崖の下の暗闇からは、絶え間なく波が砕ける轟音が聞こえてきた。それからあたりが暗くなり、夕食前の酒を飲み過ぎたときによくそうするように、母は将来の家の改築と増築について話し始めた。張り出し棟や浴室や庭なんかのことを。

「五年も経たないうちにこの家は海に沈んでしまうよ」とローレンスは言った。

「文句屋のティフティー」とチャディーが言った。

「ぼくのことをティフティーって呼ばないでほしいな」とローレンスが言った。

「リトル・ジーザス」とチャディーが言った。

「堤防にはずいぶん亀裂がはいっている」とローレンスは言った。「夕方に見てきた。四年前にあれは手当をしたよね。費用は八千ドルだったと思う。四年ごとに手当するのはむずかしいだろう」

「お願いよ、ティフティー」と母が言った。

「事実は事実だ」とローレンスは言った。「海岸の浸食が進んでいる崖っぷちに家を建てるなんて、そもそも愚かしい考えなんだ。ぼくが生まれてからも、庭の半分は流されてしまったし、昔うちの更衣所があった場所は今では、一メートル以上の水面下になっている」

「もっと当たり障りのない話をしましょう」と母は苦々しい声で言った。「政治とか、ヨットクラブのダンスの話とか」

「はっきり言えばね」とローレンスは言った。「この家は現在でもたぶん危機的な状況にある。もし尋常ではない高い波が来たり、ハリケーンに襲われたりしたら、堤防は崩れて、家は押し流されてしまうだろう。全員が溺死しかねない」

「ああ、もう我慢できない」と母は言った。そして配膳室に入ると、グラスになみなみと注いだジンを手に戻ってきた。

　ぼくはその頃にはもうある程度の歳になっていたから、自分が他人の感情を簡単に見通せるとは思わなくなっていた。でもローレンスと母とのあいだに緊張らしきものがあることはわかったし、背後にある歴史もそれなりに承知していた。ローレンスはまだ十六歳にもならないうちに、母のことを軽薄で、他人に害を及ぼし、破壊的であり、力を持ちすぎた人間だと決めつけていた。そのように心を決めると、彼は自分を母親から分離させようと決心した。彼はそのとき寄宿学校に入っていたのだが、クリスマスに家に帰ってこなかったことをぼくは覚えている。彼は一人の友だちとクリスマスを共に過ごしたのだ。母親に対してそのように否定的な結論を出してしまうと、もうほとんど家に帰ってこなくなった。そして帰宅したときには、常にその会話の中で、自分とあなたとは疎遠なのだということを母に思い出させようとした。ルースと結婚したときも、母には知らせなかった。子供たちが生まれたときも母には知らせなかった。しかしながら、そのような信念に基づいた長期にわたる尽力にもかかわらず、他の家族たちとは違って、別々に離れていることをそれほど楽しんではいないように見えた。そして顔を合わせると、そこに即座に緊張が生まれ、もやもやしたものが生じることを、ぼくらは感じないわけにはいかなかった。

そしてわざわざその夜を選んで、母が酔っ払わなくてはならなかったというのは、考えてみれば不運なことだった。もちろん酔っ払うのは母の勝手だし、またそんなにしょっちゅう酔っ払うわけではない。そしてありがたいことには、もともと好戦的な性格の人ではなかった。しかしぼくらはみな、今起きつつあることを意識していた。静かにジンを飲みながら、彼女は悲しげにぼくらから離れていくように見えた。彼女は旅することに取り組んでいるようだった。それから彼女の気分はやがて、旅行から傷つけられた自分の思いへと移っていった。そして彼女が口にしたいくつかの発言は苛立ちを含んだ、意味のないものになった。グラスの中身がほとんど空になったとき、彼女は鼻先の暗闇を怒りの目でじっと睨み、ボクサーのように頭を少し動かした。ぼくにはわかった。そのときの母には、次々に押し寄せる心の痛みをこれ以上引き受けられないのだということが。子供たちはみんな愚かだし、夫は溺死するし、使用人はみんな盗人だし、座っている椅子は身体に馴染まない。突然彼女は空っぽのグラスを置き、野球の話をしていたチャディーを遮った。「わたしにはただひとつわかっている」と母はかすれた声で言った。「もし来世なんてものがあるなら、わたしは今とはまったく違う種類の家族を持つことになるでしょうね。そこではわたしは、素晴らしく金持ちで、機知に富んで、惚れ惚れするような子供たちを持つのよ」彼女は立ち上がってドアに向かったが、あやうく転びそうになった。チャディーが彼女を支え、階段を連れて上がった。二人が優しい声でおやすみの挨拶を交わすのが聞こえ、それからチャディーが戻ってきた。ローレンスは今では旅行の疲れと、家族再会の疲れを感じているに違いないとぼくは思った。しかし彼は相変わらずテラスに留まっていた。まるで最後の仕上げにもっと何かまずいことが持ち上がらないかと期待しているかのように。他のみんなは、彼をそこに残して真っ暗な海に泳ぎに行った。

翌朝目覚めたとき、あるいは半ば目覚めたとき、誰かがテニスコートをローラーで均《なら》している音が聞こえた。それは沖合の鉄製のブイについた鐘より微かで深みのある音を立てていた。不揃いなリズムでこんこんと鉄が触れあうその音は、ぼくの頭の中では、夏の一日の始まりに結びついていた。善き前触れだ。階下に降りていくと、ローレンスの二人の子供たちが、飾り立てたカウボーイの衣装を着て居間にいた。びくびくしたやせっぽちの子供たちだ。お父さんはテニスコートにローラーをかけているけど、ぼくらは外に出たくないんだ。玄関の階段の下に蛇がいたから、と彼らは言った。ぼくは説明した。きみらの従兄弟たちは——ほかの子供たちはみんな——キッチンで朝食をとっているし、きみらも急いで走っていった方がいいぜと。ぼくがそう言うと、男の子が泣きだした。それから妹もそれに続いた。キッチンに行って食事をするのは、自分たちのもっとも貴重な権利を侵害されることだと言わんばかりの泣き方だった。一緒に少しここに座ろうとぼくは言った。ローレンスがやってきたので、ぼくは尋ねた。テニスをやろうか、と。いや、そいつは遠慮するよと彼は言った。でもチャディーとならシングルスを少しやってもいいかなと思ったものでね。それはもっともな話だった。チャディーとローレンスは、ぼくよりもずっとテニスの腕は上だ。そして朝食のあとで、彼はチャディーと数ゲーム、シングルスの試合をやった。でもその後ほかの人たちがやってきて、家族対抗のダブルスが始まると、ローレンスはどこかに消えてしまった。そのことはぼくをいささかむっとさせた。たぶん必要以上に。でもぼくらの家族対抗ダブルスはいつもすごく盛り上がったし、彼もワン・セット、プレイするくらいの礼儀を示してもよかったはずだ。

昼前に、一人でテニスコートから引き上げてくるとき、ティフティーがテラスにいて、ジャックナイフを使って壁のこけら板をほじくっているのを目にした。「どうしたんだ、ローレンス？」とぼくは尋ねた。「シロアリか何かか？」。ぼくらは木材を食うシロアリの被害にはずいぶん悩まされていたから。

　こけら板のそれぞれの列のいちばん下のところには、微かに大工の青いチョークの線が引かれていた。彼はそれをぼくに示した。「この家はおおよそ築一十二年だけど」と彼は言った。「こけら板の方は一百年くらい古いものだ。父さんはどうやらこの家を建てるとき、近所の農家から古い板を買い集めたみたいだ。家を古っぽく見せるためにね。大工がこれらの骨董品の板を釘で打ち付けるときに引いたチョークの線がまだ残っているよ」

　こけら板のことはたしかに彼の言うとおりだ。そんなことはすっかり忘れてしまっていたのだが。この家が建てられたとき、ぼくらの父親は、あるいは彼の雇った建築家は、苔の生えて雨風に曝されたこけら板で家屋の外壁を覆うように指示をした。しかしそのことでローレンスが騒ぎ立てる理由がぼくにはよくわからなかった。

「そしてこっちのドアを見てくれ」とローレンスは言った。「ドアと窓のフレームを見てくれ」。ぼくは彼のあとをついて、テラスに向かって開く大きなダッチドア（上下二段別々に開閉できるドア）のところに行って、それを見た。それは比較的新しいドアだったが、誰かがその新しさを隠すべく熱心に努めたあとが残っていた。表面は金属の何かの器具で深く痕跡をつけられ、白いペンキが潮風や苔や雨風による腐食を真似て擦り込まれていた。「考えてもみてくれよ。しっかりとした家屋をあばら屋のように見せるために、何千ドルも費用をかけるなんてね」とローレンスは言った。「いったいどういう神経をしているんだろう？　過去に住みたいと望むからといって、玄関のドアをわざわざ損なうために、大工に工賃を払うなんて」。

　そこでぼくは思い出した。ローレンスには時間に対して過敏になる傾向があること、そしてまた彼が我々の過去に対する感覚に対してそれなりの感想と意見を持っていることを。何年も前にぼくは彼がこう言うのを耳にしたことがある。我々や、我々の友人たちや、我々の住んでいるこの国の一部は、現代の抱える諸問題にうまく対処することができないが故に、「より幸福で、より単純素朴であった」と考える場所に、策に窮した大人みたいにこそこそ舞い戻っていったのであり、家屋再生や蠟燭の灯への我々の思い入れは、この回復不能な挫折のひとつの尺度に他ならないのだ、と。微かに残った青いチョークの跡が彼にそのような考えを思い出させ、疵を負わされたドアがその主張を更に補強した。そしてそれに類する何やかやが次々に彼の眼前に出現していった――ドアにつけられた船尾灯、がっしりとした煙突、幅の広い床板、木釘のように見せかけてそこにはめ込まれている木片。そのようなものの愚かしさをローレンスがぼくに向かって説いているあいだに、他のみんながテニスコートから引き上げてきた。ローレンスの顔を見るや否や、母はさっと反応した。そしてぼくは思った。この一家の長《メイトリアーク》たる母親と、不似合いな取り替え子《チェンジリング》（西欧の民間伝承で、妖精が人間の子の代わりに残していく子のこと）のあいだに和解がもたらされることなどまずあり得ないのだと。彼女はチャディーの腕を取った。「みんなで泳ぎに行って、浜辺でマティーニを飲みましょう」と彼女は言った。「うんと素敵な朝にしましょう」

　その朝、海はしっかりと色づいていた。まるで緑色石みたいに。ティフティーとルース以外の全員が浜辺に顔を見せた。「あの子はどうでもいいのよ」と母は言った。彼女は興奮していた。グラスの縁からジンがいくらか砂にこぼれた。「あの子は好きにすればいい。あの子がどんなに失礼で憎らしくて陰気でも、わたしはちっともかまわない。でも我慢できないのは、あの子の子供たちの惨めったらしい顔のことなの。あのどうみても不幸としか思えないおちびさんたち」。高い絶壁をあいだに挟み、みんながローレンスについて怒りを込めて話した。彼が歳を重ねるにつれて良くなるどころか、どんどんたちが悪くなっていったこと。彼がどれくらい他のみんなとは違っているか、彼がどれほど熱心にみんなの楽しみに水を差してまわったか。ジンがまわるにつれて、彼に対するぼくらの悪口は最高潮に達したように見えた。それからみんなは一人また一人と、深い緑色に染まった海に泳ぎに行った。でも海から戻ってきたとき、ローレンスのことを悪く言うものはもう誰もいなかった。悪口の連なりはその流れをすっぽり断ち切られてしまっていた。まるで泳ぐことが、洗礼そこのけの浄化力を発揮したみたいに。ぼくらは手を拭いて、煙草に火をつけた。そしてもしそこでローレンスのことが話題にのぼったとしても、それは何か彼の気に入りそうなことをしてあげようという親切心からの提案でしかなかった。ベアリンの洞窟までヨットで行くとか、釣りに出るとか、そういうことを彼はしたいだろうか?

そして今から思い出すと、ローレンスがそこに滞在しているあいだ、ぼくらは普段よりも頻繁にビーチに泳ぎに行ったみたいだ。思うに、それには理由がある。彼と一緒にいた結果、そこで蓄積された苛立ちが我々の忍耐力をすり減らし始めたように感じたとき(ローレンスとのあいだだけではなく、それぞれのあいだにおいても)、みんなは冷たい水の中に入って悪意を洗い落としていたのだ。今でもその姿がぼくの目に浮かぶ。砂の上に座ってローレンスから受けた批判に心を痛め、水の中を歩いたり、水に飛び込んだり、いろんな水遊びをしている家族の姿が。そして彼らの声の中に、忍耐心の復旧と、無尽蔵の善意の再発見の響きを聴き取ることができる。もしローレンスがこの変化——純化の幻想——に気づいていたとしたら、彼は精神医学の、あるいは大西洋神話学の語彙の中から、用意周到な用語を見いだしていたに違いない。しかし彼がその変化に気づいていたとは思えない。かくして弟は大洋の治癒力に名前をつけそこねたわけだが、それは彼が見落としたとても数少ないけちつけ対象のひとつだった。

その年、ぼくらが雇っていた料理人はアンナ・オストロヴィックというポーランド人の女性だった。夏場だけそこで働いていたのだが、料理の腕は一流だった。大柄で太っていて、人柄も良く、よく働いてくれたし、仕事に関しても真剣だった。料理をするのが好きで、それをおいしいと言って食べてもらうのが好きだった。そしてぼくらを見るたびに彼女はいつも、もっともっと食べなさいと促すのだった。彼女は週に二三回、朝食のために温かいパンを焼いた——クロワッサンとブリオッシュだ。彼女は自分でそれを食堂まで持ってきて、「食べて、食べて、食べて!」と言った。メイドが盛り皿を配膳室に持って帰ると、アンナがそこに立って待っていて、こう言うのが時折ぼくらの耳に届いた。「よろしい!ちゃんと食べてくれたんだね」。彼女はゴミ収集人にも、牛乳配達人にも、庭師にも食べ物を与えた。「食べなさい!」と彼女はみんなに言った。「食べて！　食べて！」。木曜日の午後には彼女はいつもメイドと一緒に映画を見に行ったが、落ち着いて映画を楽しむことはできなかった。俳優たちはみんながりがりに痩せていたからだ。彼女は暗闇の中に一時間半座って、そのあいだずっと、食事を楽しんでいる人間が出てこないものかと、やきもきしながらスクリーンを見つめていたものだ。ベティー・デイヴィスは彼女に、食事をまともにとっていない女性という印象しか残さなかった。「みんな、なんであんなに痩せているんだろう」と彼女は映画館を出るときによく言ったものだ。夜になって、ぼくらみんなにがつがつと食事をさせたあと、彼女は調理用具を洗い、テーブルの食べ残しを集め、外に出て神々の創造物に餌として与えた。その年ぼくらは数羽のニワトリを飼っていた。そしてその時刻には彼らは鶏舎でもう眠りに就いていたにもかかわらず、彼女はえさ箱に残飯を放り込み、鳥たちを起こしてむりやりそれを食べさせたものだ。彼女は果樹園の小鳥たちに餌を与え、庭のシマリスたちに餌を与えた。庭の端っこに現れる彼女の姿と、その促す声は――「食べて、食べて、食べて」という彼女の呼びかけをぼくらは耳にした――日没時のヨットクラブの砲声や、ヘロン岬から届く灯台の明かりと並んで、時刻の到来を告げるひとつの風物となった。「食べて、食べて……」というアンナの声が聞こえると、もうすぐあたりは暗くなるのだ。

ローレンスがやってきて三日経ったとき、アンナがぼくをキッチンに呼んだ。「あんたのお母さんに言ってちょうだい」と彼女は言った。「あの人をあたしのキッチンに来させないようにしてくれって。あの人がこれからもキッチンにしょっちゅう出入りするようなら、あたしはこの仕事を辞めさせてもらいますからね。あの人はしょっちゅうキッチンにやってきては、あたしのことをいつも気の毒がるのよ。働き過ぎだし、それに見合う十分な給料をもらっていないし、組合に入って休暇を勝ち取るべきだって言うの。まったくねえ！　あんなにがりがりに痩せているってのに、そのくせしょっちゅうあたしのキッチンにやってきて、こっちが忙しく働いているときに、あたしのことをあれこれ憐れむのよ。でもあたしはね、あの人に劣らず立派にやっているし、他の誰にも劣らず立派にやっている。それなのにいつもいつも仕事の邪魔をされて、気の毒だのなんだのって、偉そうに言われたくないんだよ。あたしは腕の良い料理人として名が知れているし、どこでだってすぐに仕事を見つけることはできる。今年の夏ここで仕事をしているのは、これまで一度も島ってとこに来たことがなかったというだけの理由からだよ。その気になれば、明日からだってよそで仕事を見つけることはできる。もしあの人がこれからもキッチンにしょっちゅう押しかけてきて、あたしに同情したりするようなら、さっさと辞めさせてもらいますからって、お母さんによく言っといてちょうだい。あたしはね、他の誰にも劣らず立派にやっているし、あんなやせっぽちに気の毒がられるようないわれはないんだから」

　ぼくは料理人がぼくらの側についていることを知ってほっとした。しかし状況はいささか微妙だった。もし母がローレンスに向かって、もうキッチンには足を踏み入れるなと言ったりしたら、その要請を巡ってきっと一悶着あることだろう。彼はどんなことからだって一悶着起こせたし、彼が陰気な顔で夕食の席に着いているとき、そこで口にされたすべてのけちつけの言葉は、それがどこに向けられたものであれ、自分にはね返ってくるみたいに見えた。だからぼくは料理人の苦情を誰にも伝えなかった。しかしありがたいことにそのあと、台所の方面からそれ以上の不平が申し立てられることはなかった。

　ローレンスからぼくに向けられた次なる論争のたねは、バックギャモンがらみのものだった。

　ローズ・ヘッドに滞在しているあいだ、ぼくらはしょっちゅうバックギャモンで遊んだ。八時にコーヒーを飲んだあと、だいたいいつもゲーム盤が持ち出される。それはある意味、ぼくらにとってはいちばん愉しいひとときだ。部屋の明かりはまだ灯されておらず、暗い庭にいるアンナの姿はまだ目に見えて、彼女の頭上の空には影と炎の版図が広がっている。母が明かりをつけ、さいころをかたかたと振る。それが合図になる。ぼくらはだいたい、一対一の組み合わせで、三ゲームずつやる。お金が賭けられる。ひとつのゲームで百ドルが行き来することもある。でも賭け金がそこまで大きくなることはあまりない。よく覚えていないのだが、昔はローレンスもこのゲームに参加していたと思う。しかしもう今では参加しなくなった。彼は賭け事をやらないのだ。それは彼が貧しいとか、方針として賭け事をしないとか、そういう理由からではなく、彼はただそのゲームは愚かしいもので、時間の無駄でしかないと思っていたからだ。それでも他のみんながゲームをしているのを見物することは、時間の無駄ではなかったらしい。毎晩毎晩ゲームが始まると、彼は椅子をゲーム盤の脇に持ってきて、その駒《コマ》とさいころをしげしげと眺めるのだった。いかにも見下したような表情を浮かべていたものの、それでもとても注意深くゲームを見守っていた。彼がどうしてそんなに毎晩毎晩ゲームを熱心に見物し続けるのか首をひねらされたものだが、それでも彼の顔を見ていると、その理由はだいたいわかるような気がした。

ローレンスは賭け事をやらない。だから勝ち負けで金をやりとりすることの面白さはわかりっこない。またゲームのやり方ももう忘れてしまっていたと思うし、だからそこにある複雑な確率が彼の興味を惹くわけはない。彼の見解には、バックギャモンはあくまで怠惰な、ただの運任せのゲームであり、また尖ったマークのついたそのゲーム盤は、ぼくらの無価値さの象徴だという事実が、間違いなく含まれていたはずだ。そして賭け事というものを理解できず、ゲームの確率もよくわからないからには、彼の興味を引いているのはこの家族のメンバー、一人ひとりであるに違いないとぼくはにらんでいた。ある夜、オデットを相手にプレイしていたとき——ぼくは既に母とチャディーから三十七ドルを巻き上げていた——彼の心中で何が進行していたか、ぼくにはおおよそ見て取ることができた。

オデットは黒髪と黒い目を持っている。彼女は陽光の下に長い時間肌をさらさないように細心の注意を払う。だから夏のあいだも、彼女の黒と白さのそのはっとするようなコントラストが変化を見せることはない。彼女は賞賛を必要とし、またそれに値する女性だ。賞賛こそが彼女を満足させる大事な要素なのだ。そして彼女はどんな男にも、あくまで冗談半分にだが、しなをつくることができる。その夜、彼女の両肩はむきだしになっていた。ドレスは胸の谷間が見えるように大きくカットされており、プレイするためにゲーム盤にかがみ込むと、更に景気よく見えた。彼女は負け続けており、しなをつくり続けていた。そして負けることを、色っぽく戯れることの一部に見せかけようとしていた。チャディーはそのとき別の部屋にいた。彼女は三ゲーム続けて負けた。三ゲームめが終わったとき、ソファに深くもたれ込み、まっすぐぼくの目を見て、この始末は砂丘に出てつけましょうよ、みたいなことを口にした。ローレンスはその言葉を耳にした。ぼくは彼の顔を見た。ローレンスはショックを受けるのと同時に、満足したようにも見えた。彼はずっと疑っていたのだ。ぼくらが金銭のような取るに足らないもののために、手間暇かけてこんなゲームをしているはずはなかろうと。もちろんこれは考え過ぎかもしれない。しかしぼくは思うのだが、ローレンスはおそらくぼくらのバックギャモン・ゲームを見物しながら、自分は今いかにも皮肉な悲劇が進行している様を目撃しているのだと感じていたはずだ。そこでやりとりされる金銭はあくまで、より重要な意味を持つ科料の象徴に過ぎないのだと。ぼくらのなすあらゆる仕草に、意味あいと目的性を読み取ろうと努めるのは、いかにもローレンスのやりそうなことだ。そしてローレンスがぼくらの行動に内なるロジックを見て取るとき、それはきまって唾棄すべきものなのだ。

チャディーがぼくとプレイするために部屋に入ってきた。チャディーとぼくはどちらも昔から、相手に負かされることに我慢できない。子供の頃、ぼくらは二人でゲームをすることを禁じられていたくらいだ。というのはゲームは必ず取っ組み合いで終わることになったからだ。ぼくらはどちらも、自分が相手の気性を知悉していると思っていた。ぼくは彼のことを思い切りの悪いやつだと思っていたし、彼はぼくのことを愚かしいやつだと思っていた。ぼくらが何かをプレイするとき——テニスであろうが、バックギャモンであろうが、ソフトボールであろうが、ブリッジであろうが——そこには必ず敵意が生じた。ぼくらはまるでお互いの自由を押さえつけるために勝負をしているみたいだなと、ときどき思ってしまったくらいだ。チャディーに負けたときには、ぼくは眠ることができない。それはぼくらの競合的関係の真実の半分に過ぎないのだが、しかしまあ半分は真実であり、それはローレンスにも見て取れたはずだ。そしてローレンスがテーブルの脇にいたことでぼくは意識過剰になり、おかげで二ゲームを続けて負けた。ゲーム盤から立ち上がったとき、ぼくは頭に血が上っていることを顔に出すまいと努めた。ローレンスがぼくを見ていた。ぼくはテラスに出てその暗闇の中で、チャディーに負けたときにいつも感じる怒りに胸を焦がした。

部屋に戻ったとき、チャディーと母がゲームをしていた。ローレンスはまだ見物していた。彼の目からすれば、オデットはぼくに対してたしなみを失っていたし、ぼくはチャディーに対して自尊心を失っていた。彼は今おこなわれている試合にいったい何を見いだしているのだろうと、ぼくはいぶかった。彼は熱心にゲームを見守っていた。まるでその光沢のない白黒の駒と、尖った模様のつけられた盤が、今まさに重要なパワーの交換のために用いられているといわんばかりに。光の輪に照らされたボードと、黙り込んだプレーヤーたちと、外で砕ける波の音は、彼の耳にはたまらなくドラマチックに響いていたに違いない。ここであからさまになっているのは、精神の食人嗜好《カンニバリズム》なのだ。まさに彼のすぐ目と鼻の先に、人間同士の強欲な貪り合いの象徴があるのだ。

母は抜け目なく激しく、他人を妨害するプレイをする。彼女は常に両手を相手側のボードに置いている。チャディーを相手にするとき――母のお気に入りの息子だ――彼女は集中してプレイする。ローレンスはそのことに気づいていたはずだ。母は感傷的な人間で、性格は善良、涙や弱さにすぐにほだされる。そういう性格は、彼女の形の良い鼻と同じく、歳を取ってもまるで変化しなかった。他人の悲しみは彼女を深く揺さぶる。そしてときどき彼女はチャディーの中に、自分が救済の手を差し伸べられるような何かしらの悲しみや、何かしらの喪失を見いだそうと努めているように見える。そうすれば自分とチャディーとのあいだに、彼がまだ小さくて病弱だった頃の喜ばしい関係を再び打ち立てることができるというように。彼女は弱いものや子供たちを守ることが大好きだった。だからぼくらがみんな大きくなってしまったことを寂しく思っているのだ。借金とビジネス、男たちと戦争、狩りと釣り、そういう世界は彼女の気持ちを逆なでする効果を発揮してきた（父が溺死したとき、彼女はフライロッドや猟銃をすべて棄ててしまった）。彼女はぼくら全員に四六時中、自分の力で自立して生きていくようにと訓戒を垂れていたが、それでもぼくらが慰めや援助を求めて家に帰ると――とりわけチャディーの場合――彼女はひどく嬉しそうだった。この老女と息子はお互いの魂を求めてゲームをしているのだと、ローレンスは思っていたのではないだろうか。

母が負けた。「参ったわね」と彼女は言った。勝負に負けたときはいつもそうなのだが、彼女はぐったり打ちのめされているように見えた。「眼鏡をとってちょうだい。小切手帳をとってちょうだい。何か飲み物をちょうだい」。そこでようやくローレンスは立ち上がり、両脚を伸ばした。そして冷ややかな目でぼくらみんなを見た。風と海の音が高まっていた。そしてぼくはこう思った。もし波の音が聞こえていたとしても、それは彼の耳には、自らのすべての暗い問いに対する暗い回答としてしか聞こえていないのだろうなと。また押し寄せる潮が、ぼくらの残していった焚き火の燃えさしをすっかり消してしまう様子を思い描いているのだろうなと。嘘と隣り合わせているのは耐えがたいことだ。そして彼は嘘の権化のように見えた。金を賭けてプレイすることの単純にして強烈な愉しみを、ぼくは彼にうまく説明することができなかった。そして彼がゲーム盤のすぐそばに座って、我々は実は魂のやりとりのためにゲームをしているのだと決めつけることは、とても間違ったことのようにぼくには思えた。ローレンスは落ちつかなげに何度か部屋の中を歩き回り、それからいつものように捨て台詞をあとに残して引き上げていった。「みんなこれじゃ頭がおかしくなっちゃうぜ」と彼は言った。「毎晩毎晩、こんな風にお互いに真剣に額を突き合わせてね。さあ、行こう、ルース。そろそろ寝かせてもらうよ」

その夜、ローレンスの出てくる夢を見た。その面白みのない顔が醜いまでに拡大されていくのを、ぼくは目にした。朝に目が覚めたとき気分が良くなかった。まるで眠っているあいだに、大きな精神的損失を被ったような感じだった。勇気と気力が失われてしまったみたいだった。自分の弟が原因でこんなに心を悩まされるなんて、愚かしい限りだ。ぼくは休暇を必要としていたのだ。リラックスすることを求めていた。学校ではぼくらは寄宿舎のひとつで暮らしており、そこの食堂で食事をとっている。逃げ場というものがない。ぼくは一年中英語を教えているだけではなく、校長のオフィスで仕事をし、陸上の競技大会ではピストルを撃つ。そんなものごとから、他のあらゆる種類の心労から遠く離れる必要があった。だからできるだけ弟を避けることにした。その日の朝早く、ぼくはヘレンと子供たちをヨットに乗せ、夕食までずっと家から離れていた。翌日はピクニックに出かけた。それから一日ニューヨークに出かけなくてはならなかった。そこから帰ってくると、ヨットクラブで仮装ダンスの集まりがあった。ローレンスはその集まりには参加しないと言った。ぼくはこのパーティーをいつも愉しんでいた。

この年の招待状には、何でもいいから好きな格好をしてきてくださいとあった。あれこれ話し合った末に、ヘレンとぼくはどんな格好をしていくかを決めた。もう一度身にまといたい格好があるとしたら、それはなんといっても花嫁衣装ね、と彼女は言った。だから彼女はウェディング・ドレスを着ていくことにした。それは良い考えだとぼくは思った。ただのおふざけではないし、心を浮き立たせるし、しかも費用がかからない。彼女の選択はぼくにも影響を与え、ぼくは古いフットボールのユニフォームを着ていくことにした。母はジェニー・リンド（十九世紀に活躍したスウェーデンのオペラ歌手。アメリカで人気を博した）の格好をしていくことにした。彼女は屋根裏にジェニー・リンドの衣装を持っていたからだ。それ以外の人たちは貸衣装を借りることになった。そしてニューヨークに行ったときに、ぼくは自分の衣装を手に入れた。ローレンスとルースはそういうこととは一切関わりを持たなかった。

ヘレンは集まりの準備委員会の一員で、金曜日の大部分をクラブの飾り付けのために費やした。ダイアナとチャディーとぼくはヨット遊びに出かけた。ここのところのぼくの帆走の場といえばもっぱらマンハセット（ニューヨーク州ロングアイランドの北部）近辺で、ガソリン運搬の平底船や、ボート小屋のトタン屋根を横に見ながら帰路に就く、というようなことにすっかり慣れてしまっている。だからその日の午後、島に帰っていくときに、舳先に村の教会の白い尖塔をずっと見ているのは、あるいは岸辺に近づいてもまだ海水が緑色に澄んでいることを発見するのは、実に心愉しいことだった。帆走の締めくくりにぼくらはヨットクラブに寄って、ヘレンをピックアップした。準備委員会はクラブを海中のように見せる飾り付けをしており、その擬装がおおむね成功裏に終わったことは、ヘレンをとても幸福な気持ちにさせていた。そしてぼくらは車でローズ・ヘッドに戻った。ずいぶん気持ちの良い午後だった。でも帰路に就いているときに、ぼくらは東の風の匂いを嗅いだ。ローレンスなら「暗い風」と呼びそうな代物だ。海から押し寄せてくる風だ。

妻のヘレンは三十八歳で、もし染めていなかったら、その髪はおそらく白髪混じりになっているだろうと推測される。しかし髪は控えめな黄色に染められており――褪せたような色合いだ――その色は彼女によく似合っているとぼくは思う。その夜、妻が着替えているあいだ、ぼくはカクテルをつくり、そのグラスを二階の彼女のところまで持って行った。彼女がウェディング・ドレスに身を包んだ姿を目にするのは、結婚式以来のことだった。ドレスに身を包んだ彼女は結婚式のときよりもずっと美しく見えた、みたいなことまで言うつもりはない。しかしぼくは当時よりも年齢を重ねていたし、感情的にも（おそらく）深みを得ていたから、そしてまたぼくはその夜の彼女の顔に、若さと老いの両側面を目にすることができたから、かつて自分が送った娘時代に対する彼女の思い入れと、同時にまた時間というものに優雅に道を譲ったその立ち位置に、これまでになく心を強く動かされることになった。ぼくは既にフットボールのユニフォームを身につけていた。ずっしりしたパンツと、両肩のガードの重みが、ぼくの中に変化をつくりだしていた。古い衣服を身にまとうことで、ぼくの人生のしかるべき不安や悩みが取り払われてしまったような気がした。なんだか二人とも、結婚前の自分たちに、戦前の自分たちに戻ったみたいな気分だった。

ダンスの前に、コラード家で盛大なディナー・パーティーが催された。そしてうちの家族は――ローレンスとルースを除いて――全員がそこに出席した。ぼくらは車に乗って霧の中をドライブし、九時半にクラブに着いた。オーケストラはワルツを演奏していた。ぼくがレインコートを預けていると、誰かがぼくの背中をどんと叩いた。それはチャッキー・ユーイングだった。そして愉快なことに、チャッキーもまたフットボールのユニフォームを着ていた。それはぼくら二人にとってなにより滑稽なことだった。ぼくらはダンスホールに向かう廊下を歩きながら大笑いした。ぼくは戸口で立ち止まって、パーティーを見回した。美しいパーティーだった。準備委員会はまわりの壁中に、そして高い天井に漁網を吊していた。天井に吊された漁網の中には色のついた風船が詰まっていた。照明は柔和で不揃いで、人々は——ぼくらの友人か隣人だ——ソフトな明かりの中で、「夜中の三時に」に合わせて踊っていた。それはなかなか美しい情景だった。そしてぼくは何人かの女性たちが白いドレスを着ていることに目をとめた。よく見ると彼女たちは、ヘレンと同じように、ウェディング・ドレスを身にまとっていた。パッツィー・ヒューイットとミセス・ギアとラックランドの娘が、花嫁衣装を着て、ワルツを踊りながらそばを過ぎていった。チャッキーとぼくが立っているところに、ペップ・タルコットがやってきた。彼はヘンリー八世の格好をしていたが、彼はぼくらに教えてくれた。アウワーバックの双子と、ヘンリー・バレットと、ドワイト・マクレガーはみんなフットボールのユニフォームを着ているよと。そして最終的には全部で十人の女性が花嫁衣装を着ていた。

その偶然の一致、滑稽な一致を目にして、みんな終始大笑いした。おかげでそれはぼくらがヨットクラブでこれまでに経験したいちばん愉快なパーティーになった。最初ぼくは、女性たちがみんなで前もって打ち合わせをして、ウェディング・ドレスを着ることにしたのかと思った。でもぼくがダンスをした相手の女性たちは、それはまったくの偶然なのだと教えてくれた。ヘレンは自分ひとりでそれを決めたのだとぼくは確信している。真夜中少し前まで、すべては円滑に進行しているようにぼくには思えた。ルースがフロアの端っこに立っているのが見えた。彼女は赤いロング・ドレスを着ていた。それは間違っていた。それはパーティーの精神にまったく反することなのだ。ぼくは彼女と踊ったが、カットインするものは誰ひとりいなかった。そしてパーティーの最後まで彼女を相手に踊らなくちゃならないのかと思うと、いささかうんざりした気分になった。ローレンスはどこにいるんだい、とぼくは彼女に尋ねた。ドックにいるとルースは言った。ぼくは彼女をバーに連れて行ってそこに残し、外に出てローレンスを連れに行った。

東からの霧は分厚く、湿っていた。彼は一人でドックにいた。コスチュームはつけていない。漁師か船乗りに見せかける努力さえしていなかった。そしていつにも増して陰気な顔をしていた。霧はまるで冷たい煙のようにぼくらのまわりを吹き流されていった。今夜が晴れていてくれればよかったのにとぼくは思った。というのは東からの霧は、ぼくの厭世的な弟の側に立って何かをやらかしそうに思えたからだ。そしてぼくにはわかっていた。ブイが――その霧笛と鐘の音がそこまで聞こえていた――彼の耳には半ば人間にして、半ば溺れているものの悲鳴として聞こえているであろうことが。船乗りであれば、ブイが信頼できる必要な装置であることを、誰だって知っているのだが。またぼくは知っていた。灯台から聞こえてくる霧笛が彼の耳には、迷い彷徨っているもののように聞こえていることを。そしてダンス音楽の陽気さを、彼なら大いに曲解しかねないことを。「中に入れよ、ティフティー」とぼくは言った。「そして奥さんと踊るか、あるいは彼女にパートナーを見つけてやるかしろよ」

「どうしてまた?」と彼は言った。「ごめんだね」、そして窓のところに歩いて行って、パーティーをのぞき込んだ。「あれを見ろよ」と彼は言った。「あれを見てごらんよ」

チャッキー・ユーイングはフロアの真ん中で風船を摑んで、フットボールのスクリメージ・ラインをつくろうとしていた。他の人々はサンバを踊っていた。そしてぼくにはわかっていた。彼がそのパーティーを、我が家の雨風に打たれた壁板を見るのと同じような、すさんだ目で見ているであろうことが。彼がここに目にしているのは浪費されねじ曲げられた時間であり、また花嫁やフットボール選手になりたがることで、ぼくらが露呈させているのは、自分たちの中にあった若さの光がもう消えてしまったのに、それに代わる有用な光を見つけられず、信念や原則を失い、愚かしく惨めな人間になり果ててしまったという事実なのだと言わんばかりに。そして彼が多くの親切で幸福で寛大な人々をそのように見下していることで、ぼくは腹立たしさを感じ、彼に対して不自然なほどの嫌悪感を抱いてしまい、そのことで我ながら恥ずかしくなった。彼はなんといってもぼくの弟だし、ポメロイ家の一員であるからだ。ぼくは彼の肩に手を回し、中に無理に連れて行こうとした。しかし彼は動かなかった。

ぼくは最後の大行進《グランド・マーチ》に間に合うように中に戻った。ベスト・コスチュームに賞が贈られたあと、風船が下に落とされた。部屋の中は暑くて、誰かがドックに向いた大きなドアを開いた。東からの風が部屋の中を巻いて、それから外に出て行った。おかげで風船のほとんどがドックを横切って、海の方に吹き飛ばされてしまった。チャッキー・ユーイングは風船たちを走って追いかけた。そして風船たちがドックの向こうの海に落ちて浮かぶのを目にすると、彼はフットボールのユニフォームを脱ぎ捨て、海に飛び込んだ。エリック・アウワーバックが飛び込み、ルウ・フィリップスが飛び込み、ぼくも飛び込んだ。真夜中過ぎのパーティーで人々が水に飛び込み始めたとき、ものごとがどんな展開を見せるか、みなさんもよくご存じだろう。ぼくらは風船のほとんどを回収し、体を拭いて、ダンスを続けた。家に帰り着いたのは明け方だった。

翌日はフラワー・ショーの一日だった。母とヘレンとオデットは、みんなそれぞれに出品していた。ぼくらは簡単な昼食をとり、チャディーが女性たちと子供たちを車に乗せて会場まで送っていった。ぼくは昼寝をし、それから午後の中頃に水着とタオルを持って家を出た。そのときに洗濯室にいるルースの姿を目にした。彼女は服を洗っていた。どうしてかわからないのだが、彼女は他の誰よりも、ずっと多くのなすべき仕事を抱えているみたいに見えた。彼女はいつだって洗濯したり、アイロンをかけたり、服の繕いをしたりしていた。あるいは若い頃に、そうやって時間を送るように躾けられたのかもしれない。それとも罪滅ぼしの熱情のままに行動しているのかもしれない。彼女はまるで悔い改めている人のような熱烈さをもって衣服をごしごしこすり、アイロンがけをしていた。自分がいったいどのような間違いをおかしたと彼女が思っているのか、ぼくにはまるで想像もつかなかったけれど。子供たちも彼女と一緒に洗濯室にいた。一緒に泳ぎにいかないかと誘ってみたが、子供たちは行きたがらなかった。

八月ももう終わりに近く、野生の葡萄が島中で豊富に実をつけ、吹く風には葡萄酒の匂いがした。小径の突き当たりには小さな柊《ひいらぎ》の茂みがあり、砂丘をあがっていくと（そこにはぼさぼさと雑草が生えているだけだ）、海の音が聞こえる。チャディーとぼくはよく海について神秘的な話をしたものだと、そのとき思ったことを覚えている。子供の頃、自分たちには西部に住むことはできないと、ぼくらは強く思ったものだった。そこには海がないから。「ここはずいぶん素敵なところです」、山地に住む人々を訪問したときには、ぼくらは礼儀正しくそう言ったものだった。「でも、ぼくらは大西洋がないと淋しいんです」。このような恩寵を拒まれた、アイオワやコロラドから来た人たちを、ぼくらはよく一段下に見たものだ。またぼくらは太平洋なんて洟もひっかけなかった。そして今、ぼくは波の音を耳にすることができた。その音のずしりとした重さはまるで反響のように、何かの大騒ぎのように聞こえた。そしてそれは子供時代のぼくを愉しい気持ちにさせたのと変わることなく、今のぼくをも愉しい気持ちにさせてくれた。それはものごとを浄める力を持っているように思えた。それはぼくの記憶をきれいに押し流してくれるみたいだった。とりわけ洗濯室にいたルースの悔い改めているような姿の記憶を。

しかしローレンスが浜辺にいた。そこに彼は腰を下ろしていた。ぼくは何も言わずに水の中に入った。水は冷たくて、出てきたときシャツを着た。タナーズ・ポイントまで歩いてくるとぼくが言うと、一緒に行くと彼は言った。ぼくは彼と並んで歩こうとした。彼の脚はぼくの脚より長いわけではないのだが、彼はいつも同行者より少しだけ先を行くことを好んだ。彼の背後を歩き、その前に傾けられた首と肩を見ていると、彼はいったいこの風景をどのように捉えているのだろうと、考えないわけにはいかなかった。

いくつかの砂丘があり、断崖があった。そこを降りていくと、ちょっとした野原があり、それは緑から茶色へと、そして黄色へと色を変えつつあった。その野原は羊たちのための牧草地として使われていた。土地は侵食されつつあり、羊たちがその衰退を速めていることをローレンスは目にとめていただろうとぼくは思う。野原の向こうには何軒かの海沿いの農家があった。角張った、見た目に愉しい建物だったが、ローレンスは島の農家の厳しい運命を指摘することもできたはずだ。ぼくらの家と反対側の海は外洋だった。ぼくらはお客に向かっていつも言ったものだ。あのずっと東の方にはポルトガルの岸辺があるんですよ、と。でもローレンスにとってはきっと、ポルトガルの岸辺は、スペインの独裁政治とそのまま結びついているものだっただろう。岸辺で砕ける波はぼくにには「フレー、フレー、フレー」と言っているように聞こえたが、彼の耳には「ヴァレ、ヴァレ（さらば、さらば）」と聞こえていたかもしれない。彼の悪意ある辛辣な頭には、この海岸は終《しゅう》堆石《たいせき》であり、前史世界の周縁なのだという思いが浮かんだに違いないとぼくは推測する。そしてぼくらが歩を進めているのは、事実上のみならず精神的に見ても、周知された世界の末端なのだという考えも浮かんでいたはずだ。もし仮に浮かび損ねていたとしても、彼にそのことを思い出させるべく、沖合の無人島を爆撃している何機かの海軍の飛行機がいた。

浜辺は広大で、見渡す限り並外れてクリーンでシンプルだった。まるで月の一部のようだ。地面は打つ波によって硬くなり、歩くのが容易い。そして砂の上に残されたものはすべて、波によってしっかりと変形させられている。貝の背の部分、箒の柄、瓶のかけらや煉瓦のかけら（どれも打ち砕かれ、すりあわされ、ほとんど原形がわからなくなっている）、そしてぼくは思うのだが、ローレンスの精神の悲しい枠組みは——というのは彼はうつむいて歩き続けていたからだが——ひとつの壊れたものから、他の壊れたものへと次々に移行していたのだろう。彼のペシミズムを隣にしていることに、ぼくはだんだん憤りを感じてきた。だからぼくは彼に追いついて、その肩に手を置いた。「ただの夏の日じゃないか、ティフティー」とぼくは言った。「なんでもない夏の一日だ。いったいどうしたんだよ？　おまえはここが好きじゃないのか？」

「ここは好きじゃない」、彼は目を上げずに穏やかにそう言った。「ぼくはあの家の権利の持ち分をチャディーに売ろうと思っている。楽しもうと思ってここに来たわけじゃない。ぼくはただきよならを言いに寄っただけだ」

ぼくはまた彼を先に進ませ、そのあとを歩いた。彼の背中を見ながら、これまでに彼が口にしたすべてのさよならのことを思い出した。父が溺死したとき、彼は教会に行って父にさよならを言った。その僅か二年後に、彼は母のことを軽薄だと決めつけ、彼女にさよならを言った。大学の新入生のときにはルームメイトとても良い友人になったのだが、その男が酒を飲み過ぎるという理由で、春学期の始めに別の部屋に移り、その友だちにさよならを言った。その大学には二年いたのだが、雰囲気があまりにも世間から隔離されていると判断し、イェールにも別れを告げた。コロンビア大学に移って、そこで法律の学位をとった。しかし最初の雇用主が不誠実であるとわかって、半年後にはその良い職に別れを告げた。ルースとの結婚式を市役所で挙げ、監督教会派プロテスタントに別れを告げた。二人はタッカホーの裏通りに住んで、中産階級にも別れを告げた。一九三八年に彼はワシントンに行って、政府の弁護士として仕事をするようになり、私企業に別れを告げた。しかしその八ヶ月後には、ローズヴェルト政権はあまりに感傷的に過ぎると判断し、そこに別れを告げた。ワシントンをあとにしてシカゴの郊外に移り、その後も次々に隣人たちに別れを告げることになった。その引っ越しの理由は相手の飲酒であったり、野卑さであったり、愚かしさであったりした。彼はシカゴに別れを告げ、カンザスへ行った。そしてカンザスに別れを告げ、クリーブランドに行った。今回はクリーブランドに別れを告げて、また東部に戻ってきたのだが、その途中、海に別れを告げるべくローズ・ヘッドに立ち寄ったというわけだ。

それは悲哀に満ち、頑迷で狭量なやり方だった。石橋を叩いて渡ることを美徳と取り違えていた。ぼくは彼をなんとかしてやりたかった。「いい加減にしろよ」とぼくは言った。「そこから出てこいよ、ティフティー」

「何から出てくるんだ?」

「その陰気さからだよ。そこから出てくるんだ。ただの夏の一日じゃないか。おまえは自分自身の素晴らしい時間を損なっているし、他のみんなの素晴らしい時間をも損なっている。ぼくらは休暇を必要としているんだよ、ティフティー。ぼくも必要としている。ぼくは休む必要がある。みんなそうなんだ。ところがおまえは何もかもを、緊張した不愉快なものにしてしまっている。ぼくには一年を通してたった二週間の休暇しかないんだ。二週間だぜ。ぼくはそれを満喫したいし、他のみんなだって同じだ。ぼくらは休む必要があるんだ。おまえはものごとを暗く見るのが立派だと思っているみたいだが、それは現実を直視できないということに過ぎない」

「ここにある現実ってなんだ?」と彼は言った。「ダイアナは愚かでふしだらな女だし、オデットもそれは同じだ。母さんはアルコール中毒だ。自分を節制できないようなら、あと一、二年で入院することだろう。チャディーは不正直だ。昔からずっとそうだった。家はまもなく海に沈んでしまう」、彼はぼくを見て、それから思いついたように付け加えた。「あんたは間抜けだ」

「おまえは陰気なクソ野郎だよ」とぼくは言った。

「おまえは陰気なクソ野郎だ」

「もうぼくにその馬鹿面を向けないでくれよ」と彼は言い捨てて、そのまま歩いていった。

そこでぼくは木の根を拾い上げ、彼の背中を追った。ぼくはこれまで人を背後から殴ったことなんて一度もなかったが、海水で湿って重くなった根っこを後ろに大きく振り上げた。勢いをつけて腕を素早く振り下ろし、弟の頭に叩きつけた。彼は崩れ落ちて、砂の上に両膝をついた。血が流れ出て、髪を黒く染めていくのが見えた。それから、こいつ死んでしまえばいいんだとぼくは思った。死んで埋められる直前であればいいと思った。もう埋められたのではなく、埋められる直前だ。なぜならぼくは、自分が彼を葬るにあたって、意識から彼を追い出すにあたって、儀式やしかるべき作法から閉め出されたくなかったからだ。そしてぼくは、他の家族のメンバー(チャディーや母やダイアナやヘレン)が二十年も前に取り壊されてしまったベルヴェディア・ストリートの家の玄関で、弔問客や親戚たちを迎え、彼らの礼儀正しいお悔やみに、礼儀正しい悲しみをもって答えているところを思い浮かべた。作法にかなったものは何ひとつ欠けていなかったし、たとえ彼が浜辺で殺害されたとしても、ティフティーは人生の冬に入ったのであって、彼がどこまでも冷ややかな地面に埋められるのは自然の法則なのだ、それも美しい自然の法則なのだ、と考えるようになっているはずだ。

彼はまだ両膝をついていた。ぼくはあたりを見回した。ぼくらを見たものは誰一人いなかった。まるで月の一部のようなむき出しの浜辺は、ほとんど不可視の領域に達していた。波は溢れるように煌めきながら走り、彼が跪いているところまで打ち寄せていた。ぼくはできることなら、更にとどめをさしたがっていたと思う。しかしそのときのぼくは二つの人格に分かれて行動し始めていた。ひとつは殺人者のそれであり、もうひとつはサマリタン（誰であれ困っている人を助ける善意の人）のそれだった。素早いうなり（まるで空洞が立てる音のようだ）をあげて白い波が押し寄せ、彼のまわりをぐるりと囲み、泡が肩先まで達したとき、ぼくは弟が引き波にもっていかれないように、その身体をつかんでいた。それから彼をより高いところに引っ張って行った。その髪は流れ出る血でべっとりと濡れて、ほとんど真っ黒に見えた。ぼくはシャツを脱いで裂き、それで彼の頭を縛った。意識はまだちゃんとあったし、ぼくの目にはさしてひどい傷には見えなかった。弟は口をきかず、ぼくも何も言わなかった。そして彼をあとに残して立ち去った。

　しばらく浜辺を歩いてから、振り返って彼を見た。そのときぼくは自分の肌のことを考えていた。彼は既に立ち上がっており、足もとはしっかりしているように見えた。陽光はまだ澄んでいたが、海からはたっぷりと塩気を含んだ風が、淡い霧となって吹き寄せていた。だから少し離れると、彼の姿はもう暗いぼんやりとした影のようにしか見えなかった。浜辺全体にそんな煙霧のような潮風が吹いていた。それからぼくは彼に背を向けた。家に近くなったところで、もう一度海に入って泳いだ。その夏のあいだ、ローレンスと顔を合わせたあと常にそうしていたように。

　家に戻ると、ぼくはテラスに横になった。他の人々も戻ってきた。コンクールで賞を受けたフラワー・アレンジメントのことを母が片端からこき下ろす声が聞こえてきた。うちの家族はひとつも受賞できなかったのだ。それから家の中は、その時刻にはいつもそうなるのだが、しんと静まりかえった。子供たちは夕方の食事をとるためにキッチンに行き、他のものたちは二階に上がってシャワーを浴びた。やがてチャディーがカクテルをつくる音が聞こえてきた。そしてフラワー・ショーの審査員についての会話が再燃した。少しして母が叫んだ、「ティフティー！　ティフティー！　ああ、ティフティー！」

彼は死にそうな様子で戸口に立っていた。血まみれの包帯は既にはずして、手に持っていた。「兄貴がこれをやったんだ」と彼は言った。「兄貴がやったんだ。石で――あるいはそんな何かで――ぼくを殴った。浜辺で」、彼の声は自己憐憫のためにそこで崩れた。今にも泣き出しそうだな、とぼくは思った。誰も口をきかなかった。「ルースはどこだ？」と彼は叫んだ。「ルースはどこだ？　ルースはいったいどこにいるんだ？　すぐに荷造りをさせなくては。こんなところでこれ以上無駄に時間を費やしているわけにはいかない。ぼくにはやらなくちゃならない大事なことがあるんだ。やらなくちゃならない大事なことがあるんだよ」、そして彼は階段を上がっていった。

翌朝、彼らは本土に向かう六時の船に乗った。母は別れを告げるために早起きした。しかしそうしたのは彼女一人だけだった。それはぎすぎすとした別れの光景であったに違いない。その光景を思い浮かべるのはむずかしくない。女家長《メイトリアーク》と取り替え子《チェンジリング》。お互いを失望の目で見つめ合う。それは裏返しになった愛の力に見える。子供たちの声が聞こえ、車が車寄せから出て行く音が聞こえた。ぼくは起き上がって窓際に行った。そして、ああ、なんという朝だろう！　ジーザス、なんて素敵な朝だ！　風は北から吹いている。空気は晴れ渡っている。早朝の暑気の中で、庭のバラは苺ジャムのような香りを放っている。着替えているときに、船の汽笛が聞こえた。最初のは警告のシグナル、次のは二度連続して鳴らされる。善き人々が上甲板に出て、へなへなの紙コップでコーヒーを飲んでいる様子が目に浮かぶ。ローレンスは舳先に立って、海に向かってこう言っている、「タラッサ、タラッサ（ギリシャ神話の海の女神）」。一方、彼のおどおどした不幸な子供たちは、母の腕に包まれながら、海を見つめている。ブイがローレンスのために沈痛な鐘を鳴らしていることだろう。そして光の恩寵を受け、普通なら大きく両手を広げ、歓びに神の名を口にせずにいられないところだが、ローレンスの目はおそらく、船尾に去っていく黒々とした海の航跡を追っているだろう。そして海底のことを思いなしているだろう。暗くてわけのわからない海底のことを。その五尋の深さのところには、ぼくらの父が沈んでいる（シェイクスピア『テンペスト』第一幕第二場）。

　ああ、そんな男とどうやってつきあえばいいのだ？　どうしようもないじゃないか。彼の目が人混みの中からあばたのある頬や、萎えた腕を見つけ出そうとするのをどうやって思いとどまらせられるだろう？　どうすれば彼に、人類の計り知れない偉大さや、人生の表面の険しい美しさに応えて生きていく術を教えられる？　どうすれば彼のために、その前にあっては怯えや恐怖など無力化されてしまう、いくつかの動かしようのない真実をはっきりと示すことができる？　その朝の海は暗みを帯びた虹色に染まっていた。ぼくの姉と妻がそこで泳いでいた。ダイアナとヘレンだ。何もかぶっていない二人の頭が見えた。暗い色あいの海の中の黒と金色。海から出てくると、二人とも裸であることがわかった。恥じらう風もなく、美しく優雅さに満ちていた。ぼくはその二人の裸の女たちが海から歩いて出てくるのを見つめていた。

何が起こったか?

What Happened

以下の二編のエッセイは、クノップフ版の短編集には収められていない。しかしチーヴァーの小説世界を理解するためにおそらく役立つだろうと思ったので、付録のようなかたちで訳出収録した。

「何が起こったか?」は短編小説「ぼくの弟」を書いた過程について書かれた文章である。様々な光景の記憶、いくつかの小説的スケッチ、知り合いの人物のキャラクター、そんなものが組み合わされて作品ができあがっていく様子がうかがえる。「ぼくの弟」という話はとてもリアルに書かれているので、実際にあった自伝的な話のように読めてしまうのだが、実際にはまったくのフィクションであったようだ。

このエッセイは『フィクションを理解するために(Understanding Fiction)』(一九五九年)という、いろんな作家の文章を集めたアンソロジーに収録されている。

数年前のことだが、私と家族はマーサズ・ヴィニャードにある貸別荘に、十月の二週目まで滞在した。インディアン・サマー（小春日）は輝かしく、しんとしていた。そこを引き払う日がやってきて、我々は悲しく思った。朝遅くの船に乗ってウッズ・ホールに行き、そこから車を運転して、海沿いの輝かしい空から、どんよりと曇った蒸し暑い気候の中へと入っていった。ハートフォードの南あたりで雨が降り出した。我々が当時住んでいた東五十丁目あたりのアパートメント・ハウスに着いたのは、あたりが暗くなる少し前だった。雨に濡れたその街はとりわけ虚ろに見え、騒音に満ちて、もう夏は終わったのだと実感させられた。翌朝早く、私は自分が仕事場としている部屋に行った。ヴィニャードを出る前に私は、その一年か二年前にニューハンプシャーで書き留めておいた覚え書きを基にして、ひとつの短編小説を書き始めていた。夏の別荘に滞在している一家が、夜になるとバックギャモンで遊ぶ話だった。それは「バックギャモン・ゲーム」というタイトルになるはずだった。私はその白黒の駒と、ボードと、ゲームの賭け金を使って、一家の人間関係がいかに多くを一人一人に要求するかを描くつもりだった。話をどう終わらせるか、それはまだ決めていなかったが、しかし心の隅で、誰かが船から落ちて命を落とすことになるのだろうと思っていた。山の湖でのカヌー事故なんかを考えていた。その朝、これまでに書いたものを読んでみて、それがある種のワインのように、旅に耐えられなかったことを発見した。ひどい出来だ。

私は清教徒的な家族のもとに育った。子供の頃、すべての人の行為の根底にはモラルが潜んでいるし、モラルとは人間にとって常に有害なものだと教えられてきた。私は親族たちの中に、人生の核心には耐えがたく忌まわしいものがあり、愛や友情やバーボン・ウィスキーや、なんらかの明るさを持つようなものはすべて、無意味で馬鹿げた欺瞞だと考えている人たちがいることを知っている。私の作家としての目的は、そのような姿勢の緩和を——もし必要だと思えばそこからの逃亡を——記録することだった。そしてそのバックギャモンの話においては、私はただ単純にそれに失敗していた。私を失敗させたのは、まさに私が照らし出したいと思っていた類いの、怠惰なペシミズムだった。それは私の年配の叔父の血管にも流れていた。彼は釣り針に餌の虫をつけるたびに必ず、我々もみんないずれは腐っていくんだと言っていた。

もっと気持ちを晴れやかにするために、私は夏のあいだに記した覚え書きをじっくり点検してみた。まず屋根付きの駅とフェリー・ボートの発着場についての長い描写があった。愛と死のエンジンに合わせた歌だ。しかし本当のところを言えば、それらの旅は重要性を持たないものだった。それらは言うなればごまかしみたいなものだ。その数ページあとに、一人の友人の描写があった。彼は若き日の魅力を失い、それに代わる頼るべき光を見出すことができず、過去のフットボールの栄光に浸るようになっている。それは我々が快適に一夏を過ごしたヴィニャードの貸家の、容赦のない描写へと繋がっていく。その家は大昔に建てられたものではないのだが、外壁のこけら板には古い木材が使われ、新しい木材を使ったドアは古く見せるためにわざと傷をつけられ、汚されていた。室内は電気式のキャンドルで照らされていた。私はそのような粗雑な過去の喚起を、その友人がうまく成熟できなかったことに結びつけた。その成熟の失敗は国家的なものでもある、と私のメモは述べていた。我々は国民として成熟することに失敗し、過去に戻ってフットボールの栄光やら、垂木作りの天井やら、キャンドルやら暖炉の火やらに安住しようとする。海についての物悲しい記述があった。それは我々のピクニックのたき火の薪を押し流してしまう。そして不吉な風としての東風についての、私の知っている若い美しい女性の乱交についての、島の農業が置かれている厳しい状況についての、ゲイ・ヘッド沖合の島を爆撃するジェット機についての記述があった。サウス・ビーチでの散歩の陰惨な記述があった。そこにある少しなりとも明るい記述といえば、ある日の午後に私が目にした浜辺の光景——私の妻がもう一人の若い女性と、まったくの裸で海から出てくる光景——の心愉しさについての二つのセンテンスだけだった。

たとえ短命に終わるにせよ、おおかたの旅行は我々の中に少なくとも、ものを観る目が広がったという幻想を残していくものだ。そしてその朝の私と、その覚え書きの間には乖離があった。私はその夏を申し分のない相手と、素晴らしい光景の中で送ったのだが、私が残した覚え書きの中には、それを匂わせる記述は皆無だった。私の感情の中にある葛藤と、その分裂に対する私の憤りが、不快きわまりない弟を産み出すことになった。そうして私は「ぼくの弟」という作品を書いた。物語は素速く展開していった。ローレンスは島にやってくるが、その航海は重要性を持つものではない。語り手をあまり鋭敏ではない人間に設定したが、それは私の中の憤りが多義的で曖昧なものであったからだ。ローズ・ヘッドという土地は、架空の地ならではの柔軟さを持っていた。そこでは人は自分の記憶の幅広い領域から好きなものを拾い上げ、選ぶことができる。まったく別の場所からバラの花の匂いを、またずっと昔に耳にしたテニスコートを均《なら》すローラーのかちゃかちゃという音を、そこに自由に持ち込むことができる。家の間取りはすらすら頭に浮かんできた。それは私がこれまで目にしたどんな家にも似ていないものだったが。テラスも居間も階段も、すべてしっかり整っていた。私が配膳室のドアを開けて台所に入ると、そこには私の義母のところで三年前に働いていた料理人が現れてくれた。ローレンスを家に連れて行って、ローズ・ヘッドでの最初の夜を過ごさせたところで、私が帰宅して夕食をとる時刻になった。

翌朝に私は、バックギャモンに対する私の見解をローレンスの双肩に担わせた。話はそれからヨットクラブでのダンス・パーティーに移った。十年前にミネアポリスで仮装ダンス・パーティーがあり、一人の男がフットボール選手の格好をして、彼の奥さんは花嫁衣装を着ていた。その回想は場面にすんなりフィットした。短編小説は金曜日までには仕上がり、私は幸福だった。というのは、ミネアポリスのダンス・パーティーと、山の上でのバックギャモン・ゲームみたいなかけ離れた二つの出来事を、フィクション作品の中で、まるでお互いに関係し合っているかのように連結させられるくらい楽しいことは、他にまずないからだ。そしてそれは、人生とはそれ自体が創作のプロセスであり、ひとつの物事はしっかり別の物事に重ねられており、ひとつの邂逅で失われたものは次なる邂逅で埋め合わされ、そしてまた我々は起こった出来事を意味づけるための能れるのだ。
力を有しているという感覚を、確かなものにしてく

　土曜日に私は友人と共に列車に乗って、フィラデルフィアにフットボールの試合を見に行った。その短編小説はまだ心にひっかかっていたが、弱点や粗いところはないかと、書き上げたものを頭の中で逐一思い返してみて、その結果これで大丈夫と思えた。フットボールの試合は退屈だった。寒くもなってきた。ハーフタイムくらいで落ち着かない気持ちになった。そして我々は最終クォーターの半ばで席を立った。私はコートを着ておらず、身体ががたがた震えていた。ニューヨークに戻る列車を寒さの中で待ちながら、私は自分のその小説がまったく無価値であることに思い当たった。自己欺瞞の厚かましさに、また安定を欠いた気質の飛翔とその着陸失敗に気づいた。列車が駅に入ってきたとき、線路に身を投げてしまおうかとふと思った。しかしそうする代わりに、私はラウンジ・カーに行ってウィスキーを何杯か飲んだ。あとになってその小説を読み返してみて、ローレンスという人物が奥行きを欠いていることに、またその曖昧さを嫌う読者もいるであろうことに私は気づく。しかしその一方でまた、それはマーサズ・ヴィニャードで長い夏を過ごしたあと、マンハッタンに帰ってきたときの私の感情を、それなりにありありと記録したものとして成立している。

なぜ私は短編小説を書くのか？

Why I Write Short Stories

このエッセイは一九七八年一〇月三〇日発売の「ニューズウィーク」に掲載された。その月には、チーヴァー世界の集大成ともいうべきクノップフの短編集『ザ・ストーリーズ・オブ・ジョン・チーヴァー』が刊行され、即座にベストセラーになった（そして翌年にはピュリッツァー賞を受賞した）。その刊行と時期を合わせて書かれたエッセイである。この頃のチーヴァーはもうほとんど作品を書いていない。そして七十歳を前にして、アルコールの関係する「器質性脳症候群」による発作を起こすようになり、また腎臓に腫瘍も発見される。かくしてこの短編集は彼にとっての最後の一冊となり、見事な記念碑ともなった。

彼が高級郊外住宅地を舞台として——あるいはひとつの宇宙と見据えて——描き上げた一連の物語は、ある一つの時代を鮮やかに捉えた真摯な営為として、これからも長く生きながらえていくことだろう。決して大きな声で語られる物語ではないけれど、そこにある言葉は間違いなく静かに我々の耳に残る。

人生も六十代後半にさしかかってから、このような決定版の短編集を出版することは、一人のアメリカ人の作家の目には、伝統的かつ威厳に満ちた行事のように映るのだが、この私の短編集に収められたおおかたの作品が下着姿で書かれたという事実は、決してそのことの価値を損なうものではないはずだ。

なにも私がだらしのない生活を送っていたというわけではない。ハロルド・ロスが「ニューヨーカー」誌の編集長を務めていたときのことを覚えている人はもうほとんど生存していないだろうが、私はその数少ない一人だ。ロスの編集上の疑問はまさしくエキセントリックなものだった。ある短編小説の中で、私の設定した登場人物は仕事場から家に帰ると、夕食の前に別のスーツに着替えた。ロスはそのゲラの余白にこう書き記した。「おい、これはなんだ？　チーヴァーはスーツを一着しか持っていない人間のように私には見えるのだが」。彼はまさに正しかった。彼が支払ってくれる原稿料では、私は実際のところ一着のスーツしか買えなかったのだ。朝に私はそのスーツを着てエレベーターに乗り、窓のない地下室の仕事部屋に行った。そこでスーツをハンガーに掛け、日が落ちるまで執筆し、それからまたスーツを着て自分のアパートメントに戻った。そんなわけで私の短編小説の大半はボクサー・ショーツ姿で書かれている。

短編集は、昨今の小説リストの中ではほとんど余計者扱いされているみたいだ。そのリストに溢れかえっているのは愛の園であり、エロチックな馬鹿騒ぎであり、淫らな古代の家族史だ。しかしながら我々が経験によって支配されている限り、そしてその経験が強烈さと挿話的性質によって特徴付けられている限り、我々は短編小説というものを文学の中に含め続けるだろうし、言うまでもないことだが、文学がなければ我々は滅びてしまうだろう。Ｆ・Ｒ・リーヴィスが述べているように、文学とは文明化された人間の第一の特性なのだ。

誰が短編小説を読むのか、とあなたは尋ねるかもしれない。歯医者の待合室で、治療椅子に呼ばれるのを待つ男女によってそれは読まれる。あるいは大陸を横断する飛行機の中で、我が国の東西両海岸の間に生じる長い時間を、あほらしい下品な映画で潰すかわりに、それは読まれる。眼識と知見を持ち合わせた男女――彼らは物語フィクションというものは我々が互いを理解し、時として面食らわされる我々のまわりの世界を理解するために有用なものだと感じているようだ――によってそれは読まれる。私はそのように思いたい。

長編小説はたしかに立派なものだが、そこではたとえたらりとではあっても、審美性と道徳適合性との間の神秘的連結を保つ「古典的統一性」に目配せすることを求められる。しかしそのような頑固に維持される古風さのせいで、我々の今の生活の持つ新奇さがそこから排除されるとすれば、それは残念なことである。この新奇さはあるものにとっては映画『スター・ウォーズ』を通して知られているものだし、あるものにとっては野球の試合終盤における野手のエラーによってもたらされるメランコリーを通して知られているものだ。このような新奇さを追求することによって、現代絵画は風景画や静物画――そして最も大事な裸婦画――という言語を失ってしまったように見える。そして現代音楽は、我々が記憶の中でとても深く馴染んできた、リズムと調性から離れていってしまった。しかしながら小説はいまだに物語をしっかり保持している。ストーリーというものを。これは命を賭けて守るに値する。

我が敬愛する同業者たちの書いた短編小説の中に――また私自身が書いた少数のものの中に――旧来の審美性を混乱させるようなものを私は見出す。たとえば夏の貸別荘やら、一夜の情事やら、なくなったキー・リングやらを。我々は遊牧民族ではないけれど、我々の偉大なる国家の精神には、それを匂わせるという以上のものがある。そして短編小説とは、文学における遊牧民のようなものなのだ。

私が自分の心の窓から目にする郊外住宅地の通りの眺めが、放浪する者や、孤独に親しむ誰かの心に届けばいいのだが、と私は思っている。深く心を動かされるノスタルジアやヴィジョンや愛の風景がそこに展開するが、それらのどれも三十年以下の歳月しか経ていない（目にするほとんどの樹木を含めて）。そこにはプランテーション時代の南部からもたらされた白い円柱があり、エリザベス朝の英国からもたらされた煉瓦と板壁があり、偉大なる海洋進出時代からもたらされたソルトボックス・ハウス

（十七世紀から十九世紀初期にかけてニューイングランドによく見られた、前が二階建てで後ろが一階建ての家）があり、フランク・ロイド・ライトと彼の未来像を反映した扁平な屋根の家（そこで我々は太陽熱暖房や、静謐で広々とした室内や、地上の平和を享受することができる）がある。

その敷地は一エーカー半（約六千平米）。庭には花や野菜が育っているが、そこかしこにトマトではなく、羽を広げたような葉のついた大麻草を支える、丈夫な支柱が目につく。このような見事に健全そうな家庭生活の中にあって、主要な収穫は実に有害なドラッグなのだ。そしてハートショア家の庭の洋服掛けに吊されているのは何あろう、一連隊をハイにさせるに十分な量の乾燥マリファナだ。

忘れっぽさというのは、人生の神秘性のある部分をなしているのだろうか？　もし私がハートショア氏に、大麻の収穫について言及したなら、中国文明の偉大さは阿片の生み出す幻想の上に強固に打ち立てられているのだと彼は語るだろうか？　でもハートショア氏に話しかけるのは私ではない。それは隣家に住む、半端なく禁欲的なチャーリー・ディルワースの役目だ。彼は芝生の前庭に「禁煙」の札を掲げている。そして彼のマリファナについての激烈な反感は、逆行する脅迫の如きものへと論理的に導かれていった。

二人が言い争っているのを、私はある土曜日の午後遅く、息子たちとタッチ・フットボールをして帰宅したときに耳にする。日は暮れかけている。季節は秋だ。チャーリーの声は大きくてよく通り、関心を持つものの耳にはすべてが明瞭に聴き取れる。

「おたくの犬をうちの芝生に入れないでくれ。ステーキは家の中で焼いてくれ。レコード・プレーヤーの音をもっと小さくしてくれ。日が暮れたらプールのフィルターを切ってくれ。窓のシェードを下ろしておいてくれ。そうしないと君がマリファナを栽培していることを警察に通報するからな。うちの妻の叔父が今月は判事の職に就いているから、君は麻薬違法所持で少なくとも六ヶ月はぶち込まれることになるぞ」

彼らは別れる。日が落ちる。あちこちで主婦たちが初霜の降りることを案じて、鉢植えの植物を中に取り込む。その一方でエリザベス朝風の、ナンタケット風の、フランク・ロイド・ライト風の煙突は、それぞれに薪の煙の素敵な香りを放ち始める。こんな情景を長編小説に書き込むことはできない。

解説対談　村上春樹×柴田元幸

小説に大事なのは礼儀正しさ

チーヴァーみたいなはぐらかし方はとてもできないにせよ
はぐらかすポイントの摑み方とかスペースのとり方なんかは
勉強になるかなと思う

柴田　今日は最初にチーヴァーの話を伺って、同時代の作家の話や五〇年代という時代全体についてお話を伺いたいと思います。
村上　主に短篇小説の話ですね。
柴田　はい。チーヴァーは昔から読んでいらしたんですか。
村上　そんなに熱心には読んでいなくて、ある時点で読んだときに、うわぁ、面白いなあと。ジョン・チーヴァーは日本でポツポツと紹介されても、すぐ絶版同然になってしまって、長篇は角川が出していたんだけど、短篇集はまとまった形ではなかなか出なかった。チーヴァーの真骨頂は短篇にあるわけだから、日本ではどちらかというと不幸な作家だったかもしれない。

柴田　短篇小説家としてのチーヴァーの特色を言葉にするとどんな感じになりますか。

村上　ある意味で典型的な短篇作家ではないんですよね。なぜかというと彼はほぼ一つの世界を中心に据えて、中産階級、郊外、東海岸、特にニューヨークの北のほうのコミュニティーのあり方をずっと書いている。だから今アメリカ人に聞くと、チーヴァーは確かにうまいけど世界が狭い、と言う人が多い。僕の考える短篇小説家はいろんな観点、引き出しを持っていて、それを代わり番こに書いていく。サリンジャーにしてもチーヴァーのように一点集中みたいなことはあんまりしていない。そういう意味では、割と特殊な立ち位置を持つ作家なんじゃないかと。

柴田　村上さんがやはり訳されているレイモンド・カーヴァーは地域的には太平洋岸の北のほうで、労働者階級の人たちのことを書いていて、その意味ではやはり限定的ですが、小説世界の広がりという意味では違いますか[1]。

村上　カーヴァーは自分の人生のいろんなフェーズを書いているんです。少年時代、結婚して生活苦にあえいでいる頃、大学に入ってアカデミックな世界を知りはじめている頃、アル中になって家庭生活がめちゃくちゃになっていた頃、テスと出会って再生した頃、といくつかのフェーズを書き分けている。でもチーヴァーは場所もフェーズも大体同じ。小説家として考えてみると、そんなことができる人って普通いないです。いろんな仕掛けを持っていないと、短篇小説だけで食っていくことはできない。チーヴァーは長篇も書いてますけど、短篇が本領の人ですから。

柴田　長篇デビュー作の『ワップショット家の人びと』（一九五七）を読んでも、いろんな人のエピソードが並んでいますよね。

村上　チーヴァーの長い小説って構造的には短篇小説を組み合わせたものですよね。

柴田　なるほど。僕はなんとなく、チーヴァーの短篇はストーリーが割と古典的でしっかりしているから、今の短篇に慣れている人には、話ができすぎているという反応もあるのかなあと思ったんですが。

村上　でも途中で逸れていくから、できすぎていないですよ。あるときは逸れてシュールになるし、あるときは奇妙な物語になる。その逸れ方がすごくナチュラルで自然なんです。普通じゃない。だからチーヴァーを読んで訳して小説の勉強になるかと訊かれると、あんまりならない（笑）。ただチーヴァーみたいなはぐらかし方はとてもできないにせよ、はぐらかすポイントの摑み方しかスペースのとり方なんかは勉強になるかなと思う。

柴田　はぐらかすというのは、ストーリーが意外な展開をするとかではない？

村上　もちろん意外な展開もあるんだけど、ストーリーだけが変化しているのではなく、ストーリーの持つ空気というか肌触りというか、そういうものが込みで微妙に変化しているんです。水の流れが変わると同時に、その温度や質感が変わっていくみたいに。そういう意味では非常に筋のいい作家です。頭で考えて小説を書いてない。

柴田　たとえば「泳ぐ人」（一九六四）という短篇で、主人公の男が最初はどこに行っても歓迎されていたけど、だんだん歓迎されなくなって、嵐に遭うあたりから世界がガラッと変わる。あれはそういう変化の割とわかりやすい例ということですか。

村上　そうですね。あれは時間の流れがどこかで狂っている。一日の話なのに伸び縮みがあって、季節や年代まで変化していく。その辺の不気味さをああいうふうに表現するのは難しいし、普通の人にはまず書けないですね。

柴田　ああいういわゆるリアリズムの枠から外れて幻想的といえそうな展開になる話はそう多くないけど、そうなっている「泳ぐ人」と「巨大なラジオ」（一九四七）の二本はチーヴァーの代表的な作品ですね。

村上　見事にリープしている小説ですね。他の作品はあそこまでリープしていない。

柴田　たとえばもうひとつの代表作「カントリー・ハズバンド」[2]（一九五四）などはリアリズムの枠に入っているけれど、そう言われてみればところどころたしかに奇妙ですね。

村上　飛行機事故から始まるところがすごいです。それが後になって一切出てこないんですよね。普通だったらあれがトラウマになって記憶が蘇るとか、仕掛けがあるんだけど、それがなくて、ただ異界に放り込まれて帰ってきたというのかな。

柴田　家族も友人も事故の話を聞いてもなんとも思わないし、誰も分かってくれない。

村上　オデュッセウスみたいなもので、偉大で困難な旅から帰ってくると、そこが別の場所になっている、そういうひやりとした恐怖感がありますよね。

アメリカ人の多くはチーヴァーといえば金持ち階級で
いわゆるワスプの世界をのうのうと書いていた
というイメージを持っているけれど本当はそうじゃないんです

柴田　今回「モンキー」で何本かチーヴァーの短篇を収録させていただくということで、いかにもチーヴァーらしい「巨大なラジオ」と「泳ぐ人」は迷わず選びましたけど、そのほかはちょっと外しすぎたかなという反省がなくはないんです。「引っ越し日」（一九五二）は珍しく労働者階級の視点から書いているし、「パーシー」（一九六八）は女性が前面に出てくる。今回短篇集を読み直して、こういうチーヴァーがあることがすごく新鮮に感じられたので選んだんです。まあチーヴァーのいろんな面を見てはもらえると思いますが。「引っ越し日」はアパートメント・ハウスの管理者の視点から、上の人をすごくリアルに描き分けていますよね。

村上　ひとつの建物に焦点をしぼり、その状況がすごくうまく描かれているのが面白かったです。ある種アメリカの社会のシステムがよく見える。アパートメント・ハウスという立体的な枠の中のヒエラルキーが鮮やかに描かれている。

柴田　住んでいる人たちのヒエラルキーがあり、スーパーインテンダントとかジャニターとか、住人に仕える人たちの間にもヒエラルキーがある。そこがリアルに描かれていました。あれはソ連で初めて訳されたチーヴァーの短篇だそうです。

村上　チーヴァーはソ連ですごく人気があったんですね。

柴田　とにかく一人熱心な翻訳者がいて、読んですぐ訳し始めたそうです。「引っ越し日」[3]はやっぱり労働者からの視点ということで選ばれたんだろうと思います。

村上　チーヴァーは階層に敏感な作家ですね。本人もいろんな階層を抜けてきたから、階層の落差が生み出す痛み、ヒリヒリ感、そういう原点を自分の中に持っているんでしょうね。

柴田　「ニューヨーカー」のレギュラー作家だったという点だけを見れば作家としてはエリートですが、エッセイには背広一着しか持ってなかったと書いていますね。

村上　本当に貧乏だったみたいです。彼のメモワールを読んでいると、「ニューヨーカー」の原稿料がすごく安いから、生活できなくて大変だという話ばかりなんですよ。僕は高いと思っていたけど（笑）。

柴田　僕もそう思います（笑）。

村上　それでも「サタデー・イブニング・ポスト」[4]から三、四倍のギャラを出すから専属にならないかという話が来ても、「ニューヨーカー」が好きだから離れなかった。「なぜ私は短編小説を書くのか？」というエッセイで、スーツを着て下に降りて行くとあったから、なんだろうと思っていたんですが、ニューヨークのチーヴァーのアパートメントには奥さんと子供が二人いて狭いから仕事ができなくて、地下にあった世帯別のストレージに机を置いて仕事をしていたそうです。スーツを着てエレベーターに乗って地下に降りて、窓もないストレージで仕事をして、食事時になると、またスーツを着てエレベーターに乗って家に戻るという生活を長いあいだ続けていた。文字通り通勤するみたいに。そんな物置きみたいなところでよく小説が書けるなあと思うけど、決して裕福ではなかったんですよね。

柴田　そうでしたか。

村上　お父さんがお金持ちのセールスマンだったけど、途中で破産状態みたいになって、学校に行けなくなったから、ハイスクールをドロップアウトしなくてはならなかった。

柴田　だからほとんどの作品で中流階級を書いていても、そこに安住している人より、そこから落ちていく人、そこにのぼれない人に目が行っているんですかね。

村上　そうですね。チーヴァー自身も高級住宅街に住んではいたけれど、長年知り合いの家を借りて住んでいて、自分の家を持ったのは長篇小説を書いてまとまった収入を得てからでした。それまではいつ家を出て行けと言われるかわからないような生活をしていたから、不安感が強かった。途中でチーヴァーは同性愛傾向がだんだん強くなってくるし、アルコール中毒になっちゃうし、なかなか経済的にも安定しないし、いろいろ大変な人生を送ってきた。

柴田　僕が七〇年代の後半に知ったころは、七〇〇ページくらいの短篇選集が出て評判になって、短篇の大家という印象でした。

村上　アメリカ人の多くは、チーヴァーといえば金持ち階級で、いわゆるワスプの世界をのうのうと書いていたというイメージを持っているけれど、本当はそうじゃないんです。

柴田　なるほど。後年にはイタリアにも行っていて、イタリアを舞台にした短篇もありますね。

村上　多いですね。イタリアが好きだったみたいです（笑）。

柴田　ナサニエル・ホーソーンやヘンリー・ジェームズなど、アメリカ人作家がイタリアを舞台にして書くという一種の型があります。長い歴史とか、何百年も続いているコミュニティーの感覚とか、アメリカにないものを書こうとするとイタリアになるのか、チーヴァーのイタリアものもいつもとはちょっと毛色が違いますね。

村上　イタリアは生活費が安かったことも大きいみたいです（笑）。フィッツジェラルドなんかとは違って、それほど優雅に暮していたというのでもないみたいですね。

柴田　そういえば村上さんもイタリアにいらしたんですよね。日本とは違う場という感覚ってありましたか。

村上　うーん、なんでイタリアに行ったんだったっけな（笑）。どこでもよかったけど、たまたま友達がいたからというのはあるけど。小説書くのはどこでもできるので、どこ行ってもいいんですよね。あとは、食べ物が美味しいところのほうがいいかなあ（笑）。

最初は下手でだんだん洗練されてきて
そのぶん最初の荒々しさが減ってくるというのが大体の短篇作家の
パターンだけどある意味で彼は最初から完成されている

柴田　チーヴァーの作品は初期から「ぼくの弟」[6]（一九五一）などすごくいいものがありますが、時代に沿ってチーヴァーを読んでいくと、どのくらい変化を感じますか。選集を読むと、最初から結構出来上がっているなという印象ですが。

村上　出来上がっていますね。マルカム・カウリーに認められて、「ニュー・リパブリック」誌でデビューしたのが、ハイスクールをドロップアウトした十八歳のときで、天才だと言われました。けっこう後の方で書いた「パーシー」（一九六八）にしても「泳ぐ人」（一九六四）にしても、最初の方にあったとしてもおかしくないと僕は思います。逆に「ぼくの弟」が後にあってもおかしくない。そういう意味では不思議ですね。最初は下手でだんだん洗練されてきて、そのぶん最初の荒々しさが減ってくるというのが大体の短篇作家のパターンだけど、ある意味で彼は最初から完成されている。

柴田　かなり後の方、七〇年発表の「四番目の警報」あたりになると、時代に自分が追いつけていないかもしれないというチーヴァーの不安がちょっと感じられます。

村上　カウンターカルチャーについていけなかった。

柴田　ええ。あの頃からドナルド・バーセルミあたりが「ニューヨーカー」の常連になってくる。「ニューヨーカー」は他の小さい文芸誌に比べれば保守的ですけど、バーセルミみたいな前衛の人をしょっちゅう起用したのは時代のなせる業というか。[7]
村上　あの頃は実験小説の作家の勢いがあったから、チーヴァーはもう時代遅れという空気が一般的にあったんでしょうね。
柴田　今回選集を読み進めていて、なんで飽きないんだろうって不思議だったんです。村上さんもおっしゃったように、ほとんど同じ舞台で同じような人たちを同じ視点で書いていても、反復感がない。
村上　もうそれは個人的才能としか言えないんじゃないかな。どんなものからでも話を作っていける才能は、ある人にはあるけれど、ない人にはない。何を書いても同じみたいになっちゃう人がほとんどです。これはもう資質の問題としか言いようがない。今回僕も訳していて、いくら訳しても、まだもっと訳したいという気持ちになっちゃうんです。ひとつひとつの作品に何かしらそれぞれの手応えがあります。
　チーヴァーは思いついたことをどんどんジャーナルに記録して、そこから短篇をこしらえていったけど、僕はそういうジャーナルをつけない人間なので、どの程度そういうのが役に立つのかわからないんです。僕の場合は基本的に長篇作家ですから、短篇小説は書きたくなったら書くし、書きたくないときは書かない。そういうのは楽だけど、短篇小説で飯を食っている人はコンスタントに書いていないと収入がないわけだから、そうはいかない。短篇集ははっきり言ってそんなに数は売れないから、雑誌収入でほぼ生きているわけですよね。フィッツジェラルドは生活費を稼ぐために書き散らしたけど、六割五分は一流半から二流品でした。チーヴァーの場合はそういうのはほとんどないです。水準はしっかり維持されている。

柴田　なるほど、そうですね。

村上　フィッツジェラルドは自分が書きたいのは長篇だと言って、生活費を稼ぐために短篇を書いたけど、そうしていくうちにだんだん人生がおかしくなっていった。チーヴァーは長篇も評価されたけれど、逆に長篇は収入を得ることを目的として書いたみたいです。敢えて書かなくても、短篇を書いていれば、彼はよかったんじゃないかな。彼の長篇小説には確かに、ちょっと無理をしているかなという印象がなくはない。

柴田　そもそも職業的な短篇作家が成り立っていたのは、チーヴァーがほとんど最後という気がするんです。要するにかなりのクオリティのある短篇小説がちゃんと読者のいる雑誌に載って読まれ、作家の生活も成り立つという状況って、今のアメリカにはもうまったくないじゃないですか。昔は、ジャック・ロンドンやウィリアム・サローヤンもそうやって短篇をとにかく売って食べていたけど[8]。

村上　そうですね。「ニューヨーカー」もサリンジャーの「フラニーとズーイ」を全部載せるぐらいだから相当根性入ってましたよね。

柴田　「ニューヨーカー」も二十年くらい前までは、日本だとほとんど中篇だなっていうものを載せていましたけど、最近は本当に短いものばかりですね。

村上　ウィリアム・ショーンが「ニューヨーカー」の編集長をやったり、ギングリッチが「エスクァイア」をやったりした頃[9]は、そういう雑誌を買って短篇を読むというのが都市生活者の大事なスタイルだったんです。それが五〇年代にピークに達して、その後はだんだん、雑誌はとにかく定期購読者を増やせ、広告を集めろ、中身はそれらしいものを入れておけばいい、という経営方針に変わっていく。そういう流れが七〇年代、八〇年代に加速していったんだけど、いまはインターネットが中心になったから、雑誌を定期購読する人がいなくなって真っ青になっている。それはある意味、しょうがないといえばしょうがない。長年のツケがまわってきたみたいなところはあります。で、こう言っちゃなんだけど、バーセルミの短篇を真剣に読むために「ニューヨーカー」を買っていた人はそんなにいないと思うんだよね。

柴田　うーん。

村上　でも「ニューヨーカー」を読むというライフスタイルがあって、そこにバーセルミが載っていてかっこいいというのがあった。でもそれでは自然な雑誌の形ではなくなっていく。

柴田　なるほど。五〇年代はまだ中身に頭が行っていたと。

村上　サリンジャーが書き、チーヴァーが書き、カポーティが書き、フラナリー・オコナーも書いていた。そういう勢いがありました。そしてそれらは実際によく読まれていたと思う。

柴田　「モンキー」は今回、「アメリカ短篇小説の黄金時代」というタイトルにしたんですが、作品を一本訳したウィリアム・ゴイエンがまさにそういうことを言っています。彼自身は五〇年代に「マドモワゼル」[10]が書かせてくれたことに感謝していて、ほかにも多くの作家が「マドモワゼル」に助けられたと言っている。「プレイボーイ」創刊は五三年ですけど、この創刊号にも短篇が三つ入っています。[11]まあどれも旧作ですけど、ヌードと同じくらい小説にも気合が入っている。

村上　ラルフ・エリソンやボールドウィン[12]が書いていてもおかしくないですよね。結局あの頃のアメリカはどこに行っても雑誌が置いてあったし、歯科医の待合室でもコミュートする電車の中でも人は雑誌を読んでいた。サリンジャーの『キャッチャー・イン・ザ・ライ』（一九五一）でもホールデンは列車に乗る前に四冊くらい雑誌を買います。そういう文化があった。

柴田　枠組みがあったことは間違いないんですけど、そこで書かれる作品もそういう枠に似合うような、ストーリーもはっきりあるものが多くて、短篇小説は芸術でもあり商品でもあったという気がすごくするんです。

五〇年代の南部からの文化の流入は
六〇年代にラテンアメリカ文学のガルシア＝マルケスやボルヘスが
入り込んできたときのインパクトに匹敵するんじゃないかと

柴田　村上さんは五〇年代と聞いてどういうことを思い浮かべますか。

村上　まず感じるのは、いわゆる東部のエスタブリッシュメントと、南部からの新しい血の流入、その二つですね。東部はチーヴァーみたいなアングロサクソン系とユダヤ系の作家が組み合わさって、インテリジェントな階級となる。五〇年代の東部は特にユダヤ系の作家の勢いの良さが特殊です。やっと発言権ができて自分たちが出て行く舞台ができたという、力強さを感じます。

柴田　マラマッドやフィリップ・ロス[13]とかですね？

村上　マラマッドはあの頃、随分書いていましたよね。

柴田　短篇が素晴らしいです。[14]

村上　南部からはマッカラーズ、カポーティ、フォークナーのような荒っぽい風が吹いてきて、東部と南部がとてもいい具合にお互いを刺激していた。僕はカポーティやマッカラーズが南部に落ち着いているんじゃなくて、ニューヨークに出てきて、そこで違和感を覚えながらも創作活動を続けている感じが、割に好ましいと思っていて。そうした南部からの文化の流入は、六〇年代にラテンアメリカ文学のガルシア＝マルケスやボルヘスが入り込んできたときのインパクトに匹敵するんじゃないかと。

柴田　フォークナーは二〇年代から書いてはいるんですが、彼がアメリカで広く読まれるようになったのは、四六年にマルカム・カウリーによって『ポータブル・フォークナー』[15]が編まれてからです。他に五〇年代といえば、西からビートジェネレーションが出てきて、やがて東海岸に移ってきました。一方で黒人作家をめぐる状況はなかなか難しくて、ボールドウィンはアメリカでは暮らせないと言って四八年にパリに行ってしまうし、ラルフ・エリソンは五二年に『見えない人間』を書いた後書けなくなった。

村上　五〇年代の作家で僕が一生懸命訳しているのは、カポーティ、サリンジャー、マッカラーズ、チャンドラー、あとは今回のチーヴァー。意外に訳してないかも（笑）。

柴田　それだけ訳していれば十分じゃないですか（笑）。そういえばなんとなく、はぐれもの感がある人たちですね。マッカラーズとカポーティはジェンダーからして揺れている感じだし。

村上　やっぱり僕が思うのは、アメリカの文化は本質的に異質なものが入ってくる文化なんですよね。外国か国内の辺境から、そういうものが入ってこないと動かない文化だと思うんです。そういう意味では、チーヴァーは本来動かない作家なんだけど、そこが逆に今となっては新鮮かもしれない。
結局、五〇年代は資本集中の時代で、ニューヨークやロサンジェルスの大都市に資本が集中し、そこに沢山の職が生まれ、それまでとは違った流れがアメリカに出てきて、知的なカルチャーというか、渦が大都市中心にならざるを得なかった。そういう渦の中に多くの作家が飛び込んで行くわけだけど、チーヴァーはその渦から少し離れていたと思う。若い頃はアパートメント・ハウスに住んでいたけど、ある地点から郊外住宅地に行って、美味しい空気を吸って、適当にコミュートするという生活に入った。彼はちょっと外れるんです。都市からも土着からも距離を置いていた。そういう作家って他にいないんですよ。少なくともそういう生活をしているということを書こうとする作家はいない。
柴田　確かに。そもそもアメリカで郊外の人口が爆発的に増えるのが四〇年代の末くらいからで、レヴィットタウン[16]のような膨大な数の建売住宅が建って、それまで街がなかったところに街ができてみんな通勤し始めた。ただチーヴァーの場合、そういう郊外生活者の気分を代表して語っているというより、そこからはみ出しかけている人にむしろ目が行っている。
村上　そうですね。大体この時代のニューヨークの作家はハンプトンなんかにウィークエンドハウスを持っていて週末に通うという生活をしていたけど、チーヴァーの場合は郊外住宅地に本拠地を持っていて、用事があればニューヨークに出ていく。流れが逆なんですよね。
柴田　登場人物が何時何分の列車に乗って、という話が多いですよね。
村上　そう。で、みんなコックやメイドがいて、すぐカクテル・パーティーがあって（笑）。日本では、コミュートする高級住宅地があるという状況はほとんど一度もなかったですよね。
柴田　ええ、郊外という言葉の意味が日本とは全然違いますね。英語のミドルクラスにしても、日本の中流と違って結構お金持ちです。これまでのお話ではっきりしましたが、村上さんはチーヴァーが何かの中心にいたとか、何かをリードしていた人というより、はぐれていた人というイメージで捉えているんですね。
村上　ええ、非常にインディペンデントな人と僕は捉えているんですよ。依って立つべきものを持たなかった。
柴田　なるほど。だからこそ訳す気になる。
村上　そうですね。主張があるわけでもないし、これを書きたいというのもないし、何か新しい手法を考案したわけでもないし、強固な個人力で生き残ってきた人です。そのぶん意外にホネがしっかりしている。
柴田　昔ちょっとチーヴァーを読んだ、という読者と話すと、あれは白人のミドルクラスの男性で、ゲイだったからその点はちょっと興味深いけど……くらいの片付け方をされかねない。でもそういう考え方だと見えないものがあるというのは、すごく勇気付けられます。
村上　とらえどころがないところがあって、小説家として読むと非常に面白い作家です。批評家が読むとポイントが掴みづらくてそれほど面白くないかもしれない。アップダイクなんかはとらえどころ満載（笑）。
柴田　（笑）僕、実はアップダイクの長篇は読めたことないんです。
村上　僕はアップダイクの長篇は結構楽しんで読んだけど、短篇はいつも退屈だなあって読んでました。あと、マラマッドはフェイブル（寓話）みたいなのが強いけど、チーヴァーにはそれもない。

柴田　強いて言えば「泳ぐ人」は、新天地を切り拓くアメリカ人精神の神話性みたいなものをゆるく使うけど、それもひねりがありますよね。

村上　うん。その神話性のまさに暗転ですね。サリンジャーの短篇はいいものはいいんだけど、こう書いておけばいいだろうという感じの作話性が感じられるものもあるし、何度も読んでいると透けて見えてくるところがある。チーヴァーにはそういうところはないんです。

柴田　僕はサリンジャーは会話の切れ味がすごいと思うんですが、チーヴァーはそういう凄みとは違いますね。

村上　特に会話は鋭くないし、違いますね。あと、この人は自伝的なものを小説に随分入れているんだけど、どこまでがフィクションで、どこからが自伝的かわからないんです。「パーシー」がほとんど現実のままだと伝記にあってびっくりしたんですよ。そこらへんはつかみどころがない作家です。奥がうまく見えない。

柴田　伯母さんの話を書いたんですよね。作家によっては、ここは自分のことを書いているだろうなと匂っちゃう作家もいるけど、チーヴァーは見分けがつかないですね。

村上　そうですね。

柴田　チーヴァーについて批判的なことを言う人は、労働階級や黒人、あるいは女性の視点から書けなかったとかそういうことを言いますけど、中心との位置の取り方という点では、そう言う人たちの書くものと同じような複雑な視点があったということになりますかね。

村上　アメリカの大学の文学部に行くと、どういう視点からどういう目的を持って書いているかとか、なんとかイズムに基いて書いているからいいんだとか言わないと誰も納得してくれないけど、チーヴァーはそういうことが全くできない人だから、きっとチーヴァーがいいなんて教室で言ったら反論がいっぱいくると思う（笑）。
柴田　確かにチーヴァーに関する学術論文は少ないですね。
村上　ゲイであるということはポイントだけど、ゲイの小説をいっぱい書いているわけではない。
柴田　「バベルの塔のクランシー」[18]（一九五一）などはなかなかいいですけどね。
村上　そういうポイントがほとんど取れない作家なんですよ。
柴田　それを言えば村上さんもポイント取れないいんじゃないですか。
村上　うん、でも僕の場合は日本人であることがひとつポイントなんですよ。あと、マジックリアリズム、ポストモダニズムという視点で捉えられているところもあるので、そのへんでいくらかポイントを稼いでる（笑）。
柴田　（笑）三月にイギリスのニューカッスルであった学会で、ある人が村上はもっと女性のことを女性の視点から書くべきだと言ったんです。そうしたら僕が発表を聞いて感心した理論派の若手学者が、何を書くべきか批評家が勝手に決めるのはよくない、"Fiction has its own truth"（フィクションにはそれ独自の真実がある）と言って反論したので、結構安心しました。
村上　よかったですね。そうしたコレクトネスの流れが去ったときには、チーヴァーもまた復活があるんじゃないかなと思っているんです。

ただ小説というのは引っかかりがないとダメなんですよね
どこかで引っかかってもらわないと困るけど
引っかかりすぎてもらっても困る

柴田　チーヴァーの文章自体は、オーソドックスと言っていいですよね。
村上　闊達ないい文章です。書きすぎもせず、書き足りないところもない。物語を語るにはまったく不足のない文体です。だけど、名文家かと言われると、サリンジャーのキレとかカポーティの華麗さはない。文章的にはそんなに難しくないと思う。本人もたぶんそれ以上のものを求めていなかったんじゃないかな。
柴田　難解ではないですね。
村上　フィッツジェラルドの文章みたいに、詰めていくとどこに行ったかわからなくなるという文章ではないし、ヘミングウェイみたいにブツ切れで即物的な文章でもない。
柴田　村上さんの訳を拝見していると、割と長めのセンテンスを大体半分くらいで切って、順番を変えずに訳していらして、流れが忠実に再現されていると思いました。
村上　確かにできるだけ順番を変えないようにしましたね。こういう文章って流れを変にいじっちゃいけないいんです。
柴田　今回それを強く感じました。
村上　ここはどうしてもわからんというようなややこしいところがないのは、コミュートする電車の中で雑誌を読む人が、なんなんだこれはとなると困っちゃうからかと。
柴田　そういう意味ではチーヴァーの文章は商品でもあったと言えると思う。
村上　ただ小説というのは引っかかりがないとダメなんですよね。どこかで引っかかってもらわないと困るけど、引っかかりすぎてもらっても困る。チーヴァーはその辺の呼吸をすごく上手に摑んでいる人だと思います。うまいなぁと感心してしまいます。とにかくあまり難しい言葉が出てこなかった。
柴田　出てこないですね。僕にはアップダイクより百倍読みやすいです（笑）。アップダイクの文章はすごく外しが多い気がするし、流れないんです。
村上　そう考えると、五〇年代の典型的な短篇作家は誰かと言われると、だんだんわからなくなってくるんですよね。
柴田　僕は一番強烈な一人を選ぶとすればフラナリー・オコナー[19]だと思うんだけれども、彼女はどういう流れにも属していない。南部、カトリックというレッテルを貼ってオコナーがわかるかと言われると、わかった気にはならない。
村上　僕らがあまり知らない典型的な風俗作家が当時はいたのかもしれない。たとえばジョン・オハラとか、アーウィン・ショーみたいな系列で。
柴田　ええ、今は読まれないような。でもそうですね、五〇年代はマラマッドがいて、カポーティがいて、というふうに並べるしかないという気がします。
村上　僕が個人的に短篇小説家として一番好きなのはカポーティです。非常に完成された短篇を書く人だと思う。サリンジャーは短篇作家としてはムラがありすぎるなあという気がします。

柴田　そうやって並べると、やっぱりチーヴァーも欠かせないですね。
村上　一つの世界を持っている人ですし、欠かせないです。典型的な五〇年代作家とは言えないだろうけど、彼を抜きにしては五〇年代のアメリカ文学は語れないかもしれない。とくにアイゼンハワー政権下のアメリカ社会の空気みたいなものは。

五〇年代はクリエイティビティと洗練化が
うまく歩調を合わせていた時代で
その頃に出されたジャズのレコードはあまりハズレがない

柴田　五〇年代はジャズにとってどういう時代でしたか。
村上　四〇年代はジャズにとってはクリエイティブな時代だったんです。ビバップが入ってきて、マグマのように吹き出た。それが冷めて、いろいろ形づけられ、洗練されていくのが五〇年代でした。ビバップは黒人が作ったものだけど、それを洗練化していくのは白人の方がうまかった。でもそこで起きた白人と黒人の葛藤は、多くの場合お互い技術を交流しあうという比較的良い方向に行った。五〇年代はクリエイティビティと洗練化がうまく歩調を合わせていた時代で、その頃に出されたジャズのレコードはあまりハズレがない。六〇年代になるとまたクリエイティブな動きが起こってくるわけだけど、そのぶんハズレは多くなるんです。小説も五〇年代はハズレがない時代な気がします。
柴田　本当にそうですね。行きづまり感もまだ五〇年代にはない。

村上　ないですね。だから小説もメイラー、カポーティ、サリンジャー、マッカラーズと、五〇年代は質のいいものがまとまって出てきている。六〇年代はそれがはじけて、ばらけてきます。そういう意味ではチーヴァーは五〇年代のまとまり性の中にうまく自分のポジションをこしらえながら、個人性をしっかり打ち出してきた人だと僕は思う。そのポジション取りがうまかったので、八〇年代にもかなりしっかり生き残ることができた。
柴田　なるほど。チーヴァーと一番似たような印象を持たれるジャズミュージシャンはいますか。
村上　白人でピアニストのアル・ヘイグかな。スタン・ゲッツと一緒にやった人ですけど、非常に知的で自分の世界を持って完結していて、趣味のいいスタイルを持つピアニストです。バップから出てきた人だけど、七〇年代まで生き残りました。
柴田　今度チーヴァーと聞き合わせてみます。

ある種の自然なプリンシプルが
短篇小説一つ一つに背筋みたいなものを与えている

柴田　五〇年代のテレビには「パパは何でも知っている」[20] のように幸せな核家族像を前面に打ち出した番組がたくさんありましたが、それの文学版どころか反対にあるのがチーヴァーという感じでしょうか。
村上　そうですね。どの短篇も影の部分が肝になっている話だと思うんです。
柴田　そういえばハッピーエンドってほとんどないですよね。

村上　ないですね。
柴田　「林檎の中の虫」（一九五八）などは幸せな人たちのことを書いているけれど……。
村上　でもその幸福はあくまで皮相的なものですね。文体はユーモラスだけど、きつい皮肉が込められている。最後は「幸福に幸福に幸福に幸福に暮らしたのでした」で終わる、完璧にアイロニカルな世界。長篇の『ブリット・パーク』（一九六九）もそう。
柴田　大体が暗い終わり方をするのに、またかと思わないのが不思議です。センチメンタルな言い方をすると、いつもどこか優しい目があるというか。
村上　僕は、大事なのは礼儀じゃないかと思う。チーヴァーの小説に出てくる登場人物の多くは、礼儀をわきまえている。どの小説でも基本的な礼儀正しさを感じるんです。その礼儀が話の暗さを救っているんじゃないかと僕は感じる。礼儀正しい小説はあんまりないんですよね。
柴田　礼儀正しさというのは登場人物の振る舞いのことですか。
村上　うまく言えないんだけど、文章を書く姿勢というか心持ちというか。
柴田　ヴォネガットがディーセンシー（decency ＝まっとうさ）という言葉を使いますが、それとも違いますか。
村上　似ているかもしれない。チーヴァーの小説では泥棒に入る話でも、盗み方が礼儀正しい。そういうところじゃないかな。お金に困ってコソ泥しても、ある種の礼儀正しさというか律儀さがある。浮気しても割に礼儀正しい。悪徳とか背徳とか、そういうものが顔をのぞかせても、なぜかドロドロしない。常に最低限のモラルが守られている。僕はそういうモラリスティックなもの、あるいは礼儀正しさは意外に有効性を持つと思う。少なくともそういう小説があっていいと思う。

柴田　その礼儀正しさを英語でいうと、ポライトネス（politeness）ではないですよね。

村上　違いますね。ディーセンシーかモラリティ（morality＝倫理性）か、プリンシプル（principle＝主義）。そういう資質が問わず語らずチーヴァーには具わっている気がする。五〇年代という、人々がまとまりを指向する時代であったからこそ、ある種の自然なプリンシプルが維持できたんじゃないかなと。それが短篇小説一つ一つに背筋みたいなものを与えているんじゃないかと僕は感じたんです。だから彼の作品をいくつ訳しても飽きることがなくて、もっと訳したいなあと思う。背筋が通ってないと、もういいやって気になるから。

柴田　五〇年代というのは、何が正しいかが、ある程度わかっている気になれた時代だったということでしょうか。

村上　そうですね。生まれたときから、育っていく過程で良くも悪くもそういうものを植え付けられたところがあるんじゃないかな。僕は今だってそういうものが小説にはすごく大事だと思っているんです。モラリティをもってしないと描ききれない非モラルな状況があります。アイロニーをもってしか語れない幸福や安寧があり、ユーモアと優しさをもってしか語れない絶望や暗転がある。僕はそう思っていつも小説を書いています。

（「MONKEY」二〇一八年　VOL15―アメリカ短篇小説の黄金時代
二〇一八年四月二十六日、Rainy Day Bookstore & Cafe にて）

1　サリンジャーは代表的短篇集『ナイン・ストーリーズ』が一九五三年刊で、ごく大まかにチーヴァーと同世代と言えるが（チーヴァーは一九一二年生まれ、サリンジャーは一九年）、カーヴァーは一九三八年生まれで世代もひとつ下。

2 「カントリー・ハズバンド」はチーヴァー短篇のなかでは最長の部類に属す作品で、飛行機事故で危うく死にかけた男が家に帰ってくるが、家族はみなそれぞれの悩みや問題を抱えていて聞く耳をもたず、やがて男自身も自分の問題がどんどん膨らんでいく。

3 それに加えて、「引っ越し日」をはじめチーヴァーをいち早くロシア語に訳したタチアナ・リトヴィノフは、チーヴァーに宛てて書いた手紙のなかで、あなたの作品はロシア人にアピールする、なぜなら私たちには、共感を伴った皮肉な目というチェーホフ的伝統があるから、と述べている(Blake Bailey, Cheever: A Life, 2009による)。

4 一八二一年創刊、一九二〇年代から五〇年代にかけて非常によく読まれた雑誌。「ニューヨーカー」より大衆的なテイストだったがフィッツジェラルド、フォークナーといった「純文学作家」の作品もしばしば掲載。ジャック・ロンドン『野生の呼び声』は一九〇三年にこの雑誌に連載された。

5 一九四六年から七二年にかけて書かれた六十一本の短篇を集めた一九七八年刊のThe Stories of John Cheverは当時非常な評判を呼び、ピュリッツァー賞も受賞。

6 「ぼくの弟」はひとまず享楽的と言っていい家族のなかで一人だけ禁欲的な弟がいて、その弟と家族間の複雑な関係が主題。

7 チーヴァーの短篇が「ニューヨーカー」に頻繁に載ったのは一九四〇年代後半~六〇年代なかば、バーセルミの短篇は六〇年代なかば~八〇年代なかば。現在では「専属作家」として「ニューヨーカー」に年じゅう作品が載る作家はいない。

8 ロンドンは生涯、どの短篇がどの雑誌に何ドルで売れたかを克明に記録していた。サローヤンは一九三四年、「ストーリー」誌に掲載された「空中ブランコに乗る大胆な若者」で一躍脚光を浴びた。

文芸誌に載った短篇で作家としてのキャリアが一気に始動しうる環境がかつてはあった。
10 ウィリアム・ショーンは一九五二年から八七年まで「ニューヨーカー」編集長、アーノルド・ギングリッチは一九三三年に「エスクァイア」を創刊、他界する七六年まで出版人。
10 「マドモワゼル」は一九三五年創刊、基本的にはファッション誌だが良質の短篇を載せることでも知られていた。
11 ボッカチオ『デカメロン』のなかの艶話、コナン・ドイルのシャーロック・ホームズ物、アンブローズ・ビアス「空中の騎手」。
12 どちらも五〇年代を代表する黒人作家。ボールドウィンは一九六四年にエッセイ「ブルースの効用」を「プレイボーイ」に発表、エリソンは後年（一九八二）「プレイボーイ」にインタビューが掲載された。
13 リチャード・ライト、ボールドウィン、エリソンが「黒人作家三羽烏」扱いされたように、マラマッド、ロス、ソール・ベローは「ユダヤ系作家三羽烏」ともてはやされた。「三ばか大将」じゃないんだから、と本人たちは嫌がったが……。
14 代表的短篇集は『魔法の樽』（一九五八。阿部公彦訳、岩波文庫）。
15 フォークナーの全作品を、ミシシッピ州ヨクナパトーファ郡という架空の土地を主たる舞台とする一冊の本と見なし、錯綜した物語を時系列順に整理して七五〇ページにまとめたアンソロジーで、それまで敬して遠ざけられがちだったフォークナーがアメリカで読まれる大きなきっかけを作った。
16 レヴィットタウンは不動産開発業者ウィリアム・レヴィットが作った、いくつかの郊外建売住宅群。同じ建物がはてしなく並ぶ空中写真で知られ、一九四七〜五一年に作られたニューヨーク州郊外のレヴィットタウンが一番有名。

17　ジョン・アップダイク、『走れウサギ』（Rabbit, Run, 1960）で始まる「ウサギ」シリーズなどで広く知られ、長年アメリカ文壇の大御所的存在だった。

18　アパートメント・ハウスのエレベーター係と、そこに住むゲイの男性とのかかわりを描いた短篇（一九五一）。

19　謎を含んだ啓示的瞬間が結末近くにたびたび生じる短篇が多い、ということは一応言える。『フラナリー・オコナー全短篇』（横山貞子訳、ちくま文庫、上下巻）。

20　テレビ版は一九五四～六〇年にアメリカで放映。日本でも一九五〇年代後半～六〇年代前半に放映されて広く見られた。

THE ENORMOUS RADIO/THE SWIMMER

by John Cheever

巨大《きょだい》なラジオ／泳《およ》ぐ人《ひと》

ジョン・チーヴァー著　村《むら》上《かみ》春《はる》樹《き》訳

発　行　2018年11月30日
2　刷　2025年3月15日

発行者　佐藤隆信
発行所　株式会社新潮社　〒162-8711　東京都新宿区矢来町71
電話　編集部　03-3266-5411／読者係　03-3266-5111
https://www.shinchosha.co.jp
印刷所　錦明印刷株式会社
製本所　加藤製本株式会社

乱丁・落丁本は、ご面倒ですが小社読者係宛お送り下さい。
送料小社負担にてお取替えいたします。
価格はカバーに表示してあります。

ISBN 978-4-10-507071-7 C0097

ティファニーで朝食を
トルーマン・カポーティ
村上春樹訳
朝のシリアルのように健康、レモンのように清潔、自由奔放で少しあやしい、16歳にも30歳にも見える不思議なヒロイン、ホリー・ゴライトリーが、待望の新訳で登場！

さよならバードランド
あるジャズ・ミュージシャンの回想
ビル・クロウ
村上春樹訳
一九五〇年代、モダン・ジャズ黄金期のニューヨークで活躍したベーシストが綴る自伝的交友録。ジャズ・ファンならずとも、しみじみとレコードが聴きたくなる一冊。

バット・ビューティフル
ジェフ・ダイヤー
村上春樹訳
彼らはその音楽に呪われた。ジャズ――。伝説となったミュージシャンたちの悲しくも美しい人生が、自由な想像力で鮮やかに奏でられる。サマセット・モーム賞受賞作。

☆新潮モダン・クラシックス☆
このサンドイッチ、マヨネーズ忘れてる／ハプワース16、１９２４年
J・D・サリンジャー
金原瑞人訳
グラース家の長兄シーモアが、七歳のときに家族あてに書いていた手紙「ハプワース」。『ライ麦』以前にホールデンを描いていた短編。生への祈りが込められた九編。

インヴィジブル
ポール・オースター
柴田元幸訳
男が書き残したのは、彼の本当の人生だったのか？　ニューヨークからパリへ、そしてカリブ海へ。章ごとに異なる声で語られる、ある男の人生。新境地を拓く長篇小説。

☆新潮クレスト・ブックス☆
いちばんここに似合う人
ミランダ・ジュライ
岸本佐知子訳
孤独な魂たちが束の間放つ生の火花を、切なく鮮やかに写し取った十六の物語。カンヌ新人賞受賞の女性映画監督による初短篇集。フランク・オコナー国際短篇賞受賞。

バースデイ・ガール　村上春樹　イラストレーション　カット・メンシック

二十歳の誕生日の夜、彼女の人生に一体何が起こったのか。中学校教科書にも採用された、幸福について考えさせられる名短篇がポップなイラストレーションで甦る。

螢・納屋を焼く・その他の短編　村上春樹

闇の中に消えてゆく螢。心の内に焼け落ちる納屋。ユーモアとリリシズムの交錯する青春の出逢い。爽やかな感性と想像力の奏でるメルヘン。新文学の可能性を告げる短編。

神の子どもたちはみな踊る　村上春樹

一九九五年二月、地震のあとで、六人の身の上にどんなことが起こったのか——小さな焚き火の炎のように、深い闇の中に光をはなつ六つの短篇。著者初の連作小説！

東京奇譚集　村上春樹

息子を海で失った女、「一生で出会う三人の女」の一人に会った男、自分の名前だけが思い出せない女——東京で静かに暮らす人々に起こった五つの物語＝奇譚（きたん）。

象の消滅　短篇選集 1980–1991　村上春樹

ニューヨークで編集・出版され、世界への扉を開いた村上春樹の短篇集が日本に再上陸！　アメリカでデビューした当時を語る書き下ろしエッセイも収録した話題作。

めくらやなぎと眠る女　村上春樹

本邦初登場の「蟹」は、一九八四年に発表された「野球場」の作中小説が、実際の作品に生まれ変った衝撃の掌篇！　英語版と同じ構成、コンパクトな造本の自選短篇集。